U0525717

上海高校高峰学科"中国语言文学"阶段性成果

爱情小说史

〔法〕皮埃尔·勒帕普 著

郑克鲁 译

商务印书馆
The Commercial Press

PIERRE LEPAPE

**UNE HISTOIRE
DES ROMANS D'AMOUR**

©Éditions du Seuil, 2011

本书根据法国色伊出版社 2011 年法文版译出

译 序

有个流行的说法:爱情是永恒的题材。但是,并非所有的小说都写爱情,写到爱情的也并非就是爱情小说。不过,爱情始终是一个吸引读者的题材。遗憾的是,至今似乎还没有过一部《爱情小说史》。因此,你拿在手里的这本著作是相当新颖的。在某种程度上,这是一部"通史",而且是"世界通史",因为它论述的不是国别史,而是世界范围的爱情小说史。这个任务自然非常艰巨,首先要懂得多国语言,至少要懂得英语、法语、德语,最好还要懂得意大利语、西班牙语。其次要熟悉自古希腊、古罗马以来的文学作品和小说,靠第二手材料恐怕难以胜任这项写作任务。当然,这部小说史的论述对象是长篇作品,短篇小说不包括在内。正如本书作者所说,关于描写爱情的短篇小说,需要另写一部小说史,由于这个任务接触到的作品实在太多,要完成就更不是易事。

《爱情小说史》的作者把爱情小说确定为"再现爱情",是"对爱情经验的搬演"。古希腊文学是从诗歌开始的,而"小说依靠内容、依靠组织具有内部严密结构的故事"而逐渐获得读者的青睐;"爱情小说叙述爱情故事,爱情是在其中产生的故事。"也就是说,爱情小说的内容作为主体的部分是讲一个爱情故事。而且,这位作者还断言,在爱情小说中,爱情比其他一切内容都重要,甚至超越祖国、道德、权力、灵魂得救等内容,这里牵涉到包含甚至违背社会观念的内容。由于爱情"小说"刚刚产生时所表达的思想与当时的伦理观不相融合,故而遭到了反对和歧视。但随着社会的发展和这类故事逐渐能够吸引广大读者,"爱情小说"逐渐站稳了脚跟。

这部别开生面的小说史至少有下列几方面的优点:

第一，它从古罗马的文学作品讲起，有很多作品是我们一无所知的。最早的爱情小说产生于公元2世纪的希腊。按理说，文艺复兴以前的文学作品还不能说是小说，至多是小说的雏形——传奇。《爱情小说史》的作者将古罗马阿普列尤斯的《变形记》（或名《金驴记》）列为第一篇描述爱情的小说。不错，《变形记》讲的是一个爱情故事，虽然这个故事带有神话色彩，不是对现实的如实描绘，但故事曲折离奇，又有现实生活中爱情的投影，显然比一般的文学作品更加吸引人。随之而来的是希腊小说家的《达夫尼斯和赫洛埃》，也写于2世纪。这个故事有更多的现实性，而且是以婚嫁为题材，在爱情故事方面前进了一步。可是，无论是《变形记》还是《达夫尼斯和赫洛埃》，在古罗马时期的文学中它们还不是第一流的作品。虽然这两部作品在我国看过的人不多，但知道的人还是不少。而13世纪的《高卢人杜马尔》、14世纪的《安茹伯爵的传奇》、15世纪的《雅宗的变形》和16世纪的《白人蒂朗》，在我国则是不为人知的小说。由此看来，这部小说史能够填补我们对17世纪以前欧洲爱情小说的空白知识。即使17世纪以后，我们对不少爱情小说仍然是缺乏了解的，例如17世纪布西-拉布坦的《高卢人的爱情故事》，18世纪罗贝尔·沙勒的《法国名媛》和让·保尔的《赫斯佩鲁斯》，甚至19世纪霍夫曼的《布兰比亚公主》，20世纪伊迪丝·华顿的《天真时代》、多萝西·理查逊的《朝圣》、约翰·考珀·波伊斯的《海沙》和《格拉斯顿伯里传奇》、阿尔贝·科恩的《领主的美人》、安妮·埃尔诺的《简单的爱情》，等等。这些作品几乎都是我们闻所未闻的，但从文学史上来看，它们也并非是无足轻重之作，它们与以前的爱情小说合在一起，便构成了爱情小说史的一个大致框架。从了解外国文学的角度来看，这些作品恐怕是需要我们关注的。在这个不完全的书目中，还没有列上第一流的作品（如《新爱洛依丝》《少年维特的烦恼》《红与黑》《安娜·卡列尼娜》《苔丝》，等等），第一流作品我们都已经知道了，不必过多地提及。上述作品与第一流的爱情小说结合在一起，就构成了外国文学中极其重要的一部分，可以说，

译 序

它们在外国小说史中起到了中流砥柱的作用。

第二,作者给我们提供的是一部爱情小说发展史。作者在11世纪前的作品中只提到四部爱情小说:这属于爱情小说的发轫期。从写作手法来看,这些小说只满足于平铺直叙,看不到男女主人公的感情色彩。从12世纪的《特里斯当和伊瑟》开始,男女主人公之间的感情变成作品集中描绘的对象,提出了爱情的力量大于死亡的惊世骇俗的观点。13世纪的《高卢人杜马尔》描写主人公占有了管家的妻子,最后却把她抛弃。这是对上层社会男女关系的批判。在这期间出现的爱情小说描写骑士的爱情,作者认为骑士爱情的作用"是一种诱饵","一个难以接近的梦想"。这种爱情遭到塞万提斯的反对,他在《堂吉诃德》中给予针锋相对的描写。17世纪流行一时的长而又长的《阿丝特蕾》属于田园小说,作者认为这部小说还有值得肯定的价值:小说对社会习俗有所分析,但这部小说是"纯粹想象,没有史实根据",难以留存后世。17世纪的另一部小说《波力山大》类似流浪汉小说,描写主人公如何抵挡爱情,别具一格。布西-拉布坦的《高卢人的爱情故事》是一部"反小说",讽刺贵族中流行的爱情关系,即那时的贵族将荣耀和爱情占有结合在一起,实际上是玷污了爱情。《葡萄牙书信》有特殊意义,这部小说一是以书信为体裁,"意味着分开(指人物分开),它是对发生的事的召唤和对即将发生的事的期待";二是小说中一个修女给意中人写信,倾诉自己的缱绻爱情,作者假托这个修女是书信的真正作者。小说写得如此真实,竟让当时的读者信以为真,经过一个多世纪以后才被人发现真相。《克莱夫王妃》和《葡萄牙书信》有异曲同工之妙。它的作者拉法耶特夫人由于当时不容许妇女写小说的社会风气,只得隐姓埋名,但小说写得那样巧妙,居然骗过了许多作家和读者,后来才真相大白。这是法国文学史上第一部心理小说,它描写女主人公的矛盾心情:既爱着对方,又不敢去爱,小说在心理描写上有较大突破。17世纪出现的《波力山大》仿效《十日谈》的写法,将七个故事套在一起,不仅如此,还出现秘密结婚、截获书信、巧合、突然袭击和祖露等待的情节，是通俗小说的各种手法的大杂烩，但由于这部小说在文字和风格上存在缺憾，竟从十分流行跌落到几乎被人遗忘。《曼侬·列斯戈》描写一个贵族公子和一个沦落为妓女的下层女子曲折的爱情经历，这是对在爱情关系上看重财产和等级地位的一种叛逆。马里沃的《玛丽亚娜的生平》以第一人称描写一位从下层上升到上层的伯爵夫人的经历，她以"某种讽刺和明晰的超脱"去叙述，在写作手法上有所创造。英国的理查逊、法国的卢梭和德国的歌德则从不同的角度发展了爱情小说。理查逊和卢梭创造了情感小说，他们可以被看作浪漫派的先驱。他们写的是书信体小说，使这种体裁流行了一个时期。菲尔丁的小说将情节和评论结合起来，夹叙夹议，是其小说创作的一个特色。18世纪爱情小说的读者模仿小说主人公的穿着和行动，表明小说的影响在扩大。如《克拉丽莎·哈娄》等小说使得爱哭成为欧洲妇女的时尚，《新爱洛依丝》的读者纷纷到瑞士的阿尔卑斯山和日内瓦湖去旅游，《少年维特的烦恼》的读者模仿维特的衣着打扮。斯丹达尔是心理描写大师，他对爱情有一套理论，并贯彻到小说创作中。他认为爱情是"相当复杂的几何学的一个图形"，他要"在很少为人所知的领域"开掘。另一方面，他的小说往往描写爱情与野心和政治的纠葛，塑造出性格鲜明的人物形象；爱情的结果往往导致不幸。勃朗特三姐妹"在细腻、深入和准确方面能与她们的男性同事们匹敌"，如《呼啸山庄》"将爱情和与之不断带来的恐惧、痛苦、对不幸的不确信联系起来"，写得缠绵悱恻。《包法利夫人》《德伯家的苔丝》似乎有相似处，它们都是描写平民女子的堕落过程，但这两部小说不同于《曼侬·列斯戈》的地方在于，后者写的是一个妓女，而前两部小说是写女主人公或者受到卑污的社会风气的影响（爱情成了一种商品），或者受到丑恶人物的玩弄而堕落的。苔丝"像被围猎的野兽，将她受到的暴力转过来反对社会。她的爱情是一场失败的战斗"，《查特莱夫人的情人》中的康妮·查特莱的爱情则是一场胜利。托尔斯泰的《安娜·卡列尼娜》是一部动人的爱情小说，作家一面说教，一面却写得真实，听从"小说智慧"的引导,"把他(指托尔斯泰)拖向远离那些伦理和有教育意义的真理"。作为作家代言人的说教者列文却写得并不刻板。19世纪末的亨利·詹姆斯的《苔瑟·密勒》"将模糊的或者乱糟糟的情感写成故事",爱情是一种美国少女所视为禁忌的情感。爱情小说发展至19世纪末,似乎标志着现实主义小说在爱情描写方面的成就蔚为大观。

爱情小说发展到20世纪朝新的领域开掘,寻找不同寻常的题材。纪德的《窄门》和《田园交响曲》描写罪恶的爱情,如后者叙述盲女爱上一个她见不到真面目的牧师(他剥夺了儿子的爱情),最后导致悲剧。《大个儿莫纳》描画了一幅爱情的梦幻情景,幸福的图画处在虚无缥缈之中。挪威女作家温塞特和美国作家德莱塞都是描写贫民出身的少妇和富有的老翁的"爱情",结局都不妙。美国作家波伊斯的《格拉斯顿伯里传奇》描写的是五花八门的"变幻无常的爱情、出偏差的爱情、偶然更新的爱情、妒忌的消逝的爱情和想象的爱情"。阿拉贡运用各种文体、各种色调、各种修辞、各种传奇性的写法,展示"爱情的所有细微处和精妙处"。不少作家寻找另一种题材。茨威格的《感情的混乱》写同性恋,麦卡勒斯的《伤心咖啡馆之歌》写的是一个女巨人与一个侏儒的爱情。伍尔夫的《奥兰多》描写变性的心态。纳博科夫的《洛丽塔》描写一个40多岁的男人爱上一个12岁的少女,受到她的支配,作者"把一个猎取小姑娘的人,变成寻求爱情幸福的可怜受害者"。法国作家鲍里斯·维昂的《岁月的泡沫》描写一朵莲花在女子的胸中扩张,逐渐窒息她,导致幸福爱情的破灭。阿尔贝·科恩的《领主的美人》的主人公"专注制造完美的爱情,实现没有一点瑕疵的美",为此,实行最荒唐的忌妒、最可悲的通奸、竭尽性奴役的各种方法,通过别人的嘴听到抱怨和爱情的呻吟,最后两人决定分手,生活在爱情的悔恨中。萨冈的小说"给予高等住宅区镀金的青年在幻想破灭后的忧愁以新的虚幻形式,性的混乱成了这种颓废转移的主要载体"。昆德拉探索爱情活动的各个方面,展现思想碎片、意象块、情感片段、敏感性的偶然触发,等等。这是一些近乎变态的爱情"案例":"爱情是一种病态,小说家描绘和分析它的症状。"因为对爱情为何物人们一无所知,而这正是"所有爱情小说写作的源泉"。

第三,作者并不满足于对爱情小说的论述,他把目光投向了电影等艺术。20世纪出现的电影的关注点之一是对名著进行改编,为了吸引观众,导演总是把镜头对准主角的身体,这也许是文字表达不一定能充分展示的地方,而且为了突出爱情这条主线,电影往往把其他情节都排除掉。电影将爱情小说的影响扩大了。另外还有一种以照片构成小说的样式,同样是突出爱情这条主线。最后,作者把罗兰·巴特的《爱情的话语》也看成一种新型的爱情小说,认为"小说隐藏在一部符号学著作的外表下,它的对象是爱情语言的研究"。在作者看来,凡此种种,都是爱情小说的一种发展。

《爱情小说史》的重点对象是欧美小说,这也说得过去,因为小说这种体裁,尤其是爱情小说较早出现在欧洲,而且发展迅速,与亚非等地区的小说不可同日而语。但也许是由于作者对亚非等地区情况的了解有限,因此对这些地区爱情小说的关注也有限。他只着重提到日本的爱情小说,认为日本自从明治维新以后,"将文明的动荡和爱情行为的混乱联系起来",出现了一些引人注目的爱情小说。他举出了谷崎润一郎的《痴人之爱》《钥匙》和三岛由纪夫的《禁色》《爱的饥渴》。后者描写一个年轻寡妇对一个刚成年的农业工人的狂热爱情。作者显然把日本的爱情小说列入西方20世纪这类文学的范畴之内。而对中国,作者认为20世纪的中国文学"以政治和爱国的思虑及社会问题为标志,爱情不是紧迫的东西",因而没有出现重要的爱情小说。这或许是有道理的。可是,作者没有提到《红楼梦》,这是不是一种疏忽呢?

总的说来,《爱情小说史》仍不失为一部论述精当、材料翔实的专著,扩展了人们的眼界,因此值得介绍给我国广大读者,窃以为我国读者能从中得益。为方便读者阅读和了解起见,文中加进了一些注释,这对我国读者来说或许是必要的。

物理学关于物体和光线的实质教会我们的,不会使青草变得不那么绿。

罗伯特·穆齐尔[1]

---

[1] 罗伯特·穆齐尔(1880—1942):奥地利作家,当过军人,学过工程,在柏林学习心理学和哲学,代表作为《没有个性的人》。引文见《随笔集》,菲利普·雅科泰译,色伊出版社,巴黎,1984年。

目 录

- 001 导论
- 009 第一章 在神祇的天国和人类的大地之间
- 015 《达夫尼斯和赫洛亚》或者婚庆
- 017 泰亚热纳和沙里克莱或者贞洁的烦恼
- 022 西普里安：诱惑者和殉教者
- 025 阿莱克西：圣洁的晕眩
- 027 第二章 《特里斯当和伊瑟》：在欲望的强大力量和忠诚的法则之间
- 035 克雷蒂安·德·特罗亚反特里斯当：《克利热斯》
- 038 《高卢人杜马尔》：像体面人那样爱
- 042 让·马伊亚尔："现实主义"小说家
- 044 《玫瑰传奇》：对性别冲击的爱情梦想
- 047 克丽丝蒂娜·德·皮藏反对鄙视女人者
- 048 雅宗的变形
- 053 第三章 爱情与剑艰难的决裂
- 056 骑士爱情失落的梦
- 058 《阿马迪·德·高勒》：经久不变的典型
- 059 《堂吉诃德》：反对谎言的虚构
- 062 牧人和牧羊女的爱情

066		沙尔·索雷尔反对田园牧歌
069	**第四章**	**古典爱情:话语的海洋和寂静的两个岛**
070		波力山大或者墨守成规的混乱
073		布西-拉布坦和私情贵族
075		葡萄牙修女:不可比拟的故弄玄虚
079		《克莱夫王妃》或者寂静的燃烧
085	**第五章**	**女人的征服**
085		反对圣经热情的风流韵事
096		罗贝尔·沙勒的现实主义爱情
101		曼侬和德·格里厄:堕落的悲剧性的情人
105		马里沃:爱情和不平等的角逐
109	**第六章**	**从《帕梅拉》的流行到对《维特》的疯狂**
110		《帕梅拉》:平民感情的胜利
112		克拉丽莎·哈娄或者哭泣的乐趣
114		让-雅克·卢梭和眼泪的民主
115		菲尔丁反对理查逊:从约瑟·安德鲁斯到汤姆·琼斯
125		维特:传奇的爆发
131	**第七章**	**英国的腐蚀性讽刺和德国的浪漫派**
133		简·奥斯丁和婚姻追逐的法则
136		反对大革命的一次运动
139		让·保尔:恋爱者的解体
142		贝蒂娜·布伦塔诺:无限制的爱情
147		从《阿达拉》到《勒内》:写灾难的浪漫主义
151		本雅曼·贡斯当:对自身专一的爱
154		德·斯塔尔夫人:情感小说的理论家

目 录

157　第八章　反对小说的浪漫传说

163　沃尔特·司各特的爱情恐惧

165　爱情、激动和病态

166　霍夫曼:天使的朦胧美

177　第九章　斯丹达尔和对欲望的热切书写

180　斯丹达尔创造他的读者

183　《阿尔芒丝》之谜

186　意大利的乌托邦

195　第十章　情感教育

198　勃朗特姐妹:荒原和风雨的女王

200　勃朗特姐妹的传奇建立起来

208　美国的清教徒小说

211　《包法利夫人》:商品般的爱情

214　《情感教育》或未能满足的尝试

219　第十一章　性别的战争

222　乔治·艾略特:爱情的隔离

223　摆脱女性角色的《德伯家的苔丝》

229　《查特莱夫人的情人》:犯罪的结局

230　弗洛伊德阴影

233　陀思妥耶夫斯基反对分析

235　《安娜·卡列尼娜》:从道德题材到小说深度

238　亨利·詹姆斯:反常的捍卫者

245　第十二章　性爱不确定的领域

250　在虔诚派和讽刺之间的窄门

253	"同时充满纯洁和有点'萎靡不振'":《大个儿莫纳》,青少年爱情的图标
255	挪威女子珍妮和美国女子珍妮
259	从拍成电影的爱情小说到照片小说
264	爱情失去的时光

269　第十三章　性和淫书的混合

272	阿拉贡:扼杀小说是为了使它复活
275	亚洲小说革命
277	谷崎润一郎:转过来反对男人的肉欲
282	奥兰多:两性畸形的梦想
285	茨威格和同性恋的诱惑

289　第十四章　疯狂时代盎格鲁-撒克逊的爱情

290	司各特·菲茨杰拉德:美国梦——从暴涨到暴跌
293	卡森·麦卡勒斯:孤独者的爱情
295	明星的时代
299	被抛弃的多萝西·帕克和狄尤娜·巴恩斯
302	捕捉心灵或者无法安慰的倒退
304	盲目的爱情
306	克丽丝丁·拉弗兰斯达特:做母亲之前先做女人
309	多萝西·理查逊的"意识流"
310	约翰·考珀·波伊斯的大地性欲

313　第十五章　爱情经验的意外形式

315	不合时宜的鲍里斯·维昂
319	三岛由纪夫的无边情欲
320	在兴奋和恐惧之间的亨伯特·亨伯特

325	厄普代克:灵性,通奸
326	阿尔贝·科恩处决爱情
331	性欲空间的新边界
334	在火车站销售的合法化流行小说
335	昆德拉和爱情处境
339	罗兰·巴特的假随笔
343	安妮·埃尔诺:通过写作所袒露的爱情
347	**作为结论**
349	**感谢**
351	**文献目录：八十六部爱情小说**
359	**索引**

导　论

无论是爱情小说还是战争小说,情感小说还是侦探小说,通俗小说还是实验小说,都回避定义。小说创造它的规则,滑过美的立法者的指间,摧毁边界防卫,以致这些立法者长时间拒绝接受小说进入美文学的神圣殿堂以及文学的迷人圈子。

以17世纪末的安东尼·富尔蒂埃尔①为例。他可以自夸有两个荣耀的头衔。第一个是写过当时最优秀的小说之一,从书名《市民小说》就明确地提出这样的要求。第二个是编纂了法语第一部大词典,压倒了他的法兰西学院同行。然而,小说家富尔蒂埃尔在他的词典中对"小说"的条目是这样写的:"现在这仅仅指的是这类传奇故事,即包括爱情故事和骑士故事,是为了娱乐和吸引有闲人而创作出来的。"

富尔蒂埃尔解释说,以往有过一个时代,"最严肃的故事被称之为小说",但这是因为它们用罗曼语写成,他写道,这种复合的语言半是罗曼语,半是高卢语,"是在诸王的宫廷里所说的最彬彬有礼的语言"。

罗曼语消失了,代之以法语,但是它的幽灵在保留词源痕迹的形式下继续存在,虽然这种痕迹一无所指,甚至令人想不起渊源:在人们提到小说和写成小说之前,小说已经存在,这种小说没有名字,甚至没有确定的轮廓,有些轮廓保存在诗歌形式的记忆中,而其他轮廓则喜欢散文虚假的简朴。

这些变化无常的叙事的作者并不认为自己是**小说家**。写小说是

---

① 安东尼·富尔蒂埃尔(1619—1688):法国作家、语言学家,1662年进入法兰西学院,由于编纂词典与学院闹翻,1685年被逐出学院,著有《市民小说》(1666)、《万能词典》(遗著,1690)。

一种不太光彩的职业,以致长久以来无人自诩。在文艺复兴时期,杜贝莱①在他的《保卫和发扬法兰西语》中轻蔑地对待写作这种作品的人:这些作品"更适合愉悦小姐们,而不适于广博地写作"。一个世纪以后,轻蔑转成了愤怒,冉森派②的皮埃尔·尼科尔③指责小说作者(和剧作家)是"毒害公众的人"。

小说被认为不是**无所不包的**,而且是轻浮的,这是一种与青年的无经验和感情用事,尤其与少女的无经验和感情用事天生相连的文学,他们属于轻浮、浅薄、易动感情的人。在所有小说中,爱情小说既是最受赏识的,也是最有害的,因为它们向年轻人宣扬——他们太容易相信了——爱情是生活中最重要的东西。

法国小说的三巨匠:巴尔扎克、斯丹达尔、福楼拜,任何一个都不敢自称是小说家。就是说,对小说的世俗想法和写作小说的人生活艰难与此有关。自从民主建制确立和书写文化获胜以后,小说样式的巨大成功远远没有结束这种偏见。相反,小说对其他一切文学形式的公共霸权扩张到全球,结果是唤起了美文学殿堂的卫护者的蔑视,他们竭力维护这些精英原则,而且处心积虑要保持同大众的文学消费的距离。

爱情小说往往是这种新的贝壳放逐制度④的最初受害者。面对夺目的光彩,反对者不得不承认确实存在一种小说艺术,而且这种艺术又和具有叙事吸引力的故事结合起来,但他们还是排斥爱情小说,将其降到情感小说的标签之下。必须经历一些时间,心灵获得愉悦,才能在描绘同人一样古老的激情中找到蜜样的精华,多少世纪以来,激情的各种组合已经得到探索和开掘。恐怕要很天真,或者玩世不恭,

---

① 杜贝莱(1522—1560):法国文艺复兴时期七星诗社诗人,著有《橄榄集》(1550)、《罗马怀古集》(1588)、《怀念集》(1588)。《保卫和发扬法兰西语》是七星诗社的宣言书,提出了创造民族文学的主张,由杜贝莱执笔。
② 冉森派:宗教改革后加尔文派的一个变种,17世纪上半叶出现于法国,由荷兰神学家冉森创立。
③ 皮埃尔·尼科尔(1625—1695):冉森派在法国的领袖。
④ 贝壳放逐制度:古希腊的一种政治措施,由公民投票将危害城邦安定的人放逐10年,投票时将被放逐者的名字写在贝壳上。

才会把自己的才能用在如此陈腐的主题上。回溯以往的禁欲——这并不令人惊讶,可以在我们炫耀地标榜两性平等理想的社会中,重新发现将爱情小说和做女人的模式、女人的**本性**联结起来的老方程式。男人,真正的男人,当他们沉醉于阅读小说时,会对更严肃的、更实在的对象感兴趣。

在这种贬际爱情小说的背后,实际上是这种想法:爱情在所有时代和所有地方都是一样等值的,永恒的男性去追寻永恒的女性,在柏拉图的《会饮篇》里,阿里斯托芬对所珍视的失去的一半进行幸运的或不幸的探寻。或者就像启蒙时代所说的,更加主张唯物,同时也一样是超越时间的艺术,有助于本性追求它的目的,是一种保存和再生人类的催化剂。感情像世界一样古老。这种游戏始终在重新开始,对于玩游戏的男女始终是崭新的,始终是现时的,只会在经过压缩的、一定数量的化合中展开,是数量受限制的经验总和,文学不管是诗歌的还是叙事的,早就竭尽这些经验的形象。即使有一种爱情小说的艺术,它恰恰就在于使我们相信,存在新颖的、未见过的、未写过的、新获知的、显露的现实,等等。艺术只适用于这方面:掩饰其缺乏证明。爱情小说史将会是不断地返回过去。

这显然是错误的。爱情小说不讲爱情,它再现爱情。再现真实就在于进行两种矛盾的操作:再现、模仿和创作、虚构。小说依仗的是组织过的现实(据此产生了福楼拜所谓"凭空创作小说"的巨大的梦想疯狂),与此同时,小说提供一个对这个现实的视点——文化的、美学的、社会的、感觉的、精神的视点。即便爱情没有历史,爱情小说却会有历史。爱情小说不仅是对爱情的推演,也是对一次爱情经验的搬演。推演可能隐藏在修辞的严格和不变的规则中,经验则具有对独一无二、发现和新颖的常新的色彩。

存在一个爱情诗篇的广袤大陆,它比文学更古老、更广阔,因为到处都存在诗意,但不是到处都存在文学;到处和总是有声音,而不是到处和总是有文学。爱情和声音一下子同时咏唱。在爱情诗中,有鹿的呦呦鸣叫。

小说的出现要晚得多。当诗歌建立在决裂和差异的原则上时——诗句和换行是空间的表现（而相似和韵律的重复只是差异的一种特殊形式），小说却依靠内容，依靠组织具有严密内部结构的故事的可能性，同时意识到已经存在一定结构的现实。小说被打上了社会性、集体生活、历史联系、词语和信仰共享的标志。即使在表达怀疑、恐惧、犹豫的昏眩时，小说也断定，世界是清晰易辨的。斯丹达尔把小说定义为"沿着路边移动的一面镜子"，因此他**最低限度地**断言，至少存在一条道路。

这条路画出了一个故事的轨迹。爱情小说叙述爱情故事，爱情在其中产生了故事。即使小说主题可能也像现实（内在的和外在的）题材一样无限，爱情也只应占据一个很有限的位置。须知，事实并非这么回事。爱情就像浪漫冒险中运气好的伙伴一样到处乱钻。它出现在最令人意料不到的地方，出现在历史小说里，在社会批评里，在英雄故事里，在流浪汉小说里，以至于令人想设立一种与爱情无涉的小说特殊类型。仿佛它们的作者愿意服从一种约束，避免生活经验必然遇到爱情所经历的共同斜坡和正常的道路。

因此，写到爱情的小说未必是爱情小说，即令分界线有时很难被划清。小说的形式无限自由，它越是打消分类，小说家和读者就越是感受到创作和在同一部小说中发现好几部小说的愉快，就像生活中存在多种生活一样。爱情往往作为一种**题材**干预更大使命的小说结构，其中与别的情感相互交错，有时则彼此相悖。比如在《包法利夫人》中，爱玛和罗道耳夫，然后是同莱昂的偷情，即使处在情节中心，导致包法利夫人自杀，仍然只不过是一种巨大失望，往往具有嘲讽的和残酷的色调变化，这种失望贯穿整部小说，落在整个社会上面，这个社会是被资产阶级的思想方式和感觉方式极度平庸而毒化了的。《包法利夫人》不是一部爱情小说。

相反，《安娜·卡列尼娜》是一部爱情小说。安娜对沃伦斯基的爱情,以及她摧毁自己的生活,去满足自己的爱情狂热(尽管她估计到其错误)的方式,占据着小说的中心。更有甚者,托尔斯泰在安娜和她的情人的爱情题材之外,增加另一种爱情描写,先是处于从属地位,也即吉蒂和列文之间幸福的苛求的关系,这与安娜和沃伦斯基这一对的沉沦恰成对比。最后,在画幅的背景上,托尔斯泰加上了第三个二重唱,就是奥勃龙斯基之家组成的二重唱,这个家庭以一种不忠实的、隐忍的温情形式结合在一起。在托尔斯泰看来,俄国社会,尤其家庭是其中的生活细胞,在它的成员编织的情感和社会关系的角度下被完全抓住了。

在爱情小说中,爱情比其他一切都重要,至少对其中一个主角来说是这样。它比祖国、比道德、比权力和比灵魂得救更加重要,同样比知识更加重要。小说假设,爱情的知识是通过小说获得的。小说断言,但凡爱情小说都是一部成长小说。小说的成功既来自于此,也因此而受到报刊的邪恶攻击,立法者都想制定爱情的惯例,永远让人不去相信小说家能够给人以教育。小说家受到来自政权、说教者、道德家和学究的压力。因为小说家不管多么缺乏想象,不管他的情感教育多么墨守成规,也总是以娱乐人为目的。读者感到惊奇、震撼和激动时是最愉悦的。正常状态不能使人激动,除非像在福楼拜的作品中那样,使之具有平庸和愚蠢的使人压抑的面貌。

出于同样的理由,没有滑稽的爱情小说,当然,即使可能在情感小说中存在滑稽的片断(例如《特里斯当和伊瑟》①中,为了骗过警惕的丈夫而使出的诡计和戏谑),在使人发笑的故事中有一些插曲。在斯卡隆②的《滑稽小说》中,德斯坦对德·莱图瓦勒③小姐的爱情所引起的传奇式和波澜迭起的艳遇,带有一些妩媚和雅致的色调,一些柔和

---

① 《特里斯当和伊瑟》:骑士故事诗中最动人的诗篇,约写于12世纪末,描写骑士特里斯当和王后伊瑟的爱情。
② 斯卡隆(1610—1660),法国作家,写过诗歌、喜剧,代表作是《滑稽小说》(1651—1657),叙述一个剧团在外省巡回演出的经过。
③ 德斯坦意为"命运",莱图瓦勒意为"星星"。

间歇的插曲,打破了滑稽古怪的异乎寻常的生动描写。再说,喜剧性通常伴随着性描写的再现,就像神圣性的反面那样。

但是情侣即使是可笑的,即使是被丑化的,也很少是古怪的;仿佛激荡着情侣的爱情,给予激励他们的盲目动力以人道的元素。对人类激情最严厉的批评者,对爱情的专横最热情的赞赏者,也承认对此毫不理解。譬如严厉的帕斯卡尔①说:"谁试图充分理解人的虚荣心,只有观察爱情的因与果。原因是我一无所知的,而结果则是可怕的。这个我所不知的东西,微乎其微,以致无法被辨认出来,却使全球、王爷、军队、全世界撼动。"神奇不会使人笑,难以确定的东西能刺激人。

两千年来,小说家任由哲学家尽力协调爱情的定义,他们孜孜以求的是对爱情做出最完美的描绘。他们探索它产生的条件和机遇,变幻莫测的延续时间,表面的结果和深度的变动,限制和推翻它的法规,它带来的幸福和不幸有多大,它的物理性,它的化学性,它的历史和地理因素。它的历史不同于力图让我们相信爱情是永恒的悲剧(和心理分析),小说不断地探索新的现实,运用能够阐明未知事物的未知叙述技巧。今日,没有人像达夫尼斯爱赫洛亚②那样去爱。无疑,同样,如果数量的比较能有一点意义的话,当然情况就会有所不同。这不仅是法规改变了,而且这些法规阐明和反映的现实也改变了。

小说家沿着现实这条道路移动他们的镜子。他们用越来越大胆的技巧(这是小说史实),记录着爱情风景的变化。但是,最优秀的小说不满足于再现现实,而是阐明它,把它表现成人们从来未见过的样子。虚构变成一个楷模,现实围绕着它思索、感受和梦想。

编写一部爱情小说史,也许是试图确定,在我们这些产生小说的西方国家里,小说家世世代代是怎样构想爱情的,这爱情对没有小说的民族而言,是永远不同的,永远具有异国情调的。

---

① 帕斯卡尔(1623—1662):法国散文家,也是哲学家、数学家和物理学家,著有《致外省人书简》(1656—1657)、《思想录》(1670)。
② 达夫尼斯和赫洛亚是古希腊诗人朗戈斯的田园小说的主人公。

今日，几乎没有哪个民族没有小说。这种欧洲的叙事创造，逐渐传到各个大陆；几个世纪以来，其他叙事形式已经书写过人类的活动。今后，凡是最丰富的文学表现——往往是最通俗的文学表现——在传统上借鉴其他方式来叙述别的事情的地方，存在着中国的、印度的、日本的、波斯的、阿拉伯的、尼日利亚的和祖鲁的小说。

我们在这里将注重爱情**小说**。无论《一千零一夜》的故事，**小故事**和中国的长篇史诗，印度的**吠陀**的神话故事，挪威的萨迦①或者荷马史诗，都没有提到爱情。它们当然对爱情谈得很多：为了使人感动，为了使人遐想，为了使人笑和颤抖，为了使人愉悦或者为了教育人。但是它们用另一种方式谈论，仿佛用一种令人倾听的特定话语，仿佛谈的是一个社会群体的共同经验。这些作品在**诉说**：它们属于讲说和倾听这些故事的社会。爱情小说往往在孤独中被**阅读**；它们在对内心说话，它们把人物的经验个性化，写成文字。它们使之成为每个人的事。小说的胜利，也许是阅读暂时的胜利。

---

① 萨迦：北欧传说、世家传奇。

第一章

在神祇的天国和人类的大地之间

普叙刻①的爱情故事是一篇很短的小说,被插入到一个较大的整体,一部流浪汉小说《变形记》,也叫《金驴记》之中。它是一个努米底亚人阿普列尤斯②的作品,写于公元 160 年。故事情节发生在**罗马的和平**时期、公元 2 世纪的希腊。阿普列尤斯不是讲述传说,他讲的故事被看成是现代的。互相镶嵌的插曲,通过一个年轻人卢西乌斯的不幸遭遇联结在一起。一次笨拙的魔术把他变成了驴。"今后失去了人的动作和不能运用人的语言",卢西乌斯只有咀嚼赠给伊西丝③的一株玫瑰,才能恢复人的面孔和语言。比他所希望的时间更长、更难做到和更痛苦的情况是,至少能允许他——读者和他——了解世界和生活在那里的人。

在长途跋涉中,驴子最后驮上一个年轻女人,在她结婚那天,她被强盗劫走。她悲叹不迭。为了安慰她,让她不再令人厌烦地啼哭,看守她的老女人决定给她讲好听的故事,**善良女人的故事**,让她高兴:一部小说,**小爱神和普叙刻**。

---

① 普叙刻:希腊神话中的灵魂之神,人的灵魂的化身,形象是一只蝴蝶或长着蝴蝶翅膀的少女。
② 阿普列尤斯(124?—175?):古罗马作家,著有《金驴记》。
③ 伊西丝:古希腊神话中司生育和繁殖的女神。

普叙刻(这也是驴子的名字)是一个美貌绝伦的年轻公主,"由于人类语言的贫乏,无法充分地赞美她"。她太美了,难以被描绘,她太美了,普通男人没资格爱她:她的美使愿望冻结了;她使可能成为丈夫的人跑掉,她注定普叙刻得到爱和抑郁寡欢。她的美是一种诅咒。普叙刻是禁忌。

当她引起维纳斯的忌妒时,她变得更是如此。女神忍受不了竞争,也忍受不了"由于神圣而获得的荣誉使人受不了的移情"。于是她召来了她的无赖儿子小爱神,他又叫丘比特,不懈地制造混乱的家伙。她以母爱的名义,要求他报复那个拥有令人受不了的美的凡人女子。他要设法让普叙刻**坠入**爱河:让她感到自己对最卑鄙的男人有不可抑制的爱情。

但是事情不像预期的那样进行。小爱神**看到**普叙刻以后,决定假装成祭品,把她劫走。普叙刻离开了活人的世界,但是她被转到一座岛上的一个美轮美奂的宫殿里。在黑咕隆咚的夜里,她和"看不见的人"举行了婚礼。她在一个她看不见面孔的人的袭击下失身,但是读者认出了这个人就是维纳斯的儿子。此后,她平静地接受了自己的命运。她多少从中感受到情趣:"这持续了很久。就像大自然所希望的那样,在长久习惯的作用下,新颖变成了一种乐趣。"

普叙刻和她**不识面目的丈夫**度过的一夜又一夜是甜蜜的。但是,白天很漫长,普叙刻感到厌烦。她的情人允许她重见她的姐妹。通过魔术,他们从真实世界转移到普叙刻的华丽住处。有两个姐妹忌妒得要命,把她们在人间毫无光彩的婚姻与这对行动不便、粗俗的夫妇的生活相比较,她们的妹妹过的是甜蜜的心醉神迷的生活。她们决定报复和毁掉她。

她们说服天真的普叙刻,说与她共度良宵的丈夫是一头可怕的野兽,一旦她生下腹中的孩子,这头野兽就要吞噬她。普叙刻还在犹豫:"**她憎恶这野兽,却爱丈夫**";但是恐惧战胜了她。在一盏油灯的照射下,她看到了熟睡的情人的面孔和身体,她正准备献身给他。这不是一个魔鬼,这是小爱神本人,从他的美貌、他的翅膀和躺在他身边装满了箭矢的箭筒,可以认出他来。

普叙刻用其中一支箭戳自己,一滴血流出来,"就这样,天真的普叙刻成了小爱神的情妇"。但是另一种液体散布开来,这是一滴热油,从普叙刻的油灯落在小爱神的肩上。天神惊醒了。他现出原形,鼓动翅膀飞走了。

普叙刻被她的天神丈夫抛弃后,逃走了,却受到维纳斯的愤怒追逐。女神想毁灭她有充足理由憎恨的女人:这个女人要同她比美貌,夺走了她的儿子,准备让她成为祖母。她发动天神的整个家族,不管大与小;她向凡是给她逮住普叙刻的人以感官报偿:"七个甜蜜的吻,再加上用舌尖舔一下,这是像蜜一样的吻"。美丽的凡人女子受到围捕、追逐,像一个潜逃的奴隶一样,只得投降。维纳斯使她经受严酷的考验,特别是让她下到地狱,没有人能从那里返回。普叙刻从最可怕的陷阱中脱身,因为她忍受不了活着,实在熬不住痛苦。

至于小爱神,他不得不放弃这个他爱上的女人,却没有恢复平静。他生病了,忽略了爱神的职责。"再没有快感,再没有妩媚;一切都土气、粗野,再没有夫妇的结合,再没有伙伴间的友谊,再没有亲情,只有疯狂的放纵。"在缺乏爱情的情况下,是发情占据压倒地位。

这是一种难以忍受的状况,朱庇特召开了神界的全体大会,为的是走出危机。尽管维纳斯抗议,他还是让普叙刻进入女神的行列,这样,就使她和小爱神的婚姻合法化。

这对夫妇的孩子最后可以出生了。这是一个女儿,命名为性感。

描写普叙刻和小爱神的小说,叙述的是一个天神和一个凡人女子的爱情关系。这不是这类题材的第一篇故事,希腊的传说充满了这类插曲:神祇乔装打扮,变出各种不同化身,为的是引诱凡人女子,满足他们的欲望。但是这一回情况颠倒了:是普叙刻的美貌提升到同天神比肩;在她和小爱神之间,先是奸淫,然后有了真正的爱情往来,平分愉悦,当神界和凡人世界的大门重新关闭后,他们彼此陷于绝望。普叙刻变成了女神后,重新打开了这道门。

《变形记》沉浸在预言、神谕、显灵、魔法、鬼怪之中,也就是说沉浸在相信存在一个中介世界,其中天神的王国和人类世界之间有通道,存在一个共同范畴,其中受神灵启示的说情者允许他们交流。在崇高和平凡之间有一个中间世界,小说可以在其中找到位置。在史诗和悲剧之外,也就是在英雄和神祇所处之地以外,小说在低与高、平凡和不完美事物的奇遇中确立了。

普叙刻并不完美,只有她的美貌不幸地使她摆脱了人的平凡处境,人间的诱惑使人获得婚姻的快乐,就是说获得社会和个人的完善。她的美貌令人惊讶,却并不使人愉快,把她抛出了人间,来到一个幻想的虚构的世界,别人可以把她看做女神,其实她不是。再者,她不是很机灵,她很大一部分不幸遭遇归因于好奇,归因于这种**求知欲望**,而这是从传统说来女人的特性,但也是学者的特性。

维纳斯虽然是女神,但显然不是完美的。她的所作所为更多像一个古罗马妇人,而不像第一等的神祇。在小说中,她表现出爱忌妒、爱报复、很残忍,——这和神性并不矛盾——但却是庸俗的、狡猾的、邪恶的,她毫不犹豫地使用粗俗的民间的语言。再说,这是大多数神祇的共性。史诗和悲剧的语言不再被使用。它们描写相当寻常的情感、羡慕、虚荣、愤怒、奢侈或贪婪,已经有很长时间了;此后它们使用骠夫、会计或司法人员的语言。小说开始考虑存在的一般尺度,**辱没**神祇的语言,使之成为日常的散文。阅读《变形记》会从神祇的口中看到平民百姓语言的乐趣。

无法知道小爱神在什么时候不再完美,什么时候陷入一般人情感的弱点中。小说没有告诉我们,维纳斯的儿子什么时候不再服从他的母亲——排斥普叙刻——却爱上了自己喜欢的凡人美女——违拗维纳斯。这过渡似乎在不知不觉地进行,所有的人物都不知情。在普叙刻的不审慎之后,这对情人必须分开,他们才感到缺失的痛苦,让他们

第一章　在神祇的天国和人类的大地之间

了解到他们情感的真实状况。年轻的天神是可怕的,爱挑起混乱和不理智,于是,他的行为就像被自己的箭矢所伤。他抛弃了自己的天神职责,不再实施自己的权力。同时,他展示出自己正面的能耐。他被他的母亲说成是一个爱恶作剧的令人不可忍受的顽童,一个作奸犯科、劫持女人和放荡的肇事者。他的撤离证明了,一个缺少了他的世界将变得更坏:这个世界会陷入最基本的粗鲁需要中,陷入受本性无声而粗暴的法则制约中,陷入原始的、毫不温柔、像世界一样古老、像原始冲动一样盲目、像原始混沌一样咄咄逼人的性欲中。

叙述者老妇在半醉中颂扬分裂的世界,一个打上欠缺、匮乏、贫穷标记的世界:普叙刻想念小爱神,小爱神想念普叙刻,这一个在另一个那里寻找自己所缺乏的东西。但是,维纳斯的儿子一下子作为非常奇特的一个天神出现了,这是一个受到不完美和不满足打击的神。小爱神和普叙刻的故事叙述的是他者闯进这一个的天国。这是描写爱情最早的小说。

爱情的欲望同对失去的结合的怀念联结在一起。这就是在柏拉图的《会饮篇》中,阿里斯托芬叙述的故事。喜剧家断言,每一个人都在另一个人的爱情里力图汇合自我的双重缺乏,在镜子中追寻自己的映像。因此,没有比联结两个同形的和对称的一半的爱情更完美的了,同性关系表现了最美的爱情,这是把两个一半的男性结合到一个男人身上。"在儿童和青少年中间,没有更加高贵的人了,因为他们具有最高程度雄性的特质:他们具有一颗男人的心和一种雄性的气度,竭力追寻与他们相似的东西。没有什么更加强有力地显示出这一点:这就是,他们的成长结束时,唯有这一类的个体能通过他们的政治品性显示出是男人。"

柏拉图的教训——以及阿普列尤斯的教训,他是接受希腊文化的北非人和新柏拉图主义的哲学家——是迥然不同的。当然,从精神观点来看,爱情不认性别差异。爱情冲动将我们的视线投向别人的目光,以便从中发现对方在我们身上看到的美,就像对方发现我们在他身上看到的美,这种交换让人迸发出神圣的火花,能把我们不加区别地带往俊男或靓女那边。这火花甚至能让我们看到不显现出来的美;比如,苏格拉底①用情意绵绵的目光盯住阿尔西比亚德②的目光,虽然表面很粗野,但是,柏拉图告诉我们,这种精神的、宗教的好色,在肉体上是贫瘠的。只有性别不同才能允许生育,将自己总有一死的生命延续到他人身上。普叙刻变成了母亲,这种扩散使她不朽。"她为儿子来到世上的荣耀而兴奋,对成为母亲的尊严感到欢欣鼓舞。"

一切都通过目光和目光的交换进行。因此,小爱神让普叙刻答应不要竭力看到他,年轻女子和有翼天神的邂逅发生在漆黑的夜里。只有他们的身体相结合,除了乐趣没有别的后果。在《变形记》的另一个故事,即沙里泰③和特拉齐尔的故事中,阿普列尤斯叙述一个年轻女子的悲剧,她拒绝了一个年轻的浪荡子特拉齐尔的求婚,他"在大白天投到妓女的怀里"。浪荡子同沙里泰选择的丈夫结下友谊,以此报复,然后在打猎中发生事故的掩护下谋杀了他。沙里泰仍然"活着,没有愿望"。特拉齐尔在激情的推动下,向她透露了"他心中的秘密和不可告人的罪"。她佯装对他的坚执让步,同意接待他,但是要在夜里,在黑暗的面纱遮蔽之下,没有任何光线的合谋,裹在他的大衣中。这个场景被阿普列尤斯称为**死亡婚姻**。实际上,沙里泰没有杀死特拉齐尔,她用一根发簪挖出他的眼睛。"你会活下去,"她对他说,"但是你的眼睛死了,你将什么也看不见,除了睡着时。"报仇以后,沙里泰擦干眼泪,然后自尽,用她的剑开辟出一条道路,下到她的丈夫永眠的地方。"她最终让自己的灵魂变成男性。"

黑夜是幻想、虚假、灵魂囚禁在身体范围内的空间。黑夜,一切躯体都是相同的(这种混同是小说情景取之不竭的源泉),美是看不到的。真正的爱情关系,就是这样的关系,它将你提升到神祇的完美和

---

① 苏格拉底(公元前470—前399):古希腊哲学家。
② 阿尔西比亚德(约公元前450—前404):古希腊将军、政治家。
③ 沙里泰(Charité):此名意为仁慈。

纯粹美的经验,通过视觉和光线进行,哪怕是一盏油灯的光线。

在光线之外,没有爱情,因为没有交换。在黑夜中看到的东西,属于梦想、混沌、逃遁、盲目、不纯、强盗、猛兽、羸弱的激动、身体的不透明。这是激情沸腾的时刻,主人敢于获得女仆的时刻,上层社会妇女接待小白脸的时刻,金钱通过魔术师和魔鬼精心制造的一种变形与性作交换的时刻。

阿普列尤斯描写了放荡的或者淫猥的故事,这是血淋淋的欲望悲剧,德行受到欺骗和嘲弄的悲惨故事,为了更好地说服读者,不要把肉欲的展现与爱情的入迷状态和情侣达到神圣完美的神秘交换相混同。

激情的特征也是生病的特征。阿普列尤斯叙述一个岳母的遭遇,"要么她天生是邪恶的,要么是出于命运的过错,她把目光投向"她年轻的女婿。"当狂热的激情之火充满她的整个心灵的时候",丘比特放任他的激情,她落入神祇的攻击中。"她假装陷入倦怠,掩盖自己心灵的伤口,佯装身上不适。再说,丧失健康,脸容大变,在病人身上和在情人身上正好是一模一样的:可怕的苍白,无精打采,腿脚无力,夜不能寐,随着痛苦的延长,也就变得越来越剧烈。"

相反,普叙刻要忍受维纳斯的愤怒的折磨,遭到最可怕的考验,她的健康活力和镇静能允许她克服最难以消除的障碍;她的力量似乎超过了人所能拥有的力量。她终于从女神把她赶往的地狱那里返回。阿普列尤斯已经断言,爱情比死亡更强大。①

《达夫尼斯和赫洛亚》或者婚庆

在奥林匹斯山的天神和城邦的天神的双重祝福下,婚姻是爱情结合的完美结局。人们在希腊语和拉丁语的小说中可以重新找到这个

---

① 这句话是《特里斯当和伊瑟》所表达的思想。

常数。它们并不都是爱情小说,但是它们都是婚姻小说。问题并不在于知道一对情侣是否最终能相爱,尽管有障碍、有灾难和命运追踪其后递增的情敌,而在于知道他们能不能庆贺婚礼。

《达夫尼斯和赫洛亚》这部朗戈斯的田园小说,与阿普列尤斯的小说是同时代的,叙述两个纯洁而品德好的年轻人发现爱情,前半部讲述这对青年怎样有点吃惊地知道彼此相爱了,只有一种药能医治向他们袭来的病:"我们互相接吻,互相拥抱,互相赤裸裸地躺在地上。天气无疑很冷,但是我们经受得住。"而后半部用来叙述达夫尼斯和赫洛亚结婚遇到的困难,当时要遵守的社会地位使他们分离,至少表面看来如此。社会秩序反对这种爱情,等级制度在他们的关系中占据统治地位。两个年轻人发誓要生活在一起,今后不再分离,但是由于这个秘密地共同生活的计划,同结婚和夫妻生活在精神上相联结的爱情完美结合是不相容的,所以被抛弃了。赫洛亚的美貌显然是因为她出身王族,所以她最终能与王子情人结婚。这个情人早年得到照料,预先适应情欲的战斗,不会成为一个过于愚笨的丈夫。"达夫尼斯和赫洛亚赤裸裸地睡下,彼此挨着,拥抱在一起,互相接吻,黑暗中不闭眼睛,赛过猫头鹰;达夫尼斯完成了黎塞尼昂(他快乐的启蒙者)教给他的做法,而赫洛亚第一次明白,他们在树林里完成的不过是牧人的游戏。"

达夫尼斯的父亲在儿子结婚前对他所说的是,他确信赫洛亚是处女。姑娘的贞洁是与她们的美貌绝伦不可分的,这种美貌应该是**纯洁无疵的**。通常,处女膜具有婚姻价值。它并不在于保证未来妻子的纯洁,而是在于保证不要出现隐瞒的私生子,将来扰乱家系和遗产的分配。然而这远非代表了缔结婚姻的绝对理想和必不可少的条件。在《舍雷亚斯和卡利罗亥的奇遇》这部公元前2世纪的古老的希腊小说中,舍雷亚斯的未婚妻受到情敌们的囚禁,然后在婚礼的第二天又被海盗劫走。他们经历千难万险,包括风暴、绑架、监禁和诱惑以后,又重逢了。但是在这期间,卡利罗亥半推半就地嫁给了另一个王子迪奥尼索斯。她同第一个丈夫有过一个爱情的结晶——孩子,"因为他们彼此同样热烈地感受过",但是她让第二个丈夫背上了父亲的身份,在这之前又被第三个强盗带到野蛮人的王国——波斯的内地。而这一切都未能改变她崇高的和纯洁的美,她始终是理想的未婚妻。

当舍雷亚斯重新找到卡利罗亥时,发现她比他们结婚时更美:"这不再是少女的魅力,而是一个女人充分发育的魅力……她先是把自己的孩子抱在怀里,可以看到一个令人赞叹的场面,至今没有画家画过,没有雕塑家塑造过,没有诗人描绘过类似的场面。"在一个死亡总是近在眼前的社会里,很早就出嫁女儿,希望她们早早生儿育女,维持世代相传胜过其他一切考虑。卡利罗亥祈求女神阿芙罗狄忒①说:"答应我,让我的儿子比他的父母更加幸福,让他像他的祖父。这样,我的父亲就会因为有一个同他等值的继承人而高兴,我们,他的父母,我们也会高兴,甚至在死后也一样。"

泰亚热纳和沙里克莱或者贞洁的烦恼

在公元 2 世纪或者 4 世纪之后,埃米萨②的赫利奥多尔③的《埃塞俄比亚人》,希腊的一本大部头小说,其影响一直到莎士比亚和塞万提斯。在这部小说中,男性必要性的影响,生育的烦恼,似乎不如意识形态和宗教的考虑那样沉重地压抑着人们。泰萨利④的王子泰亚热纳劫走了沙里克莱,她是出身不明的尤物。这对情人互相受到爱情的一击,双双逃走,但是他们发誓保持纯洁,直至他们能够举行合法的婚

---

① 阿芙罗狄忒:古希腊神话中司爱情和生育的女神,宙斯和海洋女神之女,她的名字有"从海水的泡沫中诞生"之意。
② 埃米萨:今称为霍姆斯,叙利亚的古城。
③ 赫利奥多尔(3 或 4 世纪),希腊小说家,他的小说在拜占庭帝国十分流行,直到文艺复兴时期仍有赞赏者。
④ 泰萨利:希腊北部地区。

礼。这对情人的大部分不幸遭遇,是由于他们竭力不惜一切避免破坏童贞而引起的,为了达到目的,他们毫不犹豫地寻求魔术、欺骗、谎言、为意中人的生命也为他们的生命冒险。

在小说特别充满象征性的片断的一个插曲中,要被祭献给埃及神祇的泰亚热纳,要求让沙里克莱亲自动手。是她,而且只有她才应取走他的血和生命。但是,由于一个女人不被允许祭献一个男人,除非她出嫁了,不是处女,沙里克莱"忘记了她的性别和年龄的约束,仿佛一个受神灵支使的女祭司,忘乎所以",她不得不承认,这个准备要扼死祭献给神灵的男人(因为他长得最美)是她的未婚夫。婚坛是唯一能把他解救出祭坛的地方。小说确实以两个主人公的结婚结束,这场婚礼具有真正的宗教和政治的圣事形式。这对年轻人找到了"他们高尚品德的合理报偿:我宣布这对年轻人由婚姻结合在一起,我允许他们合法地一起生活,生儿育女。如果你愿意的话,让一场祭献确认这个决定"。于是,这是一场欢乐的祭献。

受童贞纠缠所制约的纯洁和贞洁之道德,取代了和谐与富足的美学。

小说并不叙述生活。不叙述构成被统治者群体的那些农民、仆人和奴隶的生活。但是,虽然不叙述这群社会和知识精英的生活,但是书籍专门是对他们说话的,这些小说的目的是要娱乐他们,同时也在于教育他们和培育他们。在希腊人和罗马人的日常生活中,没有什么比只根据自身兴趣的原则利用自己的性冲动更自由了。身体,男人的身体,更有甚者女人的身体,是社会用以通过世代繁衍摆脱死亡的成功控制的工具。在这种文明的经济学中,婚姻比爱情更加必不可少,一般来说姑娘从进入生育年龄开始,就被加以婚姻干预了。甚至存在哲学与道德文学的一个分支,确认夫妇的爱情——唯一合法的爱情——需要小心和有节制地经营。稳健地经营爱情,导致情爱的吸引不再是扰乱社会平衡和平静生育的一个因素。

这种平衡受到两方面的威胁。当未婚夫妇或者夫妻之间不存在足够的吸引力时,就有危险了。由于这是发生在年龄差别过于重要的婚姻,或者夫妇一方逃离婚床的婚姻(往往是同一的)之中的情况——这就引导对方呼唤外界的伙伴。但也有反过来的情况:夫妇间的融合并不和谐,以致扰乱男人在家庭中对女人的统治地位所牢固确立的等级。男人于是有失去男子气概的危险,既体现在白天他的家庭管理中,也体现在黑夜他的生殖职能的完成中。这个题材经常出现在有关婚姻的无数论文里,论述的是妻子无限的贪欲导致希望男子性机能竭尽,妻子的贪欲被揭露成某种吸血女鬼。爱情失败就是理所当然的了。

在实际生活中,社会秩序仍然控制着另一个等级,就是彻底分开一小部分领导阶层的等级,这个等级主宰着世界、不变的规章、大量的奴隶和仆人。无疑,一个自由人不能爱一个女奴,因为他迎娶她是不可想象的。相反,他可以得到她,满足他对她的欲望,而不会是通奸,因为奴隶不分男女,都属于他,是他的财产,主人可以自由享用。

小说不叙述这个,甚至其中最"现实主义"的小说,甚至像《萨蒂里康》①那样的小说,这类小说哀叹提拜尔、卡利古拉、克劳蒂乌斯和尼禄②时代罗马的世风日下。这些是婚姻小说(直至故事结尾,婚姻仍然受阻),主人公的爱情绝对不会成为问题,绝对不被遗忘,绝对不被缩小,绝对不被背叛。传奇性来自爱情之外,绝对不来自爱情本身。爱情是在一切都在改变的世界中不变的东西;它没有故事。它仍然属于万物起源的世界,英雄和神祇的世界,标志着大地与天国分离的古代诸神系谱的世界。它是宗教故事和诗歌故事的一部分,今后加进了对世界的散文描写、对知识的描写,加进了新的边界、新的宗教、对神奇事物新的表现。

赫利奥多尔写道:"我们在事实中明显看到,心灵是神圣的东西,

---

① 《萨蒂里康》:拉丁语作家佩特罗尼乌斯(卒于65年)的作品,诗与散文相组合,只留存片断,像流浪汉小说,叙述一个误入歧途的年轻人昂科尔普和他的两个朋友阿西尔特和吉通的流浪,具有讽刺、滑稽的内容,触及人民的贫困和宫廷的典雅生活,有点色情。
② 提拜尔(公元前42—公元37):罗马皇帝;卡利古拉(12—41):罗马皇帝;克劳蒂乌斯(公元前10—公元54):罗马皇帝(41—54);尼禄(37—68):罗马皇帝(54—68)。

在天上有亲属！两个年轻人一见钟情，仿佛他们的心灵一旦相遇，就认出了同类，每一个都冲向值得所属的那个人。"

头一批爱情小说，也就是在传承希腊文化的广大罗马帝国流传的小说，大胆地运用近似真人真事的语言叙述对爱情的信仰。这种信仰在历史故事的情节中掺杂了日常生活，写下了不随时间而变的诗歌。小说确立了——不再是诗歌，或者历史故事，或者史诗——作家在神祇的天国和人的大地、在不变和变化、在理想与真实这两幅图画中故弄玄虚，而读者却能分辨两者的界限。

在爱情小说中，人们不再准确地知道爱情是什么，处于何种位置。倘若精神主宰躯体，或者倘若是相反，或者倘若关系到一场混战，既不知战胜者也不知战败者，如果总有一个的话。

在《埃塞俄比亚人》中，赫利奥多尔叙述了泰亚热纳和沙里克莱"遭到电击"："他们一见钟情，仿佛他们的心灵一旦相遇，就认出了同类。他们马上似乎对刚发生的事感到羞耻，脸涨红了。"随后，未婚夫妻在经过使他们分离的一系列不幸遭遇之后，终于又单独相处。"他们第一次摆脱了讨厌的旁人，投入彼此的怀抱，毫无约束、毫无节制地拥抱和接吻，心满意足。他们忘却了其余的一切，长时间抱在一起，仿佛结成一体，忘乎所以，直至厌倦，享受到始终纯粹和贞洁的爱情，热泪如泉涌，交融在一起，一味交换圣洁的吻。当沙里克莱感到泰亚热纳有点过于激动、有点过于冲动时，就让他记起他的誓言，让他克制，他毫不困难地控制住自己，很容易让自己恢复理智；因为，即使他感受着爱情的折磨，他仍然能控制住自己的感官。最后，他们意识到要做的事，强迫自己停止下来，然而并不满足于他们的愿望。"

在两个主人公身上，精神战胜了，贞洁的激励加速了心灵的融合。但是，主人公正式与凡夫俗子区分开来了。小说家要向读者展现有典范意义的形象，不过他同样要释放一门知识，描绘像存在一样的世界。在这个像存在一样的世界中，所谓的爱情往往导向一种狂热的占有欲，这种欲望随着满足的获得而消失。

第一章　在神祇的天国和人类的大地之间

在希腊神话中,爱情的这种双重性反映在天神厄洛斯①有两种形态上面。占据最重要方面的厄洛斯像世界本身一样古老,雌雄同体,传说其具有两双眼睛,能看到四面八方,还拥有好几只头和两种性别。在这个原始的厄洛斯旁边,还存在另一个厄洛斯,要年轻得多,是阿芙罗狄忒的儿子,罗马人称之为丘比特,他的职能是把性别不同、分离开来的东西合在一起;他兴奋异常,好动,拥有过度的、控制不住的创造力。在小说中,丘比特更加接近男人,他焕发青春,屡犯错误,把持不住自己,忽冷忽热。他也坠入爱河,落入自己的陷阱。两性的结合在最大的混乱、最大的范围、精力的丧失和社会混乱无可估量的危险中进行。这种结合处于心灵迷醉的控制中。

心灵迷醉使自我思维紊乱,能让人越过神祇王国的门槛。但是,在自我迷失的时刻与重新在心里找到对方的时刻之间,会发生什么事呢?迷醉怎样延续呢?古代小说对得到爱情三缄其口。它们随着结婚便结束了,这就是说,随着爱情的混乱在城邦的秩序中解体而结束。在《达夫尼斯和赫洛亚》中,朗戈斯在主人公的爱情最终结合、举行乡村的豪华婚礼之后,有一段情节描写新婚夫妇的生活。但是,比描绘他们的夫妇生活更进一步的,是对自由自在的田园生活价值所在的宣言书,这种价值与城市文明的矫揉造作截然不同:"赫洛亚和达夫尼斯互相接吻。连山羊也到附近吃草,仿佛它们也参加婚庆。城市人说实在的并不太喜欢这样,可是达夫尼斯叫得出它们其中几个的名字,给它们吃绿叶,抓住它们的角,抱住它们。不仅这一天,而且他们一辈子所有的时间都几乎关注着牧人的活计,像崇拜神灵一样崇拜水仙、潘神②和小爱神。当他们有了第一个孩子——儿子——的时候,他们让他吃一头母山羊的奶;当第二个孩子女儿降生时,他们让她吮吸一头母羊的乳房。这些趣味就这样随着他们而衰竭。"

---

① 厄洛斯:希腊神话中的小爱神。
② 潘神:希腊话中的畜牧神,下半身是羊腿羊蹄,头上生有羊角羊耳,长须,还有尾巴。

许多这类异教徒的爱情小说是在2至3世纪塔西陀、小普林尼、苏埃托纳和尤维纳利斯①的时代写成的。古希腊的哲学和文化影响在这个时期是巨大的,即使其中往往掺杂了其他爱情神话的影响,还有在罗马帝国向东方边缘地区极大扩张时其他同化了的礼仪的影响。比如,并不少见各种毕达哥拉斯②派的思想渗入魔术活动、太阳神崇拜者和奥西里斯③祭司的占卜礼仪,也不少见维纳斯这罗马人的母亲女神的崇拜者,反对伊西丝的崇拜者的竞争仪式。罗马的信仰是世界的信仰。

西普里安④:诱惑者和殉教者

自从1世纪60年代开始,除了加强评注以外,绝对找不到从巴勒斯坦流布开来的基督教讲道痕迹,从大数的保罗⑤开始,讲道的目的在于让异教徒改宗,至313年导致米兰敕令的颁布和宣布基督教为国教。基督教的宣传以其强有力和大胆著称,但对小说的书写来说还没有位置。新的宗教在文学丰富的希伯来传统的基础上建立,到1世纪末开始传播的福音书加以充实,其中并不缺乏神话因素、故事、史诗、小故事、逸闻和能够嵌入虚构和图像的寓言。后来,新教经常从这宝库中获取材料。但是,当时它的信徒在分布于地中海周围的小共同体中,有更加迫切的挂虑:准备基督返回人间以及天主之国的回归,据大

---

① 塔西陀(约55—约120),拉丁语历史学家,著有《编年史》;小普林尼(61—约114)拉丁语作家,著有《书信集》(97—109);苏埃托纳(约70—128之后),拉丁语传记家,著有《十二个恺撒的生平》《论名人》;尤维纳利斯(60—约140),拉丁语讽刺诗人,著有16卷讽刺诗。
② 毕达哥拉斯:公元前6世纪希腊的哲学家、数学家,他的著作没有流传下来,却形成了一个学派。
③ 奥西里斯:埃及的神祇,像个木乃伊,手臂交叉在胸前,一手拿着权杖,一手拿着鞭子,胡子编成法老式的辫子,头戴冠冕,身穿白色法衣。
④ 西普里安(3世纪初至258):拉丁语作家,基督教教父,248年任迦太基主教,宣扬宽容,作为殉教者而死,著有《论教会的统一》。
⑤ 大数的保罗(约5—15至约62—64),基督教的使徒,特别在非犹太人中宣教。

第一章　在神祇的天国和人类的大地之间

家看来,到来日期已经临近了。为了准备这场革命,并从属于被召唤享受永恒生命的选民之列,人们更需要预言家和圣徒,而不是诗人和小说家。

必须等很长时间,直到 4 世纪末,才能看到一种爱情小说的形式胆怯地出现;仍然关系到的是圣徒的生平,无疑是用希腊语,由没有同化的一个东方基督徒所创作。这部《圣西普里安的忏悔录》几乎与圣奥古斯丁①的《忏悔录》写于同时代,后者是一部精神上的、动人的改宗故事,具有完全不同的规模。

迦太基主教西普里安的传记以三部曲的形式出现,以他在马克西敏②统治时期的 258 年殉教结束。中心部分是一部爱情小说。即使圣徒传记的作者让他的著名人物以第一人称单数说话,小说性质仍然不容置疑。西普里安的回忆产生了小说,正如黑夜产生梦。

西普里安叙述,雅典公民从童年起便崇信阿波罗,他怎样自然而然地从异教滑入魔鬼附身的修行,滑入"不信教、缺乏理智的认识和三种形式的误入恬不知耻的歧途:嗜血、嗜废物和胆汁"。西普里安不是一个普通的异教徒,因他的祖先和习惯于崇拜虚假的神而被奉献,这是一个魔鬼的创造物,擅长欺骗和玩弄愚昧。但是,基督徒的神灵宽宏大量,大得无边无际,甚至让注定罚入地狱的心灵得到拯救。

西普里安在魔术祭礼的施行中,受到他的一个主顾款待,将一个年轻貌美的基督徒处女茹丝丁给他受用。但是,西普里安在魔鬼的命令下实施的所有魔术,所有许诺,所有诱饵,所有考验,所有罪行,都不能损害女主角的贞操。更有甚者,西普里安疯狂地爱上了他要毁掉的这个女子。他是最强有力的人,只得放弃魔鬼和无能为力的武器,处在茹丝丁的神灵更有效的保护下。

在圣女茹丝丁和改宗的西普里安之间有可能以婚姻结束。可是

---

① 圣奥古斯丁(354—430):非洲主教,在哲学史上占有重要地位,著有《忏悔录》(397—401)等。
② 马克西敏(卒于 313 年):曾统治埃及和叙利亚,迫害基督徒,后服毒自杀。

基督教的爱情小说不再是婚姻小说:"当茹丝丁知道这些事时,她绞断自己的头发,卖掉自己的房间和嫁妆,把得到的钱散发给穷人,认为改宗对她来说是第二次得救。"茹丝丁进了修道院,西普里安也散发了他的财产,变成教士,出发去沿途宣教。"就这样基督把两个获得救赎的人结合在一起。"

笨拙地强调纯真,合理合法地保卫它,直至殉教;茹丝丁和西普里安彼此舍弃了选择,为了更好地在服务于圣事中结合:这两者将全新的色调引入小说中,却有排除小说因素的危险。

叙述的始料不及,故事引出的后继事件的含糊,读者感受到的发现和获悉的乐趣,由于遵循**示范性**和不断重复的教训,这些几乎完全消失了。从多神转到单一的神,新王国的临近到来和寻求救赎的极度迫切,这一切将故事的天地清扫干净,只让预言和欢庆存在。叙述发生过的事,不管是真是假,只是在作为即将发生的事的标志下才有趣味。小说家不创造优美的故事,他是**在建造**,他使救赎的道路变得可以理解。

童贞,尤其是女子童贞的缠绕,是对包含人类肉体的物质性感到不安的明显标志。这种建立在神的化身和身体复活之上的宗教,更多是感受到要考虑肉体的物质存在的最大困难,而不是去考虑**肉体**的、肉的、要腐烂的短暂生命的形式。躯体是适应地球的,灵魂是适应天国的。显然,灵魂没有创造童贞和纯洁之间的联系——这是属于人类学性质的。古希腊的宗教礼仪给予贞女一个位置,她们从童年起就注定专为神圣崇拜服务。但是叙述圣徒生平的爱情小说的创作是另一回事。否认肉体是当作灵魂得救的障碍和罪孽的持久考验而创造出来的。舍弃人间爱情,变成了向神圣之爱打开大门的小说过渡的着眼点。

显然,这关系到虚构,关系到一种想象活动。得到普及的圣洁和特别利用圣事的婚姻的消失,不能用做社会的楷模,也不能用做对全体基督教共同体的精神法规,因为它会宣告这个共同体消失。即使天国的到来临近了,也不能要求全体基督徒中只有孩子。由于不能要求全体基督徒放弃所有的财产和财富,以减少使之成为人间囚徒的这种物质性。

可是,舍弃肉体不能提升为总的法则,却有可能成为个人理想的标志,一种生存的符号,一种给予圣事的组织中谋求特殊位置的男女对上帝的恩宠的自由选择。人物英雄化的圣洁,在信仰的群众中建立起一种社会转折,这些群众允许有规则地和节制地运用排除好色的夫妇性欲;也建立了舍弃自身,以更加接近精神生活的人的社会转折。

阿莱克西:圣洁的晕眩

这种在总法则和特殊生活之间的转折,正是小说存在的空间。小说给予典范人物以位置,他们其实不应用做典范。但是,想象力有时使边界出现危险的孔隙。

在小说体裁的圣徒传记中,在公元 1000 年左右出现了罗曼语的《圣徒阿莱克西传》,此书作者叙述一个来自东方的良家子弟的故事,他在和一个富有漂亮的女继承人的婚礼的晚上,逃离婚床,沿着大路逃遁,虽然贫穷和遭受痛苦,却献身于天主的荣誉。他的朝圣持续了 17 年;然后,阿莱克西返回罗马,始终乞讨,把他的衣物和木碗放在他的双亲和妻子的家门前——她像本应那样仍然是处女和忠贞不贰。没有人认出他,他必须在死之前写下他的故事,让他圣洁的生活最终大白于天下。

这无疑是优美的故事,是一等的英雄主义、严峻的挑战、崇高的行动的杰出典范。阿莱克西的生平强调的是价值和任务的等级,在这个等级中,天国战胜人间,谦逊战胜骄傲,祈祷战胜权力,侍奉天主战胜暂时的快乐和爱情的满足。但是,年轻的贵族,出身名门的青年热衷于阅读和倾听传奇的朗诵,他们一丝不苟地接受教训,抛弃父母、妻儿、职业。从他们的角度来说，特别是奥尔良宫廷的宗教显贵人士，都以阿莱克西为榜样，宣布没有必要成为教士，也能乞求神圣，每个人都应该通过自身寻求得救的道路，婚姻——不仅是教士的婚姻——是祈祷、忏悔和贫穷的生涯的障碍。他们还说，性欲是男女为了重新找到夏娃和亚当在受到诱惑之前的伊甸园所应该逃避的牢笼。

有的人，比如拉乌尔·格拉贝，他待在马尔纳河上的沙隆，希望"根据福音书的原则离婚"。还有更多的人，放弃了他们的古堡，寻找荒漠、个人的苦行和完美。

流行病达到这样的规模，以致必须召集一个主教会议，会议上单身的狂热的在俗教徒被判定为异教徒。甚至还烧死了一些人，这是头一批因信异教而被处死的人，就是说，如果社会机体、贵族和教会感觉受到威胁的话。基督教信仰是一个集体命运，而不是个人同天主的一种关系。

这丝毫不妨碍《圣徒阿莱克西传》这部非爱情小说继续光辉的文学生涯。它要变成英雄神圣的难以被模仿的典范，它是典范的虚构，由此出发，将塑造出高度政治化的文明形象，即**基督教骑士**的形象。

小说戴上了圣徒的虔诚传记的面具，允许这种悖论。它弥补了可赞赏的典范和应模仿的典范之间的巨大间隔。它有助于参与特殊事物的展示，参与神圣事物、才干、权力；有助于感受其伟大和接近神圣。它有助于达到处于特殊和荣耀的他者境界，然而并不放弃谦卑的人道的界限。它展示出不能实现的现实之镜，这现实只能瞻仰，却不能体验。

对于单身教士在修道院的图书室里撰写的爱情小说和骑士传奇来说，这个位置是自由的。

第二章

《特里斯当和伊瑟》：在欲望的强大力量和忠诚的法则之间

《特里斯当和伊瑟》被看成传奇爱情最早的故事。德尼·德·卢日蒙曾经为它写过一本有名的书《爱情和西方》，从中甚至看到"我们激情的词源"，"以秘密和扩散的方式"主宰欧洲文化中男女关系的神话：联结爱情与毁灭和死亡的通奸趣味。

今日我们知道，情况不是这样。希腊语和拉丁语的爱情小说已经有说服力地将性欲不可抗拒和毁灭性的力量搬上舞台了。就像生命力和自身全部融入他人那里一样不可抗拒。就像伴随着充满一系列不幸、混乱和痛苦的追寻爱情的死亡本能一样具有毁灭性。从这个观点出发，《特里斯当和伊瑟》丝毫没有编造：激情是沸腾的，具有悲剧性的。

"我的朋友伊瑟，我的死就看你了，我的命也靠你了"，在托马斯1170年左右所写的传奇本子中，主人公这样宣称。

《特里斯当和伊瑟》不是一部神话，而是一部传奇。更准确地说，是传奇的集合体，一部分是诗歌，另一部分是散文，最古老的本子是罗曼语，但也用日耳曼语，这本书是在12世纪的最后三分之一时期出现的。后来，在13世纪，多个作者从其他翻译的同一稿本出发来编写，把两个情人的故事编织到另外的故事框架，就是阿瑟王传说的框架中，还放入另一种意识氛围即典雅爱情的氛围里。

这是多个传奇,也分成好几个传奇。《特里斯当和伊瑟》《特里斯当和伊索德》《特里斯特朗和伊宗德》《特里斯特朗和伊扎尔达》,成了分成几个部分的手稿,被删节、被删除、抄写、增添、随意处理,有时变了样,这是传递者出于某种目的的需要。19世纪浪漫主义时期,人们重新发现《特里斯当和伊瑟》时,对故事进行了修饰,添上色彩,也增加想象,进一步把传说改造成小说,使它的**故事**消失了。特里斯当和伊瑟变成了永恒的情人。

然而,传奇的影响,它异乎寻常的成功,纳入欧洲爱情的设计中基本和典范的性质,却是与它所包含的矛盾、模糊性和隐晦密不可分的。在《特里斯当和伊瑟》中,一切都似乎写成每一个听众都能从中找得到自己所需要的东西。年轻的领主寻找妻子;家长在意于平静地传递自己的财富和姓氏;女人是要在成为猎物的性的追逐中,寻找最低限度的温情和尊重;教会人士希望把基督教的行为规则,强加给骚动不安的封建阶层。普朗塔热奈[①]宫廷的盎格鲁-撒克逊的少数精英,不如说高雅人士控制着——多少是如此,但越来越强——西欧,从阿吉坦[②]到苏格兰,却是这些传奇真正的股东;就像香槟的宫廷是克雷蒂安·德·特罗亚的传奇的真正股东一样。在这些宫廷里,人们力图给封建社会奠立一个更稳定的基石,不那么好战,即使不算更文明,更世俗。为了占有女人而进行的斗争不需要有那么好勇斗狠的观念,是这些传奇追求的目标之一。但是这些作者对达到这一目标的方法犹豫,多变,出尔反尔。传奇模棱两可,在矛盾的教训之间摇摆不定;主人公不再是可敬佩的,虽然仍然是英雄。根据《特里斯当和伊瑟》最早的本子进行改写的不同版本,不仅包含着变化,有时还彻底改变了译本,但是,在每部传奇中——贝鲁尔的传奇,托马斯的传奇,埃拉尔·德·奥

[①] 普朗塔热奈(Planchegenêt):由于帽子上插上(Planche)一支染料木(genêt)而得名,即安茹伯爵,他的王朝在英国从1154年统治至1485年。
[②] 阿吉坦:拉丁文意为"水之国",罗马时期的高卢人控制的四个省份中的一个,南部延伸到比利牛斯,西部延伸到加斯科涅海湾。

第二章 《特里斯当和伊瑟》：在欲望的强大力量和忠诚的法则之间

贝格的传奇或者戈特弗里德·德·斯特拉斯堡①的传奇——却增加了特征和主题，它们的结构不确定，或者不稳定。有时，作者甚至只限于叙述**发生的事**，明确地放弃对叙述的事的意义和价值，放弃对两者之间的平衡站在哪一方拿定主意，即在欲望的法则和忠诚的法则之间，在爱情的行为和服从夫妇秩序之间。《特里斯当和伊瑟》的极度新颖在于传奇性：主人公是**有争议的**。他们所处的叙述空间不是朝着唯一的方向发展，它是带有论战性的。

主人公是有争议的，而他们的英雄主义却不是。重要的是，他们仍然是英雄，是梦幻的创造物；传奇的主要受众——年轻听众，热衷于同英雄作比较。特里斯当是建立在传说人物的典范之上的，这些人物充塞在君士坦丁堡或大马士革的高卢史诗和战争传奇中。他拥有光荣的家谱，他不怕对抗最可怕的敌人、龙或魔鬼；他大胆而勇敢地保卫弱小者的利益。他年轻，强壮，高贵，能够取得**惊人的**业绩：这是理想的骑士。但是，否定的征兆以阴影蒙盖了这闪光的甲胄。他的母亲布朗什弗勒②，即马克国王的姐姐，生下他时去世了：坏预兆。他也是一个未婚先孕的孩子，因此打上了忧郁的印记：Triste-an③。他远离父亲，被人抚养长大，处于教父、他的叔叔、也是封建体制的君主埃里克的保护下。他是一个受到伤害、被夺去部分统治权的英雄——他要为自己的被统治处境付出高昂的代价。这个杰出而忧郁的英雄注定只处于遗产分配的第二阶梯，要为叔叔跑腿。可以理解，他挑起一群家庭子弟闹事，他们因长子继承权而失去最好的婚姻，注定在困住女人的围墙周围转悠，寻找缺口，哪怕是暗地里止住他们的爱情饥渴。《特里斯当的传奇》——先是这样命名的——把他们的苦恼和失望写成文字。

---

① 戈特弗里德·德·斯特拉斯堡（12世纪末至13世纪初）：德语诗人，在贝鲁尔、埃拉尔·德·奥贝格（约1170）、托马斯（约1180）之后撰写《特里斯当和伊瑟》。
② 这个名字意为"白花"。
③ 法文，将特里斯当（Tristan）拆开来，变成两个字，意为"忧郁的-年岁"。

伊瑟也是根据女英雄的资料塑造而成。她自然是美丽的,像文学中美的标准所要求的那样是金发,有的文本则将褐色和黑色与土地和劳动结合起来,将红棕色头发与火即魔鬼结合起来。她是美丽的,也像所有大贵族妇女在描绘中所应有的那样,她们的谱系高贵与否,教育和打扮精致与否,具有审美的最高标准。伊瑟不仅有公主的面孔、声音和举止,她还有出身高贵的女人的芬芳、趣味和交往。

但是这个公主拥有其他更说不清的魅力。她来自大海那边,来自多雾的、已知世界尚且茫然的边界那边,来自充满奇异的爱尔兰那边。她从先辈那里获得治病的本领和某些魔术。另外,她的母亲能调制有名的、来源于远古的春药——**草药酒**。正是在运用治病的本领时,她认识了特里斯当,他被龙囚禁,刚刚摆脱了龙的王国。

在传奇的开头部分,特里斯当相继被女人所救和迷住,恢复生命和迷恋于激情。在最后一部分,他重新被自己刚战胜的可怕对手用针刺而中毒,他仍然呼吁王后伊瑟治病的魔力,但是她来得太晚了。更确切地说特里斯当被他的合法妻子"白手伊瑟"的谎言所骗,再也没有毅力生活下去。对称写法受到重视:复活和诅咒,最后是谎言和死亡。

孤儿特里斯当落在女人手中。那有名的春药最终算不了什么东西。在某些版本的传奇里,埃里克国王的侄子疯狂地爱上了金发女人伊瑟,而她也爱上了他,就在出于误会乘上把他们载到科尔努亚伊的船只**之前**,春药把他全身心都投到未来王后的怀抱里。在所有版本中,他不能摆脱把他和他的婶婶结合到一起的有罪激情,**即使**春药已停止施展魔力。他把夺走的王后还给国王,但这是为了更好地继续与她调情,只要他们的计谋和谎言给他们提供这样做的机会。

草药酒作为爱情的药剂,有两种不同作用的叙事因素。它能成为戏剧性的对象,是命运让两个情人的放纵变得无辜。另外,正因此他们才能享受他们的爱情产生的最强烈的癫狂。他们不由自主地但却是不幸地相爱。甚至可以说他们相爱吗?他们不可避免地被相同的欲望联结在一起。特里斯当向森林里的教士奥格兰坦言,宣称如此,

第二章 《特里斯当和伊瑟》：在欲望的强大力量和忠诚的法则之间

他并不爱伊瑟，同伊瑟不爱他一样。"她之所以爱我，是因为药酒的缘故"：他们彼此被一股像死亡一样强大的力量锁在一起。伊瑟承认："他不爱我，我不爱他，但这是由于我喝了药酒的缘故。他也喝了药酒，这是犯罪。"自始至终，他们的激情是一个悲剧，他们是受害者，既无罪也不由自主。他们成了一件丑闻的对象，但他们并非原因之所在；他们的激情是狂热的。叙述这场激情，是把读者或者听众放在这种疯狂的对面，防止他们中诱惑，匆忙地谋求爱情的征服。这是 a contrario①给古堡和宫廷的青年人狂热的急煎煎的情欲一个控制自我的教训。另外，《特里斯当和伊瑟》具有一部骑士传奇的所有形式，也就是不相信女人的标志，尤其女人可能成为她们肉欲不自觉的牺牲品，就显得更加危险。

这里，我们是处于爱情小说或骑士传奇小心设置的空间，这空间有利于男性，其教育职能是突出这种可恶的无政府状态和灵与肉的要命的混乱：它们在爱的借口下，攻击结婚和封建忠诚的价值便应运而生。爱情不是托词，而是极度的放任。

此外，可以看到特里斯当从他投身于伊瑟开始，逐一失去他的骑士身份的标志。不忠的人、说谎者、逃跑者，他不再是高尚的追逐者，而是像受惊吓的野兽逃避猎人的隐藏者。他属于森林和黑夜。随后他乔装打扮，借了一套旧衣服，装成乞丐。然后，身份完全丧失，他变成通过公开的谎言和被迫的模仿去耍弄别人的人。他不再是人，而是一整套互不连贯的词句和鬼脸；连伊瑟本人也认不出他了。他自称当特里斯，颠倒的人，弄臣，小丑。

"这种饮料包含着我们的死亡，"特里斯当说，"我们永远不会有医治的药。"春药是一种灾难，爱情是一种致命的情感，应该像防止鼠疫一样对待它，这是普通的信息。

但是，有另一个人重叠其上，干扰他，却不与他背道而驰，保证他

---

① 拉丁文，反之。

的想象力,能经历世世代代。另一个信息说,春药是一个普通的象征,一个借自魔术的借口。特里斯当和伊瑟一起喝下的草药酒,是给一切人喝的爱情药酒。悲剧不在他们的爱情中,而在将爱情价值与社会价值相对立的黑暗与暴力中。

言归正传,再回到有魔力的春药。它有何用?它是伊瑟的母亲准备的,为了引起未婚夫妻之间即使是暂时的爱情吸引。仿佛必须有神秘力量的帮助,才能确定丈夫爱妻子,妻子也爱丈夫。确实,他们永远没相遇,他们的结合是抽象的联姻,是王冠和无边的海洋分隔开来的封地之间得体的协议。结婚并不是把互相选择的自由双方,而是把签订婚约的两个社会实体结合起来。春药要保证的是,通过魔法,婚约会将两个相爱的人结合在一起。它使人遵守法律,至少在这段时间相爱:妻子能够完成她的责任,身负延续后代的重任。法术的有效期不超过三年。这是夫妇爱情的有效期限。

春药对象的错误并不转移爱情春药的社会功效,而是使之无效。特里斯当和伊瑟不会有孩子,他们的爱情有自身的结果。它是不朽的,就是说它是存活下去的。它也是平均的。在一个按照占优势的男人的欲望严密组织起来的社会里,特里斯当和伊瑟宣布在爱情上男女是相互隶属的,在联结双方的不可抵御的吸引方面,一样能够自由承担自己的命运,抵御一切规范,包括他们分享价值的规范。他们的欲望是他们共同的道德。

这只涉及他们的肉体欲望。特里斯当和伊瑟没有受到色情癫狂的伤害。他们好几次寻求保留面子的妥协;他们确实痛苦地接受分享身体。婚礼之夜她必须耍花招——用替身——来欺骗埃里克相信她的贞洁,一旦通过这一夜的考验,伊瑟既没兴趣也不反感地接受分享她丈夫的婚床;而特里斯当勉强地屈服于这种保留面子和等级的处境,一旦出现机会,哪怕冒着生命危险,也要跳到伊瑟的床上。

随后,特里斯当为了救她免于一死,把她劫走,两个情人在怀有敌意的大自然里艰苦地长途跋涉,他同意把自己的意中人带回到社

第二章 《特里斯当和伊瑟》：在欲望的强大力量和忠诚的法则之间

会生活的温馨中，免得她遭受过于艰难和痛苦的生活。两个情人继续一起生活下去，但彼此被社会约束的海洋分隔开来，见不到面的空虚和毫无希望的等待钻心般痛苦。他们分手时，特里斯当把自己的狗给了他的情人，她则给了他一枚戒指："英俊的先生，为了对我的爱，把戒指戴到你的手指上吧。"他们抱吻，互相山盟海誓，"互相盯着。王后的脸绯红"。王后的脸红表明她的羞耻，这是出于社会的原因，而她的抱吻则是出于对她刚刚分开"同自己身体结合"的那个人，表示原封不动的爱情。

在这部传奇中，讲故事的人处于读者的位置，正是以此为代价，把读者引向他想去的地方。《特里斯当和伊瑟》的读者被引导到同情两个为法律所不容的情人。充其量，叙述者遵守佯装的中立和保持距离，使他能够在讲故事时不要对两个情人的行为和感情表态。但是，他选择的往往是情侣的一方。因此，当马克宫廷的三个男爵出于封臣的责任，揭露王后的不忠，并断言他们看到了特里斯当和伊瑟"赤裸裸地躺在马克国王的床上"时，贝鲁尔把他们称作叛徒。当特里斯当从撒在地上的面粉上跳跃过去，以便从自己的床来到伊瑟等待他的那张床上时，叙述者没有放过对这富有喜剧性的行为表示高兴；当特里斯当对流到婚床上"还热乎的"几滴血感到尴尬时，他发出感叹："天啊！王后没有换掉床单是多么遗憾啊。"

甚至天主也像善良的读者一样，与这对情侣站在同一边。当特里斯当被几个叛逆的男爵弄得尴尬、要被处死时，他在行刑的路上看到一座教堂，要求在那里祈祷。这个神圣的地方恰好有一扇窗，能让死囚逃脱。

尽管如此，读者对这对情人为了灵魂得救和生命永恒而感到有点思虑还是印象深刻的。他们的生命彼此相依，毫不分离；他们的死是在见不到面，缺少对方，同意毁灭之中完成的。叙述者作为这对情人的同谋，却不放过机会，强调爱情之病的致命性，"没有药治，不会减轻，获救不了"，以此吓唬读者。

这部传奇的有些版本，如牛津手稿和以《特里斯当的狂热》闻名于世的伯尔尼手稿，强调主人公自以为永远和意中人分离时感到袭来悲哀。"可以说这个生活在痛苦中的人，他已经死了。可以想见他精力衰竭，筋疲力尽。"特里斯当不得不让伊瑟躺在马克的怀里。他越过重洋，想回到他在那里结婚的故乡，据他说是为了同伊瑟共享同样的身份、同样的地位。在试图分身和找到替身的努力中，他选择的妻子也叫伊瑟，文本中说成"白手伊瑟"。但是，名字的诱惑是不够的。特里斯当不能占有他年轻的妻子。"他的爱情引起他剧烈的痛苦，以致他想和爱情对着干，摆脱他感受到的爱情。"

欲望，他在山洞里，在为自己挖掘的"想象的客厅"里感受到了。与"金发伊瑟"本人同样大小的雕像就在这个客厅里被塑造出来。特里斯当爱的是一个影子，一个幽灵，一个死的形象。他从现实的另一边经过；他生活在狂热或者诗意中：他达到激情的真实境界，就是处于自身之外。爱情是"古怪的"。

特里斯当明白，逃避最后疯狂的方法是成为弄臣，就是选择成为弄臣。正是以一个滑稽、发狂、惊恐还有发臭的乞丐的举止，他潜入马克和伊瑟的宫廷。他扮演贵妇的爱情弄臣，这贵妇在这个"极丑的"小丑身上认不出他。当伊瑟仍然推拒这个"向她祈求爱情"的欲火炎炎的弄臣调情时，是特里斯当的狗快乐地迎接它的主人。随后，最后一次，她不动声色向他让步，这时马克打猎归来。

特里斯当和伊瑟又在床上相会，正像他们将会在坟墓中相会那样。传奇故事家玩弄字句，"爱情，死亡，大海，苦胆"①。当伊瑟从丈夫家里逃出来，要同被有毒的长矛重伤的特里斯当相会时，她的船在一场风暴中沉没，她对死在浪涛中并不感到绝望，只是绝望于她死在海中时特里斯当却死在陆地上。如果特里斯当碰巧也淹死，"同样的毒药会把我们俩吞噬掉，这样，亲爱的朋友，我们恰巧就会有同一个坟

---

① 两组词字形相近，声音相同：l'amor, la mort, la mer, l'amer。

第二章 《特里斯当和伊瑟》：在欲望的强大力量和忠诚的法则之间

墓"。他们就会像她所希望的那样在最后的拥抱中死去。"她把他抱在怀里，躺在他身边，吻他的嘴和脸，紧紧地拥抱着他，身体贴着身体，嘴对着嘴躺平，这时她断气了。"

这样的结局目的在于使听众感动，同样在于使听众恐惧。疯狂爱情的诗歌和死亡爱情的悲剧将主题混合起来，就像葡萄藤和玫瑰枝纠缠在一起，两者从情人长眠的坟墓中长出来。有些意象，有些意义隐晦的场景，语调突然中断，从细腻思考转到放荡的喜剧的故事突然转向，打乱了传奇的意义，补足征兆的融合。

克雷蒂安·德·特罗亚反特里斯当：《克利热斯》

混乱是一种颠覆。传奇的创造突然获得信任，而有时却粉碎了信任。《特里斯当和伊瑟》的头几个诗体版本流传开来约在1170年，升起了反对他们的爱情意识的声音。克雷蒂安·德·特罗亚于1176年所写的《克利热斯》是对这两个情人的故事的回应，开启了论战。克雷蒂安在他的传奇导言部分的诗歌中提醒我们，他已经写过一篇《马克国王和金发伊瑟》的**故事**，这篇故事今日已经佚失，但标题本身表明，作者的传奇偏好是在合法夫妇身上，而不是在通奸爱情上。《克利热斯》力图粉碎读者对伊瑟和特里斯当的爱情的迷恋。

《克利热斯》的女主人公费妮丝处在和伊瑟一样的境况中——她在一次渡海中爱上了一个男子克利热斯，他不是她要嫁的男人。但是，她说："我宁愿被处以五马分尸，也不愿生活在回忆特里斯当和伊瑟的爱情中，人们对他们的疯狂讲得那么多，令人羞于回想起来。我绝不能将就伊瑟所过的生活。小爱神表现得太粗野了：心里只有一个人，而身子却有两个主人。她就这样度过一生，既不拒绝这一个，也不拒绝那一个。我要不惜一切代价，永远不将心灵和身体分开来。"给予身体而不给心灵，她断言是卖淫。

然而这个原则却与另一个原则相对抗。费妮丝的父亲,她人身的主人,有权按照自己的意愿支配她,他把她给了另一个人。费妮丝通过一剂药的魔力得以摆脱:她的丈夫只抓住一个幻想,却以为享有了她。后来,另一种魔术让少女被人认为死了,通过隐居逃脱了丈夫的欲望。费妮丝是能够从灰烬中再生的凤凰—女人,在合法庆祝自己爱情所需要的时间里保持是处女。她嫁给了克利热斯,他拥有了王国和妻子。

运用魔法是克雷蒂安用来摆脱困境的手段,说实在的,他不太关心这种困境,也即让少女的爱情自由与父亲的嫁女意愿发生对抗。传奇名为《克利热斯》,而不是《克利热斯和费妮丝》。首先,它是写给男人看的;正是他们最先适应转到信仰典雅爱情的价值,这里涉及的正是他们的愿望。这是通过一个特殊的作家的语言表达的愿望,他说出自己的名字叫克雷蒂安,就像一个改宗的犹太人的名字。无论如何,这是一个神职人员的名字,一个受过剃发礼的有知识的人,这些人在香槟的宫廷里有掌握文化的声誉;香槟宫廷与普朗塔热奈宫廷是公开的对手。克雷蒂安不是那种职业歌手,他们从小城堡走到要塞,消解城堡主人的忧愁,一面展示**典雅爱情**的游戏和阿拉伯花式乐曲。他在自己的许多传奇中重复这一套,他是一个善于学习和教育的人,讲述故事是为了在愉悦人中教育人。但是,他也是一个神职人员,平时生活在僧侣当中。他的文学活动是重视意识和政治的。

因此,他谈的是男人对女人的爱情,尤其应该在婚姻中克制地和理智地运用。他也谈论两性之间广泛地想象的、游戏般的、诗意的另一种关系,也即超越婚姻和继承的狭窄范围的关系,所谓典雅爱情,即为了征服女人而进行光明正大的交锋。

典雅爱情指的是一种游戏,一种宫廷的消遣,在于将与劫持、强奸和唯利是图的交易相对抗的性的争夺模式,改变为男性的和骑士的活动。重要的是,它将两个单身的年轻男性,围绕在一个地位高于他们的已婚贵妇的周围转悠。这种社会支配地位,允许贵妇成为围绕着她

第二章 《特里斯当和伊瑟》：在欲望的强大力量和忠诚的法则之间

的裙子旋转的青年们的女主人。她是他们的教师，教会他们控制、推迟欲望的折磨，并使之崇高化，她按惯例是偶像，他们以炫耀爱情的舞蹈角色围绕她组织起来。

《克利热斯》同《特里斯当和伊瑟》一样，并没有提供一面镜子，12世纪末的社会精英从中认出他们的期待和爱情实践。克雷蒂安·德·特罗亚的传奇给他的读者——尤其是听众——提出了另一种欲望的想象，一种更文明的、也更有宗教色彩的梦想和坠入爱情的另一种典范。香槟宫廷的诗人不再将爱情和毒药、身体与肉体的放纵结合起来，同时把只应对天主说话的他者不由自主的冲动转向有利于自身。他赋予他者一种**感情**的身份，这种感情的中心既不是灵魂，也不是身体，而是象征身体的地方——心。

当克利热斯和费妮丝在长期分离后重聚时，他们并没有扑到对方的怀里。他们没有触摸，只是说话，交换关于他们心灵状况的信息。"她最终接触到引起他不安的话题；她问他是否爱上了那边的一位小姐。克利热斯并没让问题弄得尴尬，很快就回答她。'夫人，我在那边恋爱了，但是我没有爱上那边的一个女人！在布列塔尼，我的身体失去我的心，就像没有树皮的树。我不知道我的心变成了什么，除非它跟着您来到这里。我的心在这一边，而我的身体在别的地方。'轮到费妮丝在这优美的爱情两重唱中演出她那部分。'在我身上只有树皮，因为我活着却没有心，我失去了我的心。我从来没有到过布列塔尼，但是最近，我的心不在我身上，却在布列塔尼缔结一门好亲事！'——'夫人，既然您的心在那边，请告诉我，它什么时候，什么季节到那里的。如果您能告诉我这件事，或者告诉别人，那么请对我说，我在那里时，它是不是在那里？'——'是的，但您并不知道。当您在那里时，它就在那里，它同您一起离开那个地方。'"

但是，心的结合是一回事，身体的结合是另一回事。费妮丝预先告诉克利热斯："由于您，小爱神让我受了伤，我想这是永远都治不好的；您让我非常痛苦。如果我爱您，如果您爱我，别人不会同样称您为特里斯当,而我呢,我也永远不会是伊瑟。我们的爱情不会有什么骑士,因为他要被人责备,显得邪恶。如果您不研究如何从我叔叔那里夺走我,让我摆脱被他控制的方法,让他不再能找到我,也不能责备我们,无论是您还是我,并且让他不知道怎么办,那么您除了得到眼下的快乐,永远不会得到占有我身体的快乐。"

爱情应该是**像骑士那样勇敢的**,就是说符合约束骑士生活方式的价值、惯例和礼仪。克利热斯只有在他叔叔做出卑鄙行为的理由下,才有权利夺走叔叔那还是处女的妻子。他这样做还必须不让他和费妮丝的名誉受到损害,不让别人能够**责备他们出于肉欲**。为了不致损害自己的名誉,她要离开大家能看到她的圈子,被看作去世和下葬了。可以说社会面子是保存了,用的是一些魔术,但是事情不止于此:心绪独立于身体的活动,但心绪本身不能建立一个可见的空间,一个合乎事理的秩序。在真实的世界中,爱情没有**价值**。为了满足她的心,费妮丝让自己的身体消失,今后她的身体只让她情人的眼睛看得见——还只让几个忠仆看得见,但是他们微不足道。

爱情没有价值,但是受到严格的约束,由于传奇的关系,却进入最高世俗价值的理想制作中,忠勇的骑士的功勋在人间如同奇迹在超自然界中一样。爱上一个贵妇,全身心为她效劳,就是要在加入社会秘密团体的重大仪式中,经受根本性的考验,在这种秘密团体中应产生封建社会的精英。如果懂得爱,爱情会增加威信的资本。对雄心勃勃的人来说,这是一种社会责任。展现自己的心,表现出勇敢:这是同一回事。对爱情就像上战场。

《高卢人杜马尔》:像体面人那样爱

不过不必浪费爱情的潜在力量,不必在过度的因而是有罪的激情中用尽它。在《高卢人杜马尔》这部 13 世纪初的匿名传奇中,作者一

第二章 《特里斯当和伊瑟》：在欲望的强大力量和忠诚的法则之间

开始就叙述他的主人公的"迷误"，这是一个年轻的高卢王子，父母是王族，情深意笃而完美，"生活在一个骁勇和爱美的圈子里"。杜马尔本人的一切都讨人喜欢、俊美、有好教养、豪爽、典雅、聪明，是个好猎手。他的骑士教育委托给一个老总管，这总管当然富有、正直，不过是低级贵族。老人有一个年轻妻子。杜马尔爱上了她，她也爱上了他。虽然她不是见异思迁的，却仍然顶不住他的追求。"老爷，"她说，"要懂得这一点：斗争过长会转向愚蠢。还不如要长久的而不是短暂的快乐。我不愿以做蠢人的代价去尊重这样的贵妇：她从自己珍视她的朋友时起，不断地让他祈求。还不如要快乐和愉悦，而不要长期等待和漫长的痛苦。即使我对您不加以拒绝，您也无论如何不应轻视我，因为您应该确信一点：您是我第一个爱过的人，我从来不曾有过别的爱情。"

他们的爱情结合是在"接吻、拥抱和笑声中产生的；他们彼此说出自己的所愿。他们交换珍宝；他们觉得这样做非常美"。

这是传奇作家让读者分享的幸福和富裕的场面吗？无论如何，杜马尔不是像体面人那样爱，他的意中人美女（读者根本不知道她的名字）更加不是那样。后面的文字广泛地加以证明这一点。老总管把他的家让给了这对情人；杜马尔随从中的年轻领主离开了他，"除了一个可怜的家伙、一个走上邪路的人，还留下来伺候他"。更糟的是：杜马尔沉迷在爱情中，拒绝现身于战争和骑士的比武中。人人都嘲笑他，把他看作胆小鬼。他的父亲、国王召见他，责骂他："王子应该是正直的，值得称道的，真诚的，有一颗高贵的心；他不应该奢侈，因为这样做是卑鄙的、恶劣的。"都不见效：杜马尔和他的美人相爱，"他们日夜都沉迷在乐趣中"。

三年过去了。一天早上，风和日丽，杜马尔突然意识到，"他过的生活再没有魅力，对他来说也没有任何快乐"。他向女友表示，他要回到父亲那里，"为了出现在上流社会，完成功勋"。她没有竭力挽留他。她识大体，她对他说：我始终爱你，但是我不想因你而变得没有理智。"就这样，他离开了她。告别时没有互相接吻。我不晓得她心里所想，但是她没有流露出来。"

"下面我们要谈别的事了，"叙述者松了口气说。杜马尔摆脱了情欲后，终于能够体验血亲的快乐、战斗的狂热和与死亡为邻。他要报答以他为骄傲的父亲，以他的保护的有效来安定民心。要想进入**勇敢者**的行列，他只缺少一样东西：一个需要迷恋的女人；一个与他相配的女人，就是说一个王后。为了确信不会重新落入欲望的陷阱和肉欲的软弱，他选定从未见过的爱尔兰王后作为要爱上的贵妇，他对她一无所知，甚至不知她的名字，但是她的声誉已越过重洋。

杜马尔还没有向一个远方的、不认识的女人宣布他的爱情，便占有了她。他把她作为能提高他威信的资本的一项事业之动力和目标。爱尔兰王后甚至不是一个借口；她是一系列考验、业绩和痛苦的不自知的推动者，杜马尔通过这个过程，要竭力重新恢复对自身的敬重。"我要去寻访美丽的王后，因为我的心对我说，并且对我预言，对我来说，她是荣誉的源泉。她的名字，我不知道，我从来没有见过她，但是她占据我的全部思虑。我所知她的一切，是通过别人得到的；可是，她征服了我，把我变成了她的附庸。"爱尔兰王后是通过别人知道的，是为了别人才爱她的。她无法接近，是虚拟的，被推到可见现实之外，尤其因为杜马尔是独自确定自己的附庸地位的严格责任，她就更加是个绝对的女君主。可是，他为了征服他的女君主，想变成她的主宰。

这一切只不过是一场快感的游戏。甚至到达了他痛苦的顶端后，变成了爱尔兰王的杜马尔也不会平静地享受他的爱情。没有保存好的资本总要受到威胁。另外，他的妻子给他提醒的是："如果他对我的爱情是光明磊落的、真诚的，他就更应该注意保持他的勇敢、他的声誉和我的声誉；天主要他好好维护这爱情，不要引起任何指责。"因此，哪怕休息一个月也不行，"不管是去打仗，去比武，或者寻求危险的和艰难的冒险"。爱情的目标一旦命中，就应该配得上射中者的雄心，并且不应在夫妇分享的快乐这个品德的深渊中腐蚀他："他深深地爱着自己的妻子，但是他从来不想为了她而抛弃关注自己的荣誉和骑士的勇

第二章 《特里斯当和伊瑟》：在欲望的强大力量和忠诚的法则之间

敢，因为他有一颗高贵的心。当妻子腐蚀他时，这个年轻、身体健壮、富有的人便变得胆怯、衰老和愚蠢。"这个高卢人确实深爱着他的妻子，"可是，如果他想出发到远方，提高他的声誉或者保持他的声誉，他就不能同她待在家里"。爱情是这样一种胜利品，女人的在场会使它暗淡无光。在16世纪，蒙田仍然这样写道：婚姻应该是"有节制的，严肃的，掺杂某种严厉"。

杜马尔幸运地能够选择一个处女王后作为自己追求的对象。即使叙述他的征服占据了传奇16 000行十音节诗中的15 000行，手法也是相当简单的。问题是要骑马走过贵妇能够隐藏她的美貌的所有陌生土地去找到她；然后，一旦对象确定地方了，就要消灭所有情敌，不管勇武的还是不那么勇武的，胆大的还是诡计多端的，他们都追逐同一个目标，燃烧着同样的欲望之火。比武是文明的、讲究礼仪的、决定丈夫人选的战斗形式。

传奇之外，爱情的追逐更为复杂。这种追逐有不可忍受的压力，故事给这种压力提供了想象的解决办法。生命是短暂的，社会是脆弱的，宗教主宰着世俗生活。

生命的希望对男人来说不到30年，略少于女人。必须很早出嫁女儿，一旦她们能够生育。12岁是个好年龄，可以缔结婚约。必须有足够多的孩子，以便有一个活下来的男性继承人，但是只有长子才能继承封号和财产，以便不要划分家产。最后，教会长期不信任被指责通奸合法化的婚姻，选择了将夫妇结合精神化和将身体结合限制于生育职能，使这种结合神圣化。

在大路上，在领主领地的范围内，来往着大群的年轻单身汉，他们服从于严酷的情欲压力。他们追寻难以找到的富有女继承人或者还年轻的古堡女主人，追求她们，宣称是她们温柔的仆人。也许在年老的丈夫还没让出位置之前。除非年轻的单身汉自己幸运地获得继承人的地位，返回家园，享受到他父亲给他选择的妻子。另外，小伙子和姑娘在两个互不来往的天地里长大，在婚礼之夜的婚床上相聚之前，彼此互不相知。

让·马伊亚尔:"现实主义"小说家

典雅的传奇只谈渴望爱情的儿子们,也只对他们说故事。农民的爱情,只能在闹剧的形式或者像《列那狐传奇》那样的动物的乔装打扮下设想出来。全部乐趣是属于骑士的,也属于青年。过了青春的年龄,爱情就不只可笑,它标志着该下地狱了。传奇至少像对女人一样,暗暗地敌视老人。

《安茹伯爵的传奇》出自让·马伊亚尔的手笔,他是美男子菲利普①的同时代人;1316年,他将一个古老故事写成传奇,叙述一个断手姑娘的故事。同一题材,约于1230至1240年,在奥尔良地区的一个高级官员菲利普·德·博马努瓦的《马纳金》中已经展开叙述过。那些已过了爱情年龄的 seniores② 令人难以启齿的爱情,采取了乱伦的可怕形式。

马伊亚尔的传奇的新颖之处在于其炫耀现实主义的意图。并非只有这个作者想叙述严肃而真实的事,而不是要叙述**虚假事实**,想通过想象创作出使人笑或者使人哭的故事。但是他把故事的材料和读者的日常生活的材料之间的对照理论化:"为了在道德方面完善化,必须趋向于让人倾听有益的和使人面对同样局面时做好事的故事。"叙述的故事是确定日期的,它展开的空间属于通常的拓扑学,它的方位标是可证实的:布尔日、奥尔良、埃当普③。而洛里斯④是第一部《玫瑰

---

① 美男子菲利普(1268—1314):法国国王(1285—1314)。
② 拉丁文,老年人。
③ 布尔日:法国舍尔省省会,建有哥特式大教堂;奥尔良:法国卢瓦雷省省会,曾为王城;埃当普:法国埃索纳的专区所在地,多古建筑。
④ 洛里斯:法国的村庄。

第二章 《特里斯当和伊瑟》：在欲望的强大力量和忠诚的法则之间

传奇》(约写于1230年)的作者吉约姆①的出生地。从中可以注意到描绘的细致，菜肴的安排、日常劳作以及家具和装饰的安排。马伊亚尔在叙述中取消了过度的神奇性和过度的恐惧。他的女主人公没有切断的手，因此故事结尾时没有被主教仪式的奇迹粘到手臂上。

这种"现实主义"自称有用和有效。它使想象力运转的方向不同于神奇性的运转：它产生幻想而不是离开生活环境；它把人带走而不是使人心荡神驰。安茹伯爵的故事是**有典范性的**。

这个有权势的领主是奥尔良主教的兄弟，有一个"与他般配的完美的"夫人。他们有一个独生女，她像母亲，他们把她养育得非常好，甚至想教育她。父女下棋。"如果她不让人有可乘之机，他就永远不可能将死她。"

母亲去世了。稍后，父亲在同女儿下一局棋时，突然发现了她的美貌。他的"头脑被一种疯狂的思想所湮没"。他想同他女儿睡觉，并对她说必须这样做。在**马纳金**的文本中，叙述女儿在这一点上很像已故的母亲，父亲在鳏居的苦闷中把她们俩混同起来。《安茹伯爵的传奇》没有纠缠于这样的解释：伯爵遭到他女儿恐惧的拒绝，这是不愿顺从的表示，他想使出父亲对孩子施行的绝对权力。"如果你能阻止我对你行使我的全部意志，我想时间多长就多长、想多绝对就多绝对地做，你就真正会劝止人了。"

少女在她的奶母、她的第二个母亲的陪伴下逃走了。在夜晚逃走，穿越森林。寒冷、饥饿、不安全：逃跑和流亡的不幸伴随着降落到社会深渊中，降落到与底层相连的日常不幸中。两个女人要用自己的手干活。父辈的罪恶以女儿们的祈祷和苦修来偿还。

在多次冒险中，她的美貌引起了男人的反常行为(包括奥尔良主教的反常行为，他被"极大的温情"所触动)，还有女人要命的忌妒，然后，美人又找到一个丈夫、一个儿子和一个继承自她父亲的富足封地。

---
① 吉约姆(生平不详)：被认为是第一部《玫瑰传奇》的作者。

因为年老的安茹伯爵在女儿逃走以后,在悔恨、耻辱和痛苦的折磨中去世了。"没有人能忍受,屈辱的死成为倒行逆施的一生的惩罚。"一部建立在德行的不幸和爱情忠贞之上的传奇,其虔诚的和幸福的结局不致使人产生错觉。让·马伊亚尔对男女关系,对促使男人抛弃一切**仁慈**,也即一切真正的爱情,以便投入到剧烈的性欲斗争的欲望投以阴沉的一瞥。

女人是这场战斗的牺牲品。教会的传奇传统,把女人描写成力图在欢愉的腐蚀中减弱男人气概的诱惑者和危险者,与此相反,《安茹伯爵的传奇》颂扬女子群体能够避免男人的贪婪和忌妒,表现出温柔和宽容。少女在同奶妈一起逃走时,也往往受到欲望和男人的忌妒的致命威胁,她在女人暗地里的同谋的帮助下获救,她们保护她,隐藏她,给她吃喝,安慰她,不管她们属于什么阶层。乱伦取消了父母与孩子之间的区别轴线,对于乱伦的丑闻,似乎暗中回应的是另一种消除的梦想,也即消除在闺房受保护的空间中性别的对立。

58 《玫瑰传奇》:对性别冲击的爱情梦想

相反,反女性主义获得了中世纪传奇的最大成功。《玫瑰传奇》的抄本和译本越过整个欧洲层出不穷,直至 16 世纪,据说是亨利四世[①]仍然乐于阅读的少数书籍之一。这是出色的爱情传奇,由相连的两部分组成。第一部写于 1230 年左右,无疑由一个集体作者名叫洛里斯的吉约姆写成,题名为《爱的艺术》。第二部长得多——17 722 行对4 028 行——由一个神学家、阿贝拉尔和爱洛依丝[②]的通信的译者墨恩

[①] 亨利四世(1553—1610):法国国王(1572—1610)。
[②] 阿贝拉尔和爱洛依丝(1079—1142,1101—1164):阿贝拉尔是法国神学家、哲学家,是爱洛依丝的家庭教师。两人相爱,秘密结婚,被发现后,阿贝拉尔被阉割,爱洛依丝进了修道院,但仍与他保持通信。

第二章 《特里斯当和伊瑟》：在欲望的强大力量和忠诚的法则之间

的让在40年后写成，题名为《情人之镜》。墨恩的让是一个非常博学的修士，这使他有机会成为一个非常淫猥的作家。

洛里斯的吉约姆的传奇用单数第一人称写作；传奇的想象占有主观的空间，而这个领域是留给抒情诗倾吐的。叙事者讲述他五年前做过的一个梦，但是他补充说，这个梦是真实的，一切是**遮盖着**发生的（在梦的遮盖下，用梦的转换语言），随后都实现了，转换成真实，处于做梦和转录之间。传奇不是叙述爱情故事，而是叙述爱情本身的故事，就像它被一个发现了爱情魅力的年轻人可能生活过、感受过、思索过、受煎熬过和梦想过那样。

在成为现实之前，爱情是一个梦、一个模糊的形式，意象在其中跳荡。这些**构成**爱情之梦的意象从哪儿来的呢？来自爱情学徒的生活。年轻人就像在这生活中，一点也不了解与爱情的激动相似的东西，但是反过来，他对爱情的激动做过坚实的研究，他的梦召集的意象是他的研究的反映。奥维德①和他关于爱的艺术做过研究，安德烈·勒夏普兰的《论爱情》②也做过研究，这篇论典雅爱情的论文写于12世纪末，展示了修辞学和最灵活的神学理论的一切宝库，以确定爱情的规则，最后是对象征和寓意的材料丰富的研究。

在洛里斯的吉约姆笔下，每个象征、每个寓意形象，都获得一个传奇中的人物的坚实性：概念、思想具体化了。爱情想象是多部书的反映，这种反映被经验的主观性变形了。

在作者梦中散步的花园里，经过许多磨难和对抗，他终于发现了水仙被淹死的那个喷水池。水仙之死是爱情真正的开始，是他者的需要。做梦者发现了玫瑰盛开的那个荆棘丛。玫瑰是他的所爱。他还应该战胜许多障碍，才能接近玫瑰，给玫瑰一吻。他也应该不发怨言地接受"理智"的建议，"理智"盼咐他舍弃一切。可是，他被囚禁在

---

① 奥维德（公元前43—公元18）：拉丁语诗人，其《变形记》收集了西方和远东地区的神话和趣闻，写了光怪陆离的故事。
② 拉丁文为 De Amore。

"忌妒"古堡的中心,正当他可以逃离这爱情的监狱时,正当他终于能采摘玫瑰时,传奇到此为止。

谁也不知道故事是中断了还是结束了。洛里斯的吉约姆是否断定,两个结合成一个是不可能的,或者这样无法叙述下去,是否会离开了梦境,或者实现了梦。醒过来的人再没有什么可期望的了,再也写不下去。爱情的艺术开始了,也随着爱情的到来而中止。恋爱的人只看到果园的一半,读者不知道情人是否发现了对方。

然而,在吉约姆之后近半个世纪,墨恩的让决定继续将传奇写下去。梦继续下去并结束了:"我就是这样得到红玫瑰,天亮了,我醒过来",最后一行诗这样写道。续写者没有他的示范者的羞耻心和节制。他更没有前人的情节感和叙述感。但是,他的**情人之镜**是一面世界之镜。爱情是一条由他牵引的线,用来剥露社会,不乏粗暴和好意。墨恩的让也顺便拆毁了典雅爱情这座思想意识和文学的建筑;他破坏了他想续写的传奇,指责其伪装和伪善。此外,洛里斯的吉约姆被指名道姓地列入"忌妒"古堡的囚徒之中,爱情向这个古堡发起了攻击。爱情在维纳斯的帮助下,夺取了古堡,不过也是在"老妇人"的干预下,她是一种介入方式,教人学会最无耻的诱惑艺术。战胜者驱逐了"贞洁",这是男女心中暗地里相爱的阻碍者。

爱情是性,如此而已,不多不少;爱情的追寻与尊重自然法则和生命力的强大相结合。其余的,其他一切,哲学、道德、学问、社会习俗,在墨恩的让的学者的、易怒的、矛盾的、论战的、讽刺的言语里,具有一张大幕的形式,这幕布承担着挡住神秘的诱惑无尽的透明。语言、文学为此服务:创造、梦想一个想象的世界,其中性的力量,男人和女人的力量,因字句的诱饵保持一段距离。洛里斯的吉约姆让性处于文本的沉默中,而墨恩的让确认,文本被占有的梦完全调动起来了。写作,就是要进入他者之中。

第二章 《特里斯当和伊瑟》:在欲望的强大力量和忠诚的法则之间

克丽丝蒂娜·德·皮藏反对鄙视女人者

《玫瑰传奇》是由不同的意向组合而成的——性别不同主宰着观点和风格的不同。它的语言过于繁复,它的辩说过于晦涩,以致意义显得不能马上明了。它的巨大影响应该源于令人震惊的新颖——传奇性的*我*,主题置于爱情故事的起点和中心。它同样源于矛盾的丰富。几百部手抄本不断地改编它、翻译它、增加内容、加上插图,或者躲在它的声誉的威望之下,从各种不同方向去拉长它,把它变成一个谜,一个文人之间不断激烈对垒的主题。教会也长时间犹豫不定。

1420年,在墨恩的让的传奇出版百年之后,爆发了法国文学第一次书写的论争。国王查理六世①发了疯,路易·德·奥尔良公爵在他的嫂子兼情妇伊莎博·德·巴维埃尔王后的支持下,领导着法国。他们决定创造一个骑士等级,即**玫瑰等级**。这个令人尊敬的制度用来保卫妇女,保持典雅的传统,明显地参考了洛里斯的吉约姆的传奇。

克丽丝蒂娜·德·皮藏趁此机会给伊莎博献了一首长诗《玫瑰故事诗》,是向贵妇和她们忠诚的骑士致意的。她还附加了一篇文字,里面犀利地批评墨恩的让的反女性主义和自然主义。"漂亮的天主老爷,"她写道,"他在'老女人'那一章里所编织的教训是多么可怕,多么侮辱人,多么穷凶极恶啊。那么多丑恶的文字对受众有什么价值呢?"

女诗人点燃了大火。她对墨恩的让的作品先是好奇,然后是愤慨的阅读,是一个敏感的和细腻的女读者的阅读,挑起了一场最高层次的对垒。当时最著名的神学家和布道师让·热尔松②站在克丽丝蒂娜

---

① 查理六世(1368—1422):法国国王(1380—1422),1392年患精神疾病,被亲人抛弃后,由情妇奥黛特·德·尚迪维照顾。
② 热尔松(1363—1429):法国神学家、布道师。

一边,指责墨恩的让。热尔松不屑于墨恩的让咄咄逼人地鄙视女人,以及他对婚姻的攻击。这位作家的理性主义和对"自然法则"的屈从,在他看来反而是危险的和应受指责的。在墨恩的让这个"疯狂的情人"的作品中,他预感到拉伯雷的写法。面对这个"非常勇敢的医生,选民中庄严选出的修士",有另外两位知识界的大人物,他的通信者和朋友,蒙特勒伊的让和贡蒂埃·科尔。前者是里尔修道院的院长,国王的秘书,全欧知识界和宗教界受称道的文人。后者同样是国王的秘书,高明的外交家和政治方面的作家;起草合同和王家婚姻计划的专家,是个灵活而能干的笔杆子。克丽丝蒂娜作为诗人、自学者、女人,她在神学争论的博学者之间进退维谷,表现谦逊,并以温柔的歌声让人倾听她的声音。她不懈地、也许毫无希望地为 fin amor[①]、为典雅爱情故事的消亡辩护。对宫廷、奥尔良一派奢侈堕落的时尚并非十分熟悉的克丽丝蒂娜·德·皮藏,却对热衷于围猎和暴力的那些人的行为抱着幻想。她知道隐藏在爱情传奇所散布的崇尚性的追逐背后是什么东西。但是在她身上,这位作家相信字句的力量。文学可以改变精神,而精神可以改变身体。她对墨恩的让所不能原谅的是,他的写作使典雅爱情今后成了死的文学。

雅宗的变形

奥尔良派的敌人、布戈涅公爵、善人菲利普,也创造了一个骑士等级,那是 1430 年,在布鲁日[②],他和葡萄牙的伊莎贝尔庆贺婚礼。这个等级名为"金羊毛"。这个黑暗时期充满混乱、内战、劫掠和叛变流行,后来人们称之为百年战争,而他野心勃勃地要把骑士所宣称的价值之

[①] 拉丁文,典雅的爱情。
[②] 布鲁日:比利时濒临北海的城市。

第二章 《特里斯当和伊瑟》：在欲望的强大力量和忠诚的法则之间

纹章重新镀金。雅宗和古代的异教传说被招来支援，以复兴西方的基督教贵族。雅宗是一个识预兆的骑士。

将近1460年，德·布戈涅公爵管理小教堂的神甫拉乌尔·勒费弗尔写出《雅宗的故事》。这是一部爱情传奇，以相当平庸的文笔写成；这也是一部描写战争功勋的传奇，其中，荣誉的资本是通过勇敢获得的，在比武中得到巩固。这是传统的混合，一个意想不到的障碍从中浮现出来：诱惑者雅宗、背叛者雅宗，怎样被认为是一个完美爱情的典范呢？

雅宗诱惑王后米罗（"他们被爱神充分满足了，以致既不想吃也不想喝"），后来，一个卑劣的巨人被杀死了，他把她丢在那里，怀着返回的模糊诺言，发誓永不变心。随后他在朗诺斯遇到了可怕的女王伊西菲尔，她是男人都被驱除的一座城市的女主人。这个女王马上爱上了他，但是"雅宗的心已被勾到别处，对此不加考虑"。可是，伊西菲尔答应他，他们之间不会结婚，因此，他不用推翻和米罗的结婚承诺，于是他向女王的迫切愿望让步了。作者确认：他的荣誉得到保全，他明显地松了一口气。"他们一起生活了至少四个月，伊西菲尔怀孕了，到时候生下一个非常漂亮的儿子。"这期间，雅宗又出海去寻找金羊毛。他遇到了美狄亚①，她让他中了魔法。他睡在她为他准备的魔床上，他答应娶她，用让他得到著名的金羊毛的秘密作交换。获得胜利品以后，他徒劳地想让美狄亚献身给他，然后再举行婚礼。他又一次逃走，回避伊西菲尔，她自杀时诅咒他。他终于娶了美狄亚，他们有了几个孩子。雅宗抛弃了她，躲到科林托斯②，在那里娶了公主克勒于兹。美狄亚以杀死克勒于兹来报仇。雅宗成了游侠骑士，重新找到米罗。她原谅了他，他娶了她。米罗被害，美狄亚又找到雅宗。为了避免他们的婴儿生活在长得像父亲的耻辱中，美狄亚用匕首刺杀他。雅宗

---

① 美狄亚：希腊神话中伊阿宋之妻，擅巫术，为了报复丈夫变心，杀死自己的两个儿子。
② 科林托斯：希腊港口，位于伯罗奔尼撒半岛。

痛苦得发狂,离开了他父亲围困的城市。他从一个地方逃到另一个地方。在泰萨利,他穿越美狄亚所在的森林,她"只吃果实、草和树根"。他可怜她,他感到饿,"他原谅她所有的罪,对她说,他愿意她重新成为他的妻子。这一夜,他们和好了"。他们共同统治,有许多漂亮的孩子。

为了把朝三暮四的雅宗、无法抵制地犹豫不决的雅宗变成纯粹的骑士英雄,拉乌尔·勒费弗尔没有改变古代故事的情节,而是重新组织,使之适应"作家之父,也就是菲利普,感谢天主,他成了第六位布戈涅和布拉邦特公爵"的愿望,他彻底改变故事的意义、语调、色彩、光线。金羊毛的获得者是一个出色的冒险家,新的雅宗是"独一无二的人,脸容痛苦,疲惫,忍受日常的煎熬,痛苦地忍受耻辱,有些人以此打击他的声誉"。这是一个受命运折磨的骁勇的骑士,荣誉折磨他,忠诚伤害他,勇敢使他离乡背井,怜悯打击他。雅宗是一个悲剧性骑士;他的每一个胜利都以一个损失来偿付。即使他最后胜利了,即使他又回到故乡,找到美狄亚,重获王冠,但这是以极度的记忆缺失、以英勇而崇高的原宥的代价才获得的,这原宥非常像诱惑的最后化身。他把自己女巫妻子的罪恶掩埋在王位下和婚床下。英雄的光环衰竭了。

为了给雅宗恢复名誉,作者进行深思熟虑的写作,他的布戈涅的资助者也解囊相助,达到了他的目的。雅宗是一个完美的情人,而噩运却在追逐他。"我在爱情上很不幸运,我非常不幸,看不起自己,以致我倦于活下去了,我很想待在我要存在一千年的地方。"他离开了米罗,因为他的心愿指引他去获得金羊毛;他出于对伊西菲尔高贵的愿望的尊重,向她的坚持再三让了步。如果他屈从于美狄亚,那是由于魔法的关系;如果他离开了她,那是因为她杀人成性。同克勒于兹在一起,在短暂的爱情期间,他是正直的;他未能阻止米罗自杀,他的宽容的神圣换来了美狄亚的赎罪。骑士雅宗是一个基督教的英雄,他能忍受,是出于上天的意志。

尽管有护教的目的,人们还是感到,骑士的爱情表现出来的优美

第二章 《特里斯当和伊瑟》：在欲望的强大力量和忠诚的法则之间

乐观主义不合时宜了。布戈涅宫廷意欲作为文化生活和风俗礼仪的高雅之地出现，并不能得到满足。《雅宗的故事》不管意图如何，不由自主地表达，通过作品转达的爱情法典失效了；尤其是围绕一个一见钟情（有时甚至是远在这之前）的对象，直至最后一刻的爱情追逐，这样组织并不成功。

雅宗在其中一次爱情冒险中，遇到一个年老的智者，一个"年已两百岁，受人尊敬、结实、灵活的"骑士。雅宗把自己的爱情挫折告诉他："我永远受到一个爱情创伤的打击，以致我生也不能，死也不能，喝也不能，吃也不能，白天和夜里都不能休息。"——"说真的，老爷，"骑士说，"如果您只受这点苦，您没有死的危险；因为爱情之病是很甜蜜的，不会引起死亡。"

雅宗解释他的不幸："我问她是否愿意成为我的妻子，但是她在我身上看不到足够的优点，可以向我的要求让步。因此，我怨恨生命，我只能绝望了。"——"失去一个女人，会得到两个女人，"骑士说，"如果一个女人对您拒绝爱情，您就发狂到绝望吗？女人多的是。如果一个女人不能满足您，我可以给您找到一百个女人。缺的不是女人。总之，但凡不去严肃看待爱情的人，都是幸福的；但凡执着于爱情的人，都是傻瓜。"

雅宗坚持重复典雅文学的道德教训："一个非常想在荣誉的道路上迈进的人，选择一个他忠实地、秘密地、百依百顺地爱上的贵妇，生怕做出不名誉的行为，没有比这样做更好的了。"——"啊，老爷，"骑士说，"永远不要说这样的话！"——"为什么？"雅宗问。——"因为别人要嘲笑您，"骑士回答，"因此，摆脱您的苦恼吧，要对您的失恋感到高兴，这种病绝不是致命的。情人永远不会死于失恋，除非失去了理智。"传奇写道："雅宗不想回答，因为他看得很清楚，他没有理由反驳骑士。"

这是中世纪的爱情最后一次传奇式的斗争吗？《让·德·圣特雷》是与勒费弗尔的《雅宗的故事》同时代的一部传奇。它也是布戈

051

涅宫廷的一个近亲安东尼·德·拉萨尔①写的。它叙述一个富有而漂亮的寡妇,所谓"美丽的堂姐妹"中的一个贵妇,对一个年轻侍从进行骑士爱情的学徒训练。贵妇的教育是完美的,无论是语言的**雅致**,还是举止的典雅和教导的道德高度,都是如此。直至漂亮的贵妇也许出于怜悯,挑了一个新的情人、一个肥胖的神甫。在随后小伙子和教士之间短兵相接的争斗中,教士战胜了学徒骑士。

在爱情的能耐方面,教士比世俗者更有分量。

传奇说,他们不相信他们的文学。

---

① 拉萨尔(约1386—约1462):法国故事家,著有《让·德·圣特雷》(1456)。

第三章

爱情与剑艰难的决裂

15世纪,骑士制度已经好几次消亡了。从军事观点看,它于1415年在阿赞库①已经支持不住了。查理六世②汇集的五万法国骑士,被亨利五世③强有力地指挥的15 000名英国士兵摧垮了。这次败北对法国国王来说,不仅是一次灾难,它还标志着建立在骑士绝对的至高无上和私人间彼此协作的小部队局部混杂的战斗组织宣告结束。长期雇佣军队的时代摧毁了年轻的骑士怀有的光荣和发财的梦想。

骑士制度从精神上来说,在20年前,即1396年9月25日,在多瑙河畔的尼科波利④已经消亡了。这一天,由无畏的让⑤和卢森堡的西吉斯蒙⑥领导的十字军骑士部队,被土耳其苏丹巴耶齐德的军队消灭。这是最后一次十字军东征可怜的结局。之后由于缺乏基督教战争的借口,被遣散的骑士没有别的选择,只有将战争的热情转过来针对自身。他们从一个营垒游走到另一个营垒,寻找战斗和暂时的忠诚。百

---

① 阿赞库:加来附近的村子,1415年,法军在此被英军击败。
② 查理六世(1368—1422):法国国王。
③ 亨利五世(1387—1422):英国国王,曾征服诺曼底,1420年的特洛亚条约被指定为法兰西王国的摄政和继承者,娶了查理六世的女儿卡特琳·德·瓦洛亚为妻,生下亨利六世。
④ 尼科波利:保加利亚的小城,1396年9月以西吉斯蒙为首的基督徒,被巴耶齐德一世打垮,使土耳其人在巴尔干得以自由活动。
⑤ 无畏的让(1371—1419):布戈涅公爵。
⑥ 卢森堡的西吉斯蒙(1368—1437):日耳曼皇帝(1411—1437)。

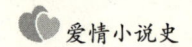

年战争,教皇的战争,婚姻战争,城市的发展和继承的冲突,加速了封建意识形态的破产。

然而,大型的骑士传奇继续在写作,并在 15 世纪和 16 世纪找到了热情的读者。这仍然是一些传奇,武功与种族的法则与爱情的征服相结合。但是,爱情改变了。

这种改变来自早期很远的年代。1343 年,乔万尼·薄伽丘在佛罗伦萨发表了一部小说——《菲亚美达夫人的哀歌》。他在里面放进一个自传性质的插曲。在那不勒斯居住的 14 年中,年轻富有的银行家之子和那不勒斯国王罗贝尔·德·安茹的私生女玛丽亚·德·阿吉诺有过一段恋情,菲亚美达选择放弃情人,为的是要结婚;爱情故事在辛酸中结束。在小说中,薄伽丘颠倒了角色。菲亚美达叙述她青年时代的故事,和潘菲尔的相遇,他们的爱情游戏,他们甜蜜的感情吐露,他们颓丧的等待,他们残忍的分离之后,潘菲尔不得返回佛罗伦萨。然后,当她得知她的情人把她遗忘了,投入一个美丽的佛罗伦萨女人的怀里时,她又痛苦又愤怒。她想自杀,她的奶妈阻止她这样做。幸运的是,潘菲尔重新回到真正的爱情的道路上来,恢复对菲亚美达的爱情,她忘掉一切,也许是为了重新品尝爱情不可替代的滋味。

没有战斗、骑士比武,也没有美妇人来仲裁和酬劳骁勇。这是在那不勒斯的宫廷,在安茹君主掌控的骄奢淫逸和高雅的氛围里,在诺曼人、意大利人、法兰西人、阿拉伯人和拜占庭人诸种文明的交汇处。在不久便处于博学者和文人的环境中,薄伽丘发现了但丁和彼特拉克,这两位大师主导了他的作家生涯,但是他也发现了古希腊和古罗马被复活的文本,罗贝尔国王的人文主义者使它们恢复了常青。薄伽丘是意大利文艺复兴前期的一个名角,《菲亚美达》中的文学典型无疑从奥维德那里获得灵感,直至他的参考和修饰的博学的修改,都表达了先驱者的热情。

随着《菲亚美达》,爱情不再是一种社会礼仪,恢复感情复杂的人性,其中起作用的不如说是荣誉、幸福和受损害者的不幸。1341年,薄伽丘回到佛罗伦萨,那里的精神生活不那么辉煌,而经济生活却更加繁荣。当1348年大规模的鼠疫降临到这座城市时,情况甚至变得令人受不了。在欧洲各地,疾病摧毁民众。城市失去一半以上的居民。巴黎人口从21.3万人跌到不足10万人。就业人口的降低引起饥馑,恐惧拨旺了柴堆,犹太人被投进里面。需要一个世纪才恢复中断的跃进。正是在这灾难的背景上,薄伽丘在1351年写出了《十日谈》。

《十日谈》不是一部长篇小说,而是一本故事和短篇集子,从中可以在拉丁文或者托斯卡纳的轶事集子里和法国韵文小故事、奥克语抒情短诗里,或者奥维德和阿普列尤斯的古典文本中找到源泉。可是,这百篇故事的每一篇都具有自己的声音;薄伽丘是一个形式高手,《十日谈》是一部叙述修辞学的百科全书、一种形式宝库,后来几个世纪的小说家都从中吸取养料。

但是,这也是与封建礼仪的爱情意识决裂的一份宣言。薄伽丘笔下的妇女,也即叙述故事的女人和被人叙述她们故事的女人,是"真实的"女人,不是实体或者寓意。这是城里人,属于所有社会环境,某种城市文明的个体,在爱情实现中,货币价值和精神与肉体的价值相互竞争。在借鉴但丁的《神曲》时,薄伽丘建立起一部人间喜剧,读者不再是宫廷和城堡里的人。它对欧洲小说的影响是巨大的,不过是缓慢的、部分的。《十日谈》直至1545年才被译成法文。意大利文艺复兴还只是城市中孤立的火苗,很快就被战争的灰烬掩没了。

叙述性散文流传得很差。远远不如诗歌,诗歌很容易输送到市场、朝圣和部队行军的大路上。必须等到15世纪中叶印刷术的发明,小说才摆脱抄写的教士受手酸疲惫的控制。在开始时,还只是几部被选中的作品。印刷商在提供给他们活动的巨大的文本材料中,进行严格的筛选。只留下最重要的——人文主义的书籍懂得利用知识精英——或者最有效益的,广大的读者最期待的——宗教实践的著作和世俗文学取得巨大成功的作品,像《玫瑰传奇》或者《金色的传说》。

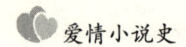

几千部手稿被排斥在印刷之外,从阅读的流通中消失了,无疑是永远消失了。

骑士爱情失落的梦

对于其他人来说,打开了一个新世界。1490 年,在巴伦西亚,德国印刷商斯潘德莱在刚创建的报纸上,宣布第一次印刷一部骑士爱情小说《白人蒂朗》715 册。这一版用哥特式字体印刷;小说用加泰罗尼亚①语写成。它的作者约阿诺·马托罗尔于 1465 年去世,给他的继承者留下一部他刚完成的手稿。

《白人蒂朗》玩弄怀旧和幽默的手法。它叙述一次想象的十字军东征,这次东征可能会成功,这是一种会达到目的的骑士制度,描写一个武功能升到最高目标的遭遇、尊敬国王、获得贵妇欢心的骑士。小说不模仿艳情故事,谈的是骑士文明,就像谈论一个完全是书本创造的,使同时代人的想象感到逼真的世界。

马托雷尔的读者不再相信**高雅的爱情**。布列塔尼小贵族的骑士"落空",不专于表白对一位贵妇绝对的、毫无希望的爱情。他爱上一位公主,她是君士坦丁堡皇帝的女儿。他衡量把他和她隔开的社会壕沟,使自己的剑对皇帝不可缺少,填满这个壕沟。征服这个姑娘,和她的父亲的荣誉交换。骁勇写入契约中。

在这场交换中,贵妇被爱的躯体是一个同她的心相等的幸福的物体。马托雷尔的幽默设想,象征不如它们代表的现实更能令人满足。

白人蒂朗和美丽的阿涅丝跳舞。这位小姐脖子上戴了一个钻石扣。蒂朗按照矫情规矩向她做了表白:"在您身上的美德、高贵的出身、美貌、妩媚和知识,使我渴望为您效劳。如果您把我看到在您胸前

---

① 加泰罗尼亚:西班牙东北部地区。

的钻石扣送给我,我会戴它一辈子;我以我获得的骑士勋章发誓,为您的荣誉战斗,无论是步行、是骑马,武装起来还是没有武装。"阿涅丝回答:"圣母马利亚,为了这么一件微不足道的事,你怎么肯冒险,在一个封闭的场地里搏斗呢!"她同意要蒂朗过来真正从她胸脯上摘取这枚钻石扣,才赠送这有象征意义的首饰。"蒂朗被美丽的阿涅丝的回答迷住了;他摘下了首饰,这样做不能不触到她的胸脯,他把首饰送到嘴上。"它这样引诱一个骑士,这个法国人像应该做的那样,他要粉身碎骨。

再说,阿涅丝很快就被遗忘了。他一来到君士坦丁堡,就遇到皇帝的女儿卡梅齐娜,她的胸脯使人忘了对另一位的回忆。"炎热使她不得不解开胸衣带子,让人看到出色的、白得耀眼的胸脯,使骑士浮想联翩,永远也忘不了。因此,此刻他感到从来没有的感受。"

他不由自主地承认,他恋爱了,他的爱情是公主的魅力造成的。他感到**一种耻辱**。相反,卡梅齐娜马上决定,"这爱情会造就她一生的幸福"。不过,这是什么样的爱情呢?马托雷尔区分出三种爱情。一种是同一等级的人之间体面的爱情。另一种是可以利用的爱情,用礼品来使人爱:它在得利的时间内延续。第三种爱情是他所喜欢的:"当一个姑娘对一个可爱的骑士的功绩很赞赏,倾听他热烈的话语,她的心充满多少甜蜜感啊!如果他们能够走得更远,在一张香喷喷的床上和雪白的被褥之间度过一个冬夜的良宵,正是这样,人们可以称之为令人惬意的爱情。"卡梅齐娜的心腹话给这篇爱情艺术的论说增添了一个令人微笑的条款:"你要知道,我们是好妒的和小气的,我们喜欢美味佳肴,我们有同样的气质。一个男人应该关心和了解在他情人心中起主宰作用的这些爱好。"

爱情不是一种社会的游戏。公主说,她只需要这样一颗火热的心,它冒出更多的是烟,而不是热。她也反对这样一个社会的法则,它不允许一个女人流露出真实的感情,要她注定装假和虚伪。

爱情更不是像教会传统中那样,是一件引诱人和使人愉悦的事,而是一个身体的陷阱,心灵在其中没有任何位置。《白人蒂朗》在怀旧和幽默言谈中,谈到一种爱的幸福,它和生活本身混同。它和神圣相连。在小说末尾,蒂朗被杀死了,公主召集全家到她的房间,那里停放着她丈夫的遗体。"于是她大声公开忏悔自己所有的错误,一点也不隐瞒在她和蒂朗之间所发生的最秘密的事。"她接受了赦罪之后,把她的财产分给她的执行者和穷人,她拥抱全家人。"她再一次品味过看她的情人遗体的苦涩之乐;她的爱情绝没有让她忘记宗教对她的要求。她抱着十字架,在她丈夫的身上咽了气。"爱情补全了基督徒"死得安详"的感化人的画面。

不久之前,卡梅齐娜发现了她的丈夫没有生命的躯体。她抱着尸体,"那么使劲,以致弄伤了鼻子,鲜血大量流出,她的眼睛和面孔都淌满了血"。夸张?过度的现实主义?不:马托雷尔在梦想,他根据自己愿望的法则去描写一个不再存在、也许永远不再有的世界,一个更广阔的生命,一种更强烈的爱情,更加宽广的雄心,更加持久的激情。可是,这个堂吉诃德既没有神奇,也没有追求奇迹;他用现实最具体、最有血有肉的因素制造他的梦想。

《阿马迪·德·高勒》:经久不变的典型

几年以后,即 1508 年,在萨拉戈萨①,出现了另一部骑士传奇,它的反响巨大。《阿马迪·德·高勒》,署名卡斯蒂利亚作家加西亚·德·蒙塔尔沃,他将西班牙和葡萄牙更古老的文本编纂、重写和加以完备。它具有古典骑士传奇的一切表象;它甚至借用了布列塔尼古老材料和魔术、超现实氛围的一个题材。可以相信这是朗塞洛和格尼埃弗尔的爱情新版本。就像在以往的传奇中那样,爱情被描绘成给英雄

---

① 萨拉戈萨:西班牙城市,曾是阿拉贡王国的都城。

打开新世界大门的芝麻一样,在这个世界中,对他的骁勇来说,一切都成为可能。

在战争的插曲和爱情题材中,从 12 世纪以来,什么也好像没有改变,除了这种插曲:美丽的奥丽亚娜等不到结婚,便献身给她的骑士,这样献给他增加的热情和对建立新武功不可或缺的美。这个污点除外,时间似乎中止不动。然而,这部传奇使 16 世纪的读者激动和心潮翻滚。现代国王,如弗朗索瓦一世和查理五世不断地让人给他阅读这部传记;蒙田赞叹它,人文主义者也非常喜欢它。改编、续写,在全欧洲,从意大利到英国,经过德国,层出不穷。有人写成诗歌、剧本,后来是抒情悲剧和歌剧。

骑士爱情在骑士消失之后继续存在。一切的发生,就像这个完美的形象,在非常古老的年代,从一心虔诚和独身的教士的思想和想象中产生,沉淀在一代又一代人的记忆中。它在里面形成了一种经久不变的沉淀物。小说家继续创作爱情。他们继续给自己树立的谜语提供解决办法。他们运用语言和叙述修辞学的一切资源,探索爱情经验,这种经验和叙说的词句不可分割。但是,完美爱情的印记似乎不可磨灭。也许是因为它完全是文学性的。

《堂吉诃德》:反对谎言的虚构

想和这种印记了结,天才地创造出来,这并非是错的。1605 年,塞万提斯在马德里发表了《堂吉诃德》的第一部。他把它看成反骑士小说,描绘阅读这些荒唐的冒险和纸上爱情,在朴实的、天真的、豪爽的心灵中引起的神魂颠倒。小说对照在书籍的理想虚构和普通现实毫无魅力的苦涩之间的偏差。

在《堂吉诃德》的一个插曲中,他的教区的本堂神甫,一个朋友,正着手清理贵族图书室中最有害的书籍。如果白人蒂朗根据它的现实主义，在他眼中感到优雅的东西，阿马迪·德·高勒和他的现代变形就吸收了**毒药**。杜尔西内·杜·托博佐这个人物是奥丽亚娜·德·阿马迪的双重模仿，被放到西埃拉·莫雷纳的最深处。

但是，如果塞万提斯的小说满足于是一部"反对性"的作品，一部笔战式的讽刺，一部文学和意识的嘲讽，它就不是一部经典作品。在虚假的理想和卑劣与庸俗的现实之间，在疯狂的妄想与日常生活的失望之间，在堂吉诃德的伟大精神与桑丘的狭隘自私之间，存在着一片复杂的、不确定的、矛盾的、脆弱的、没有幻想的、不遁世的空间，那里杜撰出个人的命运和人类的历史遭遇。

爱情是这片空间的最好表现，在这个空间中，最高的愿望、同别人结合、精神和谐，遇到了最具体、最自然的经验。遇到最大的欢乐和最难以忍受的痛苦。

塞万提斯在《堂吉诃德》中草就的"好玩的怪人"的故事中，叙述了安塞尔姆爱幻想的、要命的遭遇，这个人物在卡米尔身上爱的只是自己的映像，他相信在她的眼睛中看到了爱的目光。可是，作家将他的全部温馨给予"真正的爱情"。堂吉诃德和潘扎在大路上遇到一个会唱歌的牧童，这是很罕见的。"人们以为，在田野和森林里，会遇到歌声美妙的牧童，可是，这是发生在诗人的想象中，远离真实。"因此他俩很吃惊；两人都很激动，因为歌曲以抱怨和呜咽结束。牧童名叫卡德尼奥。他属于安达卢西亚的一个富人家庭。他和吕姗德产生爱情，以频繁通信来保持。因为"笔比话语更自由，给所爱的人袒露心底最大的私密，而所爱对象的在场，往往搅乱了最灵敏的头脑和最大胆的舌头，使之瘫痪"。情书保持了欲望之火。但卡德尼奥的一个朋友，一个大老爷斐迪南也爱上了年轻姑娘，要知道他因喜欢和她在一起得到的愉悦而兴奋。斐迪南用诡计离间了卡德尼奥和吕姗德，然后从姑娘父亲那里得到了姑娘的婚约。吕姗德出于服从，结了婚；她变得绝望，但讲道理。卡德尼奥痛苦得发狂，他指责吕姗德出卖了他，但他仍然爱她，等待上天使他失去记忆。这就是真正的爱情：执着、快乐和痛苦

第三章　爱情与剑艰难的决裂

的源泉,大胆而顺从社会习俗,甚至他否定了爱情,渴望完美,经历了人类处境的脆弱。

面对他,骑士小说的爱情被描绘成一种诱饵,一种肉馅,一种乔装打扮,一种组织在社会喜剧的情节中的角色扮演。但也像一个难以接近的梦想。世界不再是原来的模样。作品仍然想方设法使人相信相反的情况。它们用爱情故事来愉悦我们,但是它们想达到的是何种爱情真相呢?

"我对你再说一遍,"本堂神甫说,"这些书写出来是为了让我们在失意时得到愉悦。在组织得很好的国家里,一切像人们所允许的那样,有棋局、网球和桌球,让那些不愿意、不应该或者不能工作的人消遣,人们允许印刷骑士小说,因为人们正确地设想,不能存在相当愚蠢的读者,把它们看作真实的东西。"本堂神甫没有向读者解释能得到多么迷人的乐趣,受骗又能获得多大的消遣。这比被引导到真实的道路上,能得到更多的乐趣。除非他们拥有谎言的诱人王牌。

塞万提斯在批评方式上也发展了一种题材,这种题材后来主宰了西班牙的爱情文学,再转到全欧洲,它将爱情关系变成荣誉的附属品。诚然,这并不是全新的;荣誉是人们终于将拥有感从物质转移到精神方面后,所取的名字。所有物是一笔财产,荣誉是一种价值。于是它用在拥有女人上面,特别用在男人通过结婚的权利拥有的女人身上。这是从阿拉伯人的影响继承来的吗?荣誉似乎在西班牙起主宰作用,人们禁闭妇女,为的是不让她们受到不是丈夫的男人捕食般的注视,或者不让她们被怀疑招蜂引蝶。婚前,姑娘的荣誉(她们名声的全部所在)要让她们逃避男人恼人的存在;婚后,丈夫的荣誉(夫妻名声的全部所在)要让妻子免受男性人群好色的注视。

《堂吉诃德》第33和34章叙述两个年轻人安塞尔姆和洛泰尔的故事,他们的友谊是家喻户晓的。安塞尔姆同一个名叫卡米尔的有美德的贵族小姐结婚。洛泰尔继续坚持不懈地常去安塞尔姆的家,"最关切地注意朋友的荣誉"。但是安塞尔姆受到不安的折磨,以无法避开的逻辑的名义,要求他的朋友感受到他妻子的忠实:"如果没有人教唆一个女人糟蹋品行,怎么能赞扬她有好品行呢?只要没有人给她机会松懈,尤其她不是不知道她一旦不谨慎,她丈夫就会毫不犹豫要她的命,人们怎能感谢她是朴实的持重的呢?"荣誉感是与它的丧失相邻而存在的。美德是光明磊落的,不会受到攻击。

洛泰尔由于安塞尔姆的提议而愤怒了,但是他接受下来,避免他的朋友让其他不那么可信赖的人也一样做。一切像预料的那样结束。"卡米尔的美貌和美德直达洛泰尔的光明磊落","卡米尔让步了;是的,她让步了"。至于安塞尔姆,"他没有发现卡米尔丧失了他最看重的,又是那么轻飘飘地对待的东西"。完全是薄伽丘的道德教训:人们不知道,也永远不知道,洛泰尔和安塞尔姆是不是爱卡米尔。同样不知道卡米尔是爱丈夫还是爱她的情人,或者两者都不爱。

牧人和牧羊女的爱情

在《堂吉诃德》中,爱情故事往往滑入牧歌和田园小说的形式结构中。塞万提斯在他的杰作问世之前20年,已经发表了一部牧童小说《伽拉苔亚》,他从来没有否定过这部小说,尽管1616年他去世时,小说并不成功,他还是想写完它。这部作品完全用来将理想爱情辩护为美和生活的最高形式,牧歌是古希腊和古罗马田园小说的一种回声,人文主义者刚刚让这些小说重放光彩。但这也是使小说回归平民生活,斩断爱情与剑的联系的一种方法。《伽拉苔亚》的牧人和牧羊女,就像拿波利丹·萨纳扎尔①的《阿卡迪亚》(1504)或者西班牙人蒙特马约尔②的《狄亚娜》(1558)中的牧人和牧羊女一样,他们从中汲取灵

---

① 萨纳扎尔(约1456—1530):意大利诗人和人文主义者。
② 蒙特马约尔(1520—1560):西班牙作家,原籍葡萄牙,他的田园小说获得成功。

感,这些人物显然是老一套的牧童,住在漂亮的住宅里,没完没了地讨论,用的是神学和爱情礼仪最灵活的秘术提炼过的语言。这是些贵族或者是文艺复兴时期的大资产者,免去物质生活的忧虑,他们能够在必不可少的简单和重新找到的纯朴中消解这忧虑,投身在诗歌、音乐、典雅的论说之中,受梦幻或者怀旧缠绕,具有原始的美和纯粹,这些都写进和平、智慧和心灵占据的社会良好环境中。这种贵族想使机智的人灰飞烟灭,要按照自身的特殊习惯塑造新的爱情典型。它放弃改变世界,或者使世界改变信仰,它对历史和权力不抱幻想。它在爱情的田园牧歌中看到乌托邦——或者是怀旧最精心设计的形象的唯一实现形式。

萨纳扎尔的《阿卡迪亚》,蒙特马约尔的《狄亚娜》,在全欧洲得到翻译、改编和模仿。菲利普·锡德尼①的一部英文的《阿卡迪亚》,发表于1580年。洛贝·德·维加在1598年印刷了他同样的一部作品。吉尔·波洛写的一部《爱情的狄亚娜》1564年在巴伦西亚发表。蒙特马约尔的一部法文1569年在兰斯印刷。欧洲小说充满了典雅的牧羊人,他们被崇高的牧羊女的爱情改变了面貌,一般说来,她们不爱爱上她们的人,却追求甚至不看她们一眼的另一个人。受轻慢的情人的抱怨和痛苦,融化在歌声中,歌声的美使痛苦减轻了。不管幸福还是不幸,爱情承载着懂得身心都在感受身外爱情的人。作为愿望之美和美之愿望,爱情总是好的,即使许多爱情不是这样。理想化的田园小说只不过把理智的爱情包在理性的范围内。爱是一部艺术作品,它只有在超越、过度、语言的诗意杂乱中完成。

田园牧歌中最著名的作品给整个17世纪的情感文学以启迪。奥诺雷·德·于尔菲的《阿丝特蕾》1607至1627年之间被分为五部分,依次在巴黎发表。这是一部5 000页的巨型小说,将乡村贵族,就像亨

---

① 锡德尼(1554—1586):英国小说家、诗人、散文家,著有《阿卡迪亚》(1580)、《为诗辩护》(1595)。

利四世的法国存在的许多贵族那样，以高卢牧童的形象表现出来。此后无所事事的士兵，湮没在乡村小镇墨守成规和狭隘的生活中，长时间拜访，间以打猎，和他们有点风韵的女邻居调情，消磨他们的烦恼。《阿丝特蕾》的读者不需要想象，就可以在谈情说爱、和田园生活有**正直的友谊**的牧人牧羊女身上遇到自己。

奥诺雷·德·于尔菲是他们之中的一个。1567 年，他生在弗雷兹一个属于萨伏瓦宫廷的古老家庭中。他在天主教联盟①的队伍中伴随他的兄弟安纳·德·于尔菲，他爱着兄弟的妻子狄亚娜·德·沙托莫朗。安纳取消了婚姻，奥诺雷终于娶了狄亚娜。可是，他刚结婚，新婚夫妇便永远分离了，无人知道原因。

天主教联盟失败后，奥诺雷·德·于尔菲流落到萨伏瓦，用长剑换了一支笔，背对他的时代的历史和内战的暴行。他成了乡村贵族，看了很多书，开始写作。先写受蒙特马约尔的《狄亚娜》启迪的诗歌，柏拉图式精神恋爱的书简，最后是《阿丝特蕾》这部篇幅浩瀚的田园牧歌。

这可以说是一部"全面的"小说，总字数是今日人们不敢创作的，否则要遇到读者的不理解。整部《阿丝特蕾》60 年以来没有被重印过，它的想象之广和色彩，令我们觉得比来自最遥远的地方的故事和小说更加具有异国情调。小说家在错综复杂的情节中延伸他的时代所汇聚的所有广博知识。其中有古代小说的爱情传统和典雅诗人的传统，人文主义的哲学和反天主教的改革的宗教热情，柏拉图的哲学，弗朗索瓦·德·萨勒②的教导，西班牙散文的华丽辞藻，马莱布③锤炼的法国文学语言的纯净典雅，爱情故事的曲折，政治论文的教训性质，永久和平的梦想，这紧接在半个世纪的兄弟冲突之后，失乐园的忧愁，与在弗雷兹度过的童年青翠的山谷相混同的伊甸园的忧愁。

《阿丝特蕾》是爱情小说的百科全书。于尔菲似乎给自己提出这

---

① 天主教联盟：16 世纪下半叶成立的天主教组织。
② 弗朗索瓦·德·萨勒(1567—1622)：法国主教。
③ 马莱布(1555—1628)：法国诗人，巴洛克诗歌的代表，是一个诗歌革新家，创作少而精。

个使命:创造一种叙述形式,包含一切爱情描绘的细微处、一切激动和一切分析。他的天才笔触使杂乱的情节、人物、紧张和松懈的联系、性格、变动的激情、古老的西班牙情歌、意大利杂技般的情节进入普通乡村社会生活的唯一框架中。一小块法国花园的生活,读者在一个世纪中都熟悉了其中小径、一直下降到利尼翁河岸的绿草坡的名字。以前的小说家通过历史的吸引力去俘获读者,奥诺雷·德·于尔菲把这个任务的解决给予地理的复杂。当他把小说的情节放在6世纪不可能的高卢人王国中,时代错误层出不穷时,他对民族起源缺乏说服力的梦想,归于感觉天赋,放进大自然永恒的青春之中。《阿丝特蕾》在诗歌的手法、社会的习俗和对情感真实尖锐的观察之间美妙地游移不定。读者不再知道在这复杂的爱情故事中,是一面存在的镜子呢还是一个应该存在的典范。

　　我们不知道更多了。我们只能衡量偏离,却不能解释这种偏离。《阿丝特蕾》不仅是销售的巨大成功,还是一个文化形象。直至17世纪末,宫廷、城市、沙龙、外省、外国都城、泥污的邸宅、学者的文社,直至教会人士,所有人都在讨论奥诺雷·德·于尔菲写到小说里的爱情法规条款。人们在道德的论文里,在情书的雄辩中,在听忏悔神甫的思考里,在哲学家的例子中,尤其在男女青年进行的交谈中重新找到他。他的人物变成了常规,他对定理的分析,他对习俗的描绘,他的语言变成了一切合乎礼仪的爱情话语的常规。直至这种有点软弱无力的妩媚,这种平淡的庄重,在绝对君主时代到来时,这种庄重力图以情感来遮蔽国家理性的太阳造成的干枯。路易十四本人,长期让他专制的激情穿上从《阿丝特蕾》创造的塞拉东之类和西尔旺德尔之类人物那里偷来的情感小玩意。

　　即便小说家们从来没有停止创作爱情,他们也从来没有那么快就接触到精神和躯体、理智和感觉。仿佛《阿丝特蕾》,它的圣洁的激情、它的平静和美的世界的乌托邦,标志着一种想象的需要,这种想象在一切方面摆脱暴力和对真实的失望。《阿丝特蕾》作为最高级的爱情小说,也是一部政治小说。它标志了读者排除了集体故事的舞台,关闭在私人感情和个人激情的范围里。这也是一种没有史实的范围,《阿丝特蕾》的人物所经历的爱情似乎属于原始、自然和不变的领域。爱情永恒的幻想把它的故事变为本质,避开故事的现实。不用说,小说落入纯粹的想象中,对现实的否定中。它带走了言语和行为。这不再是文学修辞给予爱情表现以形式,这是爱情变成一种文学类别、一种谈话的装饰品。

沙尔·索雷尔[①]反对田园牧歌

有些小说家却忍受不了小说封闭在羊圈中,哪怕是寓意的。沙尔·索雷尔在中学的板凳上已成为小说家,他开始写作他的《弗朗西荣的滑稽故事》时还不到 20 岁(在 1621 年,《阿丝特蕾》达到成功的顶点),这不可分割地既是一篇反对小说的纯粹想象无根据的宣言书,又是一篇反对小说想象推行的爱情观点的抗议书。索雷尔对奥诺雷·德·于尔菲和他的小说的吸引力进行一场战斗,其中,爱情的哲学和文学美学互相支持。

在《弗朗西荣》中,爱情是活力最多产的形式。它也是最坚定地发动个体最高的精神品质的情感,从最高贵的精神品质即慷慨开始。因此,这是个体自由最完美的表现,人们不会通过以某种社会道德的名义专断规定的限制去戏弄完整存在,即身心的自发活动。不错,索雷尔强调这一点,对男女都一样,显而易见,爱情不会建立没有愿望和娱乐完美对称的和谐。在《弗朗西荣》中,主人公,一个与大学决裂的年轻贵族,穿过法国,为了学会生活。他不会遇到假牧羊女和假牧歌;相反,他学会区分真正爱情的占有欲望;他要学会假的典雅言词,这种修

---

① 沙尔·索雷尔(1599—1674):法国小说家,著有《弗朗西荣的滑稽故事》(1623—1633)。

辞的技巧；他也要获得感情的转瞬即逝和脆弱的经验，尤其要屈从最严格的真诚的要求。随着索雷尔，在小说家，还有诗人泰奥菲尔·德·维奥①那里，爱情变成一个战斗的场所，自由精神要面对在真实的旗帜下秩序的拥护者。《阿丝特蕾》的爱情想象变成了一个非常抽象的、非常不自然的、非常远离一切经验的小说典范的象征，以致这只是用来迷惑读者，创造文学和生活之间不可逾越的鸿沟。

虚假爱情，虚假传奇，虚假语言：索雷尔在《弗朗西荣》中抛弃了所谓"优雅的"语言、"体面的"语言，这种语言由马莱布均匀地修整过，就像宫廷的少数精英想要强行，并且即将强行采用唯一合法的法国语言。他用**天真**的语言，一种音调、高度、形式、颜色适应不同的论述题材的语言来对抗。

语言的**自然**适合对爱情的真实无修饰的描绘：就像神一样使人幸福。索雷尔认为，人的不幸蹲在暗中，在偏见和自私的黑夜里，在虚假价值和虚假品德的谎言中，在蔑视身体和崇尚羞耻中，相反，赞赏短暂的美、心灵柔美的有快感的逃逸是适当的。

《阿丝特蕾》是一所使人迷惑和盲目，因此也是不幸的学校。在《弗朗西荣》第一版发表后四年，索雷尔在 1627 年重复过这一点。他的**反小说**，像他所说的那样，有一个明确的标题：《狂妄的牧童》。这部小说对田园小说来说，就像塞万提斯的《堂吉诃德》对骑士小说那样。它叙述的爱情是一样的：一个资产者的年轻儿子，他的头脑填满了田园小说，爱上了塞拉东，改装成牧童，"在塞纳河岸上，在圣克卢的附近草地上，追赶着半打长疥癣的羊，它们只是普瓦西的屠户的废弃物"。显然，自称利齐斯的想象中的牧童，创造了他的牧羊女，把她叫做沙丽泰。他"唯一的美人"是一位品德低下的太太，一个乡居圣克卢的富有巴黎人的女仆。利齐斯在他的商人家庭中感到绝望，封闭在从《阿丝特蕾》的人物那里借用来的情感处境和遐想中。他想和沙丽泰一起，

---

① 泰奥菲尔·德·维奥(1590—1626)：法国诗人，擅写短诗。

像时髦绅士那样,到弗雷兹,沿着《阿丝特蕾》的人物的足迹去朝圣。但是,他做不到。在布雷那里的另一条河边,靠近库洛米埃,一系列遭遇和像他一样疯疯癫癫的《阿丝特蕾》的读者的陪伴,把他奉为田园牧歌之国的首领,那里的人不做别的事,只是没完没了地在没有愿望的年轻男子和毫无娇态的女子之间讨论关于爱情的论文。然后,牧童被蒙骗,被欺骗,被无情和毫无顾忌地玩弄,回到双亲那里,失去了一切热情,掏空了一切愿望,既失去了天真,又失去了知识。他只得和沙丽泰结婚,她则平凡地重新变成卡特琳娜,成了他把她塑造成小说女主人公的挂名人。丧失幻想是谎言的苦果,而不是真实的新枝。

当然,索雷尔在自娱,也在悲叹。爱情小说使他微笑,但是模仿爱情小说的情侣却使他害怕。怪诞的隐喻和充满尖刺和铁钩的恭维话,激起他的讽刺幽默,但年轻人避开明晰语言,采用典雅的行话,采取爱情对老一套礼仪的自发和自由态度。对真实生活的阅读而回避想象的骗局,使他头昏目眩。

第四章

古典爱情：话语的海洋和寂静的两个岛

1610 至 1660 年的爱情小说由规律控制,它服从规则,它适应体裁。它似乎惊呆了。实际上,它从属于阅读它的社会形象,被它自己的表现弄得止步不前。它为荣耀而活动,它是**英勇的**。

是否仍然有爱情小说呢？爱情只是一个冰冷的概念,在崇高的机器装备中的一个齿轮。这个齿轮的形状,从马里尼的意大利小说和德·贡贝维尔①1619 年发表的《波力山大》开始,得到精雕细刻。爱情关系必定从闪电的一击开始,情人之间目光的交换(或者对被偶然发现的美女肖像痴迷的注视,让他们结合一生)。为了显示这建立在注视基础上的关系非常牢固,能经受一切考验,作者让一对情侣承受最危险的折磨,主要是海上的折磨。风暴,沉船,海盗,被柏柏尔人②俘虏,在苦役船上当奴隶。男主人公受到海水、剑和火的威胁；女主人公受到她的美貌和她引起的欲望的威胁。

但是上天监护着这对情侣,使他们既不失去美德和宗教,也不失去忠诚和信念。最强硬的海盗在女主人公毫不妥协的纯洁面前让步了,保存了她的贞洁,就像被后宫的肉欲弄得荒淫无度的苏丹所做的

---

① 贡贝维尔(1600—1674):法国作家,开创旅游题材。
② 柏柏尔人:北非伊斯兰国家的居民。

那样。男主人公的坚定不移抵挡住一切威胁和给背教者的一切生活上的允诺。

波力山大或者墨守成规的混乱

小说不再创造什么,甚至没有曲折的情节。它又恢复古希腊和古罗马的大型旅游小说的脉络,特别是赫利奥多尔的《埃塞俄比亚人》的情节,甚至除了贡贝维尔,善意添加真实的旅行故事的材料。东方同时是无处不在的,局限在一个背景中,在返回野蛮国度的船上,不变地满载黄金钻石和驯养的猛兽。此外,每个人,苏丹、宠臣、海盗、囚徒、商人、基督徒、穆斯林、黑人奴隶和遥远国度的王子,都讲和理解同一种语言,也就是德·朗布耶夫人①的沙龙所讲的语言。一种美好的语言,不断地维持在夸张的、被极端雕琢的和华丽的语调中,就像感情本身一样。他们喜欢在极度的光彩和痛苦的深渊中运用同样的方式。

小说机器在空转,思索着它的技巧和不可比拟的精妙。以《波力山大》为例——但也可以选择没完没了的《卡桑德尔》或者拉卡普勒奈德②壮丽的《克莱奥帕特拉》,或者斯居戴利兄妹③二人合著的《伟大的西吕斯》。《波力山大》的作者马兰·勒罗瓦·德·贡贝维尔是索雷尔的同时代人,后来是法兰西学院的创建者之一。他以模仿《阿丝特蕾》开始,在 18 岁时,很快投入写作《波力山大的流亡》,它的成功使得不断有人模仿和要求再版。

贡贝维尔是一个汇编能手;积累曲折的情节,激活他的想象力,但

---

① 朗布耶夫人(1588—1655):侯爵夫人,她在家中组织沙龙,从 1620 年延至 1665 年,接待上层人士。
② 拉卡普勒奈德(1610—1663):法国作家,著有《卡桑德尔》(1642—1660)、《克莱奥帕特拉》(1647—1658)。
③ 斯居戴利兄妹(乔治,1601—1667;玛德莱娜,1607—1701):法国作家,兄妹二人合作写了大型小说多种。

第四章 古典爱情:话语的海洋和寂静的两个岛

他的不耐心不容许写作时亦步亦趋。他通过一个隐喻来这样解释:"我对漂亮的女人从来没有厌恶感。可是,我非常喜欢忽略和变化无常,我对那些在描绘圣母桥而不是对活生生的美人加以修订时,总是对非常协调、非常正规、非常正确的这类毛病感到有话要说。"贡布维尔是泰奥菲尔·德·维奥的赞赏者,他像索雷尔一样,梦想一种混乱、一种明显的忽略,这些是**不做作**的保证,是与文学技法相反的真诚的标志。但是这个梦想违拗了他娱乐人的愿望。时尚向秩序倾斜,贡布维尔对之屈服,违反他的脾气。忽略的捍卫者出于机会主义,变成红衣主教①的学院院士,甚至不久变成语言学的完整主义的拥护者,对**老旧的语言**进行一场吹毛求疵的战斗。《波力山大》以它的方式将混乱的梦想和墨守成规的企图调和起来。小说修订版不久就达到22卷,4 500页,增加曲折的情节,堆积传奇的陈词滥调,构成一种有条不紊的百科全书。贡布维尔不叙述故事,甚至没有罗马字,他将局面安排在人物出现的动荡不安中。

在小说最后几个版本之一中,波力山大来到一个神秘岛,那里由迷人的公主阿尔西迪亚娜统治。他爱上了她,但一个葡萄牙海盗劫走了阿尔西迪亚娜的女友。波力山大冲去营救她,忘记了一旦离开海岸,神秘岛便在地图上消失。波力山大变成海中的朗塞洛,流浪的水手,寻找失去的这个岛和他的公主,进行大规模的海战,对抗骇人的海盗,来到黑非洲和印加人的墨西哥最奇特的地方,还有丹麦雾蒙蒙的冰冷的海浪。这一切都与爱情关系渺茫,如果波力山大没有不断地要感受自己忠诚爱情的牢固,经受异国风雅习俗的野蛮或者古怪的冲击的话。至于阿尔西迪亚娜那方面,她作为宝贵的性观念真正的女祭司,与她那群仰慕者保持足够的距离,硬要他们经受典雅的服从最严格的考验。

阿尔西迪亚娜以佩内洛普的方式,制造障碍,让企图把她送上祭

---

① 红衣主教指黎塞留(1585—1642):铁腕人物,在路易十三时期掌权,创建法兰西学院。

坛的人分裂，或者她通过波力山大的忠诚，不再希望他返回？这是在内室沙龙和沙龙之间激烈争论的所在：贡贝维尔在杂乱的情节中，在对传奇的、古代的、童话的、骑士爱情的旧方式系统的探索中，创造一些人物，他的男女读者从中认出自己，又有所不同。仿佛17世纪40年代的贵族小圈子要忍受社会的、政治的、精神的、投石党事件①的、秩序混乱的不稳定，只能在对永恒的纯粹的幻想、怀念、梦想、理想中，才能理解自己的身份。退回到**内心**、对自己心灵深处和自己感情不确定的灵活分析中。

贡贝维尔的女主人公阿尔西迪亚娜，不仅是一个威严的公主，在那些想占有她的男人的欲望包围下，她保持贞洁和品德，这也是一个不由自主的恋女，她分析自己抗拒对波力山大怀有的感情，写下自己的思考，确定自己的痛苦，压下自己的幻想。如果她最终向自己对心中英雄的激情让步，那是以被战胜的女王束手无策，决心要保持荣誉的全部面子的方式让步。爱情是一次失败，温柔缴械投降。彬彬有礼是这缴械的礼仪面具。爱情小说转向抵挡爱情的小说。

《波力山大》的最后一个重要版本，它最后的**修改**是在1637年。这是《熙德》和《方法论》②发表的那一年。这也是第一批**隐居者**蛰居在波尔-罗亚尔修道院的那一年。爱情小说没有消亡，但它变得有理性了，由于逼真的要求而远离一切真实，由于模仿的要求而远离一切想象，没有解释社会的能力，它着意用做社会准确的镜子。无论是在古代的波斯，还是在阿拉伯人统治下的西班牙，无论想模仿悲剧还是史诗，小说都不懈地呈现出一个小世界的理想化反映，这个小世界的成员把自己当作小说的人物。孔岱的王子长出了西吕斯的翅膀，卢浮宫最放荡的侯爵夫人喜欢被看作斯居戴利小姐笔下的克莱利的忠实复

---

① 投石党事件：17世纪中叶，大贵族与王权对抗，为此发动的一次暴动，后被镇压下去，绝对王权由此建立。
② 《方法论》：笛卡尔的代表作，确立了理性的崇高地位。

制品,温柔国地图①最细腻的探索者。一个激情的女人终于让自己有理性。塔勒芒·德·雷奥让自己成为那些典雅女人的编年史作者,战胜宫廷的烦恼、逼婚的忧愁和无所事事,同时充满有教益的阅读和喧闹的联系。

布西-拉布坦和私情贵族

描写高尚而纯洁的爱情的小说,具有一种准确的政治作用:把宫廷贵族一分为二,将身体和精神分开,将象征能力和真实能力分开,将阶级幻觉和经历过的历史分开。小说承担表达历史每天否认的东西。卢浮宫和凡尔赛宫的上流社会人士实行的文化统治,把他人排斥出政治领域。描写英雄爱情的小说,将战场的骁勇和爱情引诱结合起来,但**文明化的**贵族多半在卧室而不是在战场上寻求荣誉。

罗歇·德·布西-拉布坦是个军人,不信教,描写这样的宫廷:战场上的美德变成典雅的勇敢。他的《高卢人的爱情故事》是一部**反小说**,嘲讽地描绘幽居在爱情征服的手段中的贵族圈子。他的作品匿名在1665年发表,使他被关进巴士底狱,被流放到他在布戈涅的领地上。确实的是,在显而易见的匿名下,德·塞维涅侯爵夫人②的表弟——他并不轻饶她——把周围的人物,甚至国王家庭的人物都写进去。布西-拉布坦在战场上比在放荡的混乱中更加声名显赫,他忍受不了将**荣耀**和爱情占有结合起来的混合:德·奥洛纳太太的美貌造成流言蜚语,使占有她的那个人表面上有太多的荣耀,以致德·康达尔先生坚决要爱上王国中最美的女人。德·康达尔先生作为布戈涅的统治者,是当时时尚的典范。

---

① 温柔国地图:17世纪矫饰文学中虚构的地方,用做娱乐。
② 塞维涅侯爵夫人(1626—1696):法国古典主义散文家,以《书简集》闻名,共收1500多封信。

德·奥洛纳太太的美貌已经给他好好利用过，她开始减低声誉，可是这个卖弄风情的女人，在上层的**荣誉**市场上仍然价值很高。马西雅克"有一些比他更加警醒的朋友，他们建议他把爱慕转向德·奥洛纳太太。他们对他说，他的年纪能让人谈到他，妇女会像看重武器一样看重他，德·奥洛纳太太还可以给予被爱的人荣耀"。但是年轻男子不是**骁勇的**。他长久地坚持注视和始终陪伴，"不考虑再往前"。他的财产最后使他取得胜利，可是他的家庭迫使他结一门有钱的婚姻。马西雅克向他的情妇宣布他的婚礼："我希望娶一个不爱的女人来报复她。然后，就近看到您和她的差异，我会终生比现在更加爱您，如果可能的话。"

在这个战场上，婚姻受到粗暴对待；它只是一个社会习俗。"既然人们专制地规定太太们的荣耀是不爱她们感到可爱的人，那就必须适应习俗，至少在想恋爱时隐藏起来。"但是婚姻丧失威信，损害了一切爱情关系的稳定："既然我们甚至欺骗我们的丈夫，法律使他们成为我们的主人，为什么我们和情人友好分手，什么也不能强迫我们去爱他们，我们要做自己的选择。"

布西-拉布坦的小说为爱情亲密的道德而战斗，在宫廷占统治地位的杂处中，这种亲密变得不可能。他反对在小说中反映的没完没了的爱情闲谈，劝诱人默默地爱、深深地爱——唯一合理的——私人的，否则就是秘密的爱。"德·吉士公爵比别人所相信的更爱德·蓬斯小姐。但是，有人知道了，他的柔情便改变了，他此后仍然爱她，是为了恼恨那些议论的人。我知道千百个没有爱情的人，他们所做的只不过是为了使情敌发狂，他们的情妇秘密的爱只因公开了才使他们觉得珍贵。"

《高卢人的爱情故事》逗笑或者激怒了内行人。描写英雄和情感的大型小说，像以前那样被人阅读。它们令人喜欢，娱乐人，十分流行，但它们也是暗含的文化贬值的对象。甚至在 1636 至 1687 年之间，在笛卡尔的《方法论》和牛顿的**万有引力定律**之间，在亚里士多德的神圣原则受到质疑、专家文学和上流社会的文学之间的界限和等级出现漏洞这样的科学选择犹豫不决期间,小说家不写诗歌、戏剧或历史随笔便几乎不被看成作家。情况在西班牙、意大利和英国是一样的。文学应该愉悦人,但凡愉悦人的东西都不是文学。

葡萄牙修女:不可比拟的故弄玄虚

既然爱情一时变成主要的题材,它就不是高贵的。因此,如果这个时期最有创新性的两部爱情小说发表时是匿名的,那就毫不奇怪:它们的作者属于上层精英,也属于政治领域和政权圈子的**文学爱好者**。他们避免公开像小说写作这样无聊的、这样与他们的身份和地位格格不入的活动。即使他们没有始终隐瞒使他们写作的弱点,他们也小心不去承认。德·拉法耶特夫人等到她生命结束时才在保证严守秘密的条件下委托她的几位朋友,说她是《克莱夫王妃》的作者,而舆论更喜欢把它归于德·拉罗什富科公爵[1]。作者的**名字**不应该搅乱对作品的阅读;她在小说序言中是这样解释的:"作者无法解决公开自己的问题;他担心他的名字会降低作品的成功。他通过经验知道,有时人们根据作者得到的低微评价来贬斥作品,他也知道,作者的声誉往往给作品以价值。因此,他处在默默无闻中,为的是让评价更加自由和更加公平。"

这些小说中的第一部的作者隐藏得这样好,以致他在近四个世纪中避免被辨认出来。人们甚至不知道这是一部小说,它的作者成功地使他的诡计显得自然。人们以为**译成法文的**《**葡萄牙书信**》这本巴黎书商克洛德·巴尔班在1669年印成的小书确实是一本书信集,写出这些书信的女人是葡萄牙人,某个吉勒拉格保证说是他翻译的。研究

---

[1] 德·拉罗什富科公爵(1613—1680):法国古典主义散文家,著有《箴言录》。

者甚至终于确认了写这些书简的修女的身份。玛丽亚·安娜·阿尔科弗拉多,她写作书信时的修道院,也就是贝雅①的圣母无玷始胎修道院,在埃斯特雷马杜尔②和安达卢西亚之间,书信写给他的那个男人是德·沙米利元帅-伯爵。圣西蒙③于 1715 年表明沙米利之死,另外指出,"由一个修女所写的著名的《葡萄牙书信》就是写给他的,他认识这个修女,她发狂地爱他"。

长期以来,几乎只有让-雅克·卢梭不相信玛丽亚·阿尔科弗拉多写了这些火热的信。但他的怀疑只是他蔑视女人的一个反映:"女人一般说不喜欢任何艺术,不了解任何一种艺术,没有任何天才。她们可以在一些小作品中取得成功,这种作品只要求轻巧的头脑、妩媚,有时甚至哲理和理性。但这种心灵使之热乎乎和炽热的卓越火焰,这种消融和吞噬的天才,这种炙热的雄辩,这种崇高的激情,它们把陶醉带到心灵深处,在女人的作品中总是缺乏:她们的作品都是冷冰冰的,像她们一样漂亮;它们会有你所希望的头脑,但永远没有心灵。她们既不知道描绘,也不知道感受爱情本身。我向世人打赌一切,《葡萄牙书信》是由一个男人写出来的。"

斯丹达尔相反,他从来不认为女人不能"感受爱情",他在《罗西尼传》中写道:"必须像葡萄牙修女那样去爱,她用这种火一般的心灵在她不朽的书信中给我们留下如此强烈的印记。"玛丽亚·阿尔科弗拉多很快就像葡萄牙文学的一颗明珠,出现在学校教科书和文学史中。直到 1962 年,两个法国大学教师弗烈德里克·德洛弗尔和雅克·卢若提出了决定性的证据,表明《葡萄牙书信》是一部小说,这部小说的作者是一个加斯孔贵族——加布里埃尔·德·吉尔拉格伯爵。

吉尔拉格不是一个普通的朝臣。这个孔蒂亲王的雇员,以头脑敏

---

① 贝雅:葡萄牙城市。
② 埃斯特雷马杜尔:葡萄牙港口。
③ 圣西蒙(1675—1755):公爵,法国散文家,《回忆录》主要记叙了路易十四后期和摄政时期的衰败景象。

捷闻名,同样也擅长玩弄典雅书信。典雅书信,根据德·斯居戴利小姐所给的定义,是写给所有人看的。它们构成一种特别完整的上流社会的文学体裁,像盖兹·德·巴尔扎克①或者伏瓦图尔②这样的作家,应该是其中最有名的。相反,爱情书信不属于文学想象,"发表它们会辱没自己";它们散发出一两个人的私生活,而他们的生活与秘密相连。吉尔拉格藏在上流社会书信家的声誉后面,创造出由于不谨慎的折磨而暴露在光天化日之下的爱情隐私的想象。

路易十四的私人秘书,这位拉辛、德·沙布莱夫人③、亨利埃特·德·英格兰④和德·塞维涅夫人的朋友也刚通过书信创作小说。这是一个向小说开放的新领域,这样新,以致人们先是推迟把它放到想象领域。小说将交际、属于好几种类型的书信来往结合在一起,包括交流、文学、心腹话、袒露、接近、远离、吐露真相和自我想象等类型。

在《葡萄牙书信》中,没有玛丽亚娜、吉尔拉格认定的五封信的作者和他的通信者之间的交往,要不是玛丽亚娜自己给他所描写的,我们永远不会知道这是模仿肖像。我们只会通过他被抛弃的女情人的激情(和仇恨)投到他身上的目光,或者说得更准确些,只通过她力图让他相信她投向他的目光才看到他。

如果激情是骗人的,如果激情是走样的,如果激情发展了一种修辞和组织了一种描绘,书信体小说则抽出一部分戏剧效果,使我们激动,并感到这种过度行为、这种装饰和谎言的真实。由于书信的作用,由于书写的字迹,小说给人以真实的幻想。读者忘了有人创作了爱情故事,向他们叙述;由于他们像撬锁盗窃一样,进入了一出私密的情感戏剧中,而他们不是作为主角受到邀请入戏的,他们可能觉得,他们是书信显露的这出爱情悲剧不由自主的见证人。

---

① 盖兹·德·巴尔扎克(1597—1654):法国散文家,著有《书简集》。
② 伏瓦图尔(1597—1648):法国诗人、书简家,著有《书信集》。
③ 德·沙布莱夫人(约1598—1678):法国女文人。
④ 亨利埃特·德·英格兰(1644—1670):公爵夫人。

发表和接受《葡萄牙书信》的事情本身,表明读者受骗,将诱饵和真相混同,将想象的表象和作者要向我们呈现的"真实"混同,却感受到不可替代的愉悦。甚至当他们受到阿瑟骑士和英勇的恋女异乎寻常和神奇的遭遇欺骗时,典雅爱情小说或者《阿丝特蕾》的听者和读者——他们只比今日的听者和读者天真或者轻信——知道在这些故事和现实之间作区分。甚至这种区分与这种接受相连,正是这种接受使小说想象具有强烈吸引力。

书信体小说改变了不同的界限。在阅读一封书信时,我们同时站在写信人的一边和接信人的一边。我们看两遍信时,既当作现实又当作想象。这种运作在缺场时是可能的:情侣只在分开时才互相写信。信意味着分开,它是发生的事的召唤和对即将发生的事的期待,但它表示的唯一赠品就是写在信上或者书页上的字句。书信体小说趋向于作为叙述而消失,因为它将行动压缩为一系列动作和普通的行为:一封信的写作。

在《葡萄牙书信》中,由于我们只期待一个声音,就是被关在修道院的那个修女的声音,真相的效果就更加强烈地被感受到;她从第一封信的头几行开始,就宣布她"总是看不到这对眼睛,我在其中看到那么多的爱情,它们使我了解那使我充满快乐,给我充当一切事物,最后还给我满足的活动"。分离是决定性的,书信远远填不满空缺,远远不能架设一座桥梁,书信要描绘一幅从分离、孤独、关闭、无活力和无能为力开始的爱情的肖像。另一种是切断联系的爱情,被压制成独语,沉浸在最终的沉默中,以沉默来回应永恒的爱情。吉尔拉格在小说世界中放进了悲剧。

女主人公在最后第五幕中没有自杀。是爱情本身在沉默中扼杀自身。她不再写信,小说在不确定的沉默中戛然而止。玛丽亚娜的爱情所发生的事不再属于她的通信者,也不属于读者。一切以问号结束。"你记得我答应过保持更平静的状态,我会做到的,或者我会做出极端的决定,反对我自己,你会知道的,不必太懊丧;我再也不要求你任何东西,我反复说了这类常见的事,真是一个疯女,必须离开你,不再想你,我甚至相信我不会再给你写信;我不得不向你准确汇报我所有的不同活动吗?"

葡萄牙修女的句子很长;她的散文逐渐喷射而出,波浪起伏,有纠结,有一再重复。她向正确写作像语法学家和文体学家制定的规则挑战。她与心灵的倾诉和激情的燃烧相一致。她不知道高雅,只想要更好地表达激动时的愤怒。玛丽亚娜不讲爱情的话语,她也不向典雅的闲聊让步;她在恋爱,是袒露的没有出路的爱情。

玛丽亚娜的悲剧命运是在她自己身上:她**决意**一生爱她的情人。她一点不用品德的外衣装饰自己,不知道爱情像所有的人间事物一样,服从于变化无常。"在毫无感觉地掠过的爱情中,第一朵有吸引力和魅力的花,就像果实之花,这不是人的错误,这仅仅是时间的错误。"这个句子不是吉尔拉格的,而是拉罗什富科的;但毫无疑问,同样的悲剧性使作者写出了《葡萄牙书信》。秘密的小说家属于这个围绕着《箴言录》的作者、德·沙布莱夫人和雅克·埃斯普里旋转的贵族小圈子,它违反普通伦理学的虚假品德,寻找一种真实的道德。

《克莱夫王妃》或者寂静的燃烧

当拉罗什富科在 1680 年去世时,德·塞维涅夫人在她的一封信中写道:"那里,德·拉法耶特夫人重新找到这样一位朋友、这样一个圈子、这样的温馨……德·拉罗什富科先生像她一样深居简出;这种状况使得他们彼此需要。什么也比不上信赖和这种友谊的魅力。"公爵和伯爵夫人一同生活了四分之一世纪,却永远不能说他们相爱。一种"甜蜜的、温柔的、愉快的"友谊对他们的真诚和对激情的蔑视已足够了。以致人们怀疑他们想培养精神,考虑有共同的心。1653 年,未来的德·拉法耶特夫人 19 岁,还是单身,写信给她的这家庭教师:"我

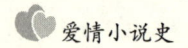

是如此深信,爱情是一样不合适的东西,我很高兴我的朋友们和我,我们都排除了爱情。"

然而这个朗布耶府的女才子的常客,这个宫廷和投石党策划阴谋的专家,1678年在与吉尔拉格的同一家书店里出版最动人的爱情小说《克莱夫王妃》,无疑写于六七年之前。

同德·拉法耶特夫人一起,正如贝尔纳·潘戈明显地指出的那样,心理分析变成故事的同一动力、情节的推动力。心灵活动是给情节以节奏的主要因素。女小说家将新领域即吉尔拉格的邻近领域并入爱情小说,它也具备大有希望的丰富性。她把爱情**言语**改变成小说**材料**。

上流社会不断谈论爱情至少有60年了。《阿丝特蕾》、它的后继者和评论者使爱情论说流行已超过了半个世纪。人们不断无边无际地论述爱情的性爱和思辨,它的历史和地域、社会学,得到它的方式和摆脱它的方式,它的规律和它的例外的无穷变化。这个世纪创造了闲聊,而闲聊能维持典雅的钻牛角尖。众所周知,拉辛汇集了这些言论的精华,从中抽取出精髓。但这仍然是关于戏剧中的言语和论说。德·拉法耶特夫人将这些分析、这些议论和这些格言收入人物的心灵中;她使之变成燃烧人物心灵的火焰。

由吵闹到静默的过渡,有另外一种结果。《伟大的西吕斯》《克莱利》或者德·维勒迪厄夫人的典雅的中短篇,在各种习俗和各种历史面具之下,仅仅反映占主导地位的爱情意识。"体面的"人喜欢的是将忠诚和美德结合起来的女人,尤其因为在那些"严厉地"和"威严地"对待风雅男子的夫人们身上这属于有教养的表现,他们这样做就更加容易了;仿佛这样是为了在爱情权力的领域内弥补男人在日常生活中合法施行的暴力。

《克莱夫王妃》没有提出忠实或者理想的反映;小说不模仿存在的东西,它创造一个典范。

德·拉法耶特夫人首先与小说传统和流行的故事决裂。引起议论纷纷的爱情遭遇终结了,引起轰动的风流韵事、乔装打扮和巧合终结了。可怕或者神奇的人物频繁出现的、往昔英雄时代多少有时代错误的记述也终结了。《克莱夫王妃》的情节设在一个历史框架中,也即亨利二世①统治时期的最后几年,在这个"风流、身材健美和多情的"国王和狄亚娜·德·普瓦蒂埃的爱情的框架中,但是这个背景只有一个作用:使故事远离它叙述的真实地域,即德·拉法耶特夫人十分熟悉的路易十四宫廷。亨利埃特·德·英格兰宠爱的人首先担心人们乐于在《克莱夫王妃》中寻找实实在在的人物。

另外,这个背景不起任何作用;正如拉辛的一出悲剧中的帕特农石像。**外表**的故事本身也非常简单。德·沙特尔小姐,一个富有的女继承人,嫁给了一个她不爱的男子德·克莱夫亲王。她决意忠于这个非常受人尊敬的爱她的丈夫。在一次舞会上,她遇到了吸引人的德·纳慕尔公爵,他在尊重要求的形式下,让她明白,他爱上了她。她为此心潮激荡,由于感受到对一个年轻男子的吸引而更加心情骚动不安。为了更好地自卫,抵抗拖着她走的感情,她让自己处于丈夫的保护下,向他承认她所处的危险:"引导我吧,怜悯我吧,如果您能够,还爱我吧。"

德·克莱夫亲王,"最不幸的男子",默默地忍受忌妒的肆虐。一个事故向他表明,他的妻子欺骗他,尽管德·克莱夫夫人提出抗议,他还是郁闷而死。王妃成了寡妇和自由人,终于可以向纳慕尔承认她爱他,但是她永远不想再看到他,不能因她丈夫的死而得到幸福。她隐藏在一个严厉的躲避之地,几年后死在那里,拒绝再看到那个"以最强烈、最自然、最有根据爱她的人",她重新处于没有危险的状态,去听从"她要属于他的爱心"。

德·克莱夫夫人不会加入爱情道德的平凡楷模之列,即上流社会舆论的楷模、基督教配偶的楷模、将忠实和身体的美德结合的楷模、将欲望的表达文明化的风雅礼貌的楷模。尽管宫廷生活不断地吸引他

---

① 亨利二世(1519—1559):法国国王。

们，王妃和德·纳慕尔公爵的身体却不断地互相回避、互相躲藏，不由自主地被最低下的、羞耻的征兆、脸红脸白、声音变调反映了它们的存在。德·克莱夫夫人的错误和美德没有丝毫关系，却与她不知道抵御爱的弱点有一切关系——同样她不能做到使自己爱她的丈夫。爱情使德·克莱夫夫人失去自由；她只能在逃避和封闭中重新获得自由。

德·拉罗什富科的冉森派朋友雅克·埃斯普里，在一封给德·沙布莱夫人的信中写道："一个女人能够使她的意识凋谢，而不能使她的荣耀凋谢，心灵的玷污往往与身体的完整相协调。这是一个很少人知道的真理。"确实很少人，这种精英主义不能不取悦于有人类弱点的贵族，德·拉法耶特夫人周围都是这样的贵族。

精英主义显然令其他人愤怒。"对于这本书，人们分裂开来互相吞食！"《克莱夫王妃》的作者津津有味地证实。人们对缺乏**传奇性**感到吃惊，对它的简单和悲剧的紧张感到激动，争论主导这爱情所牺牲的道德。德·塞维涅夫人则感到"荒唐"。克莱夫夫人对她的丈夫承认自己对纳慕尔的感情这一幕，分别作为一个真诚的英勇行动、一个残忍的标志、一个愚蠢的证明，或者更多的是作为作者向她的大胆想象和她对恋爱恐惧的逻辑来接受。

爱情小说从来不怕不逼真。甚至可以说，它以不逼真来维持，它获得的部分愉悦归因于使人一时看作是真实的。但是，逼真的领域是变化的。就像丑陋的人和陌生者的脸会变化，就像光与影的控制会变化。吉尔拉格和德·拉法耶特夫人的小说树立了新的分割。魔鬼不再满世界乱跑，他们生活在我们身上；陌生人待在我们身上，我们的激情掀起风暴，我们的想象是狂热的，我们的理智像我们的语言一样，是有魔法的诱饵。

问题不仅仅在**心理学**里面。当人们谈到一部尊重**心理真实**的小说时，仅仅强调对它局限于以前有人居住的、长久以来闻名的岸边进行探索。最好的情况是它在地图的两点之间发现了一条通道。无论葡萄牙修女还是克莱夫王妃，都不想成为相似的肖像和真实人物的**真**

正形象。真实人物是以人人知道的不值一提的分析武器来面对心中的黑夜。他们在心理学上的向导是一本听忏悔神甫的教科书。

在爱情小说的新时代,小说家对他们的主人公知道的不见得更多。德·拉法耶特夫人的读者在关于人的苦难、激情的虚荣和品德的虚假方面不一定分享思辨的信念。想知道克莱夫王妃是否在心理上是**真实的**,她的爱情伦理是否**正确**,对他们来说并不重要。他们不研究一种**案例**,不去判断一件**事**;他们不采取良心导师的见解。他们甚至不想知道德·拉法耶特夫人的女主人公是否是受到过于严格教育的受害者,或者是否她为了自尊和**荣耀**而牺牲一切。甚至不知道她是否**相信**爱情,或者是否她只担心受奴役。她明晰的胆小的意图把她导向失败,而她的真诚把她导向残酷。

爱情小说中重要的是,从已知到不知,从相似到不同,从确定到模糊。正是在这种条件下,我们能遇到我们自己的经验。

批评家往往纳闷,吉尔拉格和德·拉法耶特夫人是否意识到他们创作的意义。无论前者的执着沉默,还是后者的绝少承认,都不让人回答这个问题。德·拉法耶特夫人说,只简单地想叙述一个故事;她对宫廷的描画离布西-拉布坦的描画并不远:"野心和风雅是这个宫廷的灵魂,占据着男男女女的心。有那么多的利益和那么多的不同阴谋诡计,夫人们在其中有很多的份额,以致爱情总是掺杂在事务中,而事务总是掺杂在爱情中。"但《高卢人的爱情故事》仍然是一部关于可见事物、公众、成为谈资和编年史资料的小说。在《克莱夫王妃》中,话语总是太多。它们不和爱情而是和死亡联结起来。有人说话时,便带来不幸。德·沙特尔夫人的遗言,王妃的母亲,都是为了说服她她处在"悬崖的边缘"。德·克莱夫先生的遗言是要责备她向他承认对纳慕尔初生的爱情。纳慕尔则责备她"向德·克莱夫先生承认了您对我隐藏的东西,而您向他隐藏了没有让我看出来"。她只有将自己隐藏起来,才能逃脱这个幽灵和垂死者的世界。

"确实,我只对存在于我的想象中的责任牺牲了很多。"想象,这是对不存在的东西或者对不再建立在存在基础上的东西的控制。即死人的权力和缺失者的权力。克莱夫王妃离开纳慕尔,是为了更好地保证她的爱情的永恒。不开始,就是给自己不结束的机会。对葡萄牙修女来说,为时已晚。"我的悔恨以难以令人忍受的严格折磨我,我强烈感到您让我犯下的罪的羞耻,唉!我再没有激情阻止我认识罪恶之大。"进一步认识自己,识别自己的幽灵,战胜自己的盲目,只给她带来痛苦的补充。克莱夫王妃在隐退中逐渐衰竭;而玛丽亚娜在葡萄牙修道院中不停地渴望。

第五章

女人的征服

古典时代受到表象烦扰。面对世界混乱异常不安,以致必须超过规则、排名、等级、从属和礼仪。圣西蒙极其严肃地叙述在宫廷仪式中一个凳子的分配怎样能产生佛罗伦萨人的阴谋,使家人和亲近的人之间产生不能缓和的仇恨,最后动摇了国家的权威。就像狂热地呼吁理性表现出狂热的纠缠那样,狂热地追求教条和传统表现了要掩盖的东西:灾难的临近和大厦的崩溃。

反对圣经热情的风流韵事

小说逃避这种对法规的狂热,它从来没有被严肃考虑过。它的特权没有持续下去;它有太多的热情读者,在他们中间,有太多的博学的理论家。其中之一,皮埃尔·达尼埃尔·于埃[①],是小说的热烈爱好者,致力于在乱七八糟的小说中进行整理,以便更好地使小说进入写作艺术的和谐境界中。有人指出,这个僧侣学者,未来的阿弗朗什[②]主

[①] 皮埃尔·达尼埃尔·于埃(1630—1721):法国阿弗朗什主教(1692—1699)、学者,有多种关于物理、地理、航海、闪米族语言、古罗马作品的著述。
[②] 阿弗朗什:英吉利海峡省的专区政府所在地。

教、古希腊和古罗马古典著述的出版者,笛卡尔和理性主义公认的敌人,对他来说,除了爱情小说,几乎没有别的小说。

"人们确切地称之为小说的作品,是爱情遭遇的想象,艺术地用散文写成,为了读者的娱乐和教育。我说想象,是为了将它们和真正的历史分开。我要加上爱情遭遇,因为爱情应该是小说主要的题材。爱情遭遇必须用散文写出,以适合本世纪的习俗。还必须艺术地、以某些规则写成;否则,这将是乱糟糟的一堆东西,没有秩序、没有美。小说的主要结果,或者至少应该达到和应该向写作的人提出的那样,是教育读者,必须始终让读者看到德行受到歌颂,恶习受到惩罚。"

由于艺术作品寻求美学和道德的完美,参考古代的理想典范,虽然这种典范永远比不上,但始终希望达到,这样做永远是合适的,于埃神甫向爱情想象的作者们提出模仿圣经,"这是完全神秘的、完全寓意性的、完全谜一样的"。特别是模仿雅歌①,这是"一个剧本,其中夫妇的热烈情感以如此温柔和如此动人的方式表达出来,以致我们被吸引了,要是这些表达和这些形象和我们的天才有更多关系的话"。

因此,以圣经热情的**大胆和强烈**,用于习俗和**天才**更加文明的社会语言是合适的。人们感到,于埃没有失去有一天看到比《克莱利》或者比《伟大的西吕斯》更加神秘和更加粗糙的爱情小说的希望;只要美德受到赞美,激情是夫妻之间的。

于埃重复说,**必须如此**。他的小说定义和他的主张是混同的。爱情小说在他的眼睛下变化,而他一刻也不想再看到他的理论和他的规则。即使吉尔拉格和德·拉法耶特夫人最大胆的小说创作没有马上被人觉察到,但他们的小说的成功引起模仿。往往出现的情况是,形式的改变、表面的变化,先行并预示着更彻底的改变。在文学上,革新在悄悄地前进。

巨大的无尽的小说机器在《葡萄牙书信》(小版式 182 页)和《克

---

① 雅歌:旧约圣经诗歌智慧书的第五卷。

莱夫王妃》(八开本薄薄的三本)后面气喘吁吁。小说强加给它的节奏,往往受到戏剧节奏的启迪。长篇描绘很少,没完没了的谈话和论说概括成几点。想象不是以人物的繁复、曲折多变和情节的复杂表现出来。主观的探索为它打开了一个广阔的空间;活动的、出人意料的、无约束的、非理性的感情生活,近乎给新的传奇性打开了一个处女地,即人类弱点和激情不确定性的处女地。

在标志着 17 世纪 80 年代左右封建制度的文化断裂的古今之争中,**表现感受性**的小说占据着"新宫廷",也就是远离凡尔赛的宫廷的一个关键位置。1672 年由董诺·德·维泽创建的今人派机关刊物富有含义地被命名为《风雅的信使》。

由于在战争中的挥霍,君主的黄金亏空;他的慷慨大方更少了,他对文艺的资助更加吝啬。黄金时代的青年在宫廷中感到烦闷,在德·曼特侬夫人的过度虔诚的助长下,从前的节庆和娱乐让位于布道和祈祷。她逃到巴黎,那里的空气更新鲜。短小的形式、小说、中短篇小说、故事、报纸文章、书信、对话,伴随着那些伯爵夫人和那些抢时间生活的侯爵。小型的爱情小说滑进衣袖和口袋中。古人派,拉辛、布瓦洛、拉布吕耶尔①,抨击那些讲时髦的年轻人,他们把古代的典范扔出去,和沙尔·贝洛一起宣布,路易十四的世纪远远超过奥古斯都②的世纪。

大家了解贝洛的三段论,这是一个天才的朝臣创造的。路易十四是最伟大的国王,因此路易十四的法国是无可比拟的文明楷模。法国王朝的文化从基督教的理性中得到启发,受到科学发展的推动,被文学艺术的**创作**所辉耀,由于征服的好奇心向世界的真理开放,有它自己的理想。拉布吕耶尔对这种自我庆贺的回答是一个小寓言:

"好奇心不是对好的东西或者美的东西的兴趣,而是对稀罕的唯一的东西,对自己拥有而别人没有的东西的兴趣……花店老板在郊区

---

① 拉布吕耶尔(1645—1696):法国古典主义后期的散文家,著有《品性论》(1688),刻画世态人情。
② 奥古斯都(公元前 63—公元 14):古罗马皇帝,在他的统治下,罗马文学经历了黄金时代。

有一块田,太阳升起时跑到那里去,太阳下山才回来;你看到他种花,在郁金香中间植株。面对**单花郁金香**,他睁大了眼睛,搓着手,弯下腰,就近察看;他从来没有看到过这么漂亮的郁金香,他心里乐开了花。他离开这朵花到**东方之花**,从那里去看**寡妇**,又跑到**金色床单**,又转到**玛瑙**,最后回到**单花郁金香**,站定在那里,疲倦了,坐了下来,忘记了吃晚饭。他欣赏这朵花,十分赞赏。天主和大自然是他一点儿不赞赏的;他不用跑到比郁金香的球茎更远的地方,他不用为这球茎花上一千埃居,当郁金香被忽略而石竹花更值钱时,他会将球茎轻易送人。这个有理性的人,有一颗心灵,有一个信仰和一种宗教,疲乏地肚饿地回到家里,但是对这一天感到非常高兴。他看过了郁金香。"

　　流行的爱情小说在袒露和忏悔的语调之间迟疑不决。人们以第一人称单数歌唱他的生活,或者创作历史人物的回忆录,为的是更好地将真实事件掺入爱情想象中。历史使得心理假设可信;性格的崇高使人承认命运的捉弄和缔造命运。

　　德·维勒迪厄夫人的生平经历大风大浪,她只通过效劳的途径才造访上层社会,她幸运地向德·拉耶特夫人借阅描写爱情的历史小说。同库尔蒂兹·德·桑德拉斯一起,她在想象的自传和历史假回忆录中扬名。库尔蒂兹是达尔塔尼央①先生的回忆录和20来部别的作品的**作者**,在这些作品中,爱情不只一桩。德·维勒迪厄夫人发表了《昂利埃特·西尔薇·德·莫里哀的回忆录》,她在里面描写了一个毫无德行的女主人公。昂利埃特将全部激情和毅力用在营造自己的命运上。命运却给她设置了许多"障碍",她的生活变成"体面人的诅咒",但是她的浪荡不缺乏崇高,包括她的爱情放荡。德·维勒迪厄夫人摆脱情感故事的框架;在她的爱情小说中有强奸、火热引诱的场面,爱情可以导致犯罪。《格林纳达的风流韵事》的作者也许让爱情小说

---

① 达尔塔尼央(1611—1673):法国伯爵,火枪手队长,大仲马的《三个火枪手》中的主人公以他为原型。

穿越更有决定性的一步;1657年,她的情人德·维勒迪厄上尉不幸去世了,他的假妻子改信了冉森教派,在虔诚中隐居,发表了她忏悔的成果《爱情的混乱》。在这部中短篇历史小说集中,她阐发了世纪末爱情小说的主要题材:爱情主导着历史,腐蚀了最纯洁的英雄。

爱情的混乱也从吉尔拉格那里借用了书信形式。这是廉价地给以小说对实事想象的一种方式。作者们习惯给他们的小说写序,声称它关系到的不是想象,他们只是发表有幸落在他们手上的一部通信集。孟德斯鸠在他的《波斯人信札》中不会做别的事。有时,想象与现实结合得这样贴近,今日还很难说,这些信是不是创作的。安娜·贝兰扎尼真正存在过。她在1657年嫁给了费朗庭长、最高法院院长。她和德·布勒特伊男爵满城风雨的关系众所周知。她因而是《费朗庭长夫人的书信》的编纂者吗?谁也不能做出相反的论断,要不是在1689年出版了一部小型小说,像应该的那样是匿名的,取名《克莱昂特和贝利丝的故事》。里面叙述的是费朗夫人和布勒特伊的爱情和决裂,不过是从被背叛的情人的观点着眼。以至于书信和小说似乎像在一次审案中双方的对答。仿佛一个小说家,或者是偶然,或者是两个深思熟虑的出版商创造出两种声音的爱情小说。激情的书写,急切的愿望,填补了通信所设想的空缺:"时间在前进,您却不出现。啊!您在做什么?您不给我写信,一个半小时前我是一个人。有必要丢失这样宝贵的时间吗?我从来没有感到这样强烈的激动,担心可能发生可怕的事和渴望看到您……但我的天!有人告诉我,您来了。"

就像在拉辛的作品中,句子的节奏和断句表达心灵的激动:但是书信的运用也让庭长夫人承认言语不会允许庄重地表达感官的激动。爱情小说开始让区分公众言论和内心细语的边界和规则有所变动。它不仅描绘紊乱、激动和无方向,它还把读者带进去,读者对他讲故事而言占据一定的位置,如今变得对这位置不确定了。

这种紊乱伴随着性别角色分配的缓慢进展:女人参与文学创作的

进程虽然还很脆弱，文学总是受到怀疑。谈话的艺术是她们允许的第一个领域。第一批男女混合的沙龙，这个世纪初出现在法国。家长们干起仗来，上层社会的妇女比欧洲其他地区的更加自由，保持着一种**体面的自由**；包括同男人的自由。如果在这些特殊的圈子里特别谈起爱情，也没有什么可奇怪的：女人之间在同几个有选择的男人接触时学了她们的家庭、她们的教育和修道院承担让她们不知道的东西。如果这些上流社会的妇女害怕她们的领主和主人的粗野和缺乏文化，着手使这些**武士变得文明**，让他们学会**礼仪**，那也没有什么可奇怪的。**体面的男人**是她们的头脑和言语的果实。这是反对反女性的传统，反对害怕男性权力稳定性的消失，艰难地获得的言语。读者可以回忆起莫里哀对那些明显可笑的博学女人和女才子的讽刺。女人的文明使人害怕。

这种文明基本上也是**传奇性的**。上流社会聪明机智的谈话的重要主持人，像大部分姑娘那样，仍然是很少受教育的。她们没能得到认真的学习，她们不知道精巧的文学。虚构、小说、理想主义的遐想和想象是她们理解世界的工具；包括反对现实的粗暴。爱情这个心灵的冲动和躯体的物质性之间的中介空间，是她们知识的可选领域。谈话固定了这个领域的形式，确定了它的要求，描绘了它的礼仪，颂扬了它的魅力。**风雅**，这是把爱情置于社交中心的文明典范。没有天主，没有理性，没有救赎，没有权力，只有爱情。

人们谈到费纳龙①，这个主教的品行无可指责，他有风雅的姿态。1694 年的《科学院词典》写道，一个**风雅男人**是一个"体面的人，诚实、谦恭、能交际、好伙伴、谈话令人愉快"。这是一个"可以信赖的人"。富尔蒂埃尔明确指出，这也是"一个有宫廷举止的人"。风雅反过来也是在社交的大浴场里消解爱情关系的活动。爱情在那里变成了礼仪的标志，一种内在的习惯。

---

① 费纳龙(1651—1715)：法国主教，古典主义后期散文家，著有《武勒马科斯历险记》(1699)。

第五章　女人的征服

沙龙是一个文明的所在,也是一个封闭的所在。谈话被给予了妇女一边,只要她们局限于练习讲话。在投石党事件以后,可以清楚地看到这一点。德·雷兹红衣主教①津津有味地叙述那些贵妇人把自己当作小说的女主人公,抛弃了出色的头脑、纯文学和出色的感情,为了参与政治行动甚至军事行动。不可忍受地闯入男人的势力范围,不顾礼仪,回到旧的幻觉中:女扮男装的幻觉。投石党事件的失败,对它的镇压,伴随着对两性之间界限日益分明的警惕。甚至对贵妇也进行了谈话控制,甚至控制了她们的语言能力,她们要在有形事物的物质性上设下语言面纱的绝望企图,都变得可笑。知识领域被判定有损女性的魅力。

当《女博士》②中的菲拉曼特断言,她想"汇集人们在别的地方分开的东西,将美的语言和高级科学混合起来"时,观众禁不住哈哈大笑。

其他道路被堵死了,只剩下两条道路仍然对女人开放,就是冲破言语的圈子和进入写作:宗教,只要避免神学;爱情小说,只要不在其中拿社会地位去冒险。虔诚的著作和女子教育的虔诚教科书,不需要过分谨慎就可以发表;但是小说写作要求上流社会的妇女长久地隐姓埋名。德·斯居戴利夫人以她哥哥的名字发表作品,她声言,"写作,这丢掉一半她的贵族身份"。

女小说家隐藏起来,她们的社会声誉需要竭尽全力抹去她们的文学声誉,德·塞维涅夫人要是被称作一位作家,就会感到受侮辱。可是,在外衣下,在有时用男性的签名下,往往是秘密地,女人才能跨越创作这一步。爱情小说是她们最初的征服成果。

她们谨慎地,甚至假正经地接触它;仿佛写作的大胆要以对依附于女人"本性"的偏见做出过度的让步为代价。品德的增加似乎使读者在遇到女性激情的担心时用做担保。女人的小说将女人的看法转回到安慰男人,消除他们的蔑视。以至于有时似乎过于把小说变成因

---

① 雷兹红衣主教(1613—1679):法国古典主义散文家,著有记叙投石党事件的《回忆录》。
② 《女博士》:莫里哀的喜剧(1672)。

循守旧和顺从的材料。但这是到达新空间要付通行税的权利。

此后,即使女小说家长时期人数很少,爱情小说仍然摆脱了男人写作和由男性条件专门培育的想象的垄断。女小说家的声音即便是遥远的,即便是潜在的,也来纠缠男小说家的论说,并丰富它,哪怕只是一个影子。

爱情小说不可比拟的文化成功,也许来自从17世纪中叶起法国上流社会内小心翼翼地结成的稳重者的联盟。

还必须等待到路易十四统治末期,也即博须埃和德·曼特侬夫人的时期,一般而言文学和特殊而言的小说,面对宗教论战的摧毁性压力,都需要重新找到一种合理性。在《论好色》中,博须埃甚至责备诗人是假基督徒:"宗教只有在异教徒的作品中才进入他们的作品。""我不明白,"博须埃又写道,"一个才子怎么有耐心只为了写作的乐趣才写一本书。"路易十四的世纪在神学的狂热和悲凉地谴责所有形式的娱乐中结束。

一个君王的去世不应该沉重地压在爱情小说的漫长历史中;路易十四的去世和别人的死一样。老君主的专制在半个世纪中压垮了法国,窒息了欧洲,以致他的消逝成了普遍松了一口气伴随而来的解放信号。这松了一口气本身不带来任何希望;文化统治的结构依然如故,政治和社会平衡没有改变。但在**伟大世纪**漫长的灾难性的垂死挣扎之后,一切改变都是一种希望。心脏重新开始跳动,哪怕是摄政王的心脏乱跳。

欧洲的轴心动摇了,从地中海到北海,从天主教的至高无上到改革的兴旺,从绝对主义到宪政体系,从生存经济到交易的资本主义,从集体命运的意识到个人遭遇的意识都动摇了。这动摇带来了一种**危机**:在抵挡危机的力量和促进危机的力量之间的紧张状态;在传统的抵抗和现代性的力量之间的紧张状态。

分界线不仅仅将民族、政治制度、建制、经济代理人分开来。在明

第五章　女人的征服

晰或模糊中,它进入每种意识内部。危机是在宗教的、道德的、知识的、感觉的方面。它怎么能不是美学方面的呢?

　　文学生产的框架爆裂了。在路易十四统治的大部分时期,法国的出版业屈从于可疑的"禁食"之中。许多印刷厂被迫受到限制(巴黎36家,在外省是尽可能少),凡是未获得特权或者许可,要从属于审查官的评价的书籍一律禁出。这种有先决条件的检查制度有双重效果。其一是引起法文书大量涌向外国印刷厂,其二是促使受到威胁的法国出版商由于竞争,敢于对抗审查,秘密将没有得到允许的著述通过地下出版。这些著述由于它们是禁书而获得一定的知名度,不管它们是好是坏,都具有高度的知识格调或者用以招引顾客的下流趣味。在秘密偷运者运输的一捆捆书中,哲学伴随着淫书,自由思想和放荡眉来眼去。集中在一起的不一定是相同的,但取缔**坏书**把它们的作者带往同样的边缘,那里拒绝墨守成规。正是在阿姆斯特丹、海牙、日内瓦、伦敦、巴塞尔、法兰克福,此后出版法国文学最有生命力的作品,随后才穿越国境,非法来到最有地位的人家的图书室,包括负责审查书籍的权威人士的图书室。危机是悖论之母。

　　危机也表现在作家的建制和他们真实的社会建制之间存在的鸿沟,表面上,什么也没有改变,在世纪末和获得作者权利之前什么也不会改变。写作也许是一种职业。作者是拥有一种地位、一种职权、一份财产、不管是否匿名发表作品的男女;作品是他们闲暇和出色精神的果实。或者它们是大宅——国王的、亲王的或者多少显赫的人和有钱人的住宅的装饰品,他们养着和津贴文人,文人是上流社会晚会的组织者,他们声誉的宣传者,有时也是他们孩子的家庭教师,被雇用的、他们的竞争者和敌人的抨击者。

　　德·孟德斯鸠男爵,波尔多的高级法官,是这些贵族作家的一个例子,局促地穿着外省权贵的衣服,谨慎地冲击文人圈子和巴黎沙龙。1721年,他在阿姆斯特丹不具名地发表了一部书信体小说《波斯人信札》,它获得巨大的成功,模仿者无数。

113 　　年轻的伏尔泰,在进巴士底狱和流亡到英国之前的伏尔泰,还只是叫阿鲁埃,是忍受约束和资助的作家群的代表。这个沙特莱以前的公证人的儿子,上层资产阶级的孩子,接受过冉森派的良好教育,在掌玺大臣的保护下开始他的文学生涯,这个掌玺大臣名叫路易丝-贝内蒂克特·德·波旁,是孔戴亲王的姐妹,路易十四和德·蒙泰斯邦夫人的私生子之一杜梅纳公爵的妻子。他容忍"才智(镀金的)苦役"。他组织晚会,发表短小的抒情诗、押韵的短小作品和故事。他制作对杜梅纳公爵夫人的敌人的讽刺,其中有摄政菲利普·德·奥尔良。后者把雇用的抨击文章的作者流放到卢瓦尔河畔的苏利。阿鲁埃恳求他原谅,得到准许,回到他的女主人那里,重新担起他的有才能的抨击人的职责。令人愉快的但有危险的职业:过分的几行诗把他送进巴士底狱,待了11个月。他只得谋划做另一种方式的作家。

　　表面上,其他更加崎岖不平的道路,确实开向做文人的职业。印刷纸张的需要转向十分迫切。书籍、小册子、报纸、历书、版画、活页、祈祷书。阅读仍然是特权阶级的权利,但它在城市、妇女、小资产者和手工业者那里获得地盘。马里沃的《暴发的农民》中那个佃农的儿子还没有学会阅读,可是富裕农民的孩子越来越多了,他们积累写作和阅读的基础知识。书籍昨天被看作很少有男子气概,如今变成年轻人时尚的东西。人们将书籍塞满他们衣服的口袋。

　　法国和其他地方的出版商,很难满足新思想和新故事的要求。他们只得给收到的手稿付更多的酬金,只要它们是有新意的、容易被接受的、刺激性较少的障碍的。只要勤奋工作,懂得从这种样式跳到别的样式,从一个题材跳到另一个题材,不要担心简陋的住处、宴席少、警探和贪婪的债主,写作便可以变成一种职业。

114 　　直至他了解万赛纳的黑牢和成为《百科全书》的联合主编时,德尼·狄德罗是这个**文学兄弟会**的称职代表,在1735至1740年间,他力图以写作为职业,1726年,在12岁时,他从朗格尔来到巴黎,想成为一个教士。他忘了做剃发礼之后,还待在巴黎。1732年,他获得成为

第五章　女人的征服

巴黎大学的文科硕士后,在一个检察官的事务所工作了两年,然后匿名消失在巴黎民间,靠应急办法生活,"有时结交好的,有时结交平常的,不说是坏的伙伴",就像他的女儿后来所写的那样。他教数学,为懒惰的本堂神甫讲道时举火把,用一首十四行诗或者一封情书交换一顿美餐。他负了债,写回忆录,时常光顾咖啡馆,和其他文学的可怜虫结下友谊,比如有个叫让-雅克·卢梭的。他在匿名的默默无闻中,在报纸的杂乱文章中积累经验,由书店匆匆出版《文集和合集》。在底层的学习期间持续很长时间。他的名字直到1742年才第一次出现,在一部多人合集中有一首诗体书简。然后是下一年,他作为从英文翻译过来的坦普尔·斯坦尼昂的《希腊史》的译者。1746年,他在海牙、实际在巴黎显然不署作者名字,公开发表了他的《哲学思想》,这部作品被巴黎最高法院判决焚毁。警探开始伸出他们的天线。他们很快获悉,狄德罗先生为了养活他的家庭和满足情妇,匿名发表了题名为《泄露秘密的首饰》的一本小说。他还有一部手传本的寓言故事《白鸟,蓝色故事》,是模仿大克雷比荣①的嘲讽故事。在其哲学的大胆言词和《首饰》的轻佻内容把他关进万赛纳的黑牢之前,狄德罗有时间和一帮书商签订一份合同,后来把他同《百科全书》联结起来。文学生涯的新路不可预料。

我们还注意到,如果古典美学和它的不同等级的赞赏者伏尔泰,以一出1717年被法兰西喜剧院接受的悲剧《俄狄浦斯》进入美文学,贵族孟德斯鸠和生活放荡的狄德罗则寻求出版小说,获得公众的赞赏。小说是受到蔑视的,被审查官追究,宣布为"与真正的文人不相称"(伏尔泰语),却会获得不断增长的成功。在1720至1729年间,每年有10来部新出版的小说,在随后的10年中翻了一番,在1740至1750年间翻了三倍,小说代表了一半获准出版的要求。伏尔泰的美学保留态度最终让位于小说交流的力量。当伏尔泰想又快又广地打击

---

① 大克雷比荣(1674—1762):法国戏剧家,著有《阿特蕾和蒂埃斯特》(1707)、《拉达米斯特和泽诺比》(1711)。

时,他决意写作故事和小说,"小玩意儿"和"没价值的东西",后来他想将它们排除出他的全集:《查第格》《天真汉》《小大人》或者《巴比伦公主》。同他的通信一起,这是今天仍然在他浩如烟海的著述中最有活力的,是他的语言中讽刺最精细的。

欧洲文学没有摆脱小说想象有点令人羞耻的兴趣。它们服从新作品的地理位置。小说大部分从英国起程,被马上翻译出来,像海洋冒险小说的典范《鲁滨逊漂流记》,或者像《格列佛游记》。这是在萨缪尔·理查逊以《帕梅拉》《克拉丽莎》,最后是《查尔斯·葛兰狄森爵士》,让欧洲小说浸满了眼泪之前。

罗贝尔·沙勒的现实主义爱情

1713 年,仍然是一位法国作家给爱情小说带来了新的色彩。在海牙出版的《文学报》六月中旬的一期上,发表了关于匿名作者的一部小说的长篇评述,小说名为《法国名媛》,在荷兰印刷。作为成功的确定标志,这部作品很快被模仿,翻译到英国和德国;其中几个故事被改编到戏剧中。50 年后,杜德芳夫人[①]在她给伏尔泰的一封信中仍然把《法国名媛》列入她喜欢的书单中,她更喜欢这"写得不好的"文字,而不喜欢她不能"忍受"的"今日我们那些夸夸其谈者写得漂亮"的书。

几个月后小说作者真相大白。他不属于美文学的圈子,他名叫罗贝尔·沙勒。1723 年,他在沙特尔死于贫困中,无人知晓,除了把他逐出巴黎、流放到博斯[②]的警方。文学史要等待两个多世纪才赋予他一篇传记。人们在小说中发现未见过的冒险插曲和精神活动的汇编。他做过长途航行的水手、士兵、阿卡第[③]的设陷阱猎人、律师,无疑也做

[①] 杜德芳夫人(1697—1780):她的沙龙接待孟德斯鸠、马里沃、百科全书派,书信语言简练。
[②] 博斯:位于巴黎盆地。
[③] 阿卡第:加拿大地名,在魁北克省东面。

过海盗,几乎从事的事都遭到失败,但仍保持耐心,这个巴黎资产者的儿子在40岁时还不断环游世界,想要在不久后被人称为**哲学家**。他写过一部《堂吉诃德》的续集,他没有得到通知,小说就出版了;他接触过历史和新闻,写过一本《印度旅行日记》。1710年左右,他还写过一部手稿,直到1767年才以《哲学家军人或一个旧军官向布道教士马勒布朗什提议的宗教难点》秘密出版。事实上,这是启蒙时代第一篇反基督教的论文;一篇自然神论者的宣言。

在《法国名媛》中,没有一点空论派的大胆。相反,这是一部还没有人写过的爱情小说。一部**真正的小说**。

从一开始起,小说和真实就存在难以处理的关系。牵涉到爱情的话,它只能保证与想象的愉悦并存的极小的**可信性**,才能吸引读者。牵涉到艺术表现的话,在西方的传统中,它只能表现出它能**模仿**真实,才能追求美学的合理性。甚至最荒唐的小说创作,甚至追求神奇、童话、鬼怪的潜在力量的创作,都力图产生**真实的效果**,把读者带到逼真的领域去的真实幻想。

把爱情小说约束在历史框架内,就像德·拉法耶特夫人所做的那样,在她之后,像德·维勒迪尼夫人或者德·奥尔努瓦夫人,或者假自传的作者(像创作达尔塔尼昂的库尔蒂兹·德·桑德拉斯)所做的那样,这是给想象故事或者编年史的保证,哪怕将历史小说化。罗贝尔·沙勒在幻想方面走得远得多。他的**现实主义**预示了巴尔扎克的描述。

表面上没有什么更古典的了。沙勒重新采用《十日谈》的老方法,只要愿意,他把七个故事和七个短篇结合在一个故事框架中。这个故事非但没有模糊地借口叙事的连续,而且具有真正的独立性,它和其他故事互相影响,讲故事的人有时变成其他人的故事中的人物,处在一个复杂背景的结构中。

在这些故事中还有传奇性,有秘密结婚、截获的书信、巧合、突然袭击和袒露。但是这些叙述的线索消融在对故事发展的现代环境的物质现实和社会现实的准确描绘中。沙勒没有以沙龙谈话的方式分析他的女主人公的感情,以便详述她们细微的布置,指出她们行动、语言、感受的效果。心灵的活动从身体上看得出来。阐释时有弄错的危险。

他的人物是他的同时代人;他给他们普通人的名字、普通人的语言、普通人的性格和社会处境;他们的生活地点是巴黎、巴黎郊区、外省小城。他们吃喝、算计、犹豫,感情符合生活需要。他们的性格不是不可触犯的材料,要决定他们行为的准则,而是一种心理学和社会学的不稳定的混合,指引着他们永远没有清醒意识的行动。沙勒不判断,他在社会领域中写出感情激荡的身体。

在第一个故事中,也即德·罗奈先生和杜普伊小姐的故事中,两个相爱的、他们的家庭力图拆开的年轻人的经典故事,由杜普伊老爹的形象所支配。为什么这个老鳏夫坚持拒绝把他的女儿嫁给罗奈,罗奈同意**净身**把她嫁出去,就是说没有嫁妆?通过寥寥的几笔,一个场面又一个场面,沙勒塑造了一个被霸占周围人的愿望纠缠的形象。他找到一切理由和借口,拒绝嫁他的女儿,为了只给自己,为了自己的幸福而留住她。"人们想强迫我离开一份我不能缺少的财产。"这是一种掩饰起来的乱伦的感情吗?也许是,但故事的叙述者谨慎地对我们说,杜普伊直到他妻子去世才让他的女儿离开修道院,他妻子去世的晚上,他戴上假面具到一个情人家里去赌钱,人们错误地设想他有情人。杜普伊不知不觉地也许想避免他女儿遇上他没在等待的一门婚姻,相信他自己的经验,如此而已。激情的道路往往捉摸不透,它的动力往往很微弱;小说家同他创造的、读者看到的人物一样明智。沙勒猜测出**一种深度的心理学**,他观察到人心的混乱。

沙勒笔下的男女恋人要么盲目,要么有决心、渴望幸福。没有享受、占有,没有光荣,也没有荣耀和财产,更加没有精神融合或者通过婚姻实现的神圣化的结合,而只有圣鞠斯特[①]80年后所说的幸福:他

---

① 圣鞠斯特(1767—1794):法国大革命时期雅各宾派政治家。

是"欧洲的新思想"。爱情不是身体的束缚或者激烈的控制所制约的命运；它既不在放荡中，也不在过分的美德中完成。这是一种**自然的**情感，动员和组织情侣的毅力，他们要获得完美和在一起享受完美的乐趣。要不是情侣学会同一个更喜欢秩序而不是幸福的社会所设置的障碍周旋，这种毅力能够摧毁一切。

与文雅和表面的社会规则相对立的**自然的**爱情，这个题材有希望得到美好的未来。在德·普雷兹和德·莱皮纳小姐的故事中，罗贝尔·沙勒提供了一个非常有象征性的陈述。主人公秘密地娶了他所爱的女人，同她一起在他们隐藏的村子周围散步。"这是一年中最美好的日子。整个田野覆盖着准备收割的麦子。早晨下过的一场小雨使灰尘落下来，土地硬实。太阳被遮住了；吹拂的微风使暑热缓解。我对您说过，我的妻子在做事时是勇敢而大胆的，您就会看到。黑麦的高度一直长到我们头顶，甚至超过了头，我们所处的孤独，我对她的爱情，给我在草地上抚摸她新的愉悦。我请她进入这些黑麦地里，她觉得进去很困难；可是我对她说，我非要让她这样做不可，她走进去了。这不是唯一使我确信这一点的地方：她只力图满足我，不管她有多么厌恶。于是我们进去了，我认为满足我的奇想是责任。"

隐藏在黑麦地里的爱情是把身体的享受和更广的和谐结合在一起的意象；高高的黑麦隐蔽了情侣，保护他们；秘密的夫妻**自然化了**：他们属于盛夏和世界的丰沛美的迷人部分。

寻求和获得幸福显然既不是休息，也不是一种可靠的满足。推动情侣持久地满足他们在一起的乐趣的毅力，既不能保证他们的胜利，也不能保证他们的轨道纯正；同样不能保证他们运用的方法符合道德，也不能保证他们的策略是聪明的。幸福是一场战斗；可能要受苦，可能因败北而丢掉性命；可能要让人痛苦和杀人。在《法国名媛》中，得到最纯粹的幸福的愿望可能引起悲剧。沙勒的现实主义对田园牧歌的结论反感；对傻瓜和傻大姐来说，在情侣与他们周围的社会的冲突中没有位置，这冲突好像一堵墙一样对抗力强大。

因此,沙勒的小说在获得成功的半个世纪以后(人们还不知道它的作者),一旦敏感性转向读者兴趣中的多愁善感,颂扬感情让位于感伤主义,幸福的追逐归结为追逐的幸福,就会开始沉没在遗忘中。《法国名媛》于是充满了平民精神的所有缺点。人们指责它的散文化,它的不可动摇的严肃,它的爱情观念,这观念似乎只在从**交换**开始的理想中才能找到平衡。它的现实主义和庸俗、低劣、对生活的物质面貌独有的吸引力相融合。必须等待描写爱情的文学吸干了泪管,《法国名媛》才开始使人认识到它的现代性。而且等待人们意识到普雷沃的《曼侬·莱斯戈》、马里沃的玛丽亚娜以及宿命论者雅克和他的主人出色的二重唱对它的贡献,后者是法国名媛在旅行中赞赏的玩物。

如果爱情小说史是进步的连续发展史,一切就更简单了。这是指叙述方法的进步,这些方法带来了小说领域的扩大或深化。这是指表现爱情关系的进步,如果不是指认识方面的话。这是指**真实效果**的进步,让读者更好地保持对想象真实的信任。

小说方面的爱情史和一般的历史都是这样。有些进展表现在各个方面。有些变化喷涌而出,人们料想不到,仿佛同样神秘地消失,有时过了几年或者过了几个世纪才重新出现。有些小说创造的爱情形式,远远早于社会发现它们。甚至可以认为,小说描写的爱情方面,任何读者都从来没有纳入他的感情经验中。

《法国名媛》长期陷于被遗忘中,表明了一个明显的事实:文学史和社会史并不总是同步发展的。它们彼此间不是互相**反映**的。沙勒创造的爱情形象,也即纯粹的精力集中在追求和持久征服夫妇幸福的形象,情感的实际物质实现的形象,这种形象在当时的男女读者的精英中并不构成典范。它引起一个崇尚惊异和创新的社会的兴趣和惊奇。它感染其他作家,他们从新领域出发,探索其他小说领域。但是它仍然与社会表现自身格格不入,以致读者从罗贝尔·沙勒创造的主人公身上认出自己。小说家只有在他们的读者能够掌握他们的创作时才创造出爱情。历史上同样不幸的事后来出现在斯丹达尔身上。

无疑相连的两种责备,重新出现在对《法国名媛》的批评中。第一种责备是针对风格的。沙勒的小说**写得不好**。批评界(很少)在斯丹达尔的小说出版时也是这样说的。对沙勒而言,这是一种絮叨:"作者忽略了小说平常的手法,他的风格有时甚至错误地反对准确和常见风格的典雅简朴。"或者像这个不宽容的德国译者所说的:"如果在小说中出现模棱两可的词句或者多少超过界限的说法,闭上眼睛是合适的。这是法国人的冲动带来的。"至于德·阿尔让松侯爵,这个伏尔泰的朋友和文学典雅的公断人,他写道:"这部小说是一个年轻人写的,他生活在坏伙伴之中,不过有热烈的感情和非常敏感的心;除了语调,读者会对它非常感兴趣。"

沙勒没有语调;他生活在**坏伙伴**中。不用等很长时间,有人就指出这种**坏风格**的根源:"无法想象他怎么把这样一部书题名为《法国名媛》;小说所有主人公都是资产者,而且他们的爱情遭遇没有什么高贵的,也没有什么英雄表现。"侯爵的妻子德·阿尔让松夫人以贵族的明晰这样表达:"这部作品写得很不好,这样平民化,语调这样可憎,我并不惊讶,人们没有勇气看到底。这断然是个小说的爱好者写的。"

是否可以说,**小说的爱好者**只有出于对想象有点无聊的热情,准备战胜有教养的精英的美学偏见,才能掌握《法国名媛》信奉的情感现实主义呢?还不是这样。为了弄清他们的情况,需要这三种语言成分,即精神、趣味和运用自如,这是社会地位优越的保证标志。

曼侬和德·格里厄:堕落的悲剧性的情人

时代要遗忘沙勒,但却让普雷沃神甫和他的《德·格里厄骑士和曼侬·莱斯戈的故事》取得胜利,这是 1731 年出版的一部连续小说集《一个从上流社会隐退的贵族的回忆录和爱情遭遇》的第七卷,也是最后一卷。不错,这个奇特的教士从朱米埃日的本笃会修道院中逃出来,穿越欧洲,过一种冒险和写作的生活,只是为了更好地叙述惊人的磨难,才描绘爱情的力量。他夸耀的道德是约定俗成的。德·格里厄受到曼侬肉体的迷恋,逐渐走下社会和道德的衰退阶梯,为了继续分享他情妇的命运,她确实犯有卖淫和盗窃罪,被流放到美洲,他要减轻她作为移民的孤独。爱情的必然发展使得沉迷其中的人盲目。他以为造就了自己的幸福,却浪费了自己的精力、智慧和感情的财富,自掘坟墓,葬身其中。

如果普雷沃神甫像大多数黑色小说的作者后来所做的那样,没有将这堕落的过程写成是命运造成的,这毫不令人奇怪。德·格里厄和曼侬,这个向妇女献殷勤的年轻人和他永不餍足的情妇,变成悲剧性的人物;既可怕又动人,既是刽子手又是受害者,既格格不入又不可分离,既是毁灭者又是可怜的人。他们使人厌恶,又使人怜悯。他们像小说维持在想象状态的幻觉投射一样迷惑人。德·格里厄和曼侬的悲剧告诉敏感的灵魂,放荡不是一个适用于他们的社会游戏。

一个神话的发展有时比神话本身讲述的更多。在普雷沃的小说中,正是德·格里厄本人向叙述者、一个"贵族"讲述他悲哀的故事。正是通过他的故事,一个恋爱的贵族,一个忠于典雅最高贵的价值的贵族,一个总是欲望狂热、却受到排斥的人的故事,曼侬这个人物才向我们呈现出来。德·格里厄力图理解和证实他的不幸注定的爱情。

在后来的许多版本中,有戏剧的和歌剧的,有浪漫的和现代的,所强调的从失落的贵族转到他失败的手段上。这一对情侣几乎不再关心别人的事,也不关心男主人公的不幸。曼侬调节光亮的焦距。正是她的名字今后作为小说的书名。在马斯奈①的歌剧所美化的第三共和国中(1884),在普契尼②富有戏剧性的版本中,德·格里厄和爱情小

---

① 马斯奈(1842—1912):法国作曲家,手法灵活,学习瓦格纳,著有歌剧《曼侬》(1884)、《维特》(1892)等。
② 普契尼(1858—1924):意大利作曲家,著有歌剧《曼侬·莱斯戈》(1893)、《蝴蝶夫人》(1904)等。

说消失了(1893),让位于当时的男性上流社会对半上流社会的女人感到的迷惑和反感。曼侬是资产阶级婚姻的反面形象,一面让爱情屈从于金钱的婚姻关系的镜子。在捷克诗人维特兹斯拉夫 1940 年上演于布拉格的出色诗剧中,曼侬不再是在欲望和金钱之间摇摆不定的贪食者,这是一个被金钱弄得眩目的孩子,不由自主地,几乎天真地,无疑忧郁地拨旺她想平息的人的欲望和狂热。这是像安德烈·布勒东的娜嘉那样的爱情的超现实主义仙女。普雷沃神甫的女主人公具有一种模糊性,能让她在一切被盘剥之后继续存在。

可以在超出自己条件之外去爱吗? 小说开始谨慎地探索这个问题,谨慎地并且艰难地。这关系到世界秩序,就是说关系到神的意志。

早就可以在自己的条件之外去企望。显然只有一个方向。一个领主老爷可以合法地得到一个他的农民的女儿或妻子,而农民却没有同等权利对待他的城堡女主人。这种欲望并不光彩,但是它仍然是在肉欲方面;下层阶级包括乡村或城市的,农民或资产阶级的品德,不是一个非常有价值的对象,人们要用来充塞他的意识。只要只关系到欲望和不会转成习惯的、有可能的满足。

大家记得,在《高卢人杜马尔》中,主人公有着同他的管家的妻子一起生活,以及在这种**放荡**中找到幸福的邪恶趣味。当他终于转变到自身地位要遵从的责任时,年轻人把他的情妇甩在那里,没有一句留恋和请求原谅的话,也不让他的女伴表示任何反抗。她明智地回到自己的老丈夫身边,杜马尔终于可以去爱了,就是说要求得到同等地位或者高于他的地位的女人宠爱。在《克莱夫王妃》中,纳慕尔给他思念的女人最美的证明,就是放弃别人向他提议的英国宫廷王室的婚姻。

不能爱**血统**方面低于你的人。这种禁忌不是社会性的,它是种族的。不能爱另一种类的人。这种**身份法则**在小说中似乎是被违反的,却一致被接受,戏剧性的变化或者一次裸露表明不是这么回事:年轻贵族以为自己爱上了一个平民的女儿;下文表明贫穷的姑娘是高贵而有罪的爱情抛弃的果实,或者孩子是从一个虔诚的贵族家庭夺来的。

爱情本能地恢复了阶级的和谐。

在沙勒的作品中,身份的不同不再是一个思辨的障碍。它不再有属性的等级,而有文化的等级。爱情关系怎么能建立起来,并在两个人之间持续下去呢?他们的物质经验完全是不相似的,包括工作关系、衣食习惯、语言运用、利益和娱乐的开销、学习和教育的效果。爱情能够满足社会的大口或者注定缩减为一次多少虚伪的交换吗?在交换期间,其中一个对手带来了身体,另一个对手带来了财富。

在《法国名媛》的第二部分,即昂杰利克和孔塔米娜的故事中,对立被导向死胡同。昂杰利克贫穷,是个仆人。孔塔米娜小姐属于一个豪富的贵族家庭。他们相爱,但是少女注意保持她的贞洁,这和她的美貌一起是她唯一的资本。在她那方面,孔塔米娜小姐无法考虑下嫁给昂杰利克,降低她的荣耀,使他贫穷的母亲陷入悲伤之中。他们竭力互相接近而不触碰。孔塔米娜要让她的婆婆摆脱卑屈的处境,把她安置在她自置家具的房子里,让她学会豪华生活的趣味和方式。总之,要把她变成一个完美的受人供养的女人,而绝不求任何回报。昂杰利克生活在一座金色修道院之中。商品方式的交换避开了爱情关系,但两个年轻人的结合仍然没有往前推进。昂杰利克今后是一个很不错的未婚夫;但无法嫁娶。沙勒必须发挥一切小说想象,才能解开困局。

曼侬和德·格里厄的爱情同样经历了粗暴的社会反对。一方面是一个坚实和虔诚的外省贵族的儿子;另一方面是一个无人照管的平民女儿,就是说她只能靠她的美貌的资源和她的感情的控制而活。从小说第一章起,读者就了解这个爱情故事的不妙结果。曼侬和其他妓女被锁在凳子上;骑士苍白消瘦,束手无策,准备跟随她到美洲的苦役场。一对情人仍然汇合了,但是是在潦倒之中。曼侬想以自己的魅力摆脱堕落境地的努力,被她不由自主对骑士的感情所妨碍;德·格里厄对他年轻情妇的爱情,使他同社会秩序、他的道德和他的激烈行为进行一场预先宣告失败的战斗。无论这一个和那一个都不能达到将爱情和社会愿望调和起来。他们必须放弃一切,待在美洲的穷困和返回自然中,忍受他们不幸的结局。

小说的巨大成功伴随着议论纷纷。巴黎的资产者马蒂厄·马雷,作为观察家和遵守习俗的人,责备读者的迷恋:"一个疯子刚刚写了一本可憎恶的书。人们仿佛在朝火中奔去,他本该烧掉这本书和那个作者,不过他的风格还是可以的。"孟德斯鸠从中看到了今后给予爱情的反道德和反社会的力量印记:"这部小说的男主人公是一个无赖,女主人公是一个婊子,作品令人喜欢,对此我并不奇怪;因为男主人公所有的坏事以爱情为动机,而爱情总是一个高尚的动机,尽管行为卑劣。曼侬也在爱,这就使人原谅她性格的其余部分。"

然而小说在1735年被禁;这丝毫不减少它的发行量。为否定财产等级而辩护的爱情,这一观念得到传播。德·格里厄认定,社会和谐立足于富有的傻瓜和富有才情的穷人之间的交换之上。曼侬给她的情人写信说:"你相信缺少面包能温馨吗?饥饿会引起我某些要命的误解;有一天我会咽下最后一口气,却以为是在发出一声爱情的呼喊。"

马里沃:爱情和不平等的角逐

随着马里沃,爱情和地位的游戏古怪地复杂起来。他的戏剧和小说围绕着社会表象和真实感情无限衰退的题材构建起来。在戏剧方面,话语的多种光彩,语言的无限细微,使面具和面孔、心灵的真实和头脑温柔或者苦涩的谎言旋转至令人昏眩的地步。沙龙的谈话和典雅的炫耀被推到最细微处,转为思辨的喜剧——进一步是社会批评。区分主仆、伯爵夫人和洗涤女工、黑奴贩子和奴隶、男人的爱情规则和女人的爱情规则的界限位于何处?称作爱情的东西,对15岁还是50岁的人,对小伙子还是姑娘,对富人还是一文不名的人,对看过还是没看过爱情小说的人,有同样的意义和同样的生活影响吗?在爱情语言中,怎样识别典雅礼仪和真实感情之间的分界线呢?如果这条分界线存在的话。

在小说中,语言的细小技巧能让读者更好地抵御对形式的迷恋。并非马里沃不再令人愉悦和感动,令人愉快和忧郁。但小说不给他在舞台上那样的便利,隐藏他的游戏,打乱他的牌。

再说这是一个姗姗来迟的小说家。当 1731 年他发表了《玛丽亚娜的生平》时(这要他出 10 至 11 卷),马里沃 43 岁。这是一个有名的记者,他的戏剧声誉如日中天。对我们来说幸运的是,摄政王和劳的财政操作①使他破产,迫使他为了谋生而工作。同法兰西剧院合作十年,在这个艰难的开头以后,他刚成功地让意大利演员上演了《爱情和偶然的角逐》。

这也是一个和小说相处不好的小说家。《玛丽亚娜的生平》用第一人称写作,装作是个自传体故事。这个老伯爵夫人叙述自己生平,开始时她只是一个出身不明的穷苦孤女。但是伯爵夫人很难将她自己的经历坚持下去,而不说马里沃的经历。她闪出光彩,她说教,她分析,以致有时忘了她的经历。再说马里沃在 1734 至 1735 年间中断了他的故事,为了写作《暴发的农民》,这部小说没有完成。他不再结束《玛丽亚娜的生平》,最后几卷叙述一个故事,就是德·泰维尔小姐的故事,这和玛里亚娜的经历没有任何关系。

这种小说的混乱有它的价值。如果马里沃不能做到结束他的小说,如果他把自己的人物弃于他们的遭遇之中,而当时他却使他的戏剧人物出色地摆脱了他们落入的陷阱,这是因为这个富有活力的叙述者拖长小说,无穷地增加分析和前景,以致难以为继了。一切似乎逃逸而去,什么也不能互相协调;由叙述者伯爵夫人开始,她虽是玛丽亚

---

① 法国 18 世纪初奥尔良公爵摄政时期,采用了英国人约翰·劳滥发纸币的政策,导致政府宣告破产,千百万百姓倾家荡产。

娜,却永远不能合二为一,这个流落在巴黎的穷姑娘,除了性格的高尚以外,没有任何财产,而性格高尚却给她带来的不幸,超过给她带来的回报。

玛丽亚娜始终是双重角色。叙述者以某种讽刺和明晰的超脱叙述她自己。但这不仅是年龄起作用引起的距离。女叙述者不会受到利益和自尊心强加给少女的假面和诡计的欺骗;上流社会的妇女以使她们痛苦的社会欺骗为乐;恋爱的女人发现自己因欲望的盲目和心灵的间歇而微笑。在感情的脆弱、表象的欺骗性和偏见的强大之间,玛丽亚娜寻找一个港口。人们根本不知道她怎样抵达。

"德·克利马尔先生逐渐暴露,恋爱中的男人现身,我已经看到他的一半面目;可是我下了结论,我必须看到全部才能认出他,否则我肯定什么也不会看到。德·克利马尔先生那种激情,当人们使之失望时,自然是软弱的,乐意体面地退休。这个喜欢要你却并不爱你的男人,是一个卑劣的情人,至少这是因为在他身上心灵的感受和感觉混在一起;这一切融合在一起,形成一种温馨的但并不邪恶的爱情,尽管事实上是可以变得邪恶的;因为每天,在爱情方面,人们非常细腻地做出非常粗野的事。"

写在家谱中的社会差异,使得出身迥异的男女之间真诚而持久的爱情变得像幻想一样。在《暴发的农民》中,主人公也是叙述者,讲述他的"漂亮面孔"即他身体的诱惑怎样使他的农民身份提高到贵族的边缘。这个佃农的儿子对他的成功不存任何幻想,投身于别人期待他的各种幻影中,包括爱情的幻影。他把自己的成功归于他可爱的自私和情感的无动于衷。

暴发的农民是荡妇反转来的形象。在马里沃的小说中,性别不同是一种社会不同的形式之一。人们可以探索分隔男女世界的距离;可以梦想使之在爱情中汇合,可是这至多反映了乌托邦。

在《玛丽亚娜的生平》中,男女之间的感情总是被欺诈、不平等、真正的或象征的暴力实现出来。相反,女人之间的爱,她们的团结,她们

129 的直率,玛丽亚娜、德·米朗夫人、多尔散夫人、泰维尔运用的共同语言,描画出一个温柔的世界,其中的男人——软弱的、可恶的、微不足道的或者迷人的——只是过客或者影子。

马里沃没完没了地绕着女性身份这个被禁忌的星宿转圈,受到迷惑,并且晕头转向。

第六章

从《帕梅拉》的流行到对《维特》的疯狂

自从1688年的革命以来,英国对欧洲的其余部分来说,是一个令人惊讶和指责的对象。由宪章控制的君主制、宗教宽容、某种思想和表现的自由,这些就是允许迅速崩溃的有害革新。任何社会都不能在这样的解体酵母中残存。

1714年的《乌得勒支条约》推翻了这种信念。法国和西班牙在倒退。英国确定了它的强大,决定了它的地位。它的商业扩展了,它的科学伴随着牛顿处在先锋地位,它的精神自由主义像它的繁荣的基础一样出现。1733年,当伏尔泰出版后来成为《哲学书信》的《英国书信》时,这部作品被判决为"反对宗教、良好风俗和对强权的尊重",被刽子手烧毁,但是对现代精神来说,英国变成了**理性**之岛。再过几年,沙夫茨伯里①的读者和翻译者狄德罗,把英国变成热情和毅力之岛,把英国小说家的成功看作敏感性之岛。在产生**启蒙时代**之前,欧洲庆贺Enlightenment②时代。

流泪正剧和放荡的十四行诗的法国小巧匠、外加成功的情感小说家巴居拉尔·德·阿尔诺,在1770年解释他为什么叙述**英国故事**:

---

① 沙夫茨伯里(1671—1713),伯爵,英国哲学家,遵循柏拉图的观念,著有《论热情的信》《观点与时间》等。
② 英文,意为启蒙运动。

"如果把我列入那类法国人中间,会对我一点都不公正;那些法国人有从我们的邻居中借用忧郁的弱点。促使我们从我们尊敬的民族那里吸取题材的理由不难想象。要么气候的影响所致,要么生活方式产生这种不同,英国的自然显得比我们这里更加有活力,更加真实;社会和才子的传染不那么广泛,如果地球上有个民族能给我们希腊简朴的思想,那不用说就是英国人(我是指生活在村镇或者乡村的人;而不是伦敦的公民,因为所有大城市的居民都是相似的)。一个在乡村长大的英国少女,是一种美和简朴的天仙,而且可以说是风俗的纯洁的天仙。"由于巴居拉尔从来没有到过英国,他这种关于英国乡村和常去乡下的少女的**知识**,来自小说。爱情想象产生了一个乡村的道德高尚的英国,就像爱情想象产生过一个献给典雅地崇拜女子的中世纪那样。

《帕梅拉》:平民感情的胜利

帕梅拉,塞缪尔·理查逊的女主人公,让全欧洲流泪,是一个农民的女儿。她是由一个兴旺的印刷商创造出来的。像当时另一个成功的小说家丹尼尔·笛福一样,理查逊是一个姗姗来迟的作家。《鲁滨逊漂流记》是一个60岁的新手的作品,他以前是蜡烛商,有机会做过间谍。《帕梅拉,又名美德受到了奖赏》是由两个书商约定的小说,他们早已注意到,他们的印刷厂主虽然已经50多岁了,却会写非常漂亮的信。1740年小说出版时没有署上作者的名字,它的成功是惊人的。在法国,普雷沃神甫的翻译使它获得狄德罗的热情对待和伏尔泰的赞赏。

然而这是一部书信体小说,没完没了地叨唠。帕梅拉对她的通信者、穷亲戚、她生平的曲折、她的每一滴眼泪、她的敏感性的每一次颤动、她的美德的每次愤恨、她的道德的每次教训都没好感。她(就像后

第六章　从《帕梅拉》的流行到对《维特》的疯狂

来人们所说的她的心理学的)精神化学的每种成分,受到精细的描绘。帕梅拉不是一个**刚强的人**,她是一个适应环境的品德好的姑娘。少女由她的监护人委托给一个年轻的放荡者照管,他要她屈从于他的欲望和堕落的游戏,她运用她的美德的一切诡计,使她的刽子手变软和,最后把他改变成情人,然后是丈夫。甚至在她哭成泪人儿的时候,帕梅拉也从来没有昏了头。心理分析是爱情交往和商业交易中玩弄花招的工具。

《帕梅拉》是第一部这样的爱情小说:其中,资产阶级风俗使得贵族价值和行为屈服。理查逊满足了读者也许模糊感到的缺乏:它不是一部描写放荡爱情的小说。

贵族根源的放荡按照不稳定的剂量,与宗教精神和典雅爱情关系中的放纵结合。这两方面的融合显然是论战性的,它使人设想,对宗教教条的抨击,破坏了社会道德尤其在风俗领域赖以存在的神圣根基,在这个风俗领域中,社会道德代替了通过娱乐的考虑对救赎的关注。作为文化上与**挥霍**和过度相连的阶级,贵族显然是放荡所扎根的地方。即使高贵的亲戚按照德·格里厄父亲的方式,悲叹这种放荡,他们也表现出暗暗宽容男性后代的性放荡。年老的浪荡子更难令人接受,唯一的理由是他违反年龄规范;但是不如说他是可笑的,而不是可恶的。

这不是一部描写放荡爱情的小说,因为放荡排除了情感关系,而有利于两性的唯一战争。在爱情的三位一体中,浪荡子将精神和肉体结合在一起,而对心灵保持距离。他渴望,他征服,他不喜欢超越自身的满足。当他说他爱时,正是说他想得到。精神和肉体能够在战斗或者战斗的模仿中对抗;心灵是融洽的,一致的,或者互不了解。淫荡的故事超过娱乐的小说,是一部描写征服和失败的小说,不是一部爱情故事。拉克洛在他的《危险的关系》中,出色地指出对立。当瓦尔蒙在引诱、侮辱和抛弃了德·图维尔夫人以后,又对她燃起热情,描写放荡的小说倒下了,让位于描绘悲剧地中断的爱情小说。

理查逊这个白手起家的英国人，12个孩子的父亲，重新创作了一部情感小说，倾倒了欧洲读者。帕梅拉的主人这个放荡的可憎典范，对美德的纯粹魅力敏感的情人，他的变化预示了敏感性和资产阶级理性对放荡形象的胜利，这种形象是对既追逐女人又疲乏不堪的贵族多少有幻想的投射。情感贵族使生来的贵族恐惧。

因为帕梅拉是傻大姐的反面。年轻的农村姑娘是她的"保护人"暴虐的受害者，在他滥加的侮辱下，她摧肝裂胆地呻吟，把她的痛苦埋在泪水中和雄辩滔滔中，但仍然在考虑她抵抗的效果。她构筑她的胜利，协商、估计、衡量、找到联盟。她把自己的不幸变成一个武器，把自己的心变成一个手段。她的多愁善感虽然不是推理的，却是理性的。她不像浪荡子那样**作哲学议论**，因为她怀疑搅乱**自然道德**的哲学，这种哲学以有节制的、和解性的方式对待情感和乐趣。

克拉丽莎·哈娄或者哭泣的乐趣

帕梅拉·安德鲁斯胜利了，克拉丽莎·哈娄，理查逊笔下的另一个女主人公，在伦敦的一个收容所忧伤地死去。《克拉丽莎，又名一个年轻女子的故事》发表于1748年。作者要写出七卷来给我们叙述受到迫害和嘲弄的美德令人悲伤的离奇经历。说实话，这几乎不是爱情故事；克拉丽莎没有被任何人爱上。既不是被可怕的索姆斯爱上（她的家庭出于利益和恶意想让她嫁给他），也明显不是被可怕的洛夫雷斯爱上（自从小说获得惊人的成功以后，他变成了无耻的和没有心肝的浪荡子的形象本身）。索姆斯想要她的嫁妆，而洛夫雷斯想要她的美德；谁都不想要她的爱情。她具有预防不幸的一切妩媚和明显禀赋。洛夫雷斯用催眠药战胜克拉丽莎的抵抗，终于达到了目的。不幸的女子被她的父母抛弃和拒绝，受到她的朋友们的蔑视，在孤独、匮乏、忧伤中寻找对她的声誉可耻的惩罚。她的失败引起怜悯和反抗；

第六章 从《帕梅拉》的流行到对《维特》的疯狂

这失败提供了一个老虎世界的形象,这个世界的存在威胁着最宝贵的习俗、社会道德的殿堂即资产阶级平静的家园。

克拉丽莎使它所到之处的读者都为它流泪。18世纪向以生活温馨和精神活跃的特征而著称,从1740至1750年开始形成了流泪的趣味。哭泣的乐趣长时期成为妇女的特性。它与性别角色的分担相连,将敏感表现的权利归于女子,而不是归于男性的态度。女人在演出的社会空间中公开流泪,成为她们在敏感性的领域优越的表现,她们软弱的武器。

小说双倍移动这些边界。一方面,它将激动私有化。拉辛悲剧的观众、《特里斯当和伊瑟》的听众和听取本堂神甫讲道的教区信徒构成观众。他们的激动是分享的;他们欢笑,他们一起战栗。阅读小说促使一种彻底不同于情感传播的经济学产生。当人们阅读时就不再分享,是孤立的。小说甚至离开图书馆惯常的空间;人们随身在口袋里和袖管中带走小型的小说,在偏僻的地方,远离尘嚣,在私人空间被保护得最好的地方阅读。小说的文学污名促进了这种私有化:人们小心掩盖这样的会贬低那些沉迷其中的人的文化身份的阅读。但是人们像从前那样为自己,只为娱乐的好处,为孤独锻炼敏感性而阅读小说(在一个逃避显现的空间中)。

激动的私有化降低了存在于社会生活中的障碍。在阅读的秘密中,贵族可以不用脸红地感受到平民的同样感情,而男人可以像女人一样品味激动和流泪的快乐。忧郁的头脑对此感到不快,指责爱情小说减弱了年轻男人的雄性,他们投身其中,像沉迷于毒药一样。当他们为帕梅拉或者为克拉丽莎·哈娄流泪时,他们渗透的也是平民精神。小说主人公用他们的眼泪濡湿他们情妇的薄底浅口皮鞋的场景,具有无可争辩的传染能力。理性的言词变得不像哭泣的修辞那样使人信服。

从小说一开始,眼泪就侵入场景——格勒兹[①]的绘画,狄德罗的戏

---

① 格勒兹(1725—1805):法国画家,著有《家长对孩子们解释圣经》《受到惩罚的坏儿子》,受到卢梭、理查逊的影响。

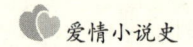

剧或者德封丹纳神甫的戏剧,卢梭的说教和瓦尔蒙给德·图维尔夫人的信——眼泪很能用做装假,也肯定能用做裸露。

流泪的平等是一个民主的酵母,它肯定了人类的共同情感对出生等级和与之相连的文学类别的优势。在平等的修辞学中,是哭而不是笑是人的本质。巴居拉尔·德·阿尔诺提出流泪的一致就像美学成功的证明:"我很荣幸让观众流泪,这些眼泪中的一滴不能摧毁我的审查官所有的异议吗?"

让-雅克·卢梭和眼泪的民主

书信体爱情小说以理查逊的方式,将情感想象扎根于私人范畴:读者像通过撬锁一样进入主人公最私密的思想和激动中。小说就像一封给他的信,他在隐退的秘密中发现了它。在1761年他发表的《朱丽,或新爱洛依丝》中,对克拉丽莎·哈娄的典型——让-雅克·卢梭甚至提出,这是一个作者同每一个读者通过眼泪的途径保持新关系的隐喻。朱丽给她的表姐克莱尔写信,责备她。当朱丽向克莱尔袒露她最为私密的痛苦和错误时,她的表姐没有给她写信,分担她的忧愁:"和你的朱丽一起哭泣,度过了你最美好的日子以后,我责备让她逃避轮到同你一起哭泣的温馨,通过更加高尚的眼泪洗刷她流在我怀里的眼泪的羞耻。"眼泪最初是留给敏感性的亲密表现的,如今成了将作者陷入其中的、联结敏感心灵友好的或者爱情的共同实体的关系表现。

在朱丽去世后,克莱尔·德·奥尔布给朱丽品德高尚的情人圣普乐写信,想让他们将忧愁淹没在泪水中:"我单独一个人,我既然不能哭泣、不能说话,也不能听别人说话……您来用您的悔恨安抚我的心吧;您来用您的眼泪浇灌我的心吧。这是我能够等待的唯一安慰;这是我还剩下可以品味的快乐。"

普遍流泪随着卢梭在最后四分之一世纪里获得胜利。通过摒弃理性主义和忠于神圣、敌视宫廷,乡村贵族变得**敏感**,不太困难地改信了让-雅克·卢梭,形成建立在感情价值、品德的抒发和坚实的乡村家长制基础之上的社会想象的乐趣。古堡更加接近自然,比作坊更加抵挡不住朱丽的乐土的魅力。

菲尔丁反对理查逊:从约瑟·安德鲁斯到汤姆·琼斯

1740年,尽管《帕梅拉》获得巨大成功,在伦敦,品德高尚的敏感性还是掀起了令人瞩目的否认的反应。说实话,这来自一个贵族。亨利·菲尔丁是贫穷的,但他是贵族。他品行端正:"他健壮的体格,"他的表姐(他费了好大的劲才使她半破产)写道,"使他一旦面对一块野味肉或者一杯香槟酒,就会忘掉一切,我深信,他比地球上任何一位君王都有更多幸福的时刻。"菲尔丁反对理查逊,只不过是气质所致。这是在文学上和道德上的。他觉得小说《帕梅拉》是爱情关系贫乏的忧郁的表现;他觉得女主人公帕梅拉好似一个对自己的魅力的虚伪协商人,对美德进行讹诈,以保证夫妇间的推销。

在《帕梅拉》发表后几个星期,菲尔丁发表了一本小册子《为莎姆拉·安德鲁斯太太的生平辩护》。**在这本书中,提出和否定了一部名为《帕梅拉》的小说的许多有意的错误和不正确之处。**为了进一步深入抨击,次年他发表了一部名为《约瑟·安德鲁斯传》的小说。约瑟是帕梅拉的兄弟,也像他的姐妹一样激烈地捍卫她的贞洁品质,为的是只以好价钱才肯牺牲这种品质。对菲尔丁来说,这也是一种询问他看来扭曲爱情关系的方式:为什么男人的**品德**是一个嘲笑的对象,甚至是一个侮辱的对象,而女人的品德会是最宝贵的财富呢?

《约瑟·安德鲁斯传》只能是一部模仿之作,它的光彩有赖于它的典范成功的光彩。菲尔丁把它写成一部非常与众不同的小说,他创造的人物,却是讽刺的反面。这部反爱情小说是一部不分等级、颂扬生活和人类的爱情小说。

这种爱情归纳出一种与美学不可分的道德。这道德建立在寻找不讨好的、无敌意的真实之上;建立在菲尔丁称之为"滑稽散文史诗"基础之上的美学,属于塞万提斯要求的系列。根据这部小说的观点,各种出身、各种地位、各种信仰、各种文化的人物,都受到同样明晰的容忍,同样并不犀利的讽刺,对虚伪和虚荣的肆虐同样感到悲痛的对待。理查逊充满怨恨,称之为菲尔丁"不断的卑劣"。这是一种不考虑心理学的假深刻的现实主义:"我描绘的不是人,而是风俗,不是个体,而是族类。我写的只是我见到过的东西。"读者会记得,查尔斯·狄更斯给他的第一个孩子取名亨利·菲尔丁。

《约瑟·安德鲁斯传》揭开了可以称为杂种小说的序幕。作者也是故事的叙述者,不断地干预,插入他快乐的、爱玩的和充满格言的存在。情节和评论相混,但从不放缓进展。菲尔丁的想象不和读者弄虚作假,他不玩弄现实主义的想象。甚至他会打断叙述,加进一章论小说艺术,另一章论上天惊人的能耐,再另一章论忠诚和夫妻关系,他觉得这是对花柳病的预防,仿佛爱情不断受到疾病和死亡的纠缠。

菲尔丁通过小说形式的自由,摆脱了受约束的言语,谈到他喜欢和不喜欢的一切。谈到教会、戏剧和他更喜欢的胖乎乎的姑娘,而不是"专门放在解剖室里的姑娘"。他也谈到社会等级:"如果天神像有些人所想象的那样,创造出人只是为了嘲笑他们,也许我们的行为的任何部分,都不如社会地位的划分那样更适应创造我们的目的。"而且这种划分的可笑在涉及爱情时,就转向愚蠢的暴行。菲尔丁是一个意识到自己的创新和这种写作方式的作家:"按我的记忆,我还从来没有见过在我们的语言里有这样的尝试。"

比《约瑟·安德鲁斯传》更进一步,在《弃儿汤姆·琼斯的历史》中,菲尔丁发展了一种建立在"快乐的互相满足"基础上的爱情关系观。这种关系远离放荡的好战策略,同样远离对品德的商业价值的资产阶级算计。菲尔丁写了这样一部爱情小说:它的主角汤姆和苏菲亚,彼此不是没有相遇,而是遇到上流圈子社会的、道德的、物质的、精神的现实,阻碍着他们结合。这是当时的英国,乡村的英国,伦敦的英国,还有仍然依附于偏见的正直的人,关注他们的轻信那些不那么正直的人;还有愚昧的人、狡猾的人、伪善的人,他们把自己对人类的恶意看作明智和尊重。这一对对互相蔑视、互相仇恨,因为他们是违反自身意愿结合的;这些年轻人在对姑娘的无知中长大,显得笨拙而粗鲁,而这些少女在对小伙子的害怕以及对圣洁的纠缠中受教育。《汤姆·琼斯》具有人间喜剧的形式,爱情是这幕喜剧的导演。

《汤姆·琼斯》第四卷第一章题名《论爱情》。菲尔丁放进他不可克制的理论陈述,这些陈述围绕汤姆的历险故事进行。他首先责怪道学家,他们否定爱情的一切现实,在其中只看到最卑劣的情感的面具、自私自利、淫荡、利益、虚荣。菲尔丁显然不属于这些帕斯卡尔式的人物,他把他们比作令人恶心的掘金者:"谁听说过一个掘金者由于找不到黄金,就不谨慎或者疯狂地断言,世界上不存在像黄金一样的东西?当发现真实的人擦干净他的心灵这肮脏的地方,看到无法在里面找到任何神圣的阳光,不管是品德高尚、善良、美好或者有吸引力的任何东西,便正确地、正直地和逻辑地下结论说,在一切创造里丝毫不存在这样的东西。"有些人从来没有接到过爱的赠与,于是他们不必说他们不知道的事。

菲尔丁知道他在说什么:爱情是"一种趋向善良和善意的情感,善良和善意乐于导致他人的幸福,在获得幸福的满足中找到美妙的享受"。因此,作者说,存在友谊、血缘的爱或者慈善。他又说:"不管纯粹的爱情引起的快乐能否接受更有力量、更温馨的爱的欲望,爱情能够单独存在,它的干预并不摧毁爱的欲望。"可以在一切肉体满足之外爱恋,就像可以有欲望而不爱那样。

从小说的书名开始,读者就知道,汤姆·琼斯是一个弃儿。透露主人公贵族身份的戏剧性变化一旦宣布,效果便平息下来。汤姆的出身不管是贵族还是贫民,并不损害他是什么人——一个老好人、一个

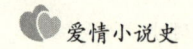

豪爽的无赖——而仅仅是在遵守社会礼仪的人眼中显现的那样,一个捣乱的、制造不稳定的因素。

在菲尔丁的小说中,没有纯粹的主人公,更没有被德行扼杀的女主人公。"不应该谴责,"小说家写道,"一个像是坏的人,就因为他不是完全好。"小说的现实主义和批评的宽容,是同一种揭穿骗局的两面。主人公不过是人。"不管他们的心灵是怎样被培植起来的,他们的身体(他们当中许多人身体都是主要部分)至少在忍受极度虚弱,屈从于人性最卑劣的作用。"汤姆·琼斯和苏菲亚·韦斯顿在不同时期发现了他们相爱,可是他们不以同样的方式去爱。每个人根据自己的气质、教育和身份各行其是:"女人就好的方面说,一般比男人更能接受强烈的、表面无私的爱情,只寻找成为她们对象的那个人的幸福。"但是,并没有那样多的**女人本性**;只有小说作为探索作用的经验:"我仅仅提醒读者,我不是写一个体系,而是写一个故事,我没有被迫将以根据事实和本性获得的想法与所有事调和起来。"

比如,有些女人带着娱乐的胃口去接触爱情关系,人们往往将娱乐看作男人的特性。因此,汤姆在长途旅行中遇到的瓦特太太通过琼斯对饮食感受到的"无节制的热情有非常良好的印象";这热情使他预示其他热情,同样与必不可少的作用相联系。"总之,她在爱,像我们今日这个词普遍接受的用法,人们不加区别地用在我们的激情、我们的渴望、我们感官的所有对象上,通过这个词,人们也理解我们给予他人的一种食粮形式的偏爱。"

《汤姆·琼斯》是对"爱情"这个词几种不同意义的小说探索。它叙述批判性的经验和故事,有不同的面貌,开放的或者掩盖的,回应了不同的兴趣,顺从不同的愿望,适应不同的习惯,违拗不同的社会习俗。

由于菲尔丁是一个藐视讲大话的流行习俗的作家,由于他含着微笑指责认为可以靠爱情生活的作者,"而爱情不再能平息饥饿,就像一朵玫瑰不能迷住耳朵,或者一把提琴不能满足香味那样",由于他断定

第六章 从《帕梅拉》的流行到对《维特》的疯狂

"爱女人,这是放弃把她们看作敌人,必须加以征服",汤姆·琼斯的旅行就可爱地具有向导的形式。

哈米尔顿将婚姻看作夫妇生活的完美结局和家庭稳定、安全的非常资产阶级化的保证;与他的小说相反,菲尔丁表达了怀疑自己只看到"人在合法形式中的一种宣传"的教诲。他只看到荒诞的暴虐和乔装的卖淫,而社会则认为"规定了别人幸福的规则"。

是否说,就像菲尔丁的仇敌和道德联盟所愤怒申斥的那样,《汤姆·琼斯》是"私生、私通和通奸的大杂烩",目的在于让年轻人"生活放荡"呢?对菲尔丁来说,分享欢乐的文化不在时尚中:"事实上,没有比平凡人中普遍占主导地位的错误更大的错误了,这些人从一些无知的讽刺诗人那里借取了见解,给我们的时代添加一个堕落的性格。相反,我深信,他只在当今的贵族中才放进很少一点爱情的情节。我们今日的女人接受了她们母亲的教导,只把她们的思想用于野心和虚荣,轻视爱情的乐趣,认为这种乐趣不配得到她们的尊重。然后同样的母亲不问丈夫,用心把她们出嫁,她们似乎相当确定这种处事方式的正确性。因此,在愁惨的一生的其余时间里,她们满足于寻找更单纯的娱乐,但我担心是更幼稚的娱乐,简单提及这些娱乐,会不适合这个故事的体面。按我卑微的意见看来,当今上流社会的真正特点,宁可说是愚蠢而不是恶习,它配称的唯一形容词是轻浮。"

在小说最后的第二章中,汤姆和苏菲亚终于面对面又相遇了。小伙子竭力从未婚妻那里得到对他过去的肉欲放荡的原谅。他断定说,他的放荡和爱情不专没有丝毫关系:"女性的细腻不能设想男性的粗暴,这类私通和心灵关系也非常少。"但是苏菲亚·韦斯顿没有被这种鬼话欺骗:"我绝不会嫁给一个没有足够的细腻,像我一样不能作同样区分的男人。"她很明智,不愿意以过去判断未来,她对汤姆说,她要随着时间流逝才给他信任。在这期间,她会把自己肯定拥有的东西给他,即她最温馨的爱。他们互相给予幸福,像彼此所愿意的那样。这是轻浮的反面。即使小说是在传统的乐观氛围中结束的——汤姆和苏菲亚结了婚,生了几个孩子,生活幸福——菲尔丁并不担保这爱情是永恒的。

《汤姆·琼斯》发表后两年,1751年,菲尔丁发表了他最后一部小说《阿米莉亚》。小说叙述两个年轻人的故事,一个心灵敏感、俊美的军官威廉·布斯,一个多情善感、勇敢的少女阿米莉亚·哈里斯,尽管遭到他们父母的反对,他们还是结婚了。他们面对的是一个粗暴的社会,法官菲尔丁非常熟悉这个社会:对穷人十分无情,对弱者和纯洁的人残酷。这一回,这对年轻情侣的美好爱情抵挡不了一个伪善社会的陷阱,这个社会将冷漠隐藏在敏感的伪装后面。阿米莉亚必须作出牺牲,放弃幻想,为了救出她不忠实的丈夫,消除他背叛的后果。汤姆·琼斯明晰的健康的快乐变得忧郁了,但没有转成精神的悲观。小说家不让自己下结论。当然,在一个由贪婪主宰的世界中,对爱情魅力的劫掠具有欢乐的表面。秃鹰假装有敏感的心。但至于爱情本身,不会得出任何教训。

几年以后,在《游历法兰西和意大利的感伤旅行》中,劳伦斯·斯特恩对这种犹豫不决制定了一个艺术原则:"允许自己什么都想象,会缺乏处世知识。能够给读者的悟性尊重的最好证明,就是友好地让它有想象的东西。"

菲尔丁和斯特恩让读者对他们提出的爱情想象或情感想象,保持批评的距离。理查逊将他的读者浸没到矛盾激情、被撕裂的意愿、四分五裂的爱情和被嘲弄的英雄主义的动荡大海中,摇晃他们。第一批作家优先地对他们的读者的头脑说话,生怕读者已经进入了愚蠢的时代;第二批作家向读者的激动能力说话,也担心这些能力受到厚颜无耻的侵袭。菲尔丁和斯特恩以某种含笑的灵活的忧愁点染他们的言词;理查逊玩弄怜悯和不平的强烈情绪变化。两者都构建爱情典型,他们觉得这能适应一个彻底新的世界,就像一切新世界那样令人不安。

第六章 从《帕梅拉》的流行到对《维特》的疯狂

在革命后的英国，没有人知道自己处于什么位置，新事物正在冲击传统，金钱力图代替荣耀、算计和心灵的冲动，人们怎样还能相爱呢？男女怎样才能摆脱冲突和不信任的逻辑？这逻辑指导他们的教育，似乎只让他们在谎言和冷漠之间选择。

两者都谈论**自然**的爱情，他们以此反对太文明化和造作的爱情，这种爱情占据了城市和宫廷。但这种自然没有同样的色彩。对菲尔丁来说，问题是要使人不管怎样相信人性，让它排除违拗幸福的障碍，依据的是被理性和感情照亮的行善道德；权威的家长式的村社的祖先习俗，属于这些障碍。相反，对理查逊来说，自然是**返回**，向渊源的呼吁，对失落的纯真、被文明社会的暴虐异化的纯朴之寻求。他们对幸福的乌托邦不是从同一源泉汲取养分的。菲尔丁的乌托邦绝对是世俗的，在实用主义和谨慎中显出朴实。理查逊的乌托邦逐渐从道德同情提高到几乎神秘的迷恋，它建立一种幸福宗教。

狄德罗热烈地欢迎斯特恩的文学胆量。他从中认出塞万提斯的一个孩子，他从《特里斯特拉姆·山迪》及其叙述革新中吸取灵感，写出《定命论者雅克和他的主人》。正是理查逊使他激动。狄德罗写给他的女友索菲说："美妙的休息，温馨的阅读，在凉爽和偏僻的地方散步，打开心扉、施展一切敏感的谈话，让眼泪来到眼眶边、使心脏乱跳、切断话语、因迷恋而快活的强烈激动，要么来自对慷慨行动的叙述，要么来自温馨、健康、快乐、自由、闲适、自在，这就是真正的幸福。"阅读爱情小说能给我们像在肉体上参与强烈而温柔的爱情体现。

让-雅克·卢梭在他写给德·乌德托夫人的信（在《新爱洛依丝》中反写）中将宗教感情（与理性不可分）推得更远："您从来没有感受过这些不由自主的激动吗？这种激动有时敏于抓住对道德美和事物智力次序进行瞻仰的心灵，这种贪婪的热情突然激励高尚品德之爱的心灵，这些崇高的迷乱，把我们提升到自己之上，带往天主本人身边的太空中。"

爱情的混乱变成接触事物高等级的模式，变成一种把人提升到神圣水平的超验经验的地位。书信体小说《新爱洛依丝》是卢梭在1750年末和哲学家群体决裂时完成的。庆贺和阐明爱情的神秘，通过许多方面，接近行吟诗人的艳情传统，插入对家长制和谐典范的政治描述，远离《社会契约论》的民主观点。爱情宗教服从的法则，也即小说法则，比统治现实的法则更加真实。在《忏悔录》中，让-雅克·卢梭这样叙述阅读怎样平息他的性欲的最初冲动："我激动很久的感官，要求我得到一种享受，我甚至不知道想象这对象。我这样远离真正的欲望，以致我一点儿没有性欲，我已经达到青春期，十分敏感，我有时想做疯狂的行为，但是我看不到更远的地方。在这种奇怪的状态下，我不安的想象打定主意，要让我摆脱自身，平息我初生的肉欲。这是以我在阅读中使我感到有趣的场景来自我满足，回想起它们，使它们变化、综合，适合我，使我变成一个我想象中的人，我按照自己的趣味总是把我确定在最令人愉快的地位，我最终所处的想象状态，使我忘却了我很不满意的真实状态。这对想象事物之爱，我关注这事的轻易，终于使我厌恶我周围的一切，确定这种对孤独的兴趣，从那时起孤独始终留存在我身上。"

这是对小说幻想能力出色的描绘，其对象不会是阐明真实，而是代替它，有助于摆脱它，保持纯粹的愿望，让它偏离实现。想象的爱情保护肉欲爱情不受污染。肉欲爱情也允许拥有无穷变化的乐趣和等待。

《朱丽》是描写梦想爱情、幻想形象的小说：对现实生活的失望的回答："不可能达到真实的事物使我陷入幻想之国，看不到任何值得我欢喜的存在物，我便在理想世界中孕育它，我的创造想象不久就在我的心中移植过来。在我不断的迷醉中，我陶醉在大量的极美妙的感情里，这些感情从未进入过人的心灵。我完全忘却了人类，我相信品德和美貌都像天仙一样完美的生物群体，相信可靠、温柔、忠实的朋友，他们是我在人间从来未遇到过的。"

然而，如果卢梭坚持对乐园的这种赞美，《朱丽》就绝不会伤害和

第六章 从《帕梅拉》的流行到对《维特》的疯狂

激动他的时代的读者。卢梭是个**有极端**想象力的读者,他知道想象只能在给予反映现实的幻想时才能挑起遐想。《新爱洛依丝》有力的一击是使人相信建立在忘却**人类**的理想主义遐想的具体真实。卢梭不满足于像所有的小说家那样掩饰他想象的真实;他处于自己相信的地位,在其中流连;他变成自己小说的激动读者,他自己想象的神奇观众。读者看到这种将小说转为纯粹幸福,被邀参与在作者身边,找到这种改变环境的故乡。

由于卢梭把他的爱情梦想放在日常生活最普通的背景中,他这样做就更加容易。这并不是一心想发财的资产阶级,而是受到孤独状态和排除文明生活腐蚀的乡村风俗所保护的乡绅。菲尔丁在《汤姆·琼斯》中友好地嘲笑过这些被粗略地描绘的乡村贵族,他们浸透了出身的优越感,对猎狐感到更加自在,胜过对事物具有的敏感性。相反,让-雅克·卢梭属于生活在牧场和森林的小贵族,是精英人物的典型,他蔑视上流社会的激荡生活,致力于个人生活,寻求大自然的真实,自发地常驻于美德和责任之中,维护不讲年龄的有秩序的生活,以保证平静地享受幸福。**真实的生活**不在巴黎,而是在大自然的偏僻角落;由于这种生活不存在于现实中,而是存在于注重物质不足和得不到满足的想象中。朱丽、她的情人圣普乐、她的表姐克莱尔、他们的恩人爱德华,甚至她的丈夫沃尔玛(尽管他是无神论者),大家都把感情的崇高和这种强烈的愿望结合起来:不满足于乡村生活的起码活动所节制的日常生活吸引人的老一套。卢梭甚至容许自己有上几节乡村经济课的乐趣,这样将古代的美德和经济的现代性结合起来。在法兰西王国和日内瓦共和国的边境上的弗韦,是卢梭置放他的悲剧的乐园。这是他的两个祖国和两种身份的边界。

没有悲剧,就是说没有爱情的障碍,也就没有爱情小说。朱丽和圣普乐有他们自身的障碍。他们热烈地相爱,但是他们更加爱自己身上寄托的爱情。以致经历的是排除一切肉体接触的纯粹爱情的约定。这种拒绝爱情的占有,变成激励他们愿望的动力和毁灭他们的酵母。

为了不向情欲的诱惑让步,这对情侣分开了。他们互相写格外火热的书信。就像卢梭的作品中经常有的那样,人物接近自我卖弄风骚。愿望推动毅力,只有满足了愿望才减弱毅力。直至字句不够用,爱情压倒了爱情的浪漫。朱丽献身给圣普乐,约定破裂了,悲剧开始展开无情的进程。通过朱丽的死和她的愿望升华为精神的颂扬,这悲剧以最富有意义的方式完成。

然而卢梭对朱丽自以为压抑激情获得的完全幸福投下了怀疑。朱丽在她的一封信中承认:"我的心不知道缺少什么。"读者感受到圣普乐走后,她远离他的悲苦,沃尔玛夫人让自己死去。她遇到的意外事件很像自杀。"我很满意,"她对丈夫说,"但是我就像生活过一样死去。"她给圣普乐写了最后一封信,向他承认她的激情并没有平复,她重新处于就要抵挡不住这种激情的状态下。这种怀疑,这种弱点,这种在赎罪和得救的无缝长裙上留下的污点,远远没有使朱丽的激动稍减,而令人更容易相信她具有的人性。激情也许去掉一点爱情乌托邦的威力,而赋予这种乌托邦更广的意义:《新爱洛依丝》就像一整代人集体的感情神话那样令人敬服。人们去拜谒,走在这对情人踩踏过的小路上,将布满小说的议论当作实践的教科书,像圣普乐那样穿着,模仿克拉朗斯的陈设。甚至在巴黎,姑娘们自称为朱丽。

这种伴随着朱丽而出现的追求时尚的现象,在歌德 1774 年发表的《少年维特的烦恼》后伴随而来的种种表现中,还要进一步扩大;这种现象标志着一种根本性的发展,即在爱情小说的竞争中,在社会交际中,这本书的地位的发展。年轻人,不一定是德国人,为了模仿维特——这个爱上一个不能爱的女人而绝望的情人——而自杀,或者企图这样做。由于当时的反动分子已经抱怨不迭,阅读这本小说带来的腐蚀作用,比因无知而堕落产生了更多的受害者。人人都赞赏有才华和语言优美的作家,例如理查逊、卢梭或者歌德,消除了文学作品和消遣读物之间的区别,使爱情小说合法化和变得高尚。私生子可以被允许继承遗产。

扫盲在欧洲信仰新教的北方,远远比信仰天主教的南方的进展更不

第六章 从《帕梅拉》的流行到对《维特》的疯狂

平衡,阻挡了好几个世纪被口头文学传统、民歌表演和人文主义的精神精英所统治的集体文化的发展。不仅读者数量在增加,而且阅读某些书籍的方式也在改变,仿佛阅读兴趣今后和某些实践不可分离。让-雅克·卢梭不限于写作爱情小说,他也写了出版说明,为了从中得到最大的好处。私密的、如饥似渴的、舒适的阅读,在摄政王时期是高雅的,此后被认为是庸俗的,毫无意义的。让-雅克·卢梭(还有歌德)断言,心情激动要求读者融入文本中,深入其中,重温往往是为了思考而获得的教训,这样改变自己的思想和生活。仔细的、认真的、进行思索的、和精英的心灵分享的阅读,把作家变成思考、感受和生活的向导。

维特:传奇的爆发

爱情小说是一种文学宗教创立的有特权的媒介。正是首先通过它,小说家才允许控制激动、感情,还有最紧密的行为动力。多情善感的阅读作为孤立和私有的行为,变成以同样的热诚、同样的思虑进入个人生活最高的真实,即感情真实,投身其中的人之间彼此融合的地方。

歌德在《诗与真》当中发表的回忆,以时间的距离给予他的超脱,叙述他1774年写作一个中篇《少年维特的烦恼》的情况,他在1787年之前修饰和增写过这部小说。他先谈到使德国资产阶级的年轻知识分子一代激动的动荡氛围,这一代人渴望和贵族秩序的文化价值决裂。"这种相互的兴奋,推到极点,按其类型给予每个人一种欢乐的感受,从这种人们激动、创造、活着也让人活着、给予或接受的生活,从这种被紧紧套住的、没有一点理论方向,众多的年轻人直截了当地按自己的性格行事的生活,产生和出现声名显赫、又如此令人烦恼的文学时代中,一群年轻的天才表现出属于这个时代的全部热情和自以为是,通过运用他们的力量,产生许多娱乐和做出许多好事,也由于滥用力量,产生许多不满和做出许多坏事。"

125

然而，歌德解释说，这些年轻的创作者的集体热情仍然是贫乏的，因为这巨大的毅力表现为**不出成果**。他们的文字到达不了作为对象的读者那里。歌德写道，在"生产阶层"和"接受阶层"之间，存在不和谐；有些人对艺术感兴趣，另外一些人对生活感兴趣。为了填满这条鸿沟，在美学和道德之间、写作和实验之间、作家的私密和读者的感情之间重新调和起来，歌德只看到"两个重大的主题，两个巨大的题材，我只需要欣赏一点它们的丰富性，便可以获得一点重要的东西"：德国的民族史和爱情。

《戈兹·封·贝利辛根》这出与所有古典主义的规则决裂的五幕戏剧，歌颂一个往日民众动乱的德国英雄。《少年维特的烦恼》是欧洲新敏感性重整旗鼓之歌。既远离宫廷矫揉造作的爱情描写的叹息和细腻，也远离道德小说的高度兴奋。

《维持》的主题有很大的自传成分，显然除了结论部分，并没有什么创新之处；在爱情小说中，很少有故事的不同。维特爱上一个缺乏一切美貌和感情魅力的、年轻的平民女子，但不幸的是她先是订婚了，继而结婚，嫁给一个无可指责的小伙子，这个故事可以在理查逊或者卢梭的作品中找到。甚至维特的自杀，他不可能和夏洛特一起生活，或者生活中没有夏洛特，自杀是忠于爱情与死亡联结的传统。

创新在别的地方；首先在主人公的形象中。维特是一个艺术家。是个不创作的艺术家，全身心沉浸在对自己内心和谐的完善和欣赏中。至多他乱涂几笔，表明他并不缺乏天性在他身上存留的深刻印记。维特是一个超敏感的人，以属于这种心灵贵族而自豪：有点厌恶地接受普通的感情和普通人接受的见解。维特通过自身强烈地享受世界的乐趣，除了他自身要欣赏大自然和乡村景象的和谐愿望，没有其他精神思虑。他的幸福是在被动的范围内。维特沉浸在他的感情的美妙冲动中，什么事也**不做**；他是自己敏感的观众。

他对夏洛特的爱情服从无活力的同一原则。维特不考虑征服年轻姑娘，仅仅想着被她征服，在她的控制之中，投身于失去她的欲望之

第六章　从《帕梅拉》的流行到对《维特》的疯狂

中。甚至无疑他也投身于欣赏她的唯一幸福之中,如果他不知道她已允诺另一个人,在被人追求之前已经无法将自身许给别人了。

　　她甚至仅仅被人追求吗？当维特谈到夏洛特时,很少从一个情人——能和他共享日日夜夜的情人——的面貌的角度去想象她。他先是觉得她的面貌像一个可赞赏的母亲,被孩子们围绕着,他喜欢混在其中。随后是一个温柔而细心的护士,平息他感觉到的痛苦。最后,他同她跳华尔兹时,使他激动的并不是触到她的快感,而是自我消融,不再存在的感觉。"我从来没有感到自己这样灵活。我不再是一个男人。待在最迷人的女人的怀抱里！和她一起像暴风雨一样飞翔！看到一切掠过,一切在自己周围消失！感觉……于是我发誓,我所爱的一个女人,我想得到她,她永远只和我跳舞,哪怕我死掉都行！"

　　维特没有**奢望**。他的意志是放弃,他的毅力是在无法行动的绝望激动中。夏洛特和他注定间接地相爱。他们的爱情交流最紧张的时刻是一次**阅读**。她的丈夫阿尔贝动身去了结一件事务。一对情侣又单独在一起,过于激动,无法说话。为了打破沉默,她请他读"几首峨相的情歌",这是一个老抒情诗人,盖耳人(真实性值得怀疑),挽歌的抒情语调迷住了英国人和德国人的敏感心灵。阅读使他们在激动中联结在一起。"如雨的泪,从夏洛特的眼里流出来,宽慰了她受压抑的心,中断了维特的朗读。他扔掉手稿,握住她的一只手,流下最痛苦的眼泪。夏洛特撑在另一只手上,用手帕捂住她的脸。他们两个人的激动真是吓人;他们在英雄们的命运中感受到自己的不幸;他们一起感觉到,他们的泪水混合在一起。"峨相还有几个句子,眼泪的混合转成感觉的混同:"在最后的绝望中,他扑倒在夏洛特脚下;他拿起她的双手,按在自己的眼睛上,额角上,仿佛在夏洛特的心灵里掠过他已形成的可怕计划的预感。"死亡的阴影一时之间将生命重新给予身体:"她的感官在骚动;她握住他的手,按在自己的胸脯上;她感动地朝他俯下身子,他们滚烫的脸贴在一起。宇宙为他们而消失。他把她抱在怀

127

里,压紧在自己心扉上,给她颤动的、喃喃地说话的嘴唇以疯狂的亲吻。'维特!'她回过身用憋住的声音说,'维特!'她用无力的手竭力把他从自己的胸脯推开。'维特!'她终于用最崇高的情感坚定的声调大声说。他不再抗拒。他让她离开他的怀抱,像个疯子一样扑在她面前的地上。她突然站起来,昏昏然地,在爱情和愤怒之间颤抖着,对他说'这是最后一次,维特,您再也看不到我了'。"年轻人剩下的只是要找到一把手枪,了结自己的生命。在他的口袋里,有一只玫瑰色花结,是夏洛特送给他当生日礼物的,人们将花结和他一起埋葬。"当我第一次看见你待在你的孩子们中间时,你胸前戴着这个花结……我看见他们,他们簇拥在我周围……"

维特的爱情是孩子的爱情。我相信他死于不知道衰老。歌德本人刚写完他的小说,刚探索过他的气质这种绝望的界限,便赶快和他的主人公崇高的神经质保持距离。他写出《维特》是为了将自己从缚住他的东西中解脱,从这种阻碍他生活和创造的巨大需要的病态的欢乐中解脱。甚至他嘲笑起**这种维特式的动人气质**,对于丈夫们的安全和敌对情人的计划,这种气质是非常令人惬意的。

但是,读者对维特的欢迎缓解了对他的嘲笑的公开表露。当即,这个25岁的作家被称为欧洲文学的大师。《维特》不再是一个成功,这是一个文化震动的标志。这部爱情小说创造或者引起一场情感的、不可挽回地世俗的、摆脱一切先验的革命。对于那些后来被称为浪漫派的作家——小说的孩子们——来说,爱情的愿望,爱情的梦想,爱情的想象,比爱情本身更有意义。爱情是一种人们写成小说的梦想。

当歌德写完他的小说时,他已经远离维特。他甚至将小说寄给真正的洛特,他往日生活的洛特,同时他确实忘记了将献给她的题词放入书中。他还寄出一封信给夏洛特的丈夫,想请他稍微原谅自己的不谨慎,伤害了这对夫妇:"如果您被气恼笼罩着,请始终记得,您的老友歌德比任何时候都是您的朋友。啊,如果您可能感受维特在一千颗抱着热望的心中所意味的千分之一部分,您就不会轻信了,您就不会计

第六章 从《帕梅拉》的流行到对《维特》的疯狂

算您付出了多少。"维特今后属于他的读者。

读者让歌德懂得了这一点,他以一种惊愕的态度迎接读者对待他的主人公的方式。一种传染病似乎在德国城市有教养的青年中散布开来。大学生们穿上维特的蓝色燕尾服和黄色背心。他们出去远游,为了接触大自然,重新找到乡村生活的普通快乐。人们哭泣,单个或者成群,在旅店的饭桌上或者在炉火前。人们也来点自杀。传染病这样厉害,以致在莱比锡,小说被禁,否则要付罚金;再说禁止没有作用:"我觉得今夜你出现在我的梦中——我的妻子听到了——我在你的怀抱里呜咽……我和你一起度过每一天,我在你的盆子里吃东西,我在你的杯子里喝酒,我在你的床上睡觉,因为你总是**唯一的**……"

歌德吞下这种神经质的奉承,这带着夸耀的表露使他不快,但尤其是来自妇女的谄媚,又使他着迷。维特的忏悔只表达了无限更广的、更复杂的和更强烈的、浮士德式的爱情的过分倾向。但是作家承担误会。他"洞穿了"将艺术家和读者、和他的时代活生生的历史分隔开的"纸墙"。

出了第一版,《维特》便在1776年译成法文,就在卢梭和伏尔泰去世前几个月。歌德的小书标志着法国式的、具有强烈道德和哲理内涵的情感小说在文学上的消逝。并非这种类型的小说消弭了;德·让利斯夫人[①]、贝尔纳丹·德·圣皮埃尔[②]、热拉尔神甫,甚至稍后的热尔梅娜·德·斯塔尔[③]、德·沙里埃尔夫人[④]或者塞纳克·德·梅朗[⑤],仍然看好这种方式,就是共同玩弄分享激动和情感之记载,对教育学、

---

① 让利斯夫人(1746—1830):法国作家,写过很多教育著作,还著有《小移民》(1798)、《克莱蒙小姐》(1802)、《18 世纪和大革命未发表的回忆录》(共 10 卷,1825)。
② 贝尔纳丹·德·圣皮埃尔(1737—1814):法国作家,受卢梭影响,著有《保尔和薇吉妮》(1787)。
③ 斯塔尔夫人(1766—1817):法国作家。浪漫派先驱,著有《论文学》(1800)、《论德国》(1810)。
④ 沙里埃尔夫人(1740—1805):法国女文人,著有《纳沙泰书信》(1784)、《卡利斯特或来自洛桑的信》(1788)。
⑤ 塞纳克·德·梅朗(1736—1803):法国作家,著有《论精神和风俗》(1787)、《移民》(1797)。

道德、精神甚至世俗的教育之记载。

但这种类型的小说建立在要求许多才能,不致变成脱节的悖论之上。一方面,人们彻底玩弄在读者和他们所阅读的故事的人物之间直接接触和有透明性的幻想。广泛运用的书信体小说,将这种透明性推进到作者这个讨厌的人的消失。众所周知,卢梭为了让作者——书信的普通出版商——隐去这个谎言变得更可信,因此《新爱洛依丝》书页的下边布满了注释。

另一方面,作者又过多地出现,因为他让人物说话喋喋不休,将书信变成演说练习和老师讲课。小说家对着人物布道。

有两个作者通过**哲理的**絮聒将这种想象的渗透一直推到讽刺的地步,他们比看起来互相更加相像。贝尔纳丹·德·圣皮埃尔和萨德①是同一种拒绝、即小说真实的拒绝的两面,在他们的作品中,人物不再存在。保尔和薇吉妮就像莱奥诺尔、朱丽埃特或者茹丝丁,不是想象的人物,甚至也不是观赏或者愿望的投射。只不过是概念——纯洁、天意、美德、罪行、性欲、残忍、本性、理性,等等——他们希望会以抽象的不可改变来感动读者。在宁愿被淹死而不愿意让人看到一点赤裸身子的薇吉妮和《所多玛的一百二十天》中那个阴郁的组织者、杜撰出无尽无休的折磨名目的德·布朗吉公爵之间,有多少共同之处呢?对小说真实一样的无知——对女人一样的仇恨。

---

① 萨德(1740—1814):法国作家,著有《新茹丝丁或德行的不幸》(1797)、《所多玛的一百二十天》(遗作,1931—1935)。

第七章

英国的腐蚀性讽刺和德国的浪漫派

历史学家让-路易·弗朗德兰指出,"情感的"这个词直到1785年才出现在影射爱情的书籍的标题中。弗朗德兰也观察到,**心灵**这个词单数或复数的运用不可遏制地上升。但爱情这个新词很少遇到婚姻这个词。对阅读书籍的那部分社会人士来说,爱情和夫妇生活的结合是罕见的,是偶然的结果,是幸运和不幸的偶然相遇。

然而,弗朗德兰还指出,影射到一种可能的(甚至是期待的)夫妇爱情,随着那个世纪往前走,变得越来越少;随后**哲学**大胆取得地盘。宣布婚姻结合中爱情的权利,就是指责陈年习俗和天主教神学家最持久不变的教育,对这种教育而言,夫妇爱情像责任一样非此不可时,就是一种危险。

英国的影响掺杂进来。英国的资产阶级小说,往往把**世系**的家族利益的重心转移了,建立在姓氏和地位之上的贵族最关心的是**家庭**,这是享受财产的隐秘之地。这个转移带来了另一个转移:姓氏和地位永远不会消失。贵族夫妇可以彼此只感受到最平庸的感情,而不用将他们世系的价值和未来置于危险之中。他们只需常常相会,完成他们的责任,保证种族的长久。妻子的忠诚,附带的是丈夫的忠诚,并非在爱情上得到保证,而是在非法的出生可能对世系的纯洁,因而对姓氏的荣耀产生威胁下得到保证的。

131

相反,理查逊或者法尼·比内①描绘的幸福婚姻,是一种利益的共同结合,这是两夫妇之间延伸的交易保证。为了让这结合得到充分的回报,它应该是平静的,在公开或者悄悄的冲突中不要减弱,最好在两者之间存在一种倾向,一种互相的温情,一种友好的、能称之为爱情的约定。在两夫妇同意的私下约定中,占有另一个的身体与占有**心灵**不可分开。

与违反秩序的威胁下的那种爱情-激情不同的是,夫妇爱情保证了社会组织即家庭的新核心的凝聚;这个社会组织对家庭的亲密有约束力。其他爱情形式于是可以在这个受保护的、自主的空间即母爱、父爱、亲情和兄弟之谊中孕育。

显然不会发生的是,相爱的年轻人可以决定随心所欲地结婚。虽然是期望的条件,但爱情不是足够的条件;尤其当爱情关系到年轻人,正如人人都知道的那样,年轻人很容易对推动两人的、自然的**爱慕**让步。18世纪末最明智的道德条约,给父母规定了一个责任,即不应该把他们的孩子弃于"轻率行为和在他们的年龄很普通的胆大妄为,这时关系到的是通过婚姻决定他们生活的幸福与不幸。自然的监护人不能让孩子们抱怨,可以阻挡他们投入进去,或者延缓他们的婚约,如果认为这婚约与他们不相称或者过于仓促的话"。夫妇爱情只有在社会上和文化上**相称**的年轻人之间才是合法的。否则,婚姻就是盲目行为可悲的结果,其后果是灾难性的。在《汤姆·琼斯》中,苏菲亚的父亲韦斯顿,不过是一个乡下的好人,宁愿将女儿嫁给一个她憎恶的小伙子,而不是没有财产的汤姆。

总之,即使夫妇爱情"这种小说的荒诞"变成社会生活的支柱之一,也不意味着男女平等。爱情,或者换言之,爱慕,相配,倾心,是一种补充的成分,使得小说中的要求这种婚姻复杂策略运作更加复杂

---

① 法尼·比内(1752—1840):英国女作家,著有《埃弗琳娜的84封信》(1778)、《卡米拉》(1796),被看作奥斯丁的先驱。

化:两个人的**本性**是不同的,而这种运作谋求的是长久结合。

情感小说的泪水滂沱也淹不死鱼儿,男女还是相爱了,但是这爱情适应按照性别不同难以琢磨的不同**需要**。不理解是爱情隐蔽的一面,人们出于方便起见称之为它的**秘密**。

由于两性的年轻人互不了解,直至他们被父母投入婚姻市场,这秘密就更加浓重。英国作为情感文学的生身之母,也是这样的国度:男女青年**分开的发展**在结婚后还延续为男女分开的发展,其中每个人都有自己特殊的地域、上层的习俗、家庭内外的闲暇和娱乐。夫妇爱情存在时,给两种无知,有时是两种恐惧的结合加冕。

爱情不把两人结合为一,它把两个同质的实体结合,它们面对面保持吸引的关系。**敏感**在18世纪变成女人的财产、天生品质之一,年轻男人试图增加他们的封地,为了和他们想引诱的女人融合。

简·奥斯丁和婚姻追逐的法则

当简·奥斯丁在1796年左右拿出《傲慢与偏见》的初稿时,这本书的手稿受到拒绝。只是到1813年它才匿名出版,被判定为"过于机智,不可能是一个女人的作品"。简与情感小说还很新鲜的传统决裂。但她这类书看得多,而且是从幼年时候开始。她是一个乡村牧师的第七个孩子,大量阅读父亲图书室的"文学"藏书,以理查逊为首,还有一批低级的、流行的爱情小说,那是邻居的牧师和巴思①的图书出租者拥有的藏书。

这些小说一致建立在对各种状态的敏感的颂扬上,它们彼此只以感情竞相许诺来区分,这样做是为了满足新颖的趣味。正是这一点更加使人激动。神经的冲动之后是感情的兴奋;眼泪导致心慌和昏眩;

---

① 巴思:英国温泉城市。

贞洁的女主人公不再受到卑污的引诱者,而是受到运用最残酷的方法使之屈从于恶习的狠毒心灵威胁。在暴风雨的天空下,在废墟和坟墓的背景中,情感小说变成**哥特式的**。在安娜·拉德克利夫①或者奥拉斯·沃尔波尔②的作品中,爱情具有**奇特**的面具。

再说,这些黑小说的情节在幻景所标志的地方(意大利、西班牙、法国南部)展开,远离英国文明坚实而明智的机构。哥特小说的恐怖也从伦敦或者巴思的视角,表达大革命法国的恐怖。1792年的巴黎暴动者是《新爱洛依丝》的情感孩子。爱情小说在地狱完成。

在简·奥斯汀写作的第一本小说《诺桑觉寺》中,女主人公卡瑟琳·莫尔兰德是一个《尤道弗的秘密》和《奥特朗托城堡》的热情读者。她的不幸就是在信的下方写下她在阅读中看到的不足信的事、骗人的把戏和夸张的言词。众所周知,从《堂吉诃德》开始,当读者将想象的夸大和真实生活混同时,产生了滑稽的效果。卡瑟琳只是通过她所爱的人亨利·蒂尔内对她实在与成熟的爱情,才摆脱了遗弃。这个良师益友使她走出了童年。

"饶有家资的单身男子必定想要娶妻室,这是举世公认的真情实理。"《傲慢与偏见》是这样开始的。我们被带往情感小说的反面,在这个社会舞台上:更焦躁不安的野心互相冲突,人们把这个舞台称之为丈夫的集市。然而,关系到的仍然是爱情;简·奥斯汀断言这是真实的爱情,就像在一个特定的时代和一个特定的社会中,即威廉·皮特二世③的英国、注重因果的理性的社会、假设反对乌托邦的、愤怒的社会所存在的爱情。

简·奥斯汀的传记家只知道她20岁时一次模糊的调情,她绝没有寻求建立一种**爱情理论**。她力图表现,当摆脱了小说所创造和维持

---

① 安娜·拉德克利夫(1764—1823):英国女小说家,著有《尤道弗的秘密》(1794)等哥特小说。
② 奥拉斯·沃尔波尔(1717—1797):英国作家,著有《奥特朗托城堡》(1764)等哥特小说。
③ 威廉·皮特二世(1759—1806):英国政治家。

第七章　英国的腐蚀性讽刺和德国的浪漫派

的虚荣和偏见时,爱情是怎样的。《傲慢与偏见》是一部批判性的爱情小说。

奥斯汀这个确定的(或者隐忍的)单身女子断言,如果婚姻是小说的中心舞台,那是因为不存在清除一切手法和一切想象幻想的爱情方式:"必须出于激情而变得盲目,"女主人公伊丽莎白宣称,"才能同意和另一个人在不同于结婚的关系下生活。"伊丽莎白的姐妹之一莉迪亚在虚假的关系中失去了"很少的一点荣耀和信誉",这是她的叔叔的财产还能给她买来的。必须赶快降低要求把她嫁出去。这丝毫不能建立在快乐之上。

但是结婚不等于自身的目的。简·奥斯汀利用她的讽刺和同情,描绘这些年轻少女的命运,担心做单身女子导致她们同意没有爱情、也不被人爱就结婚。伊丽莎白的姐妹凯瑟琳毫不犹豫地接受忧郁的柯林斯,是由于没有更好的人向她提出结婚建议:"当然,柯林斯先生既没有见识也没有吸引力;他的陪伴令人厌烦,他对她的爱慕只能是想象的。但是他仍然感到是她的丈夫。"夏洛特总结说:"我不浪漫,我只要求一幢舒适的房子。"她不会得到更多的东西。

对追逐婚姻及其礼仪和形象的描绘,让简·奥斯汀运用了辛辣的讽刺和对情感行为的分析技巧;这种行为欲成为真诚的、理性的、协调的,但实际上只是小说传递的老一套使之变形的盲目、虚荣、欺诈的行为。

因此,产生这**雷电的一击**,这初次相遇,这第一眼,似乎将一对情侣消融在当下亮闪闪的大火中,在面对真实的晕厥中。《傲慢与偏见》最初的版本名为《第一次印象》。当伊丽莎白第一次遇到达西时,两个年轻人公开互相憎恨。他们的傲慢发生冲突,他们明晰的狂热愿望互相欺骗。达西以为伊丽莎白亏待他只是为了吸引他的注意,抓住他。伊丽莎白把达西看作一个极端赶时髦的人,充满他的社会阶级和他的财产的意识,蔑视年轻的外省女傻瓜,她们围着他扭来扭去,搬弄是非。甚至阅读也把他们分开:"我有把握,"少女关于书籍这样宣称,

162

135

"我们不看同样的书,或者带着不同的感情。"

他们需要看整本小说,经历摆在他们面前的障碍。他们的理解力只用来欺骗自己,他们的判断力只用来保持他们的偏见,他们的情感要求只用来在他们的心中制造骚动和混乱。最后,做完自我批评后,两人各自都表现自己的激情和他们在共同生活中必须忍受的缺陷,他们无法知道他们在什么时候开始相爱。"一切都这样逐渐到来,以致我无法确定什么时候开始",伊丽莎白说。她在嘲讽和挖苦之间补充说:"照我看来,这应该从我在潘伯莱对美丽的花圃所投的第一瞥开始。"达西更愿意承认他不知道:"我处在美好的境地中,甚至在知道有过第一次之前。"

在他想显得**正确**的意愿中,在他决心丝毫不处于精神和感情的得意中,简·奥斯汀将真实爱情的标杆放得很高。真实的爱情不仅很少,当遇到它们时,还有千百种理由或不合理由,不去承认它们。尤其当被爱情小说这些假向导弄得头脑混乱和心境紊乱时。

在简·奥斯汀的嘲讽和她的雕刻刀的准确后面,有痛苦的意味。即使人们不了解女小说家悲愁的生活,即使人们**丝毫**不了解贫穷的少女由于穷困无法结婚的地位;她是在桌子边上写书的,处在一个公共大厅的吵闹中,她的孤独刻写在她冰冷的嘴唇上。她对失败的婚姻、落空的愿望和骗人的梦幻的剖析,将她含笑的残忍转而反对她自己。她不合时宜的小说作为反对想象的、情感肆虐的战争机器,作为她用以反对激情的混沌模糊和泪眼朦胧的**爱情真实**的表现,给爱情文学打开了一个新领域:寻求不**放弃**的幸福。

反对大革命的一次运动

简·奥斯汀(1817 年去世)的作品湮没在来自德国浪漫主义的浪潮中,要等到 19 世纪末才找到它的读者。它的天空太空阔了,满足不

第七章　英国的腐蚀性讽刺和德国的浪漫派

了大革命后的资产阶级疯狂的理想主义。尤其在莱茵河以远的地方，人们不原谅弗里德里希二世①对法国启蒙时代的趣味。浪漫主义的产生是对从法国输入的启蒙思想的、民族主义的抗议：法兰克福、慕尼黑或者莱比锡的年轻资产者——歌德一直旅行到意大利——正是在德国各小君主的贵族容许和模仿的范围内，强烈反对法国**文明**。法国的扩张对普鲁士和讲德语的公国的占领，深化了对抗。

奥古斯特·威廉·封·施莱格尔②和约翰·费希特③是这种决裂的理论家，这种决裂的得知是由于热尔曼娜·德·斯塔尔1810年在《论德国》中提出对之要采纳。浪漫主义不是一个文学流派，这是反对理性的所有堡垒的一次起义。它双重的悖论在于表达大部分资产阶级精英的感情和愿望，也在于表达原先出自德国科学界高端的大学学者的见解。

费希特于1807至1808年（当时拿破仑的军队占领了普鲁士）在柏林发表的著名的《致德意志民族的讲话》中，明确地将浪漫主义的**革新**和德意志民族的**再生**联结起来，通过民众让德意志民族扎根于原始本性中，领导欧洲摆脱颓废的道路。对仍然处在粗俗的、陈旧的、避免了文雅腐蚀的德语的赞美，伴随着反对启蒙主义的普遍性和人权的人道主义这两种精神抽象释放的有力冲击。

浪漫主义作为同时是政治的、哲学的、历史的和文学的运动，是反对大革命的一次运动。启蒙思想家和他们1789年的信徒，将政治思想的发展加在自马基雅维利④以来的作品之上，创造了民族国家，即围绕着一个国家及其法律逐渐形成的**民族统一**的组织。一个建立在权利和契约基础上的共同体。费希特、施莱格尔兄弟和和杂志《雅典娜

---

① 弗里德里希二世（1744—1797）：普鲁士国王。
② 施莱格尔（1772—1829）：德国文学批评家，创办《雅典娜神殿》杂志（1798—1800），鼓吹浪漫主义，著有《古今文学史》（1815）。
③ 费希特（1762—1814）：德国哲学家，著有《科学理论原则》（1794）、《自然权利基础》（1796）、《人的终极》（1800）。
④ 马基雅维利（1469—1527）：意大利政治家、哲学家，著有《君主论》（1513）。

神殿》的成员,创造了民族国家。由于德国还不是一个国家,民族不能从中产生。它是大自然的原始材料,"一个对祖国的、爱孕育的、人民的生命力";它表现为语言统一:"民族汇集了这些人,他们的发音构造受到了相同的外部影响,这些影响一起存在,通过它们不断互相保存的交流,培育它们的语言。"一个民族的形成从"语言的自然生成力量"锻造出来。

日耳曼语在外部影响下,在拉丁语和新拉丁语的长年控制下,摆脱它的德语分支,失去了某些基本词根,这些词根使它依附于德语原始的、**本来的**价值。它变质了,忘却了它活跃的源泉、它原有的面貌、它的 Volkgeist①。它变成了外来语、借用的语言、阶级的语言、死亡的语言。相反,在德国,原来的语言,即塑造了民族的语言,继续存在,从未停止存在:"从来没有一个时间点,现代人会停止互相理解,因为这永远用做他们的中介和代言人,也就是他们共同的、互相之间通话的、不断存在的,始终同样的自然力量。"

文学之战,语言之战,是 Kultur② 和文明之间、自然的至上和自由的至上之间、根源的能量和进步的考虑之间、传承的(起源的)民族和费希特称为**致命的**普遍性之间,显示出来的冲突的基本构成部分。

中世纪在历史与文学、知识渊博和传说的再创造,容许回到德国强盛的著名时期和场合。这是从城堡和宫廷的保护下,也是从罗马教会君王的文化控制下解放出来的、资产阶级的自由城市、汉萨同盟③时期德国的强盛。**哥特式**这个词,很好地表达了中世纪和日耳曼旨在推翻经典的、精英的等级这场运动中的双重起源。哥特式是大众的、巨大的、梦幻的、崇高的。它是具有强烈**诗意的**。

诗歌作为神的语言和弄臣的语言,作为使不可见事物出现的艺术,是认识的普遍方式;它关注事物的灵魂。因此它无处不在。存在

---

① 德文,民族精神。
② 德文,文化。
③ 汉萨同盟:中世纪北欧城市结成的商业、政治同盟。

于一切艺术中,一切文学样式中,包括散文和诗歌中,存在于最广泛的和最细小的现象的观察中,最隐蔽的心灵角落和梦幻中,意识和敏感的极端状态中。因此,可能有诗体的爱情小说,即使情感的抒发是为了便于倾诉,更喜欢诗歌的雄辩和意象的自由。在小说中有一种叙事理性的逻辑,一种**散文化**,不太符合隐喻的不连贯。克莱斯特①、霍夫曼②、格林兄弟③或者克莱蒙·布伦塔诺④宁愿在故事的旧形式中,或者在短篇小说的简短形式中叙述爱情故事。长篇小说家很少。

让·保尔⑤:恋爱者的解体

约翰·保罗·弗里德里希·里希特(署名让·保尔,就像卢梭的赞赏者把他称为让-雅克那样)的情况更加有意思。他生于1763年,是这一代德国作家中唯一似乎记得**浪漫**的这个词直接来自**传奇的**。在一个人物身上,一段冒险经历或者一幅景色,令人回想起传奇的虚幻想象,就属于浪漫的。让·保尔并不放弃寻求想象的夸张。他仍然感受到**叙述**故事的极大困难。要么叙述是分散离题、转成遐想,要么叙述者本人不能保持在准确的身份限度内。在与主要人物同名的《赫斯佩鲁斯》中,按照不同情况,维克托或者塞巴斯蒂安,他们的感情、行为和梦想服从文字游戏不稳定或者随意的变化。这部发表于1795年的小说,不是一个年轻人的作品。让·保尔那时32岁,在小说中回忆

---

① 克莱斯特(1777—1811):德国戏剧家、小说家,著有《破瓮记》(1808)。
② 霍夫曼(1776—1822):德国作家,著有《金罐》(1814)、《谢拉皮翁兄弟》(1819—1821)、《雄猫穆尔》(1821)。
③ 格林兄弟(1785—1863;1786—1859):德国作家、语言学家,编纂词典,搜集童话《德国传说》、《儿童与家庭童话集》。
④ 布伦塔诺(1778—1842):德国诗人、小说家,著有《罗累莱》(1802)、《勇敢的卡斯帕尔和美丽的安耐尔的故事》(1817)。
⑤ 让·保尔(1763—1825):德国小说家,原名约翰·保罗·弗里德里希·里希特,著有《赫斯佩鲁斯》(1795)、《齐本克思》(1797)、《少不更事的年岁》(1805)等。

起古怪的情人,就是他自己。这是一个太专注于自己、自己的心、自己的心灵和他独特的光彩的情人,他的爱情和颂扬孤独相一致。

在爱情的道路上,浪漫的主人公往往迷失在自己心中。小说叙述他怎样重新找到自己或找不到自己。他的爱情故事发展了自己可怕而美妙的遭遇,他要冒着晕头转向和忘记抵御被爱的人的相异性的危险。被爱的女人就像本性那样,人们尤其喜爱她给我们孕育的和我们给予她的感情。德·斯塔尔夫人紧随施莱格尔之后,重复"为了了解本性,就必须和本性合而为一",这种合并还只是一种隐喻:"真正的观察家就是——懂得发现这种本性和人的一致,以及人和天空的一致的那个人。"

让·保尔另外说过:"我主张一切爱情只爱爱情——它是自身的对象。我们的感情可以说是道德本能的化身,其中表达了道德本能的形式。"

在让·保尔那里,小说在美好的混乱、突然变化、尖叫与和谐中,列举文学技巧,它们能让人消除在扩散的自我意识与被爱的女人、总是被期望得到却又永远得不到的丰满意象之间的那堵墙。在列举这些技巧时,可以意识到消除差异的偏执意图。仿佛浪漫的**融合**目的在于掩盖情感交换的不可能性。

位于这些技巧首位的是,取消梦与现实之间的界限。《赫斯佩鲁斯》或者**看不见的茅屋**的主人公们,会在睡觉时大量做梦;这些梦形成"自然"的延续,或人物行动或思想的先兆。梦是黑夜的现实,影子部分的话语,隐蔽力量的信息。认识的黑夜是 Aufklärung① 的非理性移植。

但梦同样是白天的活动。这是意识在围绕它的非现实中昏厥,是自我最终美妙地或可怕地迷失在无限的沉醉中的时刻。梦不是对真实的否定,这是对它的不足的指控。梦是一个魔法行为,它的文学工具是隐喻。隐喻与其说是魔法的,不如说是诗意的活动,作家通过它

---

① 德文,净化。

第七章　英国的腐蚀性讽刺和德国的浪漫派

将无论什么东西都分成两份——一棵树、一只虫子、一颗星星、一朵花、一个女人——为了让它随着自身变形的愿望,同时意味着本来的样子和其他事物。让·保尔的小说以隐喻的狂热感情洋溢的节奏构成和分解。就像神秘主义的幻觉,有时是使人眼花缭乱的,总是古怪的,就像一首人们只记得住音乐的歌曲。

理想化是另一种消除现实界限的方式。在让·保尔的小说中,一般的爱情转向可笑或者转向嘲笑。这是具有互换趣味的小故事,作家的讽刺兴致使之转为讽刺虚荣的和吝啬的精灵古怪的小喜剧。真正的爱情小说与纯粹的心灵和纯洁的身体有关。或者它们属于对牧歌式的过去的缅怀,人们力图复活中世纪的过去或者童年的过去,或者它们描写天使般的人物,他们一起享受"内心的结合"。他们不想在"生活的单调海洋上"和在人间事物死一样的沉重中,拿这种幸福冒险:"在无知与纯洁中,孩子们结束了他们热烈的爱情的第一个五月之夜,还没有第一次接吻;他们美丽的嘴唇互相给予一切,除了它们本身。啊!就这样幸福地结束你们的夜晚吧,给爱情的迷宫脱下身体的赘物吧!被迷醉的人,你不会再这样,你会消除迷醉,如果你不寻求、不像爱永远不成形状的美德一样爱你的意中人的话,如果目光不是你的语言和欲望的话:爱情的风信子在两滴眼泪充满的花瓶里盛开着。狂热的人,你不知道纯洁的爱情就像冰川的水一样,在落地之前是最好的。"

让·保尔的爱情小说是孩子的梦。

诺瓦利斯[①]作为让·保尔的同时代人,接近施莱格尔兄弟,当他爱上比他小10岁的索菲亚·封·库恩时才23岁。他们订了婚。诺瓦利斯的朋友蒂克[②]写道:"所有认识索菲亚的人都被这个超凡入圣的美女焕发出来的魅力、妩媚、美丽、动人和庄重震惊了。"索菲亚在15岁时去世。诺瓦利斯决定在她死后不再活下去。一年后,他爱上了朱

---

① 诺瓦利斯(1772—1801):德国诗人,著有《夜的颂歌》(1800)。
② 蒂克(1773—1853):德国作家,著有《民间童话》(1797)、《穿靴子的猫》(1797)。

丽·封·沙尔庞蒂埃。但是和索菲亚在死亡中相会的想法同样没有离开他。临近结婚时,他给弗里德里希·施莱格尔写信:"我希望非常接近我快乐的末日。将近圣约翰节时,我想我会进入天堂。"几个月后,1801 年 4 月,他去世了,只有 28 岁。作为浪漫派的大诗人,他没有完成他的散文杰作《亨利希·封·奥夫特廷根》,对 13 世纪的德国游吟诗人表示敬意,这部成长小说想对抗歌德的《威廉·迈斯特》,诺瓦利斯认为后者过于**资产阶级化和现代**。让·保尔写道:"我一想到死亡是一件新生活的礼物,不真实的消亡是一种睡眠时,便恢复镇静了。"爱情就像生活一样:不是现在,它是昨天和明天。

如果德国浪漫派唯一重要的爱情小说是写作家的爱情,如果有时还掺杂了使人动情的亲切感,怎么不令人惊奇呢?

贝蒂娜·布伦塔诺:无限制的爱情

贝蒂娜·布伦塔诺①生于 1785 年一个富有的资产阶级家庭里,比他的哥哥、后来也是个作家的克莱门斯小七岁。他们的母亲在结婚以后的 19 年中生了 12 个孩子,于 1793 年去世;1797 年他们的父亲去世。哥哥和妹妹保持着频繁的通信。克莱门斯和普鲁士信奉路德教的旧贵族后裔阿希姆·封·阿尔尼姆②结合。他们一起沿莱茵河而下,寻找日耳曼的古老民歌。阿尔尼姆和贝蒂娜认识了;她更喜欢克莱门斯而不是他,她欣赏克莱门斯。她也非常喜欢女诗人卡罗琳·封·根德罗德。且不说她对歌德(曾热烈追求过她的母亲)的感情,她在魏玛对他贸然登门,并作了长时间拜访。还是在魏玛,她又找到克莱门斯和阿希姆。最后,贝蒂娜和阿希姆在第一次相遇后九年,于

---

① 贝蒂娜·布伦塔诺(1785—1859):德国女作家,与歌德和贝多芬保持通信,并著有多种回忆录,被称为"第二代的浪漫主义缪斯"。
② 阿尔尼姆(1781—1831):德国诗人、小说家,著有《多罗雷斯伯爵夫人》(1810)。

1811年秘密结婚。他们蛰居在乡下。贝蒂娜忍受不了这种隐居，时常住在柏林。然而，在阿尔尼姆1831年去世之前，他们有七个孩子。阿尔尼姆的寡妇给格林兄弟写信："他的死不是一个可怕事件，而是一个美好事件，对我和对他的孩子们来说有好处，在我的眼里它被看作上帝对他行善的表示。"她于是着手出版死者的全集（其中有几个出色的故事），自己在50岁时也开始写作，叙述歌德怎样爱上她，赞赏她的天才。她有很多情人，她偏重挑选有称号的或者有名的人。

可是，他们以自己的方式热烈相爱。他，阿尔尼姆，写迷宫、偶遇、蔑视、古怪的相会和怪异的场面的作家，里面的人物好不容易把他们的思想和他们的行为，把他们的感情和他们的愿望以及寻找他们失去的身份相结合。她就像阿尔尼姆所称呼的"难以形容"、敢干，总是准备把自己当作她赋予才能的男女，处在酷似爱情的模拟热情中："爱情是我的艺术，"她写道，"真正的爱情不能有任何不忠实，它寻找被爱的人、天才，就像寻找各种变形的普罗透斯①一样。"人们这样描绘她："半是女巫，半是天使；半是女祭司，半是印度寺院的舞女；半是女预言家，半是说谎者。"

她对阿尔尼姆的爱情不是专一的，却是无条件的；谈到"厄洛斯的赐予"时，他们是富有的；这魔法使他们每一个人像经过摩擦一样点燃另一个的天才。繁忙的黑森州女人穿透了她丈夫的普鲁士盔甲。民族主义者的贵族受到反法仇恨、战斗的基督教、粗暴的反犹主义和中世纪激情的激励，任凭这个向一切新奇事物和一切创造光芒开放的、对时尚来者不拒的人左右。贝蒂娜常常接触贝多芬、荷尔德林、德国自由派、巴枯宁、屠格涅夫的作品。她写关于西里西亚手工业者生活条件的文章。她和卡尔·马克思作长时间的散步。她受到普鲁士警察的监视，被关进监狱。直到她去世的1859年，她还支持德国的、匈牙利的、波兰的、土耳其的革命者。

---

① 普罗透斯：希腊神话中的海神，多变化。

她不写爱情小说;她创造它们,想象它们,看见它们,却不知道、不愿意考虑想象和现实、神话和思想、心灵和身体、自我和他人。她以内心音乐的节奏写作,也许只有她一个人懂得这种音乐的一致性。

这是在她想象和生活过的大型小说内部的小型黑色小说:她的朋友卡罗琳·封·根德罗德的故事。当时只了解修道院的生活的年轻而羸弱的修女,于1804年在海德堡遇到了博学的教授弗里德里希·克勒泽。《古代宗教的一般象征》的作者克勒泽,热衷于魔法和秘术,是这样一个教育家:在他周围聚集了旧大学最渴求探索宗教奥义的大学生。卡罗琳和克勒兹怀有强烈的激情,但是教授拒绝断绝自己的婚姻。卡罗琳跑到莱茵河边自尽。她在自杀之前寄给他的信是新情感文学的典范,颂扬摆脱了身体的致命障碍的、爱情的永恒:"自从我放弃了一切人间希望,我觉得一切更加自由、更加纯粹。强烈的痛苦变成了神圣的忧郁。命运被战胜了。你超过一切命运,你是我的。什么也不能把你从我身边拖走,因为我用这种方式征服了你。"

在写给歌德母亲的那些古怪的信中,有一封她告诉她,她的儿子使她产生的狂热爱情,贝蒂娜评论她的女友的自杀。她将这个写成一篇故事,她的故事。她来到岸边,在那里,她的女友"知道了有人伤心:我哭泣;并不是为我失去了的那个女人,而是为好似春天能受精的空气一样包裹着我的那个女人;为那个保护我,给我灵感,建议我以我自己本性的提升为目的的女人;不,我为自己哭泣,同我自己一起哭泣。我必须变得像钢一样对自己严厉……我不再有呼吸,我的脑袋滚烫。明澈的莱茵河延伸着,点缀着小岛的碧绿项链。我看见河流奔向他,富饶和平静的城市,得到祝福和富庶的田野伸展在两岸之间。于是我纳闷,时间是否从这个损失中得到宽慰;我决意大胆地越过这忧愁;因为我觉得自己不配表现出痛苦,这痛苦我命定有朝一日是要克服的"。

贝蒂娜坚决站在生活一边;她用尽全力抓住生活不放。哪怕通过爱情的毅力,只活在他人的生活之中。她狂热的谎言,她的谎话癖,标志一种极限,即自我想象潜入自我意识,直至覆盖意识的极限。在那

第七章　英国的腐蚀性讽刺和德国的浪漫派

里,爱情小说取代了爱情的位置。直至疯狂,直至死亡。

《少年维特的烦恼》有传染性的胜利,做出了小说书写这种新能力的最初标志。在全欧洲,成千上万个年轻人以为在激荡着歌德可怜的主人公的痛苦中认出了自己。魏玛年轻的主人通过他的文学天才的技巧,给予他们进入最深的精神和心灵的感觉。歌德的创造变成了他们最秘密的真实。

小说家这种对读者心灵和想象的深层潜入,使浪漫主义变成他的**使命**的工具,正像热尔曼娜·德·斯塔尔夫人所说的,引导人进入"**精神性最真诚的表现中**"。爱情小说一直到让-雅克·卢梭这里,才翻转了情感道德的领域。它叙述故事,描写行为,详述讲话,描绘激情的美好效果或者破坏性效果,创造典型、感觉方式、表达吸引或者厌恶的方式。它讲述热恋和失恋,它们的方式、规律、发展法则、仪式、伪装、禁忌、产生、消亡。与社会法则一致或者与之决裂,它是社会性的;它属于可视世界。

著名的**心理分析**仍然是一种描绘控制表面机制的笛卡尔方式,就像要制造感情钟表复杂而脆弱的动力。

爱情小说的写作在德国是在对启蒙思想的强烈否定中开始的,不再把它们的根基建立在道德和身体的控制中,而是在思辨和心灵的控制中。小说家深入到直至那时仍然是神圣的禁区,在内心最隐秘处即意识中。

那么多小说于是采取忏悔的形式,就并不奇怪了。读者不再被邀请去听故事,他深入到一个秘密中。作家在这一点上意识到无节制的、大不敬的大胆,这样大胆使作家进入采用宗教词汇的**神圣**领域。他们通过让他们习惯听取和转达神性信息的魅力,**受到启迪**和召唤;他们成了先知,掌握未来的真相;他们成了魔术师、凡人一般无法接受的事物的说情者和阐释者。在狄德罗那里,**天才**是一种特殊的精力品质,能让有热情的人在思想和事物中打上他想象的烙印。在浪漫主义者那里,天才变成一种神圣的选择或者一种神圣的疾病,打击它选择的受害者。天才远离一般人,在忍受痛苦;天才是孤独的,不被人理解,受到嘲笑,不适应流行的道德。因为正是通过迷醉、疯狂、过度、麻木、社会的不负责任,天才才完成自己启示的使命。

19世纪在创造作家的神话的同时,也长时期把文学活动和病理学结合起来。文学不是反映**世纪病**的镜子;它是这种病形成的地方。爱情小说根据作者想要给予传说的现实主义的程度,去叙述平凡或特殊的男女故事。它们今后要表现**奇异**的故事和案例。

案例表明一部小说的主人公们无法解决在结构和存在的价值之中,与他们的爱情关系相连的问题。人们多多少少不再适应世界;人们决定改变世界,让它采取一个合乎期待的形式。

但是人们只是在危机和瓦解的时期,才能给世界一个新形式。梦想做善良的野蛮人,怀念被遗忘的幸福,否定文明,表现出拒绝放弃强烈的愿望,为的是满足一般的生活要求。倒退至少是通过想象逃避压制的方法。

从16世纪以来统治西方思想和感情的理性时代,采取了一个监狱的面貌。非理性,一种解放的非理性,往往是后退的。浪漫主义显然不是指这样一个时代:那时,非理性的价值在社会中取胜。相反,这是资产阶级理性典型的统治。但它标志着小说给予形式危机感的开始:个体,包括男女,在组织社会的法则中,不再认出制约他们本性的法则。

是我疯了还是社会疯了?

爱情小说一方面梦想流亡、自卫、深入到内在性的深渊中,另一方面梦想合成一体、并入世界事物、与爱情毅力和自然的生命力融合,在这两者之间不停地摇摆。

梦想流亡,主宰着德国爱情浪漫主义的第一代。纯粹精神的流亡、情感的流亡和文学的流亡、政治的流亡合而为一。这些有教养的年轻人、大学生、教师、官员,梦想一个围绕着语言和"自然"道德再生和统一的德国,他们远离一切权力。他们不被君主和贵族阶级了解,同样不被"民众"了解,他们生怕同民众融合,却又夸耀自身是民众:"我所恼怒的是,"歌德在《少年维特的烦恼》中写道,"可恶的资产阶级地位。我的确同别人一样知道,地位不同是多么必要,它使我获得多少好处;但是我绝不想在我的道路上找到它。"

德国浪漫主义的理想主义,它对精神、包括爱情关系中的精神的特别颂扬,是一种对现实的拒绝,回应拒绝的现实。书籍、爱情小说是梦想变成现实的唯一地方。读者未知的一致采取一种潜在的反社会的形式。人们之间的关系不像在世界中那样,被保证社会和谐的礼仪和掩盖法则所支配,而是被激动和情感真实的法则所支配。爱情关系的法则是**真诚**。

这种浪漫主义只是在表面上和法国文学中所谓的**浪漫主义**相似。两者不如说既是兄弟又是敌人,都出自这个冲突之父,也即民族情感。

从《阿达拉》到《勒内》:写灾难的浪漫主义

"只能通过文学到达政治。"1801年,当夏多布里昂在《墓畔回忆录》①中忆及他第一部小说《阿达拉》发表时,并未隐瞒,他从流亡归来时,寻求将他的头颅"越过一点黑暗"。《阿达拉》和《勒内》是《基督教真谛》的小说方式的阐明,后者是一部著作,试图以出色的方式为拿破仑的宗教政策效劳。其次,它的作者通过第一执政把他的名字从移民者名单中划去。对德·夏多布里昂子爵来说,文学是一道打开的大门,而不是把自己封闭起来的藏身所。

隔开差不多40年,夏多布里昂仍然着迷于《阿达拉》所受到的欢迎。他是法国新文学的拿破仑:"在那么多的军事胜利之后,文学的成功显得是个奇迹;人们渴求这种成功。作品的奇特再加上群众的惊奇。《阿达拉》落在这老而弥新的古典流派中间,只要瞧这古典流派一眼便使人产生厌烦;《阿达拉》是一种未曾相识的样式的新产品。人们

---

① 《墓畔回忆录》:夏多布里昂的回忆录。

不知道是否应该把它列入古怪或者美的创作之中;它是戈尔戈①还是维纳斯?聚会的法兰西学院院士们博学地争论它的性别和本质。古老的世纪推拒它,新世纪则欢迎它。"

学院犹豫不决,而**民众**没有弄错。"运货马车车夫住宿的客栈装饰着红色、绿色和蓝色的雕刻,表现的是沙克塔斯、奥布里神甫和西马干的女儿。在夜总会、码头上,陈列着我的人物蜡像,如同市集上陈列圣母像和圣徒像一样。我变成时髦人物。人们回头看我。我喜爱荣耀,就像女人喜欢她的初恋那样。"

《阿达拉》的副标题是"两个野蛮人在荒漠中的爱情"。沙克塔斯,一个纳戚部落年老的印第安人,向一个流落到路易斯安那的法国人、年轻的勒内叙述他的遭遇。沙克塔斯20岁时,被一个爱上他的印第安处女搭救了。实际上,这是一个名叫洛佩兹的西班牙人的女儿,她在信仰基督教的环境中被秘密地抚养长大,一对情侣被一个传教士奥布里神甫收留。沙克塔斯准备结婚,但阿达拉曾被她母亲献为终身童贞,宁肯自杀也不愿违犯她母亲的誓愿。她在死之前让沙克塔斯答应改信基督教。然而,沙克塔斯非但没有去听奥布里神甫的讲道和劝导,反而放弃了基督教的葬礼,把他的未婚妻的遗体放在一个岩洞入口、一张由鲜花和草扎成的床上。后来,他把被信仰异教的野蛮印第安人杀死的奥布里神甫的遗体也放在那里。

这部描写沙克塔斯和阿达拉的爱情小说被置于死亡、毁灭和社会排斥,还有异国情调的标志下;美洲同时是流亡之地,美、无限创造和原始梦想之地,失乐园,永恒**他处**。与之配对的短篇小说《勒内》要杂乱得多。在这篇有自传色彩的文字中,夏多布里昂让勒内叙述他在父亲的古堡中,同孤独中的唯一伴侣——姐姐阿美莉一起度过的童年和青年时代。在任何宗教之光都照不亮的这股"**激情浪潮**"中,爱情在姐弟之间产生因孤独和失望等待而昏头昏脑的接近。阿美莉摆脱了乱伦的诱惑,

---

① 戈尔戈:希腊神话中的三女怪,她们能使看到她们的人化为石头。

避居到修道院中。勒内跑到美洲的流亡地去抚慰自己的绝望。在密西西比河岸上,他得知阿美莉的死,在一个教士的引导下,力图治愈压抑着他的沮丧感和失败感,以便最终面对敌对而真实的世界。

读者从头到尾沉浸在模棱两可和矛盾中。《阿达拉》和《勒内》呈现为给基督教辩护的作品中的小说装饰;一本厚厚的书,反对**启蒙哲学家**和不信教者这两种假设的大革命源泉。夏多布里昂在一封写给女友热尔曼娜·德·斯塔尔夫人的信中相当直截了当地写道:"如果《基督教真谛》发行了,应该会给我带来足够买下我对您谈起过的茅屋的钱。我会养几只母鸡,然后是一只猪,再然后是一头母牛和一头小牛。如果您的哲学家朋友们不砸破我的牛奶罐,我就会很幸福。"这两篇爱情小说构思出来,是为了给他的论著的枯燥带来传奇的吸引力。"如果我是以护教论者和神学家的一般风格来写《阿达拉》和《基督教真谛》,我就找不到20个读者。"

但是,《勒内》和《阿达拉》远远不是为基督教之爱辩护,它们表现的是心碎的、失败的、无法存有最美好希望的年轻人。夏克塔斯愤怒地谴责奥布里神甫宣扬只能在分离和死亡中才能实现的爱情。尽管表面是这样,尽管风格华丽,尽管有时似乎不时将魅力推到感官消融其中的音乐和谐,这两篇小说并没有预示一个新时代,基督教信仰使这个时代更生,宗教热情给它以激励,要结束**理性精神**这爱情的敌人严厉的制约。《基督教真谛》的雄辩言词,没让人忘记《勒内》和《阿达拉》的读者所感到的东西,即害怕进入灾难的时代,进入永远分裂的人性,进入心灵和感情的极度慌乱中:"没有享受过便醒悟了;他还有欲望,再没有幻想。想象是丰富的,大量的,美妙的;生活是贫乏的、枯燥的,幻想破灭了。带着一颗充实的心,生活在空虚的世界上;什么都没有享用过,便对一切醒悟了。"厌倦、白白起作用的抒情、英国人称之为spleen①的病态的忧愁,这证明不可克服的烦恼,从中溢出如潮般的文

---

① 英文,忧郁。

字,像从伤口中喷出来:《勒内》的读者不寻求医治他们的疾病的良药;他们喜欢恶。他们使恶取胜。

后来,《墓畔回忆录》的作者悔恨这种**误会**:"如果《勒内》不存在,我不会再写;如果我可能毁掉它,我就毁掉它。它危害了一部分青年的思想,我无法预见到这种效果,因为相反,我原想纠正这部分青年。"要相信这位如此完美地控制自己效果的艺术家,已让他的写作想到他的地位。

夏多布里昂创造出他的时代的语言,即浪漫主义的法国形式。他明确地将这种文学革命和政治的反革命联结在一起:"表达了新世纪的法国文学,在它成为特殊表达方式之后,主宰了四五十年。在这半个世纪中,它只被反对派利用。这就是德·斯塔尔夫人,这就是本雅曼·贡斯当①;这就是勒梅尔西埃②,这就是博纳尔③,最后这就是我,这些人首先说这种语言。19世纪自诩的文学变化,来自侨居和流亡。"

他是在1837年写下这些话的。作为正统主义者,他拒绝在1830年革命后向路易·菲利普④宣誓效忠,并退出公众生活。此后,他感到**新文学正当其时,但它在政治上失败了**。大革命获胜,**资产者精神贵族**占据显要地位。人们总是谈论浪漫主义,但这是杀人犯的时代:"今日的罪行有一种特殊性质;它们不再是自然的罪行,而是小说的罪行;这是产生于连载小说的悲剧。人们从语言的虚假和被指控者的姿态,认出这些低级的罪行。拉塞内尔写诗,佩泰尔(一个公证人,杀死他的妻子的凶手)在一份报纸上写文章;人们想得到这些恶人的真迹;一直推进到让他们做出爱情表白。"在一个人丧失了崇高感的、幻想破灭和分裂的世纪中,文学失去了它的语言。这是最终的阴暗画面:"让人失

---

① 本雅曼·贡斯当(1767—1830):法国小说家、政治思想家,著有小说《阿道尔夫》(1816)、《赛西尔》(遗作),政治哲学著作《古代人的自由与现代人的自由》等。
② 勒梅尔西埃(1771—1840):法国作家、戏剧家,著有《哥伦布》(1809)、《查理大帝》(1816)。
③ 博纳尔(1754—1840):法国作家,捍卫旧制度,著有《民俗社会中政权和神权的理论》(1796)、《从单纯的理性之光出发对近代原始立法的思考》等。
④ 路易·菲利普(1773—1850):法国国王(1830—1848)。

第七章　英国的腐蚀性讽刺和德国的浪漫派

去永恒感,人永远也达不到他的天才可能升到的高度。在我们生活的时代,每一个五年都等于一个世纪;社会正在死亡,每十年再生一次。拿破仑将是这个正在消亡的旧世界最后的孤立的生存现象;什么也不再能上升到平等的社会,个体的尊严今后将被人类的尊严所代替。"拿破仑和夏多布里昂一起,是最后一个浪漫主义的英雄。

这和爱情小说有什么关系呢?情感激情或者肉欲激情的抑郁感,仿佛这种激情属于过去的时代或者属于防止生活痛苦和信念内在腐蚀的个体。阿达拉像兄弟一样爱着夏克塔斯,宁愿死也不愿和他结合。阿美莉(夏多布里昂把她姐姐吕西尔的特点给了她)和勒内保持一种近似,狂热地玩弄乱伦的界限。母亲或者姐妹或者想象的对象,这就是被爱的女人、**女气精**:"我缺少某样东西,"勒内说,"为了填满我生活的深渊。我走下山谷,我爬到山上,尽我愿望的全力呼唤未来女人的理想对象;我在风中拥抱她;我以为在河水的潺潺中听到她;一切都在这想象的幻象中。"勒内沉迷在自身之中,只能爱他自己的分泌物,即他的想象的产物。

本雅曼·贡斯当:对自身专一的爱

正因人们还能将本雅曼·贡斯当的感情虚构称之为爱情小说,它们把崇拜这种禁止爱情交流的自恋苦恼推到炫耀的地步。在他身上只能有爱情的吐露、感情的任性、激情的朦胧愿望、向往的冲动、偶然和机会的亲密。他的感情激进是他的被动的象征。

他的政治激进也是一样。他作为被迫的个人主义者,乐意被看作一个公共事务思想家,追逐各种思想和制度——从共和国到帝国,从拿破仑到复辟王朝——带着他追逐女人的同样胃口和同样的落空信念。人们有时赋予他的自由主义,只是他的自恋异化的一般和世俗观念的迻译。政治意识形态仍然是这样一本小说中的一章:他不断写作这部小说,他是小说唯一的主角,唯一的形象,被一些配角围绕着,他们负责将一些食品供应给他的无情的天才。

对文学来说,重要的是他越过装腔作势、献殷勤、他滥用的欺诈,他知道这一点。他有时想摆脱启蒙时代的人,继续以昆虫学的准确分析在暗中活动的浪漫派。他的爱情小说从最好的《阿道尔夫》开始,酷似经验汇报,其中的文字负责给贡斯当称之为**自由激情**所主宰的生活提供一种形式,因此是一种意义,这种生活也许只是对自身任性的屈从。自恋者的最高满足是宣称他不自恋。本雅曼在阿道尔夫的名字下,半高兴半难过地书写,就是说他终于决定选择。

对我们的兴趣来说,选择不是没有痛苦。《阿道尔夫》采取的书信体今后成为经典的虚构形式,但它打乱了俗套和编写艺术。有些阿道尔夫和艾莱诺尔交换的信,他们写给别人的信,他们写好后不寄出的信,他们藏起来的信,出版商叙述为什么要发表、而且在什么情况下他遇到作者的信。这些不同的角度使贡斯当展开了真相的各种彩虹,对他的奏鸣曲的各种阐释。他从内和从外观察自己,在吐露的时刻和隐瞒的伎俩中,在引诱的需要和伪装的愿望中,在爱情的长篇大论和毁灭性的静默中观察自己。

阿道尔夫和艾莱诺尔的爱情显然注定失败,受到恐惧的控制。从阿道尔夫感到爱情的最初标记起(更准确地说是"非常像爱情的一种激动"),他已经很难受,并预感到结局。他不能长久抵御,他只因必然给予和感受到的痛苦而迟疑着投入进去。但是,"当人们进入这条路上时,就只有选择痛苦了"。

说到底,阿道尔夫憎恶爱情,就像他憎恶社会一样。联结他的东西使他窒息,观看他的东西使他发愣,深入他体内的东西使他平庸,接触他的东西压抑着他,爱他的东西侵犯他和使他离开自己。他的不幸,尤其别人的不幸,是因为孤独使他不可忍受。当艾莱诺尔死时,阿道尔夫虽然战胜了眼泪、背叛和背弃,却甚至找不到平静。没有爱情,没有社会给他提供的镜子,阿道尔夫有名的自我,消融在他的信念的软弱中,在他的情感的不稳定中,在他的快乐的短暂和不能作决定之中。

本雅曼·贡斯当没有创造自传体的爱情小说,他做得更好。他终于使读者对一个没有性格的主人公感兴趣。他甚至把这种缺乏性格变成他的情节的悲剧动力。阿道尔夫不存在,他在摇晃。读者与主人公一起,被邀成为被这种静止运动引起的灾难的观众。

真正的文学创作在这里:在最混乱和最朦胧的思想(和内心思想)所运用的分析风格的准确中。再没有作者关于人物的观点,再没有叙述的轴心,叙述者在这叙述中至高无上地分配他的角色。作品被分成一面破碎的、无疑是不完全的镜子。主人公们、作者、出版商,每个人都提出一个被阴影和不确定事物分割的意象。每个读者都受到一种虚幻的召唤,编织他自己的假设,填满静默,考虑到真诚的冲动和隐瞒的策略。

夏多布里昂的抒情爆发出热情和活力、节奏和洪亮的音色,甚至作家在演奏颓丧这把小提琴时也是这样;贡斯当与他的抒情相反,给感情浪漫主义的调色板带来新的色彩。他远离美洲森林,远离它们色彩的快感,远离愿望的风暴,给灰色的细微差别、暗淡的颜色、苍白的反映、有节制的光彩以位置。也许可以提到浪漫主义的加尔文版本,夏多布里昂给浪漫主义带来了君主的和天主教的色彩。贡斯当的人物总是能够爱:不管爱多爱少。

《阿道尔夫》掺杂了贡斯当生平的两个情感插曲的因素:他把与沙洛特·德·阿当堡的经历称为"故事"的东西——他于1808年与这个年轻女人的婚姻和两年以后沙洛特的自杀——还有他和热尔曼娜·德·斯塔尔夫人无尽的联系,都称之为故事;无穷无尽是因为两个情人中的任何一个都容忍不了承认他的冷漠和失败。还不算在支持他们的共同政治野心的掩盖下,他们给情人争吵之外加上了情敌的忌妒。

德·斯塔尔夫人:情感小说的理论家

热尔曼娜·德·斯塔尔没有写过重要的爱情小说。她最好的小说《苔尔芬》(1802)和《柯丽娜》(1808)包含了爱情故事,但这是论说文,不过很有趣味,作者给它们穿上了小说的服装。这是讲道理的和推理的小说,感情是说出来的,而不是令人感到的。用米兰·昆德拉所喜欢的一种区分来说,德·斯塔尔夫人是一个比她的小说更机智灵巧的作家。

不过,平庸的艺术家是一个敏感的、深邃的、有文学修养的知识分子;一个她的思想的可怕代言人。否则,人们不会理解,为什么皇帝[1]和他的警察竭尽全力迫使她沉默。这使她的影响和荣誉更加增多。

她的幸福时刻尤其与1790年之前的两三年联系在一起。她的父亲、日内瓦的金融家雅克·奈克,在舆论的压力下被路易十六凯旋般地召回掌权。热尔曼娜对她的父亲怀有深深的爱和赞赏,在她的书信中以夸张的言辞表现出来。她当时20岁,刚刚和一个瑞典的大使馆随员结了婚;她也有一个情人纳尔博纳伯爵,她把他推到任职陆军大臣。她举办沙龙,写作剧本,发表一篇论《让-雅克·卢梭的著作和性格》的随笔。她充当聚集在她家中的自由贵族和宪政编纂者的联系人。她心情愉快,十分忙碌。她激起一股豪爽之情。《少年维特的烦恼》使她狂热;她靠近日内瓦的柯佩[2]的故居,给她宁静。她热烈地享受生活。她的生活的其余一切,标志着这些光辉年代的思乡情。

---

[1] 指拿破仑。
[2] 柯佩:瑞士城市,在莱蒙湖右岸;斯塔尔夫人的家离日内瓦14公里。

第七章 英国的腐蚀性讽刺和德国的浪漫派

然后是服丧、流亡、痛苦的决裂、失望的情绪、蔑视、阴谋、漂泊。她的书是她动乱生活和知识好奇的成果;这动乱使她发现了欧洲,这好奇对照各种思想和文学。她的《论想象》是第一次将小说建立在不同文化比较之上的理论思考。她阅读或者让人给她阅读德文、法文、意大利文、英文的著作。她指出,"爱情是小说主要的对象",但是"它只对青年起到影响"。然而,她拒绝将激情局限在爱情关系的范围内;正如她拒绝(而且始终拒绝)存在爱情的专有年龄。她打开趋向政治理想、社会反抗、精神愿望的激情之路,就像她在赞颂席勒一文中所写的,"对自由之爱,对妇女的尊敬,对美术的热情,对神圣的崇拜"。

甚至当她的判断被她的见解的华丽辞藻牵着走时,当她比如说对莫扎特的音乐充耳不闻、把它逐出"艺术的美妙范围"时,她学会了以不曾有的方式将激励着她的愿望和燃烧着她的感情联结起来。包括"肉欲的厄运",妇女是它的主要受害者(正如她的小说中所有的女性那样);还包括政治野心(即使对妇女来说,光荣只是"**幸福**光彩夺目的丧服");包括自由的宗教。

她不仅改变了爱情小说的阅读,还使法国人了解(尽管第一帝国有检查制度)欧洲其他地方的著述。她也把这些小说从一种忍受痛苦的奴役中解放出来。两个世纪以来,感情想象的作者通过不同的技巧,追逐美学上的认可。他们追求被认为属于**严肃的**艺术家和美文学的热情仆人。在《论德国》论及小说的一章中,热尔曼娜·德·斯塔尔让小说从这种义务中穿越而过:小说有责任追随它自身的**本性**,不多也不少。

"人们试图将诗歌、历史和哲学插入其中,更加注重这种样式;我觉得这是歪曲了它的性质。道德考虑和热烈的雄辩总能在小说中找到位置;但是,对情势的兴趣总是应当成为这种写作的头等动力,任何东西都不能充当这种作用。如果小说不能产生一种强烈的兴趣,就既不是一部好作品,也不是一部成功的虚构。在德国发表的大量爱情小说有点嘲弄月光、黄昏在山谷里回响的竖琴,总之轻轻地摇荡心灵的

155

所有著名方式；但是在我们身上有一种自然的禀性，喜爱这种容易的阅读，这种才能占有人们最终想与之斗争的禀性。"

热尔曼娜·德·斯塔尔写出对**罗曼司**的第一篇辩护词，罗曼司是"轻轻地摇荡心灵的机器"，是"浪漫爱情"的典范，在1800年已经过时和受到嘲笑，但今日仍然被吸收到对爱情的永恒表现中。

第八章
反对小说的浪漫传说

小说不是制造爱情的唯一处所。爱情故事是在社会的总体中产生和再现的。爱情关系根据某种数量的礼仪和规矩建立起来,这些礼仪和规矩安排人们共同的时间,带来每个人生活的流程。

规矩不仅起着代表社会生活条件的职责;它们的目的也在于保持和维持这些条件,让人将其作为**事物的本性**来接受。社会性的唯一话语,就像出现在礼仪中那样,是过去和将来的存在事物。爱情礼仪也是这样。

爱情或者情欲的**传说**,将爱情关系建立在一种起源上和基础上。这些故事建立了世界原初秩序、爱情等级、现存的社会状况、习惯和规矩之间的连续性。传说的主角不是个体,而是形象;他们处于时间之前的时间中。建立在人类的起源中。

爱情**故事**不切断与创始神话的联系;它们是原初的故事。比如在《睡美人》中,一个公主,15岁的年轻人,在纺织时弄伤了手指,陷入沉睡。一片茂密的森林随即在她沉睡的城堡周围生长而成。一个迷失在森林中的王子,克服了种种考验之后,终于穿越了躺着公主的房间;他拥抱她;她醒了,他们马上结合。事情可能到此为止,可是事情发生得这样快,年轻人来不及将婚礼通知他的家庭。每天,王子穿越森林,为了秘密地重新找到他的意中人。他们有两个孩子,在荒凉的隐居地把他们抚养长大。最后，王子对他母亲和盘托出。年轻夫妇终于回到父母的住地。

一切可能到此结束，可是，故事的**教训**没有完成；公主没有结束她的命运：此后，她要为幸福隐居的几年、脱离家庭习惯付出代价。王子出发去打仗，把他的家庭留给他的母亲去管理，他的母亲显出是个要吞噬她的孙儿孙女的吃人妖魔，然后责怪她非常诱人的媳妇。最后，可怕的婆婆被揭露了，被扔进蛇窟。一切结束得很圆满。

一切总是这样结束的，因为步入正道，指出爱情习俗的常规，道出这些习俗有助于克服障碍和违反它们带来的可怕危险，正是故事的作用。这些故事是有示范性的。

故事的人物没有经历；他们不知不觉地有一个要完成的命运。不知不觉：他们是扮演各种角色的演员——爱情等待、羞耻心的捍卫、征服、隐瞒、田园牧歌、婚姻联系——他们不是这些角色的作者。他们对自己发生的事没有任何能力。他们可以是人物，有社会责任和身体外表。他们甚至可以暂时有某种性格特点——王后是一个正直的女人，一个有爱心的母亲，直至变成一个吃人妖魔。但是他们永远不是个性化的人物。

故事的时间属于往昔，以自身来衡量。这就是帕斯卡尔·基尼亚尔所称作的**从前**。它和祖先的大链条相连。小说的时间总是现时，甚至叙事运用了其他口头时间。小说的现时是阅读的时间和起草的时间。

小说家不和传说和故事决裂。他们往往继续用特别的或者更迂回的、更秘密的、出于虚构的方式从中挖掘。但是随着小说的发展，小说家扩展他们的领域，时间不再不变，空间不再纯粹是装饰性的，人物放弃类同，变得是特例。小说题材不是存在，而是生活。传说也随之变成故事。

所谓**浪漫主义**是这样一个复杂的运动，它同时在于激发个体存在的独特性和主体的解放，又使这种生存自由凝结在传说的集合矿物体

第八章　反对小说的浪漫传说

中。要么提出对古代的、异教的或者宗教的传说的新解释,要么将古老的故事,如《特里斯当和伊瑟》神话化,要么从真实的故事出发,写出一系列故事和传说,用以围绕神话化的概念,像民族、人民、诗人创造集体的想象。爱情也包括其中。

在这个意义上,可以说,浪漫主义并不特指(无论如何:不单单是特指)思想和形式史中的一个时期,或者文学和艺术发展中的一个时段。浪漫主义文化没有一个可指定的**开端**;没有一个单一的民族如德国的、英国的或者法国的起源,可以多处观察到它或远或近的再现。

人们不知道是何种动力滋养着**浪漫主义的流动**,它灌溉着全欧洲,然后是美洲,直到至少第一次世界大战前夕。但是在这个时代,浪漫主义的意图仍然相当强烈,使巴雷斯①为首的"法兰西行动"的文学一翼围攻最轻微的浪漫主义芬芳,它被指责为削弱雄健的民族美德。它也没有明显的、可确定的时间或空间的起源,浪漫主义没有挥舞死亡证书。人们甚至可以说,埋葬它只是为了更好地宣布它的复活。它像强力胶一样粘住人物、姿态、景色、美学的片言只语、修辞、声音、节奏、意象的集合体。它追求艺术的最高峰,把艺术看作文化工业最刻板的生产,追求歌剧把它作为小曲。人们不加区别地谈论奥维德的浪漫主义和斯蒂芬·金的浪漫主义。

此后发生的事,一切就像浪漫主义表达了精神和敏感性普通的一面。说是它成为心灵的一种品质,也是肉体的一种品质。另外还存在被称作**浪漫派**的一些面貌;不过并没有确切知道是怎样的面貌服从准确的规则,或者它们的**浪漫主义**是否属于瞻仰这些规则的男女的敏感性。

浪漫主义就这样赢得了历史赌博,这次赌博在于使一种在欧洲产生的,反对启蒙时期的理性主义的文化现象,被看作是普遍的,或者更进一步被看作是自然的。资产阶级自认为是普天下的阶级,它的价值

---

① 巴雷斯(1862—1923):法国作家,著有《自我崇拜》三部曲。

和全人类的价值混同在一起；它甚至提出了超越一切地域和一切时代的**人权**。浪漫主义同时是一种心灵的权利。一种被人的理想主义勾画的一部分人性。

浪漫主义这个词本身的起源来自文学，特别来自所谓小说的文学样式，关于小说对这种取得胜利的意识形态产生的影响，已经说得很多了。**浪漫性**与**传奇性**是一对。凡是以小说应该使用传奇的方式激发想象的，就是浪漫的。浪漫主义赞美想象（创造、遐想、幻想、激动、迷醉、传说），作为对理性的、平庸的、现实有效的和平凡的纪录的解毒剂。

传奇性、浪漫性也反对**如画一般**，就像经文反对意象一样。如画一般是寻求通过运用视觉抓住想象；传奇性是想象本身，就像它在语言的运用中陈述出来的那样。

浪漫派作家几乎对叙事诗歌和传奇散文不作区分。他们都想成为诗人；难道这不是想表明他们反对散文化和前一世纪的实践道德吗？他们尽全力想消除这种道德。诗歌不是一个文学类别，甚至不是一种语言创造（有一种音乐的、绘画的诗歌，甚至有一种似乎属于事物本身，例如景色的诗歌）。诗歌是一种从属于对象（自然的和人工的，真实的和想象的，言语的或非言语的）的特性，人们将唤起**诗意状态**的能力赋予它。一处景致，一处面貌，一次风暴能够被称作诗意的，给人衡量出转换能力的过渡：外部世界对内部世界的完全从属，词语对它们被看作描绘和替代的现实的绝对控制。这是文学的绝对控制。

人们也会懂得，借口与几何思维的枯燥决裂，愉快地游弋在模糊、朦胧、模棱两可和不确定中。诗意状态可以从轻微的迷醉转到 delirium tremens① 最狂热的表现。文学的控制只能在理性的奴役下建立

---

① 拉丁文，震颤性谵妄。

起来。

爱情小说显然没有脱离这种诗意化。浪漫主义时代的情感文学甚至要进行这种革命，就是在爱情关系的中心建立**诗意的情感**。今日仍然是这样，以致要让人相信，爱情在最深刻和最真实的表现方面，是一种浪漫感情，一种迷人想象，使之避免现实的致命伤害是合适的。

浪漫派作家创造了一种爱情典型，他们以传说的历史转换方式使人接受。如果以往小说中的情侣感受到今日小说中情侣一样的压力，难道不是证明，存在一种爱情本质，一种爱情本性，历史只带来局部的地方性的变化吗？如果**浪漫主义的爱情**的老一套，至今仍然控制着小说、电影和行为的规则，暂时消失在更现代化的形式后面，只是为了更好地重新确定它们激动人的能力，难道这不是因为我们一旦恋爱，说到底都是浪漫的吗？而且在浪漫主义出现之前，人们已经是那样的吗？

浪漫主义是不是人的一种品质，处处都可以观察到不同的程度，像影子一样，分布在周围的人和事物之上呢？为了可以确定这一点，当时的作家不得不把人的现实一分为二。有一种历史的、肉体的、可见的人，其生活方式、物质文明、集体机构，甚至思想范围，都要服从改变的法则，也即服从衰退和死亡的控制。然后有一种非物质的人，受到按方法、思想、心灵、美感和一切表现为爱情最高程度的永恒现实命名的东西所激励。

欧洲从18世纪最后十年开始所经历的巨大事件，打乱了随后的人历代相传的视野。他们第一次感到自身是**历史的**。祖先从遥远的地方对他们说话。

布封以出色的语言叙述大自然的历史，这是与列王的故事不一样的庄严故事，比旧约的想象更加神奇。这就是把法国大革命叙述成历史上的一件大灾难，或者像神灵愤怒的一次爆发。历史出现在各方面，包括小说、诗歌、报纸、戏剧舞台、学者讲话和神甫的讲道中。但这是一种排除历史的历史：为了将历史变成一小段永恒，为了将历史屈从于诗歌的控制。

浪漫派作家,特别是小说家所从事的、对描写爱情的文学和中世纪的重新书写,是一个穿越这种文学**革命**的矛盾的明显例子。

这确实关系到一次革命。目的在于推翻以往的文学秩序,文学的旧制度。这个决裂的意象被大家接受和通过,甚至是那些最敌视法国大革命和欧洲政治与军事后果的人。君主制复辟的旗手夏多布里昂;年轻的雨果,那时他冲击文坛;年轻的拉马丁①,直到波旁王朝垮台为止,很晚才转向自由派、然后是共和派;维尼,整个一生;他们都宣扬坚定的、反对革命的信念,他们以此结合文学革命,他们感到负有这个使命。政治保守伴随着文化的先锋主义。诗歌的任务是向该诅咒的理性瘟疫开战,抵消它作为启迪者的罪行,给启蒙时代企图扼杀的一切东西以再生,包括宗教信仰、权力和社会秩序的神圣性、超自然对哲学的枯燥与贫乏的优越性。诗歌是一种神圣职业。新时代的作家同时是术士、先知、往昔的歌手,他要尽全力重新找到被精神颓废的世纪所割断的绳索:

"但是,啊,没落!我们时代是什么干旱的风/使花朵凋谢。什么!厄克利德②沉重的圆规/扼杀了我们迷人的艺术!/心灵和天才的冲动!盘算的冰冷怪癖/在我们父辈身上代替你/他们将衡量自然的冰冷手指/压在自然上面,/自然变得冰冷!……民众啊!因你父辈的罪行/上天惩罚你的子孙/世世代代的惩罚/将压抑他们的后代!直到一只慈悲的手/恢复雄伟的建筑/大地通过这建筑触到天庭,/但愿热情和祈祷消除污秽的灰尘/这灰尘盖住了天神的形象。"(拉马丁,《给法国人的颂歌》,1817年10月)

在法国以外,浪漫派以不同方式叙述革命事件和古典文学秩序的毁灭。年轻的德国资产者在歌德之后,要么是在他后面,创造了第一

---

① 拉马丁(1790—1869):法国浪漫派诗人,著有《沉思集》(1820)、《诗与宗教和谐集》(1830)等,曾任1848年后建立的第二共和国的外交部部长,临时政府的实际首脑。
② 厄克利德:公元前3世纪的希腊数学家,亚历山大数学派的创立者。

个真正的浪漫派,使之反对启蒙时代的法国理性,但也反对德国贵族,它被指责模仿法国式的文明,背叛日耳曼民族的性格和祖先的品德。费希特和奥古斯特·施莱格尔的浪漫派门徒一度是使欧洲的老王们下跪的拿破仑的赞赏者,他们以德国民族主义的名义联合起来反对拿破仑。他们要求自由,梦想日耳曼化。

沃尔特·司各特的爱情恐惧

在英国,分化的界限仍然不同。浪漫主义随着柯勒律治①和华兹华斯的《抒情歌谣集》出现在18世纪的最后几年,而匹特②已经向革命思想宣战。新一代作家不参加反法运动;他们指责自身社会的文化和社会准则,指责它的物质思虑的狭隘、它的道德准则的假冒伪善和自私。即使华兹华斯在青年时代还歌唱法国:"那里的人性似乎具有新生",拿破仑的暴虐不允许下一代,即拜伦、雪莱和济慈的一代保持同样的幻想。至于沃尔特·司各特,他创造了历史小说,以便更好地离开他的时代的历史。他的小说谈论一个永远不再存在的世界和英雄。残存的唯有风景。司各特笔下中世纪的苏格兰,是一个文学要改变成传说的历史梦想。

沃尔特·司各特先是翻译歌德的作品,搜集故乡的农民咏唱的歌谣,继而开始诗人的生涯。当他开始以吟游诗人的声调和色彩写作叙事诗时,他获得了名声。但是,当他确实缺少经纪人时,他先是匿名发表苏格兰色彩的小说。马上获得成功,获得欧洲声誉。《艾凡赫》(1819)被各处翻译和模仿。在这些历史小说的情节中,爱情明显占据重要位置。它被用做情节的动力。这并不能使《威弗莱》《红酋罗伯》

---

① 柯勒律治(1772—1834):英国诗人、评论家,著有《抒情歌谣集》(与华兹华斯合作,1798)、《文学生涯》(1817)。

② 匹特(1759—1806):英国政治家。

或者《昆丁·达沃德》同样成为爱情小说。甚至《拉梅莫尔的未婚妻》将《罗密欧与朱丽叶》的戏剧情节移到苏格兰的迷雾中，与其说是一部**环境**小说，不如说是谈到一点爱情的小说。

两个年轻人拉文斯沃德和吕茜·德·拉梅莫尔相爱。他们秘密订婚，因为他们的家庭是仇敌。吕茜的母亲阿斯通夫人让女儿相信，她的情人把她抛弃了，逼迫她嫁给另一个领主。拉文斯沃德正好在婚礼举行后返回，挑起与吕茜的丈夫和兄弟的决斗。但是吕茜手刃了她的丈夫，发了疯，不久死去。至于拉文斯沃德，在他的对手们的追逐下，他在海滩上驰骋，没入流沙中。这一切从头到尾在阴郁的背景中进行，这种背景堪与刘易斯①、安娜·拉德克利夫或者玛丽·雪莱②的哥特小说媲美，在他们的小说中，病态的标记、精神错乱的场面、超自然事物的出现，间以滑稽的场面或者闹剧的因素，仿佛为了表明司各特的小说与莎士比亚式的戏剧性的联系。

《拉梅莫尔的未婚妻》将读者投入到暴力与死亡的恐怖中。在爱情经验中，令司各特感兴趣的是结局的灾祸，把他的主人公们投入到垮台的灾难，在血泊、疯狂、流沙中埋葬，他的受害者像践约一样生活在其中。他甚至不寻求把他的读者拖往可能获得幸福的幻想一边。从作品的开头几页起，必然的出路已经全部道明；一个术士宣布疯狂和罪行的时代来临，就像《麦克白》的女巫所做的那样。两个年轻人的激情甚至不需要得到满足。他们只消相爱，让死亡不请自来。

爱情和暴死的联系，当然不是浪漫派小说家创造的。死亡激情、爱情的**命运**的题材，是几乎在一切地方和一切时代都找得到的一种象征。但是它的意义改变了。

在沃尔特·司各特写作的时代，他的同时代人、德国人、英国人、特别是意大利人，给《特里斯当和伊瑟》的欧洲古老传说以新生命，成

---

① 刘易斯(1775—1818)：英国小说家、戏剧家、诗人，著有哥特小说《城堡的幽灵》(1796)。
② 玛丽·雪莱(1797—1851)：诗人雪莱的妻子，写作哥特小说，著有《弗兰肯斯坦》(1818)。

功地以浪漫主义的色彩,截然不同于托马斯①或者贝鲁尔②的色彩,重新描绘这个传说。1850年左右,在理查·瓦格纳③解放出一个新信息之前,特里斯当和伊瑟经历非常纯洁和非常完美的爱情,只能在他们互相赴死之中,才能充分完成。

司各特没有上升到这些思辨的高峰。他喜欢以他在农村寻找到的苏格兰古老传说的方式,描绘使人梦想、战栗和震颤的故事。浪漫派的读者需要故事和历史。他们所过的生活没有带给他们这些;生活使他们失望。他们自己的历史,他们正在报纸中发现,他们觉得是令人厌烦的,又是没有前景的。他们取得了反对大革命和第一帝国的法国的战争胜利,这个胜利似乎是在梦中获得的。历史的需要是对现时的静止不动的抗议,一切仿佛是对死亡的迷恋。

爱情、激动和病态

爱情小说没有避开狂热激动和病态爆发的双重变化。在1815至1830年期间,即使它们的作者没有始终把他们的声誉留在正式的文学史中,但他们接触到范围最广的读者,把他们的浪漫主义爱情规则宣扬到社会中。托马斯·康贝尔④(《维奥明的格特鲁德》)、托马斯·莫尔⑤(《拉拉·罗克》)的情感故事或者罗伯特·苏蒂⑥的东方小说的诗化或者散文,就像拜伦、柯勒律治或者雪莱的诗篇一样深深感染了英国读者的情感。

爱情自然而然与血和死联结起来。自杀或者被逼死去。不再像

---

① 托马斯:约写于1172至1175年的《特里斯当和伊瑟》的残篇有3 000行。
② 贝鲁尔:约写于1180年的《特里斯当和伊瑟》的残篇有4 485行。
③ 理查·瓦格纳(1813—1883):德国作曲家,他于1865年将《特里斯当和伊瑟》改编成歌剧。
④ 托马斯·康贝尔(1777—1884):英国诗人、文学批评家。
⑤ 托马斯·莫尔(1779—1852):爱尔兰诗人。
⑥ 罗伯特·苏蒂(1774—1843):英国诗人。

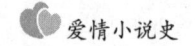

《克莱夫王妃》中那样默默地日趋衰竭,为了逃避禁忌的或被谴责的欲望屈辱。更不再像在典雅爱情中那样,在男性残酷的比武中面对对手,以证明自己爱情的价值。致命的爱情大量追求自杀(从《少年维特的烦恼》开始)、下毒、使用匕首、恐吓、犯罪。它的暴烈只是被掩盖了;它惹人注目,它以场面展现出来,它显示痛苦最具有戏剧性的标志:面目全非、牵肠挂肚、腿软不支。身体表现出撕心裂肺的痛苦是恰当的。

浪漫主义是**精彩纷呈的**。人们不断地谈到心灵和头脑,不让它的悟性和敏感的自由封闭在理性、算计和物质的狭窄疆域中,而是要更好地将内心生活的可见标志呈现在他人的目光下,仿佛不显现心灵的伤痕,就有埋没心灵的危险。

人们不写小说,而是组织场景。让-雅克·卢梭开始展示他的内心秘密,公之于读者群,革命后的新一代确定了个性和特殊性取得胜利的自主,把它组织成戏剧,它同时是剧本的演员、主角、作者、布景师和乐师。对孤独的自豪确定从来没有这样期待人们的注视。

将孤独提升到绝对价值的地位,并没有形成爱情关系。当**他人**被当作整个可感现实的起源时,爱他人是困难的。由此产生了浪漫派小说家倾向于建立在缺乏、服丧、禁忌、遗憾的特殊形式下的情感关系。爱情从来没有在分离中表现得更好。它的完美表现会成为它的谴责,使人落入平庸生活的灰暗地狱和没有**诗意**的世界的忧郁中。完美的爱情不是重新找到的一致,而是失去的完美和对诗意使命的背叛。

霍夫曼:天使的朦胧美

恩纳斯特·泰奥多尔·阿马德斯·霍夫曼尤其以奇异的鬼怪故事闻名,故事中麇集魔鬼、分身的人物、气精般的美妙形象,讽刺和嘲弄的光彩把他们分散开来。这个有多种才能的人、画家、歌剧作曲家、作品多得惊人的作家,也是一个将爱情梦想的悲剧愿望推得更远、有

第八章　反对小说的浪漫传说

时达到疯狂程度的小说家。甚至于会牺牲自己的幸福。霍夫曼似乎只是为了更好地描绘才接受对爱情的牺牲。

他过的是普鲁士的行政机构中的官僚生活,以有产阶级的方式和他的一个最遵守习俗的表妹订了婚;他忧郁得要命,他喝酒。1804年——他30岁——他解除了婚约,和一个年轻的波兰女子结婚,他把她叫做米莎。他们有一个女儿塞西尔,她两岁时夭折了。拿破仑对普鲁士的胜利毁了他的生涯和财产。他教音乐。1808年,他爱上了一个很年轻的学生,他教她音乐和唱歌。她叫朱丽娅·马克,有一副天使般的嗓子。他在自己的笔记本上把她称作卡珍,这是克莱斯特笔下一个女主人公的名字。有时,他迟疑着在他的生活中这位年轻姑娘的位置。比如,他写道,卡珍,"我们生活在她身上,我们就在她身上"。然后他把卡珍的名字划去,用 Kunst 即艺术来代替。对朱丽娅的爱同对艺术的爱发生冲突。这是激烈的冲突,在人间幸福的希望和精神命运的信念之间的痛苦斗争。卡珍消融在她产生的美的欲望中。

在他的一个故事《耶稣会士的教堂》里,霍夫曼叙述画家贝托尔德的故事。这个艺术家有一个完美的、过于完美的妻子:贝尔托德指责她"借取了美的卓绝特点来毁掉他"。他杀死她,这样重新找到灵感。霍夫曼,他,牺牲了朱丽娅。当年轻的姑娘厌倦了被她的老师矛盾的愿望所折磨,和一个忧郁的公证人结婚时,作家不隐藏自己松了一口气。卡珍最后可以进入他的小说和故事的爱情梦想中。她今后存在于他身上,准备屈从于他的想象;她是"理想的安琪儿,平静地歇息在我的心中,就像一个未被探索的、甜蜜的秘密。如今她像纯净的天火喷发出来,照亮和不会耗尽地重新加热一切热情,以及在心灵的最秘密处孕育的、高等生活难以形容的一切幸福。头脑伸展出千百根震颤着欲望的天线,在出现的天线周围织网,这网属于欲望——又永远不属于它!因为思乡的渴望永不枯竭。是它钟爱这种渴望,预感变成活生生的形式,这形式从艺术家的心灵中像光芒一样升起。这心灵是歌曲、画幅、诗歌"。霍夫曼还写道,这爱之于真实的爱,正如音乐之于嘈杂声。

安琪儿朱丽娅今后和霍夫曼的梦想混合起来,可以生活在叙事的想象中。彭堡的小歌女产生了《金罐》,安顿了《雄猫穆尔》,在一部中篇里写出布兰比亚公主的特点,波德莱尔写道,这部小说是霍夫曼的杰作。

《布兰比亚公主》发表于1820年,副标题是"卡普里乔",参考了戏剧的魔法和意大利的魔术。霍夫曼在小说中以一种仿佛嘲弄一切叙事逻辑的想象,叙述了一个女裁缝贾辛塔和一个演员吉格利奥的爱情,他拥有在舞台上扮演王子和骑士的才能。贾辛塔缝制和刺绣一个公主的衣服——是一个真正的还是戏中的公主,这并不重要。漂亮的缝纫女工具有贵妇的打扮,这足以使她梦想得到一个王子的爱情。

至于吉格利奥,他坐在 corso① 上,加入一队快乐的、滑稽的随从,伴随着公主布兰比亚,他随即疯狂地爱上了她,虽然他只匆匆地、模糊地瞥见她一面。吉格利奥和贾辛塔的爱情合情合理地进展得不妙,尤其作为完美的演员,他们卷入了最荒唐的传奇冒险,另外,他们脱离现实,使他们在日常生活中感到烦恼,他们是通过想象的怪念头过着这种生活的。可是,他们虽然彼此远离,但在他们的幻想中这样紧张地同时怀有的激情,使他们了解到和分享爱情生活最高形式的存在。至少他们是这样想象的,因为在霍夫曼的想象让我们感受到的跳跃中,很难分清严肃和讽刺、雄辩和嘲笑、深刻的真实和雕琢的谎言。在《布兰比亚公主》的结尾,两个主人公承认从来没有抓住扮演"在真正的玩笑中产生的"角色所体现的深广爱情。爱情梦想是爱情唯一可触知的真实,"美妙的、光闪闪的镜子",里面反映了"存在的奥秘"。只有想象的丰富,幻想的华丽装饰,幽默的多变,梦想的创造,能够照亮"思想的阴暗画室",防止情侣陷入"欲望的无底海洋",他们的感情只能在这海洋中消失。吉格利奥给予想象的布兰比亚公主的疯狂爱情,没有

---

① 意大利文,彩车。

使他远离贾辛塔,正相反,它使他深入到年轻的缝纫女工最隐秘的内心,即她的愿望的源泉、她的激情的形式、她的心灵的深广,所有这些东西是社会习俗不让少女吐露的。这使得贾辛塔给了她的追求者几记耳光,作为他给不可比拟的布兰比亚所作的美妙肖像的报偿。

霍夫曼出色的嬉笑,他玩世不恭的笑声,他运用叙事形式和色彩的美妙技巧,有三四种变化手法的魅力,现实和幻想嵌入其中,这一切给不疲倦的故事家的爱情想象一种魅力,使人忘记了凄苦的、持久的底色:爱情的迷醉只是想象的纯粹果实,除非它只是本能的骗人外衣。爱情在别的地方,在这意象的天空中,朱丽娅·马克在一切心灵创伤的掩护下,在霍夫曼讽刺的笑声的掩护下,永远属于她的音乐老师。

爱情小说中笑的插入,不完全是一种小说的创造;更不是美和怪异的混合。莎士比亚的经验由浪漫派叙述为一种信念条例。时代培育了对比,并不考虑可能出现的趣味错误。这个世纪的孩子在他们的父母梦想和谐的准确限度内培育过度。他们的笑只是讽刺的或者仅仅是快乐的批评。他们更喜欢巨大、滑稽、闹剧。激动不管是喜剧性的还是悲剧性的,都应该抓住读者的神经。哪怕让人把爱情也看作一种精神病。

这种浪漫的歇斯底里,作家们很快发现了局限。他们冒着**达到饱和**的危险;他们受到竞相许诺、印象和表现的美学混合的觊觎。没有距离就没有艺术,没有感情的时间距离,就没有爱情小说。这种后退,这种距离,这种空缺,是读者能够钻进去的位置。小说也许和诗歌不同,它将读者纳入书写中;它只和读者一起存在。它使一个社会圈子出现。

小说有社会性,即使它执着于解开这些联系:激情、冲动、欲望、野性、自我毅力,它们在**本性**的作用下,联结团体、家庭、宗派、阶级。所有这些力量都是浪漫主义革命想予以解放的。对疯狂的颂扬,哥特小说的怪诞,对暴力和病态的极端进行夸张的追求,躲藏到被认为更接受原始本性的、往昔的想象,呼唤想象和梦想的力量,以便更好地摆脱真实的束缚,将传奇散文诗意化,这一切道出的是同样的困难:让情感的混乱进入阅读的次序中,进入小说的圈子中。

乡村生活在笼罩城市的超社会性和对自然的原始性的融合之间,提供了一个中间地域;这自然就像夏多布里昂有魔力的散文,达到音乐般的抽象所描绘的那样。乡村,尤其是激起了城市读者的思乡(和恐惧)时,是特殊的领域:欲望赤裸裸的力量可以在其中汇合社会性的强大力量;冲动的自由可以在其中面向交换的需要。

当奥诺雷·德·巴尔扎克在 1835 年发表《幽谷百合》时,他把自己的小说放在《乡村生活》场景中。这个乡村在都兰,巴尔扎克的故乡,他童年和青少年产生激情的地方。都兰是幸福的意象。那里的大自然"令人心旷神怡。这美丽和甜蜜的地方使痛苦安睡,使激情苏醒。在这纯净的天空下,面对这晴光潋滟的水波,没有人会冷若冰霜"。都兰是激起欲望、令人快乐、受到本能的生之欢乐激励的地方。

巴尔扎克通过他的**乡村**小说,唤起他青年时代的激情。四分之一世纪之前,他结识了一个女人劳尔·德·伯尔尼,她比他大 23 岁。在一番抗拒之后,她同时成了他的情妇、他的女友、他的母亲、他的姐姐、他的保护人、他的读者、他的**明星**。后来,他离开了她,到城市去谋生,寻找社会权力和别的女人,尽管她们不是那么有吸引力。当他写作这部小说时,巴尔扎克刚刚遇到另外一个情人韩斯卡夫人。在同一时间,他也得知劳尔·德·伯尔尼得了重病。他写信给韩斯卡夫人,他以前的情妇"正恹恹死去"。他也写信告诉她,在垂死挣扎时,德·伯尔尼夫人"像一朵花那样垂下头,花蕊缀满了水"。她在 1836 年过世,太过疲累了,没有力气阅读巴尔扎克匆匆献给她的小说。

但《幽谷百合》并没有叙述年轻的巴尔扎克所受的情感教育。劳尔·德·伯尔尼变成了安德尔山谷的百合、美丽的伯爵夫人昂丽埃特·德·莫尔索夫,代价是情境改变了,巴尔扎克说,否则小说就没有力量。劳尔最终向年轻的奥诺雷的殷勤让步；德·莫尔索夫夫人会懂得对抗自己欲望的强烈；直到为此而死。在乡村风景使人心烦意乱的温馨中，社会约束对本性冲动的胜利，要付出衰老、背叛和躯体死亡的代价。在尝试过一切，接受了德·莫尔索夫夫人强加给他的无声而圣洁的激情以后，费利克斯·德·旺德奈斯任凭杜德莱夫人肉欲许诺的引诱，他以属于自身的满足来回报欲望。

这是否说，巴尔扎克是站在本性一边，站在反对过于完美的，也即在社会约束的限度内异化的、女主人公本能的生命力一边？事情显然更加复杂、更加模糊、更加难以确定。巴尔扎克是个太过着重描写现实的小说家，不会是一个纯粹的浪漫派。

小说由两封长短不一的信组成。第一封信几乎占据了整部小说，是费利克斯·德·旺德奈斯写的。就要结婚的年轻人，向他的未婚妻娜塔丽·德·马奈维尔承认了把他和品德高尚的德·莫尔索夫夫人联结起来的、柏拉图式的热烈爱情。第二封信非常短，充满讽刺意味，是娜塔丽的回信，她"为了完成她的未婚夫的爱情教育"，向他宣布放弃好不容易爱上他的荣耀："我事实上不会娶德·莫尔索夫夫人。"德·马奈维尔夫人拒绝带着一个幽灵的完美和美德的永恒回忆分享他的生活。她不是浪漫的；她写道，她是**法国人**。巴尔扎克将小说的最后几句话给了她，这是恋爱**艺术**的一个教训："如果你坚持待在世界上，享受女人的交际，那么就小心地向她们隐瞒你对我所说的一切；她们既不把爱情的花朵撒在岩石上，也不滥用她们的温存，用来包扎一颗有病的心。"

至于昂丽埃特，她硬是不让自己的圣洁一丝一毫造成她的激情的烧伤。她既没有纯洁的头脑，也不是一个讲道理的家庭的母亲、一个有想象力的情人，她的身体既不温热也不慵懒。她全身心以自己所有的感官和生命力去爱费利克斯，这正是她尊重自身，就是说将社会规范内心化作出牺牲的代价。

这也正是造成小说魅力之处。1834 年 8 月，在《幽谷百合》出版之前几个月,圣伯夫①发表了一部爱情小说,同样以自己的青年时代为灵感。巴尔扎克显然看过《情欲》;当时所有的批评都强调,《幽谷百合》的作者叙述的是一个和《情欲》过于相似的故事,使人不能不怀疑巴尔扎克从一个他憎恨的作家那里借取了题材。

巴尔扎克不隐瞒他看过《情欲》,留下了印象;他写信给韩斯卡夫人:"最近出版了一本非常美的书,对某些人来说,这种书往往写得很差、很弱、很拖沓、很冗长,大家都加以摈弃,我大胆地看过了,里面有一些很美的描写。这就是圣伯夫的《情欲》……是的,带着青年时代的幻想遇到第一个女人,是圣洁和神圣的事。不幸的是,在这本书中没有那种挑逗的笑料、那种自由、那种不谨慎,这些方面标志着法国的激情,这是一本清教徒的书。"

在《情欲》中,两个主人公德·库阿恩夫人和阿莫里相爱,互感不安,不肯让步,就像在《幽谷百合》中一样,但是,由于这对情侣对他们美妙的敏感性做出最精彩绝伦的展示,显示出像天香菜一样热辣辣的性感,他们的邂逅相遇倒不那么使读者激动。他们看来不怎么能抵御推动他们犯罪的不幸情感,倒是更加趋向耽于颓丧气质的柔弱,逃避身体的遥远召唤,只听从心灵的迟疑。圣伯夫超过了清教徒:爱情使他害怕,一旦爱情比感情的梦想更加深入他情感的梦想,就会使他疲倦。

《幽谷百合》中的费利克斯以青年人的尊重和神圣化的方式,深爱着德·莫尔索夫夫人。巴尔扎克表现了年轻人因爱上一个显出母亲形象而颤抖所感到的尴尬。由于欣赏和尊敬的作用,身体一时受到管束。但这是本性的粗野和欲望的活力同时孕育了爱情的赞赏,不让人投入其中。

巴尔扎克不是不知道,社会性的印记不会放过身体,它塑造身体。关于德·莫尔索夫夫人,他写道,她有一个体面女人的脚,这只脚很少走路,很快就疲倦,一旦伸出裙子,便受人注目。可是,这个"体面女

---

① 圣伯夫(1804—1869):法国批评家,始终贬低巴尔扎克,写过一部长篇《情欲》(1834)。

人",当年轻人想得到她时,便躲不过他们最初的迷恋。只要她和费利克斯在乡村生活、花园、河流、家庭幻想的平静思考中,一切便以最文明的方式度过。对年轻的费利克斯而言,昂丽埃特**就像一个母亲一样**;费利克斯假装忘却德·莫尔索夫夫人拥有一个性感的身体。这个家庭的母亲**如同处女**:一朵百合,一朵未受玷污、在山谷阴影重重的快意中闪光的花朵。

可是这样谨慎,这样小心,这样贞洁的伪装,都没有消除费利克斯和昂丽埃特之间第一次相遇的真相。他没有得到母亲的爱,模糊地决定自杀,费利克斯当时20来岁,在图尔参加一次迎接昂古莱姆公爵(未来的查理十世)路过的宴会。年轻人在舞会大厅里漫步,烦恼之极,躲在"一个角落里,待在没人坐的一条长凳的末端"。一个女人"把我看成一个孩子,在等待母亲的快乐中睡着了,她坐在我身旁,仿佛一只鸟儿落在它的巢上"。嗅觉的快意("一股女人的香味在我的心灵中闪光,有如东方的诗歌在闪光一样");视觉的快意("我通过她比通过节庆所感到的更加目眩神迷");最后是肉体的快意,使他"神魂颠倒":肩膀"有一颗心灵,我很想在上面打滚";胸部"圣洁地盖着一条纱巾,天蓝色的、完美地圆滚滚的两只球舒适地躺在一片花边上"。

这太令人赏心悦目了。年轻人恢复了原始野兽的本能,既是婴儿,又是吸血鬼:"在确定没有人看见我之后,我扑到这背上,就像一个孩子扑进母亲的怀里,我吻着这整片肩膀,我的头在上面滚动……我对自己感到羞耻。我变得迟钝了,品味着我刚偷走的苹果,我的嘴唇上保留着我渴望的、这血液的热量,毫不后悔,用目光注视这个从天而降的女人。"

巴尔扎克不担心别人责备他笔下人物的矛盾,这个人物感到羞耻,却毫不后悔,自己的行为使他惊讶,他发现了一种强烈的冲动、一股血腥味,他对此并不怀疑。费利克斯"被心灵强烈的、兴奋的第一次肉欲冲动抓住了",只能观察到自己变化的古怪:"我突然恋爱了,却不知道爱情是什么。"

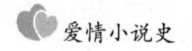

在这种肉体和感情的混合中，巴尔扎克打乱了浪漫爱情的准则。对爱情的这种接受所能产生的一切模糊、纯洁、宗教、非物质、梦幻的东西，同时被集中和归于一种爱情的青春，本身被描绘成一种对根源的思念：对巢穴、母亲的怀抱、吃苹果之前的天堂的怀念。直到他最终离开了都兰的**摇篮**，并放弃了德·莫尔索夫夫人和她圣洁的要求，费利克斯要生活在青春爱情、浪漫骚动的狂热和不完美中。他只有在背叛自己想爱上的女人时，才能摆脱出来。

至于昂丽埃特·德·莫尔索夫，她不肯向自己感到的激情让步，她甚至不肯承认这激情，宁愿死去，也不愿表达她强烈的忌妒，给他提供在费利克斯眼中女英雄的身份。她死后变成了不朽；她难以接近，她的存在纠缠着费利克斯；她把他送回到浪漫爱情的无所适从：同时处在青春的激烈和盲目的冲动中，以及在无限服丧的病态中。

但是昂丽埃特不再相信浪漫爱情的磨炼。当她不能再隐藏，费利克斯是因为杜德莱夫人这个"魔鬼"，才抛弃了她时，德·莫尔索夫夫人衡量作为一个安琪儿的错误。她死于拒绝费利克斯不得不在别人身上所寻找的东西，"她因秘密的恐惧而死亡"；她因牺牲自己的爱情，为了别人的幸福，也就是说，为了修整成精神完美的社会习俗而气愤难平。

费利克斯最后一次遇到了垂死的昂丽埃特。"你健壮有力，"她对他说，"在你身旁，生命具有传染性。"她有生命的最后一跳，确实，这是身体的最后一次反抗："她用双臂围绕住他的脖子，热烈地拥抱我，抱紧我，对我说：'你不再逃避我！我想得到爱'，我会像杜德莱夫人一样做出疯狂的举动！"为了让她沉默，人们缩短她的临终时刻，用鸦片烟雾把她包裹起来。

费利克斯总是一样盲目，总是一样悲哀，力图说服自己，德·莫尔索夫夫人发了疯，她昏了头，才会让自己的身体说话。"这不再是她，"他一再说，花朵是有责任的，绝妙的解释："因此，花朵引起了她的谵妄，她不是花朵的同谋。大地的爱情、授粉的节日、植物的抚弄，使他沉醉于它们的香气，无疑唤醒了从童年起就沉睡在她身上的、幸福爱情的想法。"

我们记得,整篇故事的恢复几乎是由费利克斯写出的,写给他应该娶的那个女人;费利克斯自恋地忠于浪漫派爱情小说的法规,一生都在驱逐真实的女人,为了更好地去爱一个难以接近的女人;费利克斯将一个他不能给予一个活生生的女人的东西,献给了一个死去的女人。

毫无疑问,巴尔扎克的思想接近费利克斯的思想。这个年轻人曾经是他;他经历过这个年轻人的战栗、口味、兴奋、雄心和怯懦。他深爱劳尔·德·伯尔尼,却不知道真正爱她。但巴尔扎克是小说家,小说家的文字摆脱了写作要承担阐明的理论,有时甚至违背理论。《幽谷百合》同时是放在坟上的一束野花和对生活兴味的一种赞美;是浪漫派崇高的、一幅虔诚的画,以及对身体的一种抗议,一种对幸福的颂扬。

相反的激情找到一个平衡点,不是中立化,而是没完没了地互相搏斗。这场没有胜利者的搏斗,是小说艺术生气勃勃的原则。巴尔扎克本人不知道他所写的东西有一个斜坡。他的**天才**部分在于这种不知情和在于巴尔扎克表明的信念。他是百合和采摘百合的手。他像浪漫派那样想象,作为小说家那样写作。

他不怕愚蠢,玩弄 pro domo[①] 辩护的可笑。他让费利克斯写出他想让韩斯卡夫人听到的话:"在痛苦和有病的心灵旁边,精英女人要扮演一种崇高的角色,就是修女给伤员包扎的角色,就是母亲原谅孩子的角色。不仅艺术家和大诗人要受苦:为了自己国家,为了民族的未来而生的人,扩大了他们激情和思想的圈子,往往给自身制造非常残酷的孤独。"

在巴尔扎克的作品中,一切,甚至艺术,甚至爱情,都回到对能耐的梦想。

---

① 拉丁文,为自己。

第九章

斯丹达尔和对欲望的热切书写

夏多布里昂是斯丹达尔的反面典型。《亨利·布吕拉尔的一生》的作者在他的日记中写道:"我绝对找不到像《耶路撒冷纪行》第二卷开头那样自恋、利己、平庸的爱和吹牛发出的恶臭。"斯丹达尔不能忍受心里想写**马儿**,却写成**骏马**。他甚至断言,出于对风格的反感,夏多布里昂差一点使《红与黑》写糟了:"正因此,多年以后,夏多布里昂先生和萨尔旺迪①先生的许多做作的句子,使我用一种过于不连贯的风格写作《红与黑》。真是大蠢事,因为再过20年,谁会想到这两位先生虚伪的连篇废话呢?而我,我把一张彩票投进箱子里,头奖缩减成这句话:1935 年被选上。"

当斯丹达尔在 1835 年左右写下这几行字时,《墓畔回忆录》的作者正处于他的浪漫主义荣耀的顶峰。这是否说,斯丹达尔反对自我崇拜,反对浪漫主义纳入自身资产阶级基因中的个人主义的鼓吹呢?对立既更灵活又更深入了。

这样,斯丹达尔将**自恋之王**的头衔给了夏多布里昂,就在他以《自恋回忆录》为书名描写自己的同一时期,他没有犹豫,虽然时间确实很短(写了 12 天才放弃);如果需要证据的话,这就是:他不把孤芳

---

① 萨尔旺迪(1795—1856):法国政治家,当过公共教育大臣和大使,主张建立立宪王朝。

自赏的探索和自传的书写看作毫无价值的、沾沾自喜的、骗人的活动。他着意写作一篇**真诚的**自恋,就是说"一种描绘人心的方式"。以最小的细节,包括最毫无意义的细节来试验,为了更好地给自己了解别人的机会。斯丹达尔以孟德斯鸠作为自己的参考;他本来可以选择蒙田。这离浪漫主义很远,却又很近,正如同一个钱币的另一面。

在《亨利·布吕拉尔的一生》的头几页中,斯丹达尔以第一人称单数写道,1832年10月16日早上,他待在罗马的雅尼库伦山①上。他眺望优美的景色,思考着罗马漫长的、出色的、悲壮的历史。对时间的思索引导他思考,再过三个月,他就满50岁了。"这个意外的发现一点儿没有激怒我……比我更伟大的人物也死了!我想,毕竟我没有虚度我的一生,而是很充实!啊!就是说,命运没有给我太多的不幸,因为说实在的,我支配过一点我的一生吗?我坐在圣彼得教堂的台阶上,在那里,我有一两个小时这样沉思:我快要50岁了,自我认识该是时候了。我过去怎样,现在怎样,说实话,我很难说……最后,夜晚的薄雾降临了,这告诉我,不一会儿,我会受到寒冷袭击,冷得非常难受,而且对身体不利,在这个地方,太阳落山后马上就会寒意袭来,最后,我从雅尼库伦山上下来了。我匆匆回到孔蒂宫(皮亚扎·弥涅尔瓦),我筋疲力尽。我穿着……英国白色长裤,我在皮带的内里写上:1832年10月16日,我快要50岁了,为了不让人明白,缩写成:J. vaisa voirla5。"

这个皮带和密码的故事是个谜,具有戏剧性的谜。斯丹达尔吸引人注意的是他写下**为了不让人明白**的方式。他脱下裤子,为的是秘密地写下一个令他烦乱不安的事实。可是,他写给谁呢?他决定给谁指出他隐藏着某样东西吗?如果有朝一日有人决定去看《亨利·布吕拉尔的一生》的这几页,那么他是谁呢?带着何种兴趣呢?"写作 my li-

---

① 雅尼库伦山:罗马旁边群山的总称,位于台伯尔河右岸。

fe① 的同样想法,说真的,1832 年以来我有过多次,但是我总是被用 Je 还是用 Moi② 的可怕困难吓倒了。这困难使人厌恶作者,我感到自己没有才能摆弄它。说实话,我毫无把握自己才能卓著,能让人看我的书。有时我感到写作很有乐趣,如此而已。"

斯丹达尔表明了浪漫主义的孤芳自赏,这种极度崇拜自我以致上升到生活的绝对标准的大部分矛盾:需要他者,需要被人看、被人阅读、被人爱,也许甚至被人明白。展示自我需要他者的目光;孤独的巨大景象要求有观众;他者的爱情是对尊重自身的真实的考验。

诚然,期望被大家阅读、爱和明白,包括所有的男女阅读者,这是危险的、不合时宜的、不真诚的。斯丹达尔只蔑视**迷人者**和那些以风格的做作、优美的修辞的吸引来包裹、化妆感情冲动的人。这离把他们看作文学的食品杂货商并不远了;或者就像悬挂着炫示自己的心,以便获取群众选票的政客。写作不应装饰感情的冲动,而应该在最赤裸裸和最原始的冲动中还原其真实,还应该使其矛盾、差异、犹豫、突然变化明晰可见,而不是使之维持在不明确或者膨胀的模棱两可和含糊不清之中。

如果这种真实不包含一个**漂亮的**句子,那么也无所谓;如果习惯于**崇高风格**的做作的读者,表现出对斯丹达尔的句子有时准确的、粗俗的、过火的枯涩不敏感,那么也无所谓:"我的母亲亨利艾特·加尼昂太太是一个迷人的女人,我爱我的母亲……我想吻遍我的母亲,希望她不穿衣服。她热烈地爱我,常常抱吻我,我带着火一般的热情还给她吻,以致她时常不得不走开。我的父亲过来打断我们亲吻时,我憎恨他。我总想吻她的脖子。大家记得,在我七岁的时候,由于难产,我失去了她。"如果 1830 年的**正直**读者感受到浪漫主义的醇酒和虚假的迷雾而陶醉,会在精心结构这段回忆的直射光面前后退,斯丹达尔

---

① 英文,我的一生。
② 法文,Je 是单数第一人称(我),Moi 是人称代词(用做主语)。

210 却断言对此不太过虑:"我有机会在1900年被我热爱的心灵阅读。"斯丹达尔不寻求**取悦人**,他想**被人爱**。

他尤其想爱。也许他能免去写作,但是如果他停止写作,生命会抛弃他。在他烦恼期间(往往是短暂的),他思索自己的爱情气质,考虑自己的情感,维持自己准确回忆的热情,上紧自传机器的发条,列出他爱过和**有过**的女人**数目**名单,在他看不清的长单子中,他插入许多短句,就像同样多用来阐明和确定不断涌现的感情和思想的光点。"同所有这些女人,还有其他几个女人在一起,我始终是个孩子;因此,我很少获得成功。但是反过来,她们非常热烈地关照我,让我留下使我迷恋的回忆。"爱情就像写作一样,是一种使人热情澎湃的事。在爱情中就像在写作中一样,毅力只对自身汇报,哪怕冒着失败、抛弃、不理解和嘲笑的危险。可是,如果仍然是**活生生的**,那又有什么关系呢?

小说不是**先验地**最适合于这种感情强烈的最好样式;小说的时间更加适于一个**展开的**故事缓慢的发展,适于叙述逻辑的规范发展,而不适于对思想和情感的展示难以确定的描绘;而斯丹达尔想抓住思想和情感的细微变化和不断颤动。诗歌总是更能搜集眼前的闪现,抓住活生生的东西来获取现时表现。但是斯丹达尔不相信诗歌(尤其是他那时代的诗歌)和造句的倾向,就是说不相信把应该自由喷射和倾注的东西注入文学语言的矿石中。他责备诗歌只有语言没有思想。

斯丹达尔创造他的读者

1819年,斯丹达尔致力于写一本书,为了说服玛蒂尔德·当布罗夫斯基,自己对她的爱情的忠诚。美丽的米拉内兹让他答应永远不再向她谈起爱情,而斯丹达尔为了遵守诺言,又不放弃激动,选择了运用
211 虚构的幕布;一张这样轻、这样透明的幕布,以致玛蒂尔德不可能不认出自己。

第九章　斯丹达尔和对欲望的热切书写

这本书暂时被称为**小说**；斯丹达尔在 11 月 4 日动手起草。经过四个小时的写作，他停了下来。小说虚构是一种过于粗俗的方法，让亨利·贝尔不对玛蒂尔德说话，更准确地说：对她说话而不让其他人听见；让她明白和感到不会损害她的爱情。如果玛蒂尔德在比昂卡**伯爵夫人**身上认不出自己；如果她在波洛斯基的名字（波兰化的偶像）下认出斯丹达尔，所有人，整个米兰的上流社会，所有蔑视他的**不谨慎**的意大利民族主义者，所有对他的自由思想感到不安的奥地利警察，同样会认出他。玛蒂尔德会感到羞辱，而贝尔会感到羞愧得要命。

小说刚刚动笔就结束了。斯丹达尔采用了另一种**掩饰方法**，就是写成意识形态的书。问题是让爱情的宣布、激情的吐露以及在一般思想几乎刻板的化装下欲望的忏悔、心思的陈述、精神的尝试、心理的专注——通过。对斯丹达尔来说，这也是克服两种文学障碍的方法："大量可怕的 Je 和 Moi"，它们充满自传叙述和必要的小说连续性。《论爱情》可以跳跃地进行，在科学外表的论说中插入色情的追忆，从暗示转到说知己话，从短小的格言转到对意大利和幸福的关系作离题的阐述，从分析转到招认和自我辩解的绝望辩护。斯丹达尔甚至把自己对女人的爱情和对平等的激情结合起来："承认对女人的完全平等，是文明最可靠的标志；这种承认会倍增人类的精神力量和幸福的机会。"

然而斯丹达尔知道，他会失去玛蒂尔德，如果她看了他的书，她不会原谅他。"必须让爱情消失，您的心将会带着可怕的撕裂痛苦，感受到它的逝去的脚步。"但是没有这种痛苦的潜在的接近，也就不可能有幸福。《论爱情》给自传打开了新领域。问题不在于作者要认识自己，而在于和几个精英读者分享在爱情经验中出现的各种各样的激动。这部自传中，**第一人称主语我**执着地被省略了元音。

爱情小说是让读者略去作者的另一种方式；作者的出现损害了阅读的兴趣。我们喜欢看寓言和小说，而不需要让作家使我们时刻记起这是他们的创作，是一种对他们的**自我**的表现，我们永远不会是这个自我,至多只会是他们的同谋观众或者消费者。我们喜欢故事,因为故事不需要把它们写出来;它们属于共同的记忆;这是由往昔存放的无名沉淀物。福楼拜会说,作家应该融化在他们叙述的故事中,以便遵守最大的中立,去面对面观察他们的人物以及人物发生的事。他要达到故事的客观。

浪漫派的爱情小说,尤其是它们的**通俗**版本(我们下文会谈到),夸大修辞方法,并且在夸张的意义上突出写作,相反却得到男女读者的热烈参与。但是这些方法却远远不能硬要创造它们的作者出现,相反,却建立在人为手法和老一套的受到限制和重复的范围内。这总是同样的故事,同样的景色,同样苍白的受苦的女主人公,同样有毅力的火热的男主人公。小说家的全部艺术在于综合已知的、受过检验的叙述因素,只给它们一个新颖的外表。乐趣在于有一个文本,在重复、庸见、共同情感的柔和舒适中支撑新颖的诱惑。

所谓**浪漫派的**(不管是否追求这种文学品质)爱情小说的巨大成功,建立在其创作者不断为情感老一套穿上翻新的服装的本领上。这些爱情 doxa[①] 的表现,构成胜利的欧洲资产阶级在 19 世纪制定的情感语法。这些小说对爱情丝毫没有创造什么;它们无限地增加爱情的幻想。

斯丹达尔与这种镜子游戏正好相反,在这类游戏中,作者寻求获得顾客的选票。斯丹达尔为写作的幸福而写作,就是说,为得到他热爱的读者阅读的幸福,为同等的人,为姐妹般的、真实而有潜力的心灵而写作。他创造他的读者;他加以选择,通过庸俗心灵永远不能通过的一定数量的考验和障碍去挑选读者。

他正好是**受诅咒作家**[②]、浪漫派神话的象征的反面。受诅咒的艺术家偏离市场的走红,因此偏离了创作者职业的专业训练必不可少的

---

① 希腊文,主张。
② 受诅咒作家:19 世纪下半叶的"颓废派"作家。

物质条件。受诅咒的作家表现出这种戏剧性的偏离：它处于艺术及其主管者的神圣化和文化生产的消费者的一般人性之间。受诅咒的艺术家阐明了在一个商品社会里天才的不幸，他的牺牲的悲剧性伟大以及他对整体和谐的决定性贡献。他的象征性光荣就是对他的贫困的社会补偿。

《阿尔芒丝》之谜

斯丹达尔没有把写作当成职业，至少更没有把发表当成职业。他不在意让人明白，或者看到他的**天才**被人承认。他甚至把不被人理解和拒绝自我解释当作第一部爱情小说的戏剧性动力，他是在1827年匿名发表了《阿尔芒丝》的。在这部小说中，一切都是秘密发展的。沉默、秘密状态、不公开承认，给小说投下一块幕布，作者小心不让它消失。《阿尔芒丝》没有交出谜的钥匙，主人公们是谜的牺牲品。

是否就像人们所写的那样——斯丹达尔本人也这样写——《阿尔芒丝》的作者正是出于过度的廉耻心和对社会礼仪的尊重，才选择隐瞒他的书的真正主题？难道是为了逃避查理十世①的警察维护宗教的检查？斯丹达尔让读者迷途的意图是明显的。他写了一篇序言，明显地想进一步让读者困惑。如同一个向导一心想让他所向导的人迷路。他假装只是采用了一个伪装的作者（他确定是一个上流社会的女人，他并不赞同她的**政治观点**）的形式，在序言中断定，"这个世纪是愁惨的，它有气，甚至发表一本小册子也必须对它小心谨慎，我已经对作者说过，这本小册子最多过半年就会被人遗忘，就像同类最好的书那样"。

迷惑人的策略取得成功，超越了一切期望：有几个这部小说的现

---

① 查理十世（1757—1836）：法国国王（1824—1830），由于施行取消报刊出版自由等政策，导致七月革命。他的垮台标志着波旁王朝统治的结束。

代读者从中只看到一个"怪异之处"。是什么古怪的病能够打击这个可怜的奥克塔夫·德·马利维尔,致使他所逃离的、他所爱的、她也爱他的女人最终同意嫁给他,却给他致命一击,乃至几天之后再自杀呢?由于不理解奥克塔夫的动机,大家丢下了阿尔芒丝:"我所有的朋友感到他可憎,"斯丹达尔确定说,"我呢,我感到他们粗暴。"《环球报》的评论家指责作者"在沙朗东①撷取他的人物"。斯丹达尔好几次试图点明折磨着奥克塔夫,最终导致他杀死阿尔芒丝的疾病。但是,由于不能全盘托出,他增加了幕布。奥克塔夫的失势对阿尔芒丝的情人来说是不能承认的,小说家也无法文雅地说出来,因此不得不围绕一种缺失建造他的小说。

这种缺失明显地使斯丹达尔感兴趣。《论爱情》的作者明白,推动爱情小说的一般动力始终这样或那样是爱情的无法实现;这样的无法实现推动了小说的发展,直至悲剧发生,或者使之演变成可能。有创造才能的斯丹达尔喜欢类型学,酷爱列出名单,设立方程式,乱画示意图。他设想定下一份不可能实现的所有爱情的名单,一份结果归于失败、破裂、悲剧和犯罪的所有情感结合的名单。爱情就是纯粹的生存幸福变成纯粹的不幸。

障碍的典型很容易被指出,它们在社会浓重的沉默中,在爱情毅力的自由扩张中自相矛盾。阶级、种族、教育、文化形成的不可能性;婚姻、政治、宗教、声誉、道德的障碍。来自任何地方的于连·索雷尔企图以某种狂热推倒的一切阻碍,直到牺牲他的野心,直到死去。在《阿尔芒丝》中,斯丹达尔在这些爱情受到阻碍的形象之外,再加上他认为最根本的、最秘密的、心照不宣受到最严密囚禁的、隐蔽的形象,并非处于社会的暴力中,而是处在病体的严峻中的形象。

小说有个副标题:1827 年一个巴黎沙龙的几个场景。准确的定位是骗人的,它把小说的读者引向编年史。有些人在《阿尔芒丝》中寻

---

① 沙朗东:以往疯人院所在地,位于巴黎西南边。

第九章　斯丹达尔和对欲望的热切书写

找失势、政治性和社会性的另一种形式的标志,冲往编年史的方向,奥克塔夫的疾病只不过是一种戏剧性的等同物。这个复辟时期沙龙圈子(斯丹达尔明显地以此消遣)可能是缺乏**权力**的一切功能。他所说的话可能只是闲聊,他的意愿可能只是一时的想法,他的勇气可能只是任性,他的明晰可能只是对临近的消逝的预见。

即便斯丹达尔会梦想成为莫里哀,或者成为他那个时代的拉布吕耶尔,即便他喜欢编年史的短小和短暂的文体,这种文体比小说更适于抓住一个不稳定的、失去方向的时代的痉挛、时尚、一时冲动和迷恋,《阿尔芒丝》的这种政治解读缺乏基本的东西:身体的介入,尤其是病体介入爱情小说的中心。肉体的衰弱标志着真正进入爱情的小说领域。伴随着这类小说,爱情作为一种疾病的古典隐喻,具有一种新的色彩,一种物质的、很快成为药物的实体。

19世纪被病体、传染病、破败和腐朽的纠缠笼罩着。社会思想本身模仿对这个病体和药物典范的分析:必须给它带来药物,这是为了企图延缓不可避免的颓败。政治斗争是治疗学家和外科医生关于病理学诊断,以及为了保证病人生存最好截肢进行争论的对抗。毫无疑问,必须比较科学医术蔚为奇观的进步在一百年中形成的幻景,而这种进步与旧制度垮台以来得到广泛赞同的、认为文明脆弱的观点相连。

但是斯丹达尔避免强调奥克塔夫的病。他虚幻地刻画这种病。在他之后,其他人不会有这种细腻感,而会在患重伤风的人的黏液和神经官能症患者的闲谈中寻找文献真实。斯丹达尔在小说中对"文献"的介入说过,"它能产生在一个音乐会中手枪一响的效果"。当然,对读者来说,不可能拒绝去注意这样的枪响,这是一种"缺乏雅致"的手法,作者是拒绝运用的。"我用不着取得庸俗的成功。"斯丹达尔要用增加缺失的形象来谈论恋爱者的躯体。

意大利的乌托邦

斯丹达尔在巴黎柯马丹街,从1838年11月4日至12月25日,用52天写作(口授)《帕尔马修道院》。这是一种即兴写作,因为"按照一个计划写令我心里冰凉"。斯丹达尔所喜欢的是开头、产生想法、第一阵冲动、推动笔杆并使想象振奋起来的新热情。这些时刻过去了,这突然涌现的幸福体验过了,就必须找到不断更新的方法,才能维持会苍白失色,以致熄灭的火焰。快速地、没有计划地写作,就像腾起一跃,这就给自己抓住活生生的瞬间的真实、感情准确和转眼即逝的细微处的一切机会。正因此,在斯丹达尔那里,有那么多刚刚起草又放弃的小说,有那么多马马虎虎的结局,有那么多被期待却用删节号代替的发展。写作表现出欲望之急,从出现到纠缠不休,**失败**、受挫、最后冷却的危险。

就像写作的愿望一样,爱情处于政治愿望、斯丹达尔的另一个梦想的另一端。野心和政治行动要求有计划、博学的建构、策略的起草、耐心的仔细的管理、实现细节的小心翼翼、热情和想象的合理节省。这是一种向真正目标展开的精力,所支撑的是深信**能够**使历史屈从。当斯丹达尔写作《帕尔马修道院》时,他放弃了自己的政治梦想。他刚放弃了写作《吕西安·娄凡》,这是他想把自己的小说创作归入当时的法国的最后努力。随着《帕尔马修道院》,他转向意大利,这是他征服幸福、美和自由的乌托邦之地,拿破仑的大军把意大利从奥地利的暴政和"花言巧语的专制"中解放出来。小说开始时是叙述1796年的米兰,那里笼罩着"疯狂的快乐、喜悦、欢愉、遗忘掉所有忧郁的或者仅仅是理智的情感"。甚至那些年老的米兰商人,年老的高利贷者,年老的公证人,在这个时期都忘记了"闷闷不乐和挣钱"。这个回顾的梦想,这段幸福爱情史,只存在短暂的时间。当法布利斯·德尔·堂戈的爱

第九章 斯丹达尔和对欲望的热切书写

情冒险开始时,这个年轻的意大利贵族奔往法国,他要为从爱尔巴岛返回的皇帝献出他的宝剑和生命。梦想在滑铁卢结束,法布利斯在那里遭到偷窃和污辱,受了伤,吃了败仗,既没看到也不明白欧洲的命运和历史行程的转折。政治幻想的第一副残酷的面孔:行动的意志,性格的勇敢,在集体的朦胧愿望的混沌中烟消云散了。

桑塞维利纳公爵夫人和莫斯卡伯爵所组成的一对,为政治失败的图景提供了第二道挡板。然而这两个人却有一切可能成功。莫斯卡是**大政治家**的形象,就像斯丹达尔所想象的那样,按照塔列朗①和梅特涅②的模样塑造。他具有广阔的历史眼光、文化知识、好奇心、独特性格,加以理解女人、男人和局势,对生活乐趣有公开的鉴赏力。他的情妇桑塞维利纳是年轻漂亮的寡妇,对自己的魅力和影响十拿九稳,将情人推到帕尔马的小暴君的首相位置上。她同他一起策划阴谋,为了防止国家不让反动势力返回,这些势力毅然决然要消灭革命带来的自由和快乐所留下的残迹。他们的灵活、决心、讲实际,往往推动他们造假,玩弄手腕,甚至暗杀,从而肯定导致失败,仿佛他们没有能力,畏首畏尾,或者没有理智。做出所有努力之后,他们看到米兰人民匍匐在可怜的小国君的塑像面前;他们看到"佞臣可笑的脸"的洋洋得意,这些佞臣唯一的能耐就是既不看卢梭,也不看伏尔泰的作品,却会同情地谈论君主的感冒。甚至当她忧郁得要命的时候,政治幻想仍然保留滑稽的狂热。莫斯卡即将恢复首相的职位,但此后毫无热情,目的只为了阻止不幸扩大。

法布利斯、吉娜、莫斯卡在政治活动中只寻求让他们之中最优秀的人出现。他们为别人,为拿破仑、意大利、人民、自由而进行的战斗,与激励着和鼓动着他们的、对自身的关切密不可分。在《帕尔马修道院》中,爱情似乎甚至不需要另一个的出现,以解除欲望、肉感和完结

---

① 塔列朗(1754—1836):法国政治家,三朝(大革命、拿破仑、波旁王朝)元老,狡猾诡诈。
② 梅特涅(1773—1839):奥地利政治家,敌视法国革命和拿破仑。

的全部负担。斯丹达尔所获得的叙述自由,让我们分享某种爱情的极度冲动,这种爱情永远不像在阻碍和禁止中那样完美。

另一位,那个被爱的女人,只有在每个狂热的情人怀有的爱情之中才真正地存在。在《帕尔马修道院》中,这对情人狂热地追求幸福。她只不过是爱情的自我的潜在扩张,这种扩张是主人公们展示的呼吸到更新鲜和更纯净的空气的机会。吉娜**本能地**喜欢她的侄子法布利斯,除了牺牲她的雄心和献给性爱祭坛的声誉,没有别的希望。她因被看作自己侄子的情妇而感到一种暗暗的骄傲。莫斯卡爱着桑塞维利纳,但是他的政治抱负尤其喜欢阴谋、诡计、鲜艳夺目和卓越的行动组成的灵巧而脆弱的网络,他的想象力应该创造出这些宽厚之极的行动来诱惑她,保存她,然后重新征服她,至少表面看来是如此。

至于法布利斯,众所周知,他从来不像在帕尔马的监狱的高塔中那样幸福和情意绵绵;上流社会制造阴谋让他逃出监狱。在城堡的孤独中,他有几秒钟**看到**监狱看守的女儿克莱莉亚就心满意足了,以便让爱情最强烈的激动在这个飞逝的形象周围形成结晶。黑夜里在远处摇曳不定的烛光,有着太阳般强烈的光芒。

《帕尔马修道院》的人物梦想他们的生活。梦想并不排除同现实、甚至同自身某种安排的妥协。当克莱莉亚在单身牢房里献身给法布利斯以后,却感到后悔时,向圣母许愿永远不再见到她的情人,她结了婚,后来在黑暗中遇到法布利斯,一心不让任何光照亮意中人的脸。现实毫不重要,玩弄话语就足以改变她和产生幻想。

克莱莉亚习惯于这类躲闪;为了要感到她不再存在,她只要躲开现实就够了。"法尔内兹的巨大方石"使她产生"忧郁的想法"?她想种"几棵橘子树,位于我的大鸟笼的窗下,不让我看到这堵大墙。……既然我认识他藏而不露的一个女人,我觉得更加丑恶"。

总是梦想。当法布利斯确信永远不会再见到他亲爱的克莱莉亚,出于对生活的厌烦,决定从事修道生活(就像于连·索雷尔一样),有助于他的姑妈和莫斯卡获得利益时,他当布道师取得的成功,

第九章　斯丹达尔和对欲望的热切书写

与他的"不幸相称：他的瘦削和磨损的衣服有助于他的成功，无例可循。在他的布道中，可以感到一种深深忧郁的芬芳，再加上他标致的面孔和他在宫廷得到高度宠爱的故事，夺走了所有女人的心"。所有人都热情洋溢地听信了外表的谎言。不久，向法布利斯忏悔的虔诚女士"设想，他曾经是拿破仑大军最勇敢的上尉之一。不久，这荒唐的事实就变成毫无疑问了。人们让人在他要去讲道的教堂里保留位置；穷人从清晨五点钟开始便争先恐后地在那里占好位置"。《帕尔马修道院》的人物不满足于梦想他们的生活，他们极度地体验他们的梦想，以致使之具有传染性，直至取消真实和**虚伪**、现实和小说之间的界限。

斯丹达尔写道，法布利斯梦想（"**想到**"，但这是一样的），他的讲道会吸引克莱莉亚到他讲道的教堂里来。他的小说家禀赋变得多样化了；他的诱惑欲望由源源不断的梦想而兴奋起来："突然，心醉神迷的听众发现，他的才能递增了；当他激动的时候，他允许自己产生一些意象，其大胆会使久经训练的演说家也为之战栗；有时，他忘乎所以，沉浸在浮想联翩之中，全体听众潸然泪下。"

法布利斯是个优秀的浪漫主义者，他让灵感给自己口述意象。灵感是遗忘自我、让最深沉的情感和最隐蔽的真相给人不安的方式，运用演说者的声音和作家之笔说话的结果。这也是斯丹达尔梦想征服读者激动的方式：使一切活动起来，让读者感到和叙述者直接交流，叙述者的心和他所讲故事的主人公的心同一节奏颤动。

斯丹达尔给爱情小说带来的巨大新颖之处，并不像重新发现他以来，人们一再重复的那样，进行著名的"心理分析"，他成了这方面的一种专家或者能手。确实，《论爱情》的作者设想自己是爱情关系的理论家。他的日记，他的自传文字，他的像知己话一样匆匆写下的想法，都充满了他在情感领域的"观点"和"概论"，一切，甚至政治，甚至戏剧，甚至音乐都汇聚到情感领域。往往在他的小说中，他大胆地介入，提出问题，设立定理，发布能制约"名为爱情的心灵疾病的不同阶段"的规则。他毫不迟疑地要求冷静和"科学家"的客观;这是他千百个妙招的一种。他把爱情设想为"相当复杂的几何学的一个图形",他竭力加以描绘,却不被人理解。

然而,只需靠近一点观察一下,就能看到这种一本正经的意图透露了他真正的性格:一种追求明晰的科学真理的天真激情,加上一种同样程度的怀疑主义,为了能够摆脱心灵的不断运动平稳的细微真实。斯丹达尔喜欢"在人心很少为人所知的领域"记述旅行的清晰而"优美的"描绘,而不喜欢爱情心理的概念。这种记述只有在作者把一部分(或许多的)自我融合进去,化合到故事中,对读者来说才会有兴趣。斯丹达尔的主人公的心理,就是他们有可能让读者通过他们去梦想。能提供这种可能性,只是因为斯丹达尔本人通过他的人物去梦想,在他们身上忘却自己。对我们来说,幸运的是,他既是"心理学家",又是风趣的人。但是,他很有兴趣让人相信这一点。

忘却自我,尤其对一个自恋的战斗实践家来说,是爱情能够导致的、崇高而可怕的过激态度。对作家来说,这也是摆脱"出色的"写作的约束和偏见的方法,以便让最大胆的"思想"、纠缠、幻想、不能承认的矛盾出现。忘却自我能让作家到处出现。正是斯丹达尔在每一个阶段,在每一个人物,在人物对自身的注视,在人物从他人眼睛俘获的反应中陪伴着我们。

不过还得感到自己是一个被斯丹达尔"选中"的读者。爱情小说要求以爱情的目光去阅读。"我不能创造奇迹,我不能给聋子耳朵,也不能给瞎子眼睛。因此,有钱而且非常快乐的人,在他们翻开这本书之前的一年里挣到了十万法郎,应该很快合上书,尤其是,如果他们是银行家、厂主、可敬的实业家,就是说思想极其务实的人。"斯丹达尔说,他是在对懂得"浪费时间"、对同意进入他的梦想的人说话。

"很难关于爱情写一本不是小说的书。"大家知道以往对小说所作的责备,就是把小说置于写作艺术的最低等,如果同意让它在文学中占有一席之地的话,这个位置不服从任何规则,力图用各种方法,包括

第九章 斯丹达尔和对欲望的热切书写

最容易的方法取悦人和让人感兴趣。斯丹达尔推翻了这个主张:小说家的自由尤其因为没有给他指点应该遵循的任何道路,以便达到征服、俘虏、持续地吸引男女读者,不断提供引起他们阅读欲望的目标,就要求有更多的才能、更多的毅力。他应该创造他的艺术,同时让人忘记他。

因此,他就很难结束他的小说。他只有三部小说:《阿尔芒丝》《红与黑》和《帕尔马修道院》是写完了的。由于不能更长久地给他梦想的锅炉供料,他放弃了其他小说的写作。当这种情况产生的时候,仿佛他不再愿意写下去了,仿佛他必须假装这样,仿佛他必须用拐杖使他的小说走下去。

当他开始感到他的"思想"竭尽,他对自我的梦想滑向厌倦和倦怠时,斯丹达尔便不可能坚持下去。他停止写作,或者他草草写一个结尾。拒绝拖下去带来的是要以他的欲望来偿还的代价。在《帕尔马修道院》中,他用三页打发掉他的主人公们。他杀死他们,把他们关闭起来,打发到远方,仿佛在讲一个再也与他无关的故事,或者在讲一个他不再去看的女人。他用不着费劲装样。当法布利斯和克莱莉亚越过一道小门,在黑暗中重逢时,为了庆贺他们的幸福,斯丹达尔进行干预了,敲响了小说结束的钟声:"这里,我们要求不说一句话,允许穿越三年的空间……在这三年神圣幸福过去之后,法布利斯的心灵柔情泛起,要改变一切。"泛起?不如说决定不再延长这种幸福,爱情小说对这幸福已严格地无话可说了。一切在几行字中不按常规进行。法布利斯让人劫走桑德里诺,他和克莱莉亚秘密爱情生下的孩子。孩子死了,克莱莉亚没有在孩子死后活下去,"但是,她在她朋友的怀里死去,充满柔情蜜意"……法布利斯辞去了他的大主教职务,写下遗嘱,隐居到帕尔马修道院,他在那里只过了一年便也撒手人寰。至于吉娜,成了莫斯卡伯爵夫人,安居在"伯爵为她建造的维尼亚诺这美轮美奂的宫里",她汇聚了"幸福的一切外表,但是她只在她热爱的法布利斯之后活了很短时间"。主人公们没有任何理由在使他们诞生的小说之后活下去。放弃——上场——也进入斯丹达尔朝他的 happy few① 展开的诱惑人的策略中。

当巴尔扎克在《巴黎生活》中写了一篇对《帕尔马修道院》的赞赏长文时,他写道,只差一点点这部小说便**完美无缺**了。只消修改一下对风格的疏忽,重建小说的大纲,以便使人物不那么粗疏地出现。也就是写成有点像巴尔扎克的小说。斯丹达尔被这意想不到的认可弄得很激动,以致他准备了一个《帕尔马修道院》修订本。"我不相信德·巴尔扎克先生夸张的赞扬,致力于修改这部小说的风格。"他决定灵活些,不再从一个句子跳到另一个句子,增加"几段风景描写",增添一点插曲,不让读者那么疲劳:"我相信看到了这种风格没有给予足够使人容易理解的细节,而让人的注意力疲劳。我觉得这种风格像塔西陀的法文译本一样使人疲倦。必须让它对 30 岁有才情的女人来说是易懂的,如果可能的话,甚至是有趣的。"

但是,随着他再看一遍这篇评论,人们感到他更加保留了,不想修改,以满足庸人的观点。他进一步鼓起勇气:"写得更加细致一些,但修改得少一些。"可是事实是他不再相信了:新修改的《帕尔马修道院》不会再像它了。它会变成只属于当时的一本书:"如果我们修改成那样,这些风景也许在 1900 年显得可笑。"

幸亏他没有修改。他不想冒险变得适合时尚,就是说变得老旧;他没有搅乱他的声音,让他的声音比他叙述的故事更加动人,和故事创造的阅读混同起来。

在爱情小说的故事中,斯丹达尔占据着突出一章的古怪位置,在这样式中是独一无二的,而且没有真正的继承者;即使今后要力图模仿他属于高雅,但也只是要抓住他习惯性的语言、方式、关注自我的爱虚荣的外表,在斯丹达尔的爱情类型学中,这些是最具有欺骗性的感情表现。

---

① 英文,幸福的少数人。

第九章　斯丹达尔和对欲望的热切书写

　　斯丹达尔虽然一无所有,却花掉他的一部分时间去一再立遗嘱。他死时还在梦想;他设想自己的朋友们在阅读他为自己所写的墓志铭时的评论,感到很有乐趣。他也为自己起了一大堆假名;莱奥托①举出 169 个,有些相当可笑,例如 Chr. de Cutendre 或者 Polybe Love-Puff②。斯丹达利(La Stendhalie)是一个完全乱糟糟的地方,那里,心脏和脑袋、身体和心灵既不同时行动,也不以同样速度行动。这是很美妙的。

---

① 莱奥托(1872—1956),法国作家,长期在《法兰西信使》秘书处工作,著有《今日诗人》及散文集多种。
② Chr. de Cutendre 和 Polybe Loue-Puff 均为无意义的拼音。

第十章

情感教育

19世纪在1830年后经历了文字印刷的一次真正的革命,这次革命遍及社会生活最日常化的实践,重塑了它的等级和价值。这种写作和阅读的文明散布开来,占据了大部分大陆,直至20世纪的最后三分之一,面对形象和屏幕的充斥,它才开始让出地盘。懂得写作和懂得阅读就像社会生活不可避免的短暂礼仪一样非此不可。写作和解读的至高无上,面对城市资产阶级的典范,确认和引起了乡村传统的文化解体,这是通过书写对口头文学的解体,通过书的象征占有导致行动和礼仪的解体。列维-斯特劳斯①在《热带的忧郁》中将书写的统治与政治的统治明确地联结在一起:"反对文盲的斗争和权力对公民的控制是混同的。"就是说,如果围绕这几年在旧文化和新文化之间扩展的战斗,进行时不是没有抵制的,没有社会阶级、地域、甚至性别之间不等的**渗透**。

比如,在18世纪扫除文盲的努力中,妇女往往不被考虑在内——人们记得,让-雅克·卢梭认为女孩子学会阅读是有害的,这会使她们有偏离她们的**天生责任**的危险——在19世纪,女人作为母亲和她们

---

① 列维-斯特劳斯(1908—2009):法国人种学家,著有《热带的忧郁》(1955)、《结构人类学》(1958)、《野性的思维》(1962)等。

的后代最初的教育者,变成了扫除文盲过程的头等重要的角色。只消一步便使阅读教学中的这种地位变成性别不同的标记。通过女人的声音和才干的传递,阅读能力和对书籍的兴趣,趋于变成妇女第二性别的特点。男孩子搞体育,女孩子阅读,今日,成见依然统治着文化实践。

1850年,拉马丁一身是债,发表了一部社会伦理小说《热纳维艾芙》(又名《一个女仆的故事》),这属于他的"文学苦役"。在序言中,拉马丁提到他在马赛附近遇到一个埃克斯-昂-普罗旺斯的年轻女裁缝,名叫蕾娜·加尔德。她在阅读《若瑟兰》①时,感动得潸然泪下,蕾娜向作者叙述,她很欣赏自己贫穷而孤独的生活,阅读给了她唯一的光芒。"阅读是我最大的乐趣,"她说,"仅次于向天主祈祷和为了服从上天法则而工作的乐趣。我黎明即起,缝纫到天黑,再也分不清黑线和白线,需要休息一下手指,关注一下自己的智力……必须会阅读,或者变成石头,瞧着四堵墙泛白,或者那两块在炉里燃烧的木头冒烟!"然而,蕾娜抱怨说,几乎没有为了老百姓的文学,除了《鲁滨逊漂流记》《圣徒传》《忒勒马科斯历险记》《保尔和薇吉妮》②。"必须阅读,却没有什么可看的。书籍是为别人写的……啊!什么时候会有一个给穷人看书的图书馆呢?谁能给我们发善心写一本书呢?"

拉马丁发现了出版商——这些成功书籍的新老板——曾几何时已经明白,出版一些适应不同顾客(真实的或假设的)需求的书很有必要。这是为年轻姑娘而写的书,为母亲、为工人、为办公室的雇员、为孩子、为乡下刚走出学校的青年而写的其他书。

这些书每本都有自己的方式,每本书都有自己的语言规则,它们满足与扫除文盲紧密相连的社会约束纲领:教育孩子,培育好基督徒,

---

① 《若瑟兰》:拉马丁的史诗,发表于1836年,描写大革命时期的一个爱情故事。
② 《忒勒马科斯历险记》是费纳龙(1651—1715,法国作家)的小说,根据荷马史诗改写而成;《保尔和薇吉妮》是贝纳丹·德·圣皮埃尔的小说,描写一对青梅竹马的青年的爱情悲剧。

第十章 情感教育

教授有用的知识,允许合法的消遣。

小说,特别是爱情小说,是这个书写占据统治地位的世纪受到热烈争论的主角。

别忘了任何强加的形式,这种形式能够谈论一切和什么也不谈,能够容纳各种各样的语言类型,小说不分类型,可以说是没有界限的文学样式,它胜过诗歌,是最适于刚出现的、出版商设法发现和满足需要的、书籍普及市场的产品。小说是娱乐、教育、向世界和道德建设开放在不同的组合中,彼此能够结合的共同领域。这个工具其诱惑力在最广泛的人口中太大了,不能不令人想到要阻遏它发展的潮流。小说是一种喷射,过去和现在的、物质和精神的、社会和道德的一切真实的面貌都能得到再现。它似乎描绘生活本身。没有任何领土,什么也似乎不能逃过它的控制。在法国,1840 至 1913 年之间书籍的出版增长了六倍,小说的出售增长了十倍。

爱情小说仍然是打上了消遣、散心和无所事事印记的文字产品。人们力图把它排除出严肃的图书室,作者们断言,只为得到金钱而写爱情小说。当乔治·桑投入写作职业,和她的情人于勒·桑多①一起写作时,她对自己的朋友沙尔·杜维尔奈说:"当我们获得相当大的进展,可以扇动我们自己的翅膀飞翔时,我把发表的全部荣誉让给他,如果有收益的话,我们平分。至于我,心灵笨拙,又讲实际,只有这一点诱惑着我。我入不敷出;我必须挣钱,或者必须开始节制。"

爱情小说的目的在于消遣,这是在无所事事时阅读的,首先是给女人,特别是给少女的一种产品,被证实的是,少女"情感多于思想"。给男孩的是有用的阅读,给少女的是为梦想和无聊提供的非常有限的娱乐。

---

① 于勒·桑多(1811—1883):法国作家,与乔治·桑合写《萝丝与布朗什》(1831),1833 年两人分手。

爱情小说是这样一种文学样式:它的社会目标是在少女的学习过程中安排情感教育。它的第一个效果是把寻求爱情写成空闲的少女和想成为空闲的妇女根本的,甚至是唯一的存在思虑。它把女性定义为多愁善感的性别。

因此,它自然而然成为女性作家在细腻、深入和准确方面能与她们的男性同事们匹敌的文学领域。即便许多女小说家,从乔治·桑到达尼埃尔·斯特恩①,仍然喜欢躲在男性的假名后面,给予她们的小说某种庄重的印记。

勃朗特姐妹:荒原和风雨的女王

1847年12月初,伦敦出版商托马斯·科特莱·纽比以三卷本的方式出版了两部小说:署名为爱丽丝·贝尔的《呼啸山庄》和署名为阿克顿·贝尔的《艾格尼丝·格雷》。几个星期之前,另一个伦敦的出版商乔治·穆雷·斯密思以微不足道的条件同意发表另一部小说,署名为科勒·贝尔的《简·爱》。前一年,三个贝尔选择了用自己的名字自费出版,一部诗集一年中只卖掉两册,暗暗地进入了文学界。

《简·爱》获得了成功:得到赞赏的评论,有戏剧家将其改编为戏剧,读者争购一版再版的重印本。对《呼啸山庄》的接受(在法国,1925年,译者弗雷德里克·德勒贝克以美妙的书名《呼啸高地》出版)则稍逊些。评论的语调严厉,表达的情感粗野激烈而失去方向。在她于1850年为新版的《呼啸山庄》所写的序言中,科勒·贝尔重新用了她的姓名夏洛蒂·勃朗特,自认为应该承认艾米莉的小说的缺点,以及可能引起最文明的读者阶层的反感方式,因而需要解释:"关于《呼啸

---

① 达尼埃尔·斯特恩:德·阿古伯爵夫人(1805—1876)的笔名,著有《共和国书信》(1848)、《1848年革命史》(1851—1853)、半自传体小说《纳利达》(1846);她是乔治·桑的密友。

第十章 情感教育

山庄》的粗俗,这是我承认的一个指责,因为我对此很敏感。它从头到尾是乡土气息的。它带着荒原色彩,野性,就像欧石南的根一样虬结多节……至于人物性格的刻画,我不得不承认,对生活在其中的农民的实际认识,几乎没有超过从修道院栅栏前面经过的农村修女。从气质上来说,我的妹妹缺少社会品性。"夏洛特现身说法,她就像一个技艺娴熟的艺术家一样,却没有任何对现实世界的经验。

艾米莉的小说,人们只知道这一部,以其粗俗打乱了既有的秩序。在法国,必须等待 40 多年,才印出第一个译本,书名再平淡不过,叫做《一个情人》,书上的广告封条强调作者的不大为人所知:"夏洛蒂·勃朗特的妹妹。"

相反,英国读者不是被《呼啸山庄》,而是被作者的大胆所吸引。当然,勃朗特一家戏剧性的传奇开始流行,把哈沃斯的牧师之家的房客变成了极其传奇的人物。勃朗特一家的生平比他们的书更加有名。

每家报纸根据读者的素质,叙述牧师帕特里克·勃朗特的四个孩子——三个女儿,一个儿子——激动人心、狂热而严峻的命运。孩子们的母亲早逝,两个姐姐玛丽亚 11 岁、伊丽莎白 10 岁,在几个月内便因肺病夭折。于是一家人围绕着父亲、他的图书室、他的广泛而严厉的教育封闭起来。于是,尚存的长女夏洛蒂(生于 1816 年)、帕特里克·布兰威尔(生于 1817 年)、艾米莉(生于 1818 年)和安妮(生于 1820 年),为了填补穷孩子的闲暇时光,非常年轻便一起开始写故事(模仿他们的英雄拜伦),故事里面塞满了歌曲和抒情诗。姑娘们试图离开家几次,找到一份女管家或者女家庭教师的工作,最终又匆匆返回原来的巢穴(或者饭桌),然而,帕特里克·布兰威尔为了过上"正常的"生活,经常酗酒、吸毒、寻花问柳,终至了结一生。

勃朗特姐妹和布兰威尔也从事绘画。布兰威尔甚至想过要从事绘画职业。他逐渐偏离了他的姐姐们的文学园地,姐妹们先是在一起发挥想象力,然后分开了,不过仍然在共同耕耘。

接下来进展得很快,就像一部草草完成的小说。夏洛蒂在 1847

年10月19日发表了《简·爱》；12月5日，艾米莉的《呼啸山庄》和安妮的《艾格尼丝·格雷》一起出版。1848年6月，安妮发表了第二部小说《怀尔德菲尔府的女房客》，有人想把它说成是科勒·贝尔的小说，因其"庸俗"而加以摈弃。9月24日，布兰威尔因哮喘和酒精中毒而去世。12月19日，轮到艾米莉，她得的是肺病，却一直拒绝治疗。五个月后，1849年5月28日，肺病又夺去了安妮的性命。留下夏洛蒂独自一人，继续从容不迫地写作，今后她的作品主要在于建立勃朗特一家的传奇，她是勃朗特一家最稳定的因素和最勤奋的作家。哪怕要把布兰威尔的影响减到最小，而且，无疑，要消灭艾米莉的第二部小说，哪怕出于只能是想象的理由和动机。

1854年，夏洛蒂·勃朗特38岁，是个成功的作家，嫁给了父亲的助理牧师尼科尔。他们住在哈沃斯的牧师之家。她怀孕了，第二年的3月31日去世。父亲帕特里克·勃朗特在她去世之后还活了六年。尼科尔成了鳏夫，离开了英国教会，从事农业。

勃朗特姐妹的传奇建立起来

三个关在一个牧师之家的自学成材的年轻女人，就像待在一个被风肆虐的英国荒原的孤岛中一样。写作的激情同父亲和弟弟一起分享，既像与远远瞥见的真实世界的联系一样，又像把她们在一起时的孤独中产生和维持的感情推至顶点的方法一样。夏洛蒂、艾米莉和安妮她们之间维持的复杂关系，这关系无疑说不清楚，却把她们只和两个男人联系在一起，这三个女小说家出于爱情，持续不断地拜访他们。受到《简·爱》成功的影响，勃朗特家的小说有可能让她们的书引起读者的注意。而且使爱情小说摆脱了理想的夸张，斯丹达尔除外，浪漫的自恋把他封闭在这种夸张之中。

这三个年轻女人在重新找到她们共同的孤独和书籍世界之前，只是短暂地、艰难地进入过社会,她们在爱情小说和情感现实之间架设了一座桥。

在《简·爱》中,这座桥还很脆弱,读者还没有摆脱他们习惯的规则。夏洛蒂·勃朗特作为拜伦和哥特小说的怪诞的强烈赞赏者,把她的故事放在情节剧的背景和色彩中。孤女的不幸,没有爱的童年,古堡拐来拐去的建筑,暴烈的城堡主人受到忧郁秘密的纠缠,内心苦闷的主人公被热烈、温柔而骄傲的年轻处女一步步征服。然后,当双方的爱情幸福表明他应允了婚约,可怕的突然打击却把一切都打翻在地。简·爱绝望得半疯,逃到荒原上,罗切斯特变成瞎子,常常造访他烧毁的古堡废墟,压抑他的呻吟。简却听到了,放弃了应该娶她的正直的牧师,跑来与她毁容的情人分享生活和痛苦。

这样概述,《简·爱》不像有别于使人战栗的巨大机器,靠了这种机器,当时的女读者时而感到害怕,时而感到放心,从中获得乐趣。恐惧是供人消遣的,有助于使人深信,普通婚姻哪怕没有爱情,它产生的忧愁总的说来却优于激情产生的痛苦。年轻的简·爱内心有要求,是个反叛的心灵,当她发现罗切斯特已经结婚时,便同意嫁给牧师里维斯,她在这一点上不知所措。出于感谢,出于保护的需要,因为牧师有两个姐妹,他们会结合成一个与人世的疯狂隔绝的小岛,就像牧师勃朗特家一样。传奇式的爱情小说是对维多利亚时期婚姻中情感的平淡无奇的一种想象补偿。

勃朗特姐妹笔下的主人公所沉迷的爱情结合,是小说为了反叛以性的 apartheid① 为标志的英国社会生活所创造的幻想。

正是安妮·勃朗特在《艾格尼丝·格雷》,尤其在《怀尔德菲尔府的女房客》中,最准确地描写了从她们出生的头几个月开始,便将女孩和男孩分隔开的英国社会生活,仿佛他们属于两个种族,应该最谨慎小心地把他们汇聚起来,而目的只在于传种接代。

---

① 英文,种族隔离。

安妮·勃朗特比她的两个姐姐更加避世，想象力不那么丰富，就像她给自己的第一部小说的主要人物所起的名字那样，比夏洛蒂和艾米莉更能朴实而无情地描写这个社会：在这个社会中，标志着阶级关系的恐惧加剧了统治两性关系的愚昧。

《艾格尼丝·格雷》有很多自传的成分，安妮在小说里尽力回忆她当富人家孩子的**家庭女教师**的不幸经历，强调的是各方面都不能逾越的鸿沟，这鸿沟分隔开主人们的**种族**与注定服从和等于不存在的仆人种族。这鸿沟使人类的两个方面不能产生任何感情。

在《怀尔德菲尔府的女房客》中，正是建立在两性之间的鸿沟使得两者互不理解。但凡能与爱情相似的东西，都以建立在拒绝感情和欲望基础上的社会准则内在化的名义，受到围攻、歪曲、谴责。

安妮·勃朗特的才华在于将一个恋爱的年轻人马克汗用作故事的叙述者，他不是一个爱情使之改观的无可指责的主人公，而是一个普通的小伙子，一个相当乡土气的小乡绅，无精打采地沾染了与他的社会地位和性别相连的习惯和偏见。他什么也不主宰，既不主宰社会也不主宰他激情的波动。他属于他描绘的恶。他做出的判断不是万无一失的。由读者来阐明文本的不准确。

怀尔德菲尔府的女房客是一个年轻女子，名叫海伦·格拉汉，住在古老的宅子里。她由儿子、一个小男孩陪伴，她小心翼翼地照料他，村子里的居民觉着她做得太过头了：母亲对儿子的爱应该保持一些距离，这对将来表现男子气概是必不可少的。少妇没有丈夫，也根本不想找一个，她远离群体的来往礼仪，以绘画谋生，她对自己的过去和计划讳莫如深。这样神秘引起了蔑视和流言蜚语，然后受到村里好家庭的公开敌视；也引起了混乱，唤醒了单身汉的打猎兴趣，使他们避开形成男女关系的严格的宫廷礼仪，遵循夫妇财产合同的独特看法。在对仇恨妇女和企图征服男人的协同攻击中，海伦只得承认她成为受害者的可悲的恋爱欺骗，这样更增加她的软弱、她的脆弱、她不要再面临新的爱情伤害危险的决心。

第十章 情感教育

　　小说有时显得笨拙；关于婚姻，关于华尔兹"不庄重和不合礼节的"性质，关于美的优越和不合时宜，或者关于在一个不得不否定肉体的社会中欲望所要展现的诡计和可笑，所有这一切的讨论往往过多具有论说文的特点。但是这些说教的手法并没有损害主要的东西：标志着主人公之间，无论男人反对女人，女人反对男人，还是男人反对男人，这种种关系几乎是绝望的赤裸裸的粗暴。在这个虚伪的、扭曲的、因恐惧活人而瘫痪的世界上，最朴实的爱情、最圣洁的爱情，只能显现在它的反叛的粗俗美中。

　　因此有人责备阿克顿·贝尔喜欢淫秽的题材和令人不快的语言。但是，爱情小说应该满足于让人愉悦吗？"当我认为陈述一个令人不快的真相时，我是在天主的帮助下宣布，这要使我的名字暗淡无光，破坏我的读者即时的快乐……一切小说都是或者应该为不同的男女读者写成，我困难地构思，一个男人怎样才能允许自己写出对一个女人确实不光彩的事；或者为什么一个女人会看到自己受到谴责，写下被认为对一个男人有礼貌和适宜的事。"234

　　《怀尔德菲尔府的女房客》是这样一部小说，其中的人物——男男女女——都是粗俗的。《呼啸山庄》是一部粗俗的小说。评论者很挑剔，指责这个不知名的作者缺乏经验；当读者未被风格的"粗俗无礼"，充斥于小说的形式上的大胆，小说的叙述标准和故事的不确定性弄得不快和厌恶时，他们却会受到女小说家力量的强烈吸引，她的气质与维多利亚时代的文学绣品的阴沉形成这样有力的对照。《呼啸山庄》是一部爱情小说，大胆地将浪漫主义的趣味嘈杂的能量，与现实主义含有的平凡乏味的表面混杂起来：农民超越乡土气、简单、粗笨、本能和肉欲，即使身体名存实亡，即使欲望（很像痛苦）在目光中、片言只语中、手势中看得出来，除了偷偷的像孩子似的接吻以外，绝不显现在皮肤的接触中。

　　《呼啸山庄》对爱情小说真正的创新无疑在这里：天真的敏感性震动人心的闯入，阻止了情感关系的征服、决裂、延续、破灭、复仇的老一套。

希刺克厉夫是个被父母抛弃的流浪孩子,他对收容和抚养他的男人之女凯瑟琳·恩萧的爱情,不仅是一个失去社会地位的人对一个不可接近的明星的爱情,也是一个孩子对从来不犹豫分享游戏、同他一起在荒原上奔跑、从她的话语和手势发现世界的女孩的爱情。这爱情的狂热、强烈和持久,在童年的不妥协中找到了根子,艾米莉·勃朗特告诉我们,这童年既天真又胆怯。对艾米莉来说,童年是与那里度过的风景、狂风呼啸下灌木沙沙响的干旱土地相融合的。这片地域似乎无边无际,好像童年时代一样。

希刺克厉夫发了财以后,又找到凯瑟琳,少妇后来和林惇结了婚,这对他并不重要。林惇虽是丈夫,但感情上毫不足取,过于有教养,不去保护凯瑟琳抵御她过去受到的攻击和希刺克厉夫狂热的表示使她陷入的后悔,她感到既要出卖自己的丈夫,又要出卖自己青年时代的朋友,她因此而死去,这在希刺克厉夫身上激起了复仇的愿望,他执着地并以盲目的残忍持续复仇,直至他自己毁灭,汇聚到他在荒原上凯瑟琳的旁边挖好的坟墓。

希刺克厉夫失败了。他死时,违背他早先设想的毁灭计划,希刺克厉夫的儿子的寡妇凯蒂,要嫁给希刺克厉夫从凯瑟琳所憎恨的哥哥辛德雷那里夺过来的、不识字的野孩子哈里顿。两个年轻人,两个野孩子,从希刺克厉夫的枷锁和残暴行为中摆脱出来,开始学会表示爱情的动作和字句。但是,他们以自己粗俗而犹豫的孩子方式行事,一面揪头发,一面接吻。"炉火的红色反光照亮了他们两颗可爱的脑袋,突出了天真而强烈的激情使之兴奋的脸;因为虽然他 23 岁,而她 18 岁,但他们彼此却有许多东西要感受、要学会,他们彼此都一样不会表达醒悟了的和稳重的成熟所固有的感情。"

从小说的头几页起,还没有得到准确的事实支持,怀疑便从爱情的布局中建立起来了,这个布局拒绝"成熟所固有的感情",以便在童年的爱和憎恨的系列中展开。例如,这是凯蒂和希刺克厉夫的儿子之间的一段对话,她不久就要嫁给他。"不……不要拥抱我。这要切断我的呼吸……噢!啦!啦!父亲宣布了,你会通过",他一旦从凯瑟琳的拥抱中恢复过来一点,又继续说。……"我宁愿你称我为凯瑟琳或者凯蒂,"我年轻的小姐说,"在父亲和海伦之后,我比世界上任何人都更爱你。"凯瑟琳抚摸着她柔滑如丝的长发说:"如果我只能得到父亲的同意,我会同你一起度过我的半生,漂亮的林惇!我宁愿你做我的兄弟!"——"那么,你爱我像爱你的父亲那样吗?"他更加快乐地指出:"但是父亲说,如果你成为我的妻子,你爱我会超过爱他和世上其余一切……这就是我所格外喜欢的。"——"不!我永远不会爱别人超过爱我的父亲,"她庄重地反驳说,"再说,男人会憎恶他们的妻子,但是不会憎恶他们的兄弟姐妹,如果你是我的哥哥,你可以住在我们家,父亲会对你表现出同对我一样的爱。"后来,两个年轻人关于他们相互的父亲的优缺点争执起来,就像两个孩子在玩耍的院子里激烈争吵一样:"凯蒂怒不可遏,猛然推开座椅,将林惇推到圈椅的扶手上。他立刻咳嗽起来几乎窒息,迅速结束他的胜利。至于他的堂妹,她号啕大哭,虽然她沉默了,面对她引起的病痛,却感到惶恐不安。"

《呼啸山庄》的吸引力似乎不是来自文本本身,而是更多来自文本隐含的交混激荡的情感领域的对比。一方面,一些基本的力量,大自然、荒凉的景色、暴风雨的因素、完整的激情、绝对的仇恨、不可抵御的欲望、冷酷的怨恨等力量。另一方面,是这样的力量,它们潜伏在深层中,在乱伦的冲动中,在能够感受到要痛苦和使人痛苦的乐趣中,在比现实更具有持久力的梦想中,在以别人的目光制造的镜子中,在必须放弃童年的幻想,最终接近成人的领域时,抓住你的混乱之中。艾米莉·勃朗特将这两种力量给予同样的文学处理,**方式**是同样的粗鲁、有表现力、摆脱一切装饰和一切间接肯定。

缺乏对肉欲吸引的参考只会更引人注目。艾米莉不在维多利亚时代的道德所竖立的性的禁忌面前退让,她把性欲看作巨大缺失的东西。她认为身体只是痛苦、衰弱、封闭的场所。它们燃烧着热情,或者是很难在炉中重新加热的,要忍受风的狂吹、雪的迷蒙和坟墓封闭的冰冷的湿柴。希剌克厉夫和凯瑟琳两人都病了,彼此分开,除了说话以外没有接触。

从童年结束时起,任何快乐都不能来自身体,要么只有使他们疲乏不堪和沉入睡眠的快乐。身体不再是犯罪的地方,也不是欢乐的地方,而是字句无能为力的现实的场所。这是持续变化、不断激动、不稳定的、难以控制的、无序的,就像受到侵蚀它的时间从内部毁坏的现实。在勃朗特家族中,人从小便躲避在字句和幻想背后,身体只在受到毁灭的威胁——或者得到同意——时才会被考虑。

在《呼啸山庄》的结尾,希剌克厉夫因拒绝给身体进食而死,他被埋葬之后,当地的农民叙述,每当下雨时,晚上,他们在荒原遇到以前的主人和他已故的情人。故事的女叙述者,理智健全和讲实际的老女仆丁耐莉断言,这是一些无聊话,幽灵是想象的雾气形成的人,应该"让死人安息",但是这些有理智的话被歪曲了,仿佛丁耐莉企图说服自己却未能真正达到目的。

小说最后一次吸引读者,是通过这样的拒绝获得的:以不断地而且有力地平衡的方式,在矛盾的真相之间,在想象的幻觉和日常事件的细致描绘之间,在阅读的积累和有表现力与活跃的散文的碰撞、闪光和粗糙的结构中吸取的文学老套套之间了结。

同样,《呼啸山庄》让以往和今日的男女读者,处在爱情的本质和**价值**方面强烈的不确定中。它是这样一部爱情小说:不断将爱情和与之不断带来的恐惧、痛苦和对不幸的确信联系起来。对希剌克厉夫来说,显然这是真实的:爱情的兴奋把凯瑟琳童年的爱情对象变成了撒旦式的人物,尤其他受伤至死,永远和他所爱的人分割开来,就变得格外危险。但是小说中的另一个强有力的人物也是真实的,那就是这个凯瑟琳,在她相继所具有的三个名字:出生时的凯瑟琳·林惇,第一次婚后的凯瑟琳·希剌克厉夫,最后是凯瑟琳·恩萧下面,她的身份始终不变;她的固执、诡计和爱情的决心最终使她的公公癫狂,把她毁灭。凯瑟琳爱她的表兄夏勒顿，可是她的爱情只是在憎恨和蔑视的形式下才找到表达的机会。以致年轻人生怕被他漂亮的表妹活生生地勾画出来。当她大胆地表示迷人的**友谊**时，年轻人的反应是赶快逃走："我和你，你令人讨厌的骄傲，你可恶的嘲笑和见鬼的狡诈没有什么关系！"他回答，"得了，现在马上走吧！"

但是哈里顿不会再长久地抵御刁妇的诡诈。凯瑟琳和他即将离开童年，把他们在那里长大、痛苦和梦想的老家的房子弃给幽灵。小说在他们的解脱、他们再生时结束。艾米莉·勃朗特几个月后去世了，人们不知道她是否恋爱了。

《简·爱》《怀尔德菲尔府的女房客》《呼啸山庄》，这三本发表于1847年的小说，给爱情小说带来了梦想、等待和青春期的恐惧，它们不仅打开了一个新领域，而且还使勃朗特姐妹奇迹般地阐释了魔法。它们也标志着在情感小说的领域具有特殊民族特点的出现。

这个现象关系到小说的整体。直至1848年，小说创作既局限于欧洲的几个国家，局限于依次由一个民族和一种语言（它将自己的典范强加给其他语言）所统治的最著名的文学表现。英国、法国、德国，一个国家接着一个国家，写出了小说典范，被翻译、模仿、搬移、改编、嫁接，适用于其他民族和其他语言。这些放纵的、说教的、平民的或浪漫主义的新典范，并没有导致旧典范的消失。

旧典范继续流行，多少被时代气息所更新，适合偏离和退出新奇事物传播的轴心的男女读者。1830年，在巴黎、伦敦或柏林，在英国gentry① 的舒适住宅区，或者在巴尔扎克邀请我们去的图尔或者安古莱末的资产阶级家庭里，人们不看同样的爱情小说。印刷书籍爆炸性的传播，引起了监督阅读的加强，特别是加强被看作最容易激动起来和最受到威胁的未成年人，例如少女，这些爱情小说的优先读者的阅

---

① 英文，绅士阶层。

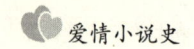

读。情感小说的好运也确保了目的在于防止危险书籍的出现。

对阅读的监管也与这些新读者背道而行,他们刚刚汇合爱读印刷书籍、报纸或刊物的一群人。这些刚加入的读者带着新参加者的热情和没有经验的天真,甘愿沉迷于刚给予他们,并无节制地运用的机会的危险。适应他们的意愿——或者更正确地说,适应负责保卫和促进阅读的**良好运用**的优秀成年人——出现了数量惊人的一批著作,这些著作竭力符合富有成效的情感文学的规范,以及这种文学根据年龄、性别、社会阶级、教育水平、宗教信念,特别为其服务的新读者的种类。

美国的清教徒小说

与这些小心对待相配合,爱情小说的写作和阅读遍及全欧洲。与报刊的成功和发行相结合,它们越过大西洋、北方和南方。长期受到宗教文学和沃尔特·司各特精妙的历史故事的控制,年轻的美国文学围绕着华盛顿·欧文和他的《尼克博克杂志》,与纳撒尼尔·霍桑一起探索清教徒的爱情小说的曲折道路。1850年霍桑发表的小说题名为《红字》,叙述波士顿的教长决定在被指控为通奸的赫斯特·普林的胸口烙印。霍桑以毫不夸张、几乎平板的语言创造了一种意义相互矛盾的、复杂的、谜一样的故事,凭借清教主义强烈的、唐突的、审问的光芒,扫射社会的每一个角落,以便阻止罪恶隐藏其中,或者相反,凭借这光芒引导心灵重新封闭其秘密,保持谎言、幌子、伪善。霍桑的小说时而在同一章中,时而在同一句子中,摇曳于这两者之间:一是将仪式的、清教的道德实践的庄严和纯洁变为场景和意象,一是将最真诚和最深刻的情感呈现为相互敌对的相同法则加以颠覆。

在宗教的善恶二元论和自由的浪漫主义之间,在顺从社会道德和对它的专制的揭露之间,北美的爱情小说打开了最丰富的表达法之一。在美洲大陆的南部,在西班牙和葡萄牙人聚居的地区,诗歌长期

第十章　情感教育

是高贵的文学样式,在缺乏殖民宗主国提供的典范之下,小说通过主要是法国(欧仁·苏①、保尔·费瓦尔②、大仲马)或者北美(费尼莫·库柏)的通俗小说的翻译,通过报纸的发表,通过上流社会的女人、自由职业者和大学生的阅读开始进入。当情感小说出现时,立即受到民族主义和印第安原住民主义的意识所左右。

巴西第一部重要的爱情小说的作者何塞·马蒂亚诺·德·阿朗卡尔,是一个新闻记者和保守派政治家,《里约热内卢日报》的主编,彼得二世皇帝未来的司法大臣。《哦,危拉尼》发表于1857年,叙述危拉尼的印第安人首领佩里对当地总督的女儿、温柔而高贵的塞西尔表现出的英勇、动人和圣洁的爱情。最贪婪的殖民者和极端敌视外国人存在的印第安人酋长保持的战争、陷阱和仇恨阻挠这爱情。年轻的女贵族和漂亮的印第安人的情感联系显然注定悲剧结局,但是它预示和激励了获得辉煌成果的其他结合:欧洲城市文明和原始大自然的结合,葡萄牙人的文明语言和原住民粗鲁而真诚的方言的结合,细腻感情和真实感情的结合,现代化和起源的能量的结合。新生的巴西是爱情之子,阿朗卡尔这样宣称,他在从17世纪起带来的非洲籍居民中排除出自己的婚约,为的是开采金矿和钻石矿。奴隶制直到1888年才在巴西被取消;在法国(1848)、英国(1863)、美国(1865)之后,在西班牙帝国崩溃之后。

爱情小说的民族化,不是新大陆和摆脱了母体民族文化的新颖地方文化建立的固有现象。它也偏爱欧洲文学的整体,特别是文化基层的文学,小说(往往同伴随它的报刊)是印刷语言传播最广泛的工具,变成民族身份的代理者。

在俄国,在中欧国家,或者在北欧国家,小说的爱情色彩大约于世纪中叶出现,就像民族语言艺术表现丰富的明确表现。诗歌已有好几

---

① 欧仁·苏(1804—1857):法国作家,著有《巴黎的秘密》(1842—1843)、《流浪的犹太人》(1844—1845)。
② 保尔·费瓦尔(1817—1887):法国作家,著有《伦敦的秘密》(1848)、《驼背人》(1858)。

个世纪不等地保证了俄国、波兰、瑞典和爱尔兰的文学的持久性,它是为耳朵而写的,(基本上)是通过嘴巴传达的。小说允许读者日益增长的圈子分享超越语言共同体而存在的信念,这是一种生存和感受的方式,一种"民族心灵",它感受和表达对世界的特殊观点,一种奇特的共相。

小说的蔓延受到书写文明扩大的承载,也催生了**民族小说**的创作和传播。民族小说是一种想象,多少受到历史的启迪,给予民族身份的情感以形式和力量。这是一种得到集体赞同的小说,是一种共同的想象,其叙事起到赞美和加强一部共同大书的归属的作用。

爱情小说没有避免这种一致的狂热。当然,信仰**爱情永恒**,在一切时间和一切地点,主宰着男女之间的关系,继续被宣布如此。即使要同意爱情经验有定义和内容极其困难,就幸福和不幸来说,它属于**人性**,并没有受到重新质疑。阅读爱情小说的男女读者,在别人给他们讲述的故事中认出与自己的实际生活有关的东西。即使小说是发生在很古老的时代或者无人知晓的村庄。这些奇特的爱情故事总是令人似曾相识。

但是它们不是一样的。小说家、伦理学家、旅行者、历史学家长久以来已经看到表现和组织社会生活的风俗和信仰的多样性。在启蒙时期,孟德斯鸠、狄德罗、伏尔泰略为尝试过解决这个谜:爱情怎么会在各个社会中是一样的?这些社会的风俗,就是说思想方式和激动彼此是截然不同的。在法国,爱情同在波斯或者马克萨斯群岛①的爱情具有同样的存在意义吗?在典雅的欧洲的沙龙和在利穆赞②的农民中爱情是一样的吗?马里沃问道:当一个尚普诺瓦的佃户之子受到所谓巴黎资产阶级女子的爱情折磨时,他的心里会发生什么事呢?

在旧大陆和新大陆几乎到处出现的爱情小说中,提出了一个更准

---

① 马克萨斯群岛:法属波利尼西亚群岛,靠近赤道。
② 利穆赞:法国西南地区,包括三个省。

确的问题:是否存在爱情的民族形式？一种俄国的爱情？一种英国的爱情？一种可能不同于英国爱情的美国爱情？如果存在一种斯拉夫心灵,就像会存在一种法国精神那样,是否能推断出,这种冲动不仅吸引两个躯体,而且吸引两个心灵或者两种精神(或者两颗心,就像形象所断定的那样,放弃安排吸引的位置和紧张的持续时间),应该有某种东西属于民族性？

切不要以为小说世纪的爱情小说不停地摇摆于两极之间,一极是确认不与性的崇高相混同的吸引的普遍性;另一极是爱情完全处于社会的、历史的、文化的、象征的坚实结构中,甚至是在民族感情扎根的所在。

即使小说像书写支配的传播享有特权的工具(同报纸的书写一起)那样迅速出现,文学的口头形式在整个19世纪还能抵挡传奇的浪潮。诗歌、戏剧、歌剧、小范围的雄辩术,仍然像书写艺术从美学上说更加考究的形式,因此就像文化消费从社会上来说更高级的内容一样出现。市民和公务员在私生活保持的秘密中,能够阅读同样的爱情小说,这是他们在同样的报纸上发现的连载小说,但是他们不常去同样的剧院,也不在同样的诗歌仪式上领圣体。

《包法利夫人》:商品般的爱情

1849年居斯塔夫·福楼拜开始起草小说,七年后,写成了《包法利夫人》。他的意图是明确的:这是要让小说达到对最完美的诗意表达起作用的美学要求。就是说,小说至今仍处在底层,但是已不再满足于过时的艺术规范,理由在于小说是所有读者都阅读和喜爱的。在某些条件下,小说遵守苛刻的规则,实行极度的自律,以弥补它起源的单调乏味,小说可以变成**大众的文学艺术**最高的表现形式。福楼拜不是按照一部分读者的要求来写作,而是他期望被阅读。

《包法利夫人》是一部爱情小说吗？至少在其他上千种可能性中，这是爱情小说中的一部。就爱情小说满足的需要，它们引起的激动，它们激起的想象，它们施展的能量来说是这样。小说最后的情节可以扼要地这样概括：一个年轻的外省平民女子企图以充塞情感的阅读和搭上几个情人，排遣生活的平板。可是，阅读是骗人的，情人是靠不住的，花钱如流水。不可能还清债务，少妇爱玛·包法利服下砒霜自杀了。

大量阅读使爱玛的悲剧引向判断的致命错误。包法利医生的第二个妻子以穿裙子的堂吉诃德的方式，对浪漫派爱情小说和爱情关系的理想主义描绘提炼出的感情作品信以为真。作为**现实主义**小说家，福楼拜指出了浪漫幻想对简单的天真的心灵造成的破坏；这种心灵相信想象的虚幻。爱玛是死于将幻想与现实、表面流露的爱情和亲自体验的爱情混淆起来。

但这不完全是《包法利夫人》中所写的，小说的副标题带上了故意具有的巴尔扎克的色彩：**外省风俗**。并非这一点引起了福楼拜的当代人的轩然大波，帝国检察官奥古斯特·皮纳尔对小说进行追究，指责它"对公众道德和宗教道德、对良好风俗犯了侮辱罪"。这样谈论自己喜欢的普遍道德的话题，对风俗会有多大的侮辱呢？只不过揭露了**坏书**对温柔的心灵和轻率的头脑有害的影响。

关系的是别的事：《包法利夫人》描绘了资产阶级将爱情变成商品。爱玛不是疯狂和愚蠢的极端形式的受害者，这种形式会使她把书籍的虚幻和生活的现实混淆起来。她不是疯子，而是在马克思所理解的意义上异化了：狂热地希望**消费**各种形式的爱情，从感情的理想满足到肉欲的身体满足。爱玛想享受一切；她想拥有一切，她渴望一切，包括心灵的美和身体的快乐、诗意和金钱、思想和物质、对永恒的兴趣和对现时的品味。她想把爱情当成她想要的一匹马："她一再说'我有一个情人！一个情人！'想到这一点非常高兴，仿佛想到另一个青春期会突如其来。于是她终于有了这种爱情的欢乐，这种幸福的狂热，而

第十章　情感教育

她早已对幸福绝望了。她进入了某种神奇的境界,其中一切都是激情、迷醉、欢乐;无边的淡蓝色环绕着她,感情的高峰在她的思想中闪烁,平凡的生活只出现在远方,在最下端,在黑暗中,在那些高地的间隔之间。

她回想起她看过的书中的女主人公们,大量热情的通奸女人开始以诱惑她的姐妹的声音在她的脑子里唱歌。她自己变成了这些想象的真实部分,实现了她青年时代的长期梦想,将自己设想成她多么渴望的恋女这个典型。"

爱玛是她自己餍足不了的胃口的俘虏,这胃口把她变成顺从别人欲望和他们独占意志的对象。她不仅是爱情渴望的牺牲品——另外,她绝不是一再进行性征服的女性求偶狂——她也是一个受到资产阶级色情经济摧残的女性,在这种经济中,女人要服从爱情市场的规则,她们设想是这个市场的女演员。《包法利夫人》是爱情的黑小说。

爱玛的感情异化可以在小说的结构本身中看到。在检察官皮纳尔对福楼拜提出的起诉书中,由于他并不是那么坏的读者,他注意到,并非《包法利夫人》的这段或那段文字侵害了公众道德和宗教,而是整本书就像一串项链,不能拿走一颗珍珠而不使整串珠子散掉。每个字,每个句子,每个段落,每一章都和小说的整体思想相关联。这部小说的制作使每个因素都含有整体的意义。

然而,小说取名为《包法利夫人》,人们注意到,开始写的时候没有这个名字,在爱玛死后很久小说才结束。小说叙述了查理·包法利的一生,这是一个"贫穷的小伙子,一个可怜的穷光蛋",他终于把自己的姓氏给了一个年轻女人,把她和自己微不足道的身份结合在一起。再说,爱玛在小说中只是在查理的母亲死后,以及在第一次婚姻中娶上的迪埃普一个执达员的专制寡妇之后第三位包法利夫人。小说的标题包含了悲剧,包法利夫人是剥夺、买卖身份、婚约爱情和波德莱尔将之与卖淫合在一起的婚姻拥有的名字。爱玛被剥夺后,徒劳地投入重新盲目追逐物质和非物质的、象征和有形的财产之中,她感到缺少所有这些财产:她的情感梦想,她的奢侈和欢庆的欲望,她的肉欲满足,爱情。爱玛不是恋爱的女人,她有爱情。"在她结婚之前,她以为有爱情;但是应由这爱情产生的幸福却没有来到,她想,她大概搞错了。爱玛竭力想知道在小说里她觉得那么美好的幸福、激情和迷醉的字眼,在生活中该怎么正确理解。"稍后几段,提到爱玛的童年,福楼拜提到她情感消耗的能力:"她需要从事物中抽取出一种个人的利益;她把一切对她心灵的当前消耗不起作用的东西当作无用之物而抛弃,这是由于情感的而不是艺术家的气质,她要寻找的是激动,而不是风景。"

查理和爱玛相反,他是幸福的:他拥有。"查理最终更加认为自己拥有一个不平凡的女人。"他不需要"给予爱情",甚至也不需要知道是否反过来被爱。爱玛死时,查理哭的不是他所爱的女人的消失,而更多的是因被剥夺财产而感到难受。

《包法利夫人》在艺术上的完美,作者标榜的与他创造的人物和他叙述的故事分隔开来,这种对客观性的爱好,酷似现实照相的叙述细节的积累,这一切再加上从这部爱情的批判性小说中,从这部感情的庸见的百科全书中脱颖而出的有力量的印象;爱玛和查理可以说是布瓦尔和佩居谢[①]。

《情感教育》或未能满足的尝试

《包法利夫人》发表13年后,福楼拜结束了《情感教育》的缓慢写作。书名明确地表明了意图;这是一部爱情小说,或者至少是一部爱情学徒的小说。只不过福楼拜长期把他的小说题名为《干果》。《情感教育》已经是福楼拜在1843至1845年写作的一部小说的名字,这

[①] 布瓦尔和佩居谢:福楼拜以这两个人物为名于1881年创作了同名小说,书中二人接受了一大笔遗产后,从事各种各样的研究,却一无所获。

部小说没有发表过,讲的是完全不同的故事。这是两个年轻人的故事,这两个朋友刚离开青年时代和朦胧的梦想,他们的爱情经验,彼此都是失败的,导向相反的道路。

第一个是亨利,他同一个已婚女人经历肉欲的和浪漫的爱情。他们逃到美洲,但是他们的激情顶不住日常生活的考验。情妇又找回自己的丈夫,亨利又返回平民生活的限制。第二个是于勒,他爱上一个流浪剧团的女戏子,很快受骗,被抛弃了,可是他学会了将诡计和感情炫耀的欺骗与艺术的要求和真实进行对比。他要成为作家。他动身到东方去。

在1845年的《情感教育》中出现和活跃的自传成分,在1869年的版本中变少了,变得更隐蔽,并掺杂在故事的内容中。说不上进行对内心生活跳荡的娓娓而谈。还可以注意到,1845年的那两个人物,今后融化在一个人物、中学毕业会考通过者弗雷德里克·莫罗的身上,他承担着体现不能经历**真实**爱情的一代的犹豫、彷徨和无能。弗雷德里克浸透了情感浪漫主义,狂热地**爱上了**阿尔努夫人,却从来不敢宣称,变成了夫妇矛盾的知情人;但是他做不到爱上他终于征服的任何一个女人,不管她们是真诚的还是有意的。他的情感教育是不能满足的可笑尝试。弗雷德里克心肠不硬;他不仅仅知道给人以自己的情感、自己的欲望、自己的精神观点、自己的行动、自己的话语和真相。他的一再失望是他持续不真诚的反面。

福楼拜敢于以一次历史事件的失败,即第二共和国的垮台的故事,编织个人失败的描绘。帝国专制①崩溃前几个月,福楼拜选择将他的小说置于产生故事的事件中心,即巴黎资产者在1848年6月对首都无产者的无情镇压。资产者和四个月后允许推翻王朝的人民的联盟最后是流血的结局。这是词句、空话连篇的政治、隐藏在抒情和热烈的讲话背后的卑劣现实这样一个共和国的结束。这是拉马丁的自

---

① 指第二帝国(1852年12月2日—1870年9月4日)。

由、平等、博爱、华而不实的诺言这样一个共和国的结束。

弗雷德里克的爱情失败是一个政治的死胡同；共和国的历史失败是一次情感的垮台。这两个幻灭过度沾上了软弱、谎言、怯懦和浮夸辞藻的膨胀，以至于不是悲剧性的；它们只是可悲的和愚蠢的，小说结尾，弗雷德里克和他的朋友德洛里埃相聚了，"一个梦想过爱情，一个梦想过权力"。他们力图理解他们遇到的事，为什么他们失去了青年时代的希望。所有他们感到要说的话，消耗在思乡和无情地概括了他们一生的回忆中：第一次拜访土耳其女人的妓院，两个中学生揣着从弗雷德里克母亲的花园里采摘来的一大束鲜花，出现在那里："弗雷德里克呈上他的鲜花，仿佛一个情人呈向他的未婚妻一样。但是，他感到身上发热，对陌生事物的恐惧，某种后悔，直至只要一瞥，便扫尽那么多供他消受的女人的快乐，使他如此激动，以致他变得非常苍白，止步不前，一声不吭。所有的女人都在笑，看到他的窘态感到好笑；他相信别人在嘲笑他，逃走了；由于弗雷德里克有钱，德洛里埃不得不跟随在后。

"有人看到他们出来了。这成了一个故事，三年之后也没有被人忘记。

"他们啰啰唆唆地互相叙说，相互增添对方的回忆；他们结束时，

"'这是我们最美好的回忆！'弗雷德里克说。

"'是的，也许是吧？这是我们最美好的回忆！'德洛里埃说。"

福楼拜对政治的厌恶，能衡量他批判感情理想主义的**愚弄**所表达的愤怒。《包法利夫人》和《情感教育》所阐明的小说新美学，是对浪漫主义及其辞藻的抒情性提出的爱情道德做出的根本性回答。艺术家的退出，叙述的客观性，句子完美的形式，讽刺的无情，这些都是对浪漫主义**光说空话**的诗意社会倾向的相应回答；福楼拜称之为"无玷始胎和工人饭盒的组合"。

这种对情感主义的拒绝、评论——福楼拜的某些公开宣称的门徒——称之为**现实主义**。尽管福楼拜本人是抗议的："人们认为我热爱

现实,其实我憎恨它;因为正是出于对现实主义的憎恨,我着手小说创作。但是我不那么厌恶虚假的理想性,我们因此而受到流逝时间的愚弄。"

情感的话语绝不谈爱情的**现实性**。弗雷德里克丧失一切,为了去寻找"酿造苹果酒的树下橘子的芬芳"。一切就像年轻的福楼拜本人和路易丝·科莱,在他们爱情的第一夜之后,他向她承认的那样:"至今我要对别人平息别人所给的欲望。"

爱情小说和浪漫主义的资产阶级色情经济决裂了。但是一次决裂不是一次胜利。

第十一章

性别的战争

1857年春,在米歇尔·莱维书局出书之前,《包法利夫人》在《巴黎杂志》上从1856年的10月1日至12月15日连载刊出。正是以连载的形式发表小说,把福楼拜送上法庭;这是因为他接触到的是与报纸相关的读者,检察官皮纳尔指责小说**淫秽**。福楼拜作为文学艺术不妥协的战斗者,甚至不能抵挡报刊的吸引。文学创作不论是长篇小说还是中短篇小说,在谈到社会的秘密或者爱情的秘密时,都是以连载的形式发表的。

形式创造方向。爱情小说进入工业时代,影响着写作方式和阅读方式。连载小说的成功有它的法则:比如,它要在小说发展到每一关节点时引起疑问,或者造成**暂歇**,以便促使读者购买下一期。这种节奏与今日的电视连续剧是一样的(出于同样的理由),也制约着章节的划分、"场景"和片断的叙述组织。

就阅读方面而言,**出版商**作为作者和市场、写作艺术和印刷纸张的销售之间必要的中介,他的新权力明显地通过"文集"能量的放大而表现出来。

第一套文集是热尔维·沙邦蒂埃在1838年以沙邦蒂埃丛书的名字创造出来的。从思想上来说,这是在同样的推荐和同样的规格下汇集"我们现代文学的精华,附加在读者每天重新阅读的、以往作者的精华之上,如同外国杰作的优秀翻译一样。一句话,我们想给我们时代有品位的读者建立一套精选的藏书"。这是正常的工业生产的对象,是合理的生产和商业化的结果,文集能够分割和确定不同的读者,目的在于吸引他们。文集扩展了读者顾客,降低书籍价格,通过连载销售,已经压缩成本。

获得男女新读者,通过连载的顺势而为或者通过文集的紧密接触的影响,使读者更易进入书籍的世界,这是一种商业游戏,越来越有力地,而且成功地动员工业和商业的能量。但是,这种征服能量,伴随着同样有活力的、同样烦人的社会怀疑:怎样控制和监视民众突然闯入书籍迷人的、却又危险的世界而造成的习惯呢?

爱情小说是关键的地域之一,那里能遇到巨大的新市场诱惑和担心在农村和城市里出现道德的和社会的灾难。

为什么要写爱情小说?首先因为它们几乎主要关系到姑娘和妇女,就是说,按照占统治地位的意识形态,居民中最脆弱和最易受损害的部分,也即最迟接触书写文化的部分,除了在祈祷经书和教理问答教科书中有些涉猎以外。给那些以天真、容易激动和容易受影响著称的女人,打开小说爱情及其产生欠考虑的遐想大门,尤其是这些小说闯入初次接触,不给感情教育留下任何位置(除了禁忌的位置以外)的经验,这样做就更加危险。富裕农民的姑娘,被她成了鳏夫的父亲送到卢昂的圣于尔絮勒会①修女那里接受教育;爱玛·卢欧,未来的包法利夫人,是因不合时宜地发现爱情小说而被摧残的天真受害者。它们是她吞下的第一剂砒霜。

要阻止对少女的扫盲,为时已晚,可是,还有可能引导、阻挡和控制情感小说的浪潮,以便使这浪潮在社会方面变得有用,在精神上变得富有成效。为了实现这个任务,国家和教会,家庭教师和企业家,当他们在保卫精神秩序和社会习俗中没有竞争时,是手牵手地前进的。

---

① 圣于尔絮勒会:由意大利修女于尔絮勒在1535年创立。

第十一章 性别的战争

不论在巴黎还是在外省,不论在米兰还是在马德里,不论在伦敦还是在多塞特①,不论在俾斯麦厌恶女人的专政下还是在维多利亚女王②无尽无休的、有节制的统治下,都是这样。

爱情小说也被用作更广阔和更雄心勃勃的事业的试验台。给妇女设置的情感小说的生产和控制模式,要获得成功,就要设想以它来扩大全体新读者,并扩大到情感尝试之外的其他知识领域。要扩大到历史、社会道德、政治信息、民族团结方面。**优秀的**爱情小说的大规模传播是一种防御,也是一种进攻。

英国在这场灵与肉的文学战斗中起到先驱者的作用。伦敦创造了第一批情感小说的典范,由替妇女顾客设计的报纸广泛传播,或者以周报以及半月刊的形式出售,有时插图,不久改成彩色的。按照它们的小说观念,这是"能够在少女或者少妇的生活中激起一点理想的小说,她们尤其了解生活的物质单调"。这也是对这类小说最有创造性的作者来说,"能让人类永恒情感具有新形式"。情感的理想性和永恒性是坏书的潮流要冲垮的支柱,它们谈的是爱情的物质性,也即伴随着情感的兽性表现的**肮脏事物**,重新质疑男人统治的**自然**性和女人在爱情关系中从属地位的**自然**性。

有时候,肯定这种自然统治欲被认为是过于粗暴,不能不遇到女读者高傲的抵制。于是人们以宣布男性爱和女性爱之间自然的、先天的、永恒的**差异**来代替。这是一种过时的看法,从教士的鄙视女人继承而来,从这个时期开始,整个情感文学争先恐后地如法炮制。维多利亚时代的小说故意在**科学的**话语下包装起来,使之获得新的活力。

这是使它具有一种性别差异的性质,以证实存在爱情的差别。论证的简单化是它获得百年以来成功的保证:男人和女人具有不同的体

---

① 多塞特:英国西南部的一个郡,哈代的故乡。
② 维多利亚女王(1819—1901):英国和爱尔兰女王,18 岁便登上王位,在她统治下,英国在世界上达到权势的顶峰。

质,因此,他们的爱情**自然**不同。维多利亚时代的小说,建立在爱情气质属类的和生物的对抗之上。爱情在这些小说中总是一个误会,是不重叠的两者期待的相遇。小说探索千百年来分开两性的深渊,阐明两性戏剧性的和秘密的剧烈冲突,描画出以和平共处的方式妥协的形象,对抗的每一方都同意发挥它的作用。

乔治·艾略特[①]:爱情的隔离

比如乔治·艾略特(原名玛丽·安·埃文),1871年在伦敦发表的《米德尔马契》中叙述了一个年轻女人多萝西亚·布罗克的故事,她不幸嫁给了一个狭隘和多疑的老人。这是愁惨的婚姻:多萝西亚就像应该的那样,是一个浪漫的、多情的少女,她期待着一个温柔的、亲切的、温存的、平静的**爱情故事**。无论如何,这是她的丈夫不可能给她的。相反,多萝西亚的表兄拉迪斯劳具有一切必要的品质,让她梦想。他是活跃的,豪爽的,殷勤的,热情的,精力过剩的。多萝西亚执着于梦想,温柔地推拒拉迪斯劳的进攻。她的丈夫陷入心灵阴郁的虚荣中,意外地死去,他留下一份遗嘱,如果他的寡妻嫁给拉迪斯劳,他便剥夺她的继承权。在当时的爱情小说中,金钱事务很少掺入心灵的情事体中。经过许多曲折,多萝西亚终于将自己爱人的冲动维持在道德和友谊的正路内,这对情侣最后被允许建立一个新家庭。女人长久的爱情战胜了男人短促的激情。

为了加强论证,乔治·艾略特以另外一对人物形象双重叙述多萝西亚的故事,踏上光辉生涯道路的年轻医生李德盖特,就像应该的那样不幸,还有他的妻子、不具备任何归入女人作用属性的罗丝蒙德·

[①] 乔治·艾略特(1819—1880):英国女作家,著有《亚当·比德》(1850)、《佛洛斯河上的磨坊》(1860)、《织工马南》(1861)、《费利克斯·霍尔特》(1866)、《米德尔马契》(1871—1872)、《丹尼尔·德萨达》(1876)。

万西，他们组成另外一对。罗丝蒙德既不温柔，也不细腻和浪漫；相反她受到什么也不能满足的、物质需求的折磨。她是**追求物质的**，而李德盖特沉迷在自己想象的云雾中。生物学方面的天赋倒错，势所必然地导致这一对夫妇走向灾难。

女人应该是漂亮的，男人应该是强壮的。可是，女人的吸引力结果是激起男人即时的欲望，男人的力量是一种对女性爱情的亲密和亲近的威胁。在乔治·艾略特、勃朗特姐妹和托马斯·哈代的小说中，或者涉及狄更斯和萨克雷成功的连载小说（《远大前程》《巴里·林顿的回忆》或者《名利场》）中所谈到的爱情，矛盾地激发男女两性人物的爱欲仅以半明半暗的方式，或者通过象征的暗示提及，而两性的争斗不断使人听到打击声。

小说的结论是皆大欢喜的，两个主人公的结婚并没有结束对立性欲的冲突；男人就像男子一样恋爱，而女人也像女子一样恋爱。可是，明智的结婚产生和延续一种爱情形式，这种形式建立在角色的分享和爱欲的**隔离**之上。权力的武器、责任的实行、肉欲的迫切和转瞬即逝，这是属于男人的。魅力的武器、延伸至全体家族的温柔、不太重视当下享受的长期爱欲，这是属于女人的。

摆脱女性角色的《德伯家的苔丝》

1891 年 7 月，《德伯家的苔丝》同时在英国的周刊《书画作品》（*The Graphic*）和北美杂志《时尚芭莎》（*Harper's Bazaar*）上连载时，引起了轰动。托马斯·哈代却同意修改和删除被通常的报纸出版集团所拒绝的原文。一部连载小说应该能够让全家阅读。

然而，托马斯·哈代以某种乡村现实主义的名义，大胆地给女主人公的典型助了一臂之力，女读者可能把自己与她等同起来。苔丝不是一个等待迷人王子到来的傻大姐；这就足以让说教的报刊把小说看

256

作"女青年能够读到的、最伤风败俗的和危险的"作品之一。

小说的情节是大有教益的。德伯家的苔丝是一个还处在青春期的、非常漂亮的农村姑娘,不幸的是她具有比父母更多的理智和活力。自从别人让她的父亲相信他属于德伯家古老而高贵的家族,而他自知与此无关,他的名字已经变形后,他对自己的家世一无所知。他喝酒是为了沉入幻想。他的妻子陪伴他幻想和喝酒。为了将家庭从贫困中解救出来,苔丝想到附近的古堡中出卖劳力。她在那里认识了她所谓的堂兄德伯家的亚雷。亚雷自命不凡、狂妄,充满他的出身和财产给他的天生的优越感,他竭力获得苔丝的好感,企图用金钱来买到这些好感,随后,一天夜里,滥用了她的随便和天真。苔丝回到家里以后,生下了一个孩子,过了几个月,孩子夭折了。

苔丝当时20岁。这是一个出色的女人,也是一个农村女工,从事艰苦的劳动,坚实地根植在土地上。她结识了安玑·克莱,一个富裕牧师的儿子。他们互相喜欢,尽管苔丝犹豫不决和抗拒,他们还是结婚了。婚礼那天晚上,克莱告诉他年轻的妻子,他在青年时期有过一次爱情经历。苔丝原谅了他,也向他交心,承认了自己的**罪恶**。克莱感到愤怒,满怀被欺骗、被出卖和被欺诈的感觉,把苔丝推回到亚雷那里,这是她的**第一个丈夫**,如今是,也应该仍然是唯一的丈夫。过了很久,当安玑·克莱回复到不那么不肯让步时,他重新找到苔丝,年轻的女人只得杀死了德伯家的亚雷,以便完全属于她的丈夫。

小说的一大部分服从维多利亚时代的逻辑。三个主要人物中的任何一个,都不遵循从属于自身性别的情感规则,每一个都犯有违背**本性**的错误,结果只能是放荡、丑闻和不幸。人人都同时是受害者和罪人;人人都是他们不幸的、盲目的主使者。

苔丝不是一个多情善感的年轻姑娘;她不梦想得到一个大胆和强壮的年轻男性,他会屈服于她的魅力,使她摆脱她粗俗的和庸俗的农村境况。她属于自己的家庭出身那种人,艰苦地劳动,承担起责任,被人雇佣。她没有围绕征服丈夫去组织自己年轻女子的生活,而是力图获得自治。因此她是一个被捕食的对象,然后是一个丑闻和被抛弃的对象。她的美貌是一种不幸;她竭力使人忘却她的美貌,或者使之消失。当一切失去时,她没有用毒药来对付自己,就像包法利夫人那样;她用匕首捅死欺骗她和出卖她的男人,完成了自己的命运。

这个男人、德伯家的亚雷,酷似**怯懦的诱惑者**的典范,就像连载小说出于教育和伦理目的而表现的那样。《德伯家的苔丝》的女读者提防那些年轻的自负者的危险诱惑,他们展示自己的高雅、雄辩和许诺,只是为了满足他们粗暴的欲望。这是一个玫瑰传奇中的古典人物,一个掠夺者,其爱情冲动只要求得到立即的满足。事情变得复杂,因为亚雷以他可恶的方式热烈地爱着苔丝,年轻女人的美貌使他产生了用各种方法长期占有她的欲望,即便他知道苔丝不爱他,而爱上了另一个男人。

另一个男人安玑·克莱是一头复杂得多、危险得多的野兽。这是一个处在危机中的维多利亚时代的人,一个力图行止**得体**的人,但是他不知道在何种基础上行动。他完全是既独断专行的,又迟疑不决的。

作为牧师的儿子,他拒绝接受英国剑拔弩张的不同教派对立的信念,然而却未能清除神学的话语和形象。作为理性主义者,他不断地与理性的限制冲突,显然,理性既不指导行为,也不指导信仰和世界的秩序。他对本性力量的强大十分敏感,感受到无法在确定生活运行的伟大法则的基础上创建一门伦理学。

他就是这样去爱苔丝这个出色的姑娘、年轻的农妇,他觉得她喷涌出原始的时间和地域。但是他也以全部理智,以似乎吸引着苔丝的身体、目光和举止的肉体魅力来自卫。与亚雷相反,他抗拒着兽性的盲目。但为了自卫,他不得不以**社会法则**,即人们共同称作文明的东西去对抗**本性法则**。文明保护着粗野、捕食、原始性爱的爱情关系;可是它也在情侣之间引进了不和与不义的酵母、阶级偏见、社会习俗、等级、不平等。当安玑被他的**本性**牵着走时,不可抗拒地被苔丝的光辉、他觉得从这个大地的女儿身上散发出来的天真纯朴和强大的丰富质地的交织所吸引;当苔丝在婚礼之夜向他承认,她不是处女时,他的表现是一下子崩溃了:"'我所爱的女人不是你,而是另一个具有你的形状的女人。'他觉得苔丝再也不可能像他深爱她的全部时间里那样纯洁、那样可爱、那样洁白无瑕了。"他不再承认她,他从来也没有认识她。"倾慕、倾向、习惯,在他有支配力的理想主义的寒风吹拂下,成了枯叶。"

"众所周知,是羽毛造就了鸟儿。"托马斯·哈代的爱情小说却说,大家都弄错了。梦想的爱情总是被真实的爱情所毁灭,身体和精神属于对抗的力量,文明之路,也即伦理之路、社会生活之路、夫妇生活之路与生命冲动相悖。生命本能之力,任何时候都与女人的身体联结在一起,悲剧地注定被精神的文明力量,被男人对理想的吸引所阻截、所控制、所制约,最终受到惩罚。

在哈代的另一部小说《无名的裘德》中,主人公处在两个女人之间,一个是胸部丰满、厚嘴唇的阿拉贝拉,"一个完美的肉体诱人的女性——不多不少是这样",另一个是苏,一个迷人的、苍白的、冷漠的窈窕女子,她仿佛没有身体,"不如说令人想起一个精灵",裘德在她周围用想象编织一个非物质的女性完美而纯洁的形象。

哈代从来不吝惜象征性的场面,将难以捉摸的东西排除出去。在一次相遇中,阿拉贝拉向裘德的脑袋扔出"一块肉"。裘德认出这是公猪的生殖器。他尽力擦拭,想擦掉动物黏糊糊的痕迹,可是为时已晚,阿拉贝拉刚刚是用出于性本能的全力掷向他。裘德只有毁掉这个向他挑衅的女人,才能摆脱这种官能控制。

在《苔丝》中,这种圣经的暗示和神学的隐喻比比皆是,最丰富的象征场面是一种说教的比喻。可以称之为爱情传递者的比喻。一个夏天的星期日,在苔丝干活的乳品场地,她和三个牛栏的同事——像她一样的年轻姑娘,纯真、爱俏——穿上她们最漂亮的衣服,打扮起来,想参加弥撒,炫示一下。但是,刚袭来一场雷雨,暴发的洪水阻挡了她们去教堂的路。安玑·克莱突然而至,他穿着工作服,神态像个农牧神。"一个严格的牧师的儿子不可能神态会这样,仿佛不过休息天。他穿的是农场的衣服,高筒靴,以便涉水,他的帽子有一片白菜叶,手里拿着一株蓟,这幅画面便完整了。"

年轻男子感到如花少女们的花束很漂亮。他在河水泛滥中也看到有机会向苔丝显示他的男子气概的画面。于是他一个接一个抱起四个姑娘,不让她们沾湿裙子。她们当中的第一个玛丽亚娜,"按照他的指点,投到安玑的手臂和肩膀上,他和她一起大步远离了,他瘦长的背影好似玛丽亚娜体现的一株巨大花束的茎"。玛丽亚娜"仿佛一个面粉袋,胖乎乎的女人没有活力的一团东西,克莱在她下面明显地跟跟跄跄"。

随后轮到伊兹,她提议在安玑搬动她的时候抱着他,但是没有办到。然后是褐发美女蕾蒂,她的心跳得那么厉害,他使她"几乎明显地"颤抖,她"在搬运者的怀里像神经质的一团东西"。最后是苔丝。"她感到很尴尬,比她的同伴们还要感到紧张,想到离克莱先生的气息和眼睛那么贴近,她在心里责备自己。"

过河具有爱欲场面的形式,句子竭力不显示出感受的热力:

"'我希望我不太重,'她胆怯地说。——'噢!不重。您抱起玛丽亚娜试试看!重得像铅一样啊!您像被太阳烤热的一片起伏的波浪。包住您的细布绒毛像泡沫一样。'——'真美……如果我对您显得这样的话。'——'您知道我忍受这场苦差事的四分之三,只是为了这最后的四分之一吗?'——'不知道!'——'今天我没想到遇到这样一件事!'——'我也没想到,洪水突然涨起来了。'

她当然没有想到,他在暗示河流发大水。他的呼吸揭穿了他。克莱一动不动,把自己的脸低向少女的脸。——'噢,苔丝,'他大声说。苔丝的脸颊在和风下是滚烫的,她的激动妨碍她正视他。这时,安玑想起,他滥用了这局面,便忍住了。"

可以想见,这会触犯托马斯·哈代的有正统观念的男读者和矜持的女读者。他在爱情方面的悲观主义倒是适合他们。他描写的和肉体的斗争以及按照阶层和环境不同的接受,倒很像布道和学校教科书的通俗散文。农村的风俗和穷人的风俗,明显地比庄园和上层区域的风俗更加原始、更加直率。哈代安排的性别不同的作用——大体上是:对男子而言是主动的,对女子而言是被动的——没有重新质疑维多利亚时代的隔离观念,男女之间分开发展的政策,以及制约娱乐的经济。

但是小说打乱了意识形态的信念,却并不太清楚是否它越过了哈代本人的思想,或者是否小说家把他的读者带往他没有把握去冒险的领域。《苔丝》的作者很乐意是独断的和外露的,面对他笔下的人物,似乎有时在谅解和讽刺之间,在情感同化和揭露之间游移不定。标记混乱,道德教训模棱两可,应该说出感到羞耻的句子,也承认娱乐的光彩,这些句子被看作赞扬约束自我和完成责任的品德,增加感官享受的意象。本应描写自然本能和社会法则戏剧性的、永恒的对抗,却转向一切含混和信念的普遍丧失。爱情范畴只是本性混乱和社会专断的冒险与暂时的形态。读者像人物一样,受到相反方向的风的吹打。

苔丝的不幸在于永远不能在实现她的幸福和顺从别人的目光以及他们的准则之间作选择。一方面她感到自己无辜,另一方面安玑出于要纯洁的愤怒和亚雷捕食的玩世不恭使她成为罪人。她走不出这种无所适从的状态,只是在杀死滥用了她的缺乏经验和贫困的那个人后,才能找到平静和丈夫的完整爱情。她像被围猎的野兽,将她受到的暴力转过来反对社会,因此不得不轮到自己去死。她向克莱承认,她不希望"您对我眼下的感情之后苟活下去"。她的罪是承认爱情的**自然法则**,斩断不断扼杀她的社会联系的最终方式。但她最后以上吊了结。死亡是自然给予受折磨的爱情以解脱的方式。这是她的命运。

托马斯·哈代的小说标志着决定论进入了爱情小说。不如说,是命运的引进。科学刚剥夺了人在神的创造中取得位置,以及他的行动具有道德目的所存的一切幻想。查理·达尔文关于物种起源的论文发表于 1859 年,就在哈代刚刚步入文学生涯的时候。精神的天空由此长期处于阴暗之中。《苔丝》是将这种不安搬上舞台的小说。在自然法则和社会法则之间,还为爱情自由剩下什么位置呢?

《查特莱夫人的情人》:犯罪的结局

在托马斯·哈代忍受折磨的展示和戴维·赫伯特·劳伦斯取得胜利的展示之间,经过了 40 年。在悲剧的自然主义和阳光的自然主义之间也有 40 年。如果说《查特莱夫人的情人》从现在起进入这本小说史中,这是因为劳伦斯断然地进入《无名的裘德》的作者开启的崎岖道路并对这部小说写了一篇热情的论文。康妮是德伯家的苔丝的孙女,通过享受的爆发,摆脱了犯罪的重负。D. H. 劳伦斯捡起哈代的题材,横扫他的先驱出于谨慎、不安和浪漫感而列举的所有障碍。苔丝的爱情是一场失败的战斗,裘德的爱情是失势;康妮·查特莱对猎场看守人奥利维·梅勒斯的爱情,是一场胜利。

哈代描绘了这样一些人物:精神和智力的关注,排除了他们爱情的本性之光。劳伦斯与**理智主义**进行了一场战斗,把它看作性爱被指定要治愈的一种疾病。在《查特莱夫人的情人》中,不再有真正的斗争,无力反对妻子强烈要求的丈夫进行的、庸俗的游击战,是丑恶的、可笑的,又是徒劳的。面对本性的震撼力,对继承财产的关注,康妮的丈夫克利弗的闲聊,按照劳伦斯的想法,不比资本主义面对人民毅力不可遏制的上升压力更大。克利弗这个没有能耐的丈夫,是一个煤矿的矿主。按照劳伦斯的想法,他代表一个种族的结束。性的神秘是革命的神秘性的姐妹。

《查特莱夫人的情人》是一部主题类爱情小说,这使它的智力和感情冲击减弱了。D. H. 劳伦斯似乎自己意识到他的意图的简单化和他的象征主义的天真将他带进了死胡同。一个苍白的贵族在战争中受伤而失去下身机能,一个猎场看守人在树林深处过着健康的、野兽般的生活,他们之间的对比,很容易具有放荡的或者猥亵的表达方式。自从文艺复兴以来,多少淫荡的玩笑充斥着淫邪文学,侯爵夫人或者资产者女子,她们的丈夫失去热情或者年老,她们便投到在一个庄稼汉的怀抱里去寻找满足她们的肉欲。将粗鲁的乡下人或者工人看作比上层阶级的追求者更有能耐的情人,这甚至是雅致的老生常谈了,这类追求者由于女人有礼貌的频繁拜访,势必变得枯燥无味和不能生育。D. H. 劳伦斯想充分展示,于是冒险将康妮当作一个正陷于生活放荡却得不到满足的贵族女子。这是在绅士阶层中的一例包法利主义。

为了逃避这种陷阱,写成爱情小说,劳伦斯只得将猎场看守人**文明化**来解决。奥利维·梅勒斯只是一个应时的粗人。他出身高贵,读过书,跑遍了世界,在大自然的日常经验中获得了深刻的悟性和敏感。梅勒斯是一个外来的粗人,他在粗鲁的外表和肉欲挑逗的展露下,小心地隐藏了非凡的细腻。正是这个在暗地里活动的、梅勒斯的展露,才使两个情人的淫乱变成爱情故事。

劳伦斯最优秀的一部小说,描写占据肉体、使肉体燃起激情,以致融入生命的神秘之中,给以抒情的赞美,将现代主义与令人目眩地返回异教礼仪两者紧密的混杂,这一切使人忘却了情节简单化、对弗洛伊德的教诲仓促而幼稚的借鉴,以及毫无艺术性地经过改装的叙述小诡计。

弗洛伊德阴影

但是,对性欲的赞美在劳伦斯那里,并非从《查特莱夫人的情人》肇始的。从他发表于 1913 年第一部重要的长篇小说,具有广泛的自传性的《情人和儿子》开始,作家竭力将肉体关系安置在爱情生活的中心。从《情人和儿子》,尤其从《虹》开始,他引起了众说纷纭。

第十一章 性别的战争

确实,在《情人和儿子》中,小说家正面接触到爱欲关系的一个典型,这个典型至今一直被小心地回避,或者置于暗中;就是写一个母亲和她的男孩子们的关系。劳伦斯在他自己的母亲于1910年去世后几个月,开始起草他的小说。

《情人和儿子》将自然主义和抒情的象征古怪地糅合,描写一个出色的、骚扰人的女人格特鲁德·毛瑞尔。格特鲁德是清教徒资产者的女儿,嫁给一个矿工沃尔特,被他的活力和欢快的男子气概所吸引。(在劳伦斯的作品中,将矿井、深藏的地底、大自然隐秘的力量与肉体的魅力结合起来的意象很多。)但是,魅力抵挡不住物质的艰难和文化的差异。格特鲁德将她的爱放在她的五个孩子身上,特别是放在他们之中最孱弱的保罗身上,她以热烈的、令人忌妒的爱把他包裹起来。就像在一种魅力中,他们两人都应该找到幸福。以至于保罗无法与他遇到的、讨他喜欢的年轻女人们长久地联结起来,要么她们让他觉得无可救药的浪漫和矫揉造作,要么他让她们负责他的性失败。直至他遇到了克拉拉,她使他解除肉体上的胆怯,却同样不能带给他一点情感的满足。必须等到他的母亲死后,保罗虽然摧心裂肝,却回复到自身,接受了可能爱上的另外一个人。

俄狄浦斯闯入情感小说中,显然无助于小说创作。众所周知,正是劳伦斯对弗丽达·封·理奇托芬的一见钟情,她在他身上激起了闻所未闻的身体充分发育的情感,同时发现了弗洛伊德的著作,弗丽达通过她的一个情人奥托·格罗斯这位维也纳医生的弟子认识了弗洛伊德。劳伦斯在狂热、不理解、流亡、文学社团不满的摈弃和智力的困惑中所创作的,就是这部综合的小说,它将个人故事和受到性要求控制的、独一无二的人类爱情经历的特殊命运融合在一起。

《虹》是劳伦斯在1915年创作的一幅广阔的小说壁画,不久引来了称为淫秽的判决。《恋爱的女人》原来应是续篇,属于设计意图最多的——或许也是最令人失望的——以便使小说**非个人化**。从表面上看,什么也分辨不出这两部重要的家庭**萨迦**,它们获得连载小说的成功。这是三个家庭的故事,一个长时期内从爱情关系的角度进行的观察。极其复杂的情节,简洁的魅力,非理性的厌恶,异性的和同性的爱情纠葛,神秘的冲动和肉欲的激情,对婚姻无尽无休的讨论,施虐受虐的图画。并无非常新颖之处,除了情节逐渐复杂,人物之间相互作用递增,他们在宇宙规模对抗的各种花样中消失的方式,叙述在现实主义和幻觉之间不确定的规则,这一切引起一种叙述的朦胧效果。小说书名具有充分的意义。再也没有个性化的、鲜明的小说人物,再也没有明确的意识,除了总是伴随着下意识的模糊,一切都像被一场暴风雨一扫而光。只剩下五彩缤纷的彩虹,在性这"**恒星的平衡**"的永恒光辉下,色彩消融了,男女的结合在这种平衡中容许人类的"再生"。

戴维·赫伯特·劳伦斯的幻觉极端性将爱情小说推到两个极限。即神秘诗意的极限和意识形态的、信念行为的极限。在这两个领域中,小说肯定要解体。

在紧随第一次世界大战以后的几年中,整体上,小说随着它阐述的、文明的至高无上,哪怕是以批判的方式,给人陷于沉没的印象。1914 至 1918 年可怕的屠杀,不仅仅摧毁了实业资产者以其权力和计划获得的辉煌成果;这场屠杀也摧毁了,并且以同样彻底的方式,摧毁了这种权力挑起的敌对表现。劳伦斯延续哈代开创的道路,但是从这个词的全部意义上来说,他终结了这条路。只剩下诗意和革命,只剩下事物的标注和对事物施加的影响。

达达主义和超现实主义最有力地表达了大战和苏联革命引起的文化创伤,它们不仅对小说发难,怀疑小说转移和传达资产者的艰难。它们也怀疑爱情小说是这样一场真正的运动的宣传工具:其目的是扼杀爱情的(革命的和诗意的)力量。

如果现实既没有意义,也没有一致性,或者是,如果我们不知道这一点,怎么能论证小说是一种文学事业,它通过一个故事的、内部结构的紧密,表现和分析现实,使之可以被阅读;这个故事发展、充分展开,必然导向结局呢?

第十一章　性别的战争

陀思妥耶夫斯基反对分析

　　1866 年,在《德伯家的苔丝》发表前 20 年,对现实主义幻想的攻击来自俄国。《罪与罚》不是一部爱情小说,但是它提供了叙述的典范,而且陀思妥耶夫斯基的全部作品在它后面作支撑;这种叙述典范针对传统的爱情小说的中心,针对情感的分析。

　　在《罪与罚》中出现了什么? 一个知识分子拉斯科尔尼科夫决定犯下一件卑劣的罪行。为什么? 他带着什么样的思想、物质、精神、心理、生理和社会的动机呢? 这是巴尔扎克式的任何故事家都不会向我们解释的。同样,没有人承担写出拉斯科尔尼科夫犯罪前的故事,阐明他的行动的底细,达到一根链条的末端,不管是否是理性的。

　　问题至少要知道,就像在开始流行起来的侦探小说那样,凶手的杀人逻辑以什么方式面对社会的镇压逻辑呢? 陀思妥耶夫斯基对此没有留意。拉斯科尔尼科夫犯了一件完整的罪,如果他本人没有大声说出自己的罪,如果他不愿承认犯罪,如果惩罚没有触及他的行为,是没有人怀疑到他的。

　　为什么他向警察局自首呢? 从作者开始,没有人知道。陀思妥耶夫斯基没有做出回答;他不负责为他的人物每个细小角落照明的提灯。稍后他在《白痴》中这样写道:"自从上一章叙述的插曲,已经过去了两周。我们故事的人物景况在此期间没有改变,以致我们不加以特殊的解释,走得更远就极其不方便。可是我们感到,我们的责任就是仅仅局限于简单地陈述事实,尽可能免去这类解释。这样做的理由很简单,就是我们在很多情况下感到将事件弄明白很困难。"

　　"无疑对读者来说,同样的提示既很古怪,又很不好理解:对事件不提出明晰的想法,也不说出个人见解,怎么叙述事件呢?"

　　对这个问题的回答,就是小说本身。事实上可以打断阅读,宣布拉斯科尔尼科夫是疯子,他的行为出自一个精神病人。那就没有小说,而是写一个疯子的故事。19世纪,许多读者很泄气,不能发现罪行有什么意义,便会这样做。如果拉斯科尔尼科夫不是一个精神病人,仅仅是这样一个人:他忍受痛苦,不惜一切竭力给自己的痛苦指定一种名目,那么《罪与罚》才有意义。他的罪是迈向发展的第一步,但他对如何发展毫无所知。

读者可以被缺乏意义、出乎意料、即兴呈现、偶然揭秘、当场显现、突如其来所迷惑。这已经是某些德国浪漫派的梦想,当时他们以诗歌和美的名义,向理性主义发起冲击。比如诺瓦利斯,"人们可以想象没有结果的故事,但是要像梦一样组合。像这样的诗歌:仅仅响亮,充满光彩夺目的字句,但缺乏意义和一致"。陀思妥耶夫斯基还把他的攻击指向理性的束缚,他说,这种西方病咄咄逼人,他指向俄国文明最深刻的基础。有一种心灵的病:俄国的精英们专注于模仿古老的欧洲,已经病入膏肓,只能在不同于基督教信仰的、民间古老的源泉中,才能找到治疗的药方。

在起草《罪与罚》的三本笔记之中的一本里,陀思妥耶夫斯基写道:"小说的思想;正统的正确观念。在舒适中没有幸福,幸福要以痛苦的代价换取……人生来不是为了幸福。人应得到幸福,而且总是通过痛苦获得幸福。这里没有不公正,因为生活的科学和意识是通过赞成和反对的经验获得的,必须按价来支付。"

小说的思想独立于思想所引发的梗概。小说既不是思想的阐明,也不是思想的发展和综合。也许思想是小说的灵魂,或者采用亨利·詹姆斯的著名隐喻,是"地毯中的图像"。

从历史上说,爱情小说是一个特殊的领域,分析性叙述这种欧洲理性主义的经典表述在其中得到发展。自从矫饰小说巨细无遗地想象的爱情产生灾难以来,直至巴尔扎克把他笔下的夫妻屈从于社会和爱欲的生理体验,中间经过拉克洛或者理查逊的主人公这些感情的数学家所制定的、征服和自卫的策略,一切都建立在分析之上,人们称之为心理分析、性格的物理学、在社会环境中和思想压力下、在个人或集体的故事遭遇中的行动与反应。

激情、爱情的非理性、情感的或肉欲的病理学、过度、疯狂、入迷，这些并非分析丧失权利的状态，相反是仍然未开发的领域，要提供给实验和理性之光去探索。

刚走出炼狱，俄国小说便向欧洲的分析城堡进攻。陀思妥耶夫斯基，还有果戈理、莱蒙托夫、托尔斯泰。俄国小说获得巨大发展，树起了一个民族的反典型，这个反典型建立在敌视欧洲（特别是法国）文化的基础之上，建立在摈弃欧洲传统，特别是叙述传统的基础之上。

在柏林、巴黎或者伦敦读者的眼里，陀思妥耶夫斯基被看作一个疯子，这并不重要。果戈理被看作有宗教幻象的说教者，也不重要。同样在这些外国人眼中，他们被看作微不足道的作家，因为他们不知道（或者蔑视）在沙龙和学院中制定的、写作艺术规范的文雅形式，这并不重要。重要的是他们被俄国读者阅读、理解和喜爱，他们就是这样的。

《安娜·卡列尼娜》：从道德题材到小说深度

托尔斯泰的情况似乎不同。《安娜·卡列尼娜》是一部爱情小说，其**思想教训**好像与支撑它的情节一样明晰。安娜是上层社会的年轻女人，嫁给一个贵族政客，她不爱他，但尊敬他，她爱上了一个漂亮的军官沃龙斯基，他虽矫健却无能。小说叙述她的**堕落**的不同阶段。她怎样抵挡自己的感情，她怎样向感情让步，出卖她的丈夫，她怎样抛弃她的儿子，跟随她的情人到国外。然后，内疚开始使他的激情黯然失色，沃龙斯基尽管不敢决裂和毁约，却想摆脱这种他终于感到是妨碍的关系。为了惩罚沃龙斯基的不专，并"摆脱所有人和她自己"，安娜投身在火车轮下。

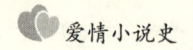

仿佛是为了更好地阐明他的教训，托尔斯泰在安娜和沃龙斯基罪恶的和不幸的爱情百叶窗对面，开设了一扇列文和吉提合法的、勤勉的与和谐的爱情百叶窗；后一对慢慢地互相爱上，同时牺牲了分隔他们的东西。其他几对夫妇在这幅壁画中也占据位置，达丽亚·奥布龙斯基面对她的丈夫，一个充满活力和善良、不能忍受不忠诱惑的男人，忍受着在生活中只捕捉短暂的爱情冲动。吉提的双亲是一对可悲夫妇的典型，丈夫抛弃了做家长的责任。由列文的兄弟、革命者和酒鬼尼古拉和平民之妻玛丽亚组成的不合法的一对，尼古拉不顾社会上的挑衅，和她共同生活。

《安娜·卡列尼娜》的题材不是爱情，而是家庭。如果读者看重托尔斯泰叙述故事的**梗概**，即构架，小说家的说教意图便显得呆板了：对通奸进行道德的、社会的和合乎情理的谴责，对作为爱情生活和自我建构指导原则的夫妇生活的赞美，在男人的事业和责任精神与作为女人特性的智慧与温柔**本能**的品德之间，进行传统的角色分配。

但梗概不是小说；同样，对作家来说，写作小说的行为也不在于通过阐明他对世界、道德和爱情的想法，**表现**他的思想。米兰·昆德拉在他的《耶路撒冷的演说》中关于欧洲的小说艺术，有一段话就是这样强调的："小说家不是别人的代言人，我要将这个论断推进一步说，他甚至不是他自己思想的代言人。当托尔斯泰拟定《安娜·卡列尼娜》的第一个稿本时，安娜是一个非常讨厌的女人，她的悲剧结局是合理的，罪有应得的。小说的定稿完全不同，但是我不认为，托尔斯泰在这期间改变了他的伦理思想，我说得更准确点，他在写作时，听从的不是个人道德信念的声音，而是另一个声音。他倾听我称作小说智慧的东西。凡是真正的小说家，都听从这种超个人的智慧，这就解释了伟大的小说总是比它们的作者更明智一些。比他们的作品更加明智的小说家本应改变职业。"

在托尔斯泰写作时，促使他把自己的道德辩护，改变成文学中最动人的爱情小说之一这种智慧或者小说的灵巧，究竟是什么呢？当托

第十一章 性别的战争

尔斯泰的思想早就重返思想意识的窠臼时,为什么我们仍然觉得《安娜·卡列尼娜》如此**真实**呢?我们可以将这种小说的发现称作前后不一的感知:我们不做我们想做的东西。我们的行为不是我们思想的推论,也不是我们想认定的事的实现——我们不会那样。

也许在我们的所想、所认为要那样和我们所做的事之间的断裂,只是福楼拜称之为**蠢事**的另一种面目。安娜和爱玛是姐妹,弗雷德里克·莫罗①所做的蠢事离沃龙斯基所做的蠢事不远。我们行动的前后不一,神秘地缺少因果关系,这不是一种精神缺陷或者一种心理疾病,安娜和爱玛忍受着这种疾病之苦(拉斯科尔尼科夫像一个人地狱的人那样也忍受这种苦),而合理的治疗或者适当的教育足以治疗这种病;这是人类生活的一个主题。这也造成我们的爱情成了爱情故事。

自此,读者知道安娜·卡列尼娜是否有罪,或者她是否无辜,她自杀是否是对自己错误的正确惩罚,这就不重要了。人们甚至不知道,她到最后是否想死,或者她最后的意志是否像以往的许多意愿那样,是她应得的。她开始**错过了**她想投身的第一节车厢,"她无法从手臂甩掉的红色小手提包,使她错过了时机"。她等待下一节车厢,甩掉她的红色小提包,将脑袋缩进肩膀中,双手向前,投向火车。"这时候,她对自己所做的事并不恐惧。'我在哪儿?我在做什么?为什么?'她想站起来,闪开身子,可是,一个冷酷无情的庞然大物撞到她脑袋上,从她背上碾过。'主啊,饶恕我的一切吧!'她感到无力挣扎,喃喃地说。"

安娜的死没有使小说结束。托尔斯泰增加了小说第二卷的第八部分;在他的女主人公自杀后两个月,他放进的故事有100多页,似乎放在那里是为了将前面200章中小说家的艺术和想象所能发现的一切清扫一遍。仿佛托尔斯泰在自己的作品中不完全承认自己,或者说

---

① 福楼拜的小说《情感教育》的主人公。

得更准确一点,仿佛他的小说,他的描绘,他的写照,他的对话,他的情节的镶嵌,他的意象的形状和颜色,塑造人物的光与影,把他拖向远离那些伦理和有教育意义的真理,他认为这些考虑是他真正的作家禀赋。《安娜·卡列尼娜》在令人厌烦的说教中结束,说教的主要人物是列文,可怜者列文,意识不犯错误的列文,由"善的法则"指导的家长列文,列夫·托尔斯泰的明显代言人列文。

幸亏《安娜·卡列尼娜》的读者早就知道,即使列文表达了托尔斯泰的精神和宗教理想,但他是一个更不确定、无论如何不那么刻板、比他所表现的意识更能发展的人物。正如安娜不是一个不满足的女人,任凭罪恶的爱情主宰,忍受正当的惩罚,而她是一个具有真正的道德和感情严格的女人,促使她将爱情放到光天化日之下,如果这爱情被一丁点隐秘包裹起来,俄国上流社会就不会加以谴责。安娜**自己**弄错了对于沃龙斯基的爱情的实际情况。她执着于把总之是强烈的肉体魅力当作爱情。并非她的通奸扼杀了她,而是不理解的迷雾使她未能洞悉自己的目的。

不是只有她无视心理**法则**。安娜的丈夫卡列宁,这个僵硬和冷漠的官员,严格地依附于上流习俗的专制丈夫,当安娜产褥后重病在床,他握住沃龙斯基的手时,流露出一点宽容和人道之光。这只持续了一刹那,但是这一刹那足以使另一种感情真相模糊地显现。这种真相很少出现在人物偶尔的闲谈中,而是出现在细节的堆积、意象的安排、题材的组织和交错中。

爱情小说变成了特殊的地域,显现我们的行动隐秘的根源,以及我们的行为倾向于回避的因果计算。

亨利·詹姆斯:反常的捍卫者

1875 至 1877 年,《安娜·卡列尼娜》在《俄罗斯信使》上连载,

第十一章 性别的战争

1878 年在莫斯科以三卷集出版。同年，亨利·詹姆斯，一个年轻的纽约作家，越过大西洋，定居伦敦。他是美国科学和实用主义的心理学的创始者威廉·詹姆斯①的弟弟，先是想居住在巴黎，由于他崇拜福楼拜，欣赏福楼拜的艺术要求和客观性。但是，巴黎的文学生活只关注琐事，令他失望。詹姆斯是一个苦行者，不打算任由精神的平易得到消遣。

他被斯蒂文森②称之为"深思熟虑的艺术家"，他是一个这样的作家：对小说家应该接受的人类现实，以及应该展开以准确完成自己"使命"这种"尖兵"的作用，有非常敏锐的意识。詹姆斯深信，尽管作家不太知道保持距离，文学还是能够显现和描绘"心灵的自然法则"，与他的哥哥通过实验方法描绘心理法则一样具有科学性。在他的整个生涯中，他依次发表了许多作品——长篇小说、中短篇小说、剧本、游记——还有评论，他在其中发表了关于"人类场景"和给予场景展示的写作艺术理论。

亨利·詹姆斯就像托尔斯泰和陀思妥耶夫斯基一样，有一个**信息**要传递，还有一个对美学规则非常准确的想法，他要加以观察，让这个信息被人理解，让"生活光彩夺目的浪费"变成"艺术崇高的经济学"。他就像托尔斯泰对我们的幸福所期待的那样，达不到给自己指定的和坚持的精神目的。

任何小说家都没有把他**生涯**的烦恼和他想给自己形象的思考推到他所做的那么远。他属于年轻的美国文学，把自己看作"外省人"，处于社会边缘，企图构成一部作品，实现"欧洲精神"的目的，就像他设想的那样：他是一个科学孕育的、精神不安所引导的、爱想象的人。詹姆斯出自一个美国的"大家庭"，想取得职业的成功——说白了，是挣

---

① 威廉·詹姆斯（1842—1910）：美国哲学家，亨利·詹姆斯（1843—1916）的哥哥，著有《心理学原则》（1891）。
② 斯蒂文森（1850—1894）：苏格兰小说家、诗人，著有《金银岛》（1883）、《化身博士》（1885）。

尽可能多的钱——同时预防工业文学的庸俗,取得欧洲文学的承认。存在巨大的差异,完美的实现要设想杂技般的运用朦胧,而且有一种对失败的受虐狂趣味。詹姆斯从来不够富有,也不像他梦想得到的(或者他想让人这样相信)那样受尊敬。

爱情关系给詹姆斯的计划提供投入的领域,他的想象力能使之取之不尽。首先因为他主要是为英国和北美的报纸和杂志写作,他的读者,他称之为"闲暇阶级"的成员,喜欢在他自以为伸给他们的镜子中自我欣赏。这些好家庭出身的人,在自信属于精英的信心中成长,有着他们所属地位的法律、责任、特权和义务,在詹姆斯的小说中重新找到回音,这些回音混在他们成长的金色小气泡中。爱情故事、家庭故事、金钱故事,这三条线混杂在化学成分纯粹的氛围中,故事的喧闹分量不如裙子的形式、舞会小册子上的算计或者信誉的严格法则无情的实施那样沉重。詹姆斯的小说在灵活和分寸方面能与这类婚姻故事相媲美:它们造就了乔治·艾略特、伊丽莎白·盖斯凯尔①或者安东尼·特罗洛普②的女读者的欢乐。这些小说好像探索尊贵情感的迷宫。

爱情小说也激起詹姆斯的文学想象,因为他能在其中展现他的心境所有的珍宝。

他想道出爱情的一切,尽可能地**真实**。他想在最隐蔽的角落,在最灵巧的细微处,在最公开的矛盾,在与美、野心、金钱、荣誉、还有欲望、目光、禁忌、父母、孩子、同性的人的关系和自身中围捕爱情。他想成为看到爱情的一切的目光。

他应该成为说出一切的那个人。但是一切不会自动说出;不可能一切都写在长篇小说和中短篇小说里,这些小说发表在维多利亚时期的英国报纸上,或者在波士顿、费城的报纸上,在这些报纸中,自由的现代性与清教徒的传统结合得非常紧。为了精神的狂喜和引发笑声,

---

① 伊丽莎白·盖斯凯尔(1810—1865):英国女作家,著有《玛丽·巴顿》(1848)。
② 安东尼·特罗洛普(1815—1882):英国作家,著有"巴特郡"小说等几十种。

第十一章 性别的战争

亨利·詹姆斯于是成为隐秘和堕落的无与伦比的捍卫者。詹姆斯的艺术在于遮蔽他所表现的东西,展示他隐藏的东西的痕迹。为了套住一切,他在一篇有名的小说《地毯里的图像》中,展现这种必要的骗子策略,他恳请别人把它看作一篇美学纲领,同样也看作一篇道德的陈述。

因为堕落不仅是大胆的爱情分析所必需的,在阿拉伯式的风格或者宽容的幽默中冲淡这种大胆也会是合适的。隐蔽、暗示、模糊、不言明、秘密,按詹姆斯所想,是人类的构成因素。爱情关系叙述两人的邂逅相遇,每一个人都具有两副面孔,同时对抗与互不了解。相遇只能是戏剧性的;或者当对抗者之一同意完全消失在自己的谎言后面,牺牲他的人性时,这种相遇完全令人失望。

亨利·詹姆斯的爱情小说是将模糊的或者乱糟糟的情感写成故事,主人公酷似读者。一切的经过仿佛作者具有一种绝对的目光,扫除他的人物精神的、情感的、冲动的面貌,给他的读者披露他自己的谜底。詹姆斯在叙述故事时采用的方式,仿佛他自己是眼前的见证人,把叙述放在读者贴近的地方;但是他和人物所保持距离的、往往是讥讽的、有时是挖苦的、永远是同谋的中立,作为交换,带来了这种保证:作者对他们的恶习不表示任何同感的情绪。

1878 年他在享有盛名的《康奈尔杂志》上发表了一部作品《苔瑟·密勒》,第一次在公众中获得成功。这部作品实际上根本没有写到爱情。爱情是这个故事中的幽灵,是压在每一页中的隐言,是被阶级偏见、妇女的恐惧、特别是引起年轻人对一种起源可疑的种族代表,也就是国际上的美国少女们的恐惧所禁忌的情感。

苔瑟·密勒是新世界对欧洲古老文明边缘散布的产物迷人的和令人不安的原型。她的父亲在国内挣了很多钱;她由母亲、弟弟和"侍从"陪伴,在古老大陆文化旅游的胜地把钱挥霍掉;男性"侍从"的作用是训练有素地做一切事,他的作用至少是暧昧的。她有活力,生气勃勃,高雅,热衷于了解和受教育,举止和言谈自由,很高兴能诱人和娱乐到不谨慎,很想摆脱掉无足轻重的调情庄重和情感呆板。

风雅世界的这个新对象,"这种天真和言行失礼捉摸不透的混杂",使日内瓦和罗马的风雅青年感到惊讶和不安,苔瑟的美貌(也许还有她的财产)吸引着他们,但是他们也怀疑年轻的女继承人毫无羞耻地经历"无行"的风险,既兴奋又害怕。苔瑟没有做过别的坏事,除了同一个显然被怀疑有夺取财产目的的意大利帅哥"行止惹人注目",她要被残忍地排除出罗马居住区的国际"上流社会"。她死于有点象征性的疟疾,那是在一次她同自己无精打采的意大利人在科利泽①的疫气中约会时染上的。

苔瑟·密勒的赞赏者(和情人)的复杂性,只有亨利·詹姆斯"研究"的读者的复杂性可以媲美。当小说在美国发表时,美国的批评界将作家的爱国主义分成两派。詹姆斯痛斥过他年轻的女同胞的行为吗?他痛斥过自己对美国精英的道德声誉要承受的偏见吗?或者相反,他对这些女先驱者的大胆和勇气致敬过吗?她们非常坚决不让她们的幸福权利屈从于被妇女恐惧所控制的、欧洲古老社会的偏见。

说实话,不确定是全面的。詹姆斯好几次接触到围绕这个题材巧妙地进行的故事,读者也弄不明白是对美国的乡土气的讽刺占据上风呢,还是对那些神秘人物的迷恋占据上风,这些神秘人物半是天使半是魔鬼,出现在"美元的神秘国度"。就像《苔瑟·密勒》的叙述者所说的:"正如我有机会所转达的,他(苔瑟的美国追求者)因陷于对这位小姐过于精细的思考而愤怒。"《潘多拉》中的美国女主人公仍然是一个"独自处事的少女",在这部小说中,詹姆斯(愉快地)承认他的心理分析的无能为力:"确定奥托·沃尔根斯坦(一个理智的、耿直的德国人,潘多拉的情人)感到这样一次考验的可能性很可怕是过分了,但是至少可以进一步推想,遇到潘多拉·戴伊引起他一些激动。虽然事

---

① 科利泽:罗马的古剧场。

第十一章　性别的战争

实无疑是古怪的,我不敢冒昧去解释;有的事情甚至最有哲理的历史学家也没有责任去考虑。"

模糊、复杂、**不协调**、总之是反常,这些是比逻辑信念和理性分析(再说是确定的和往往是可疑的理性)更丰富的乐趣根源。这就是小说家詹姆斯对他的替身、道德专家的回答。小说家詹姆斯不放弃供给他的读者复杂的心理描绘,他把这些观察放到他的故事的不同人物身上,变换角度和视点,凭主观任意改变光线,直至画面不仅没有变清晰,反而陷入最终的和矛盾的昏暗中。

这不是亨利·詹姆斯的爱情小说提供的、一个地理学大师描绘的一幅现代爱情国地图①,而是对感情领域不断改正和重新描绘的轮廓,其中的人物似乎不能分辨最灵活的模仿者的爱情,也即身上怀有的爱情和感受到的爱情。

在1880年发表的《华盛顿广场》中,詹姆斯从假面具和盲目爱情的游戏中抽出一种完美的悲剧框架。主要人物斯洛普医生、他的女儿卡瑟琳、他古怪的姐妹和卡瑟琳的追求者莫里斯·汤森德在跳一种四对舞,读者在其中发现,爱情是这样的标签:标签下面激荡着蔑视、忌妒、贪婪、浪漫的轻浮、愚蠢、固执、屈辱、怨恨甚至仇恨。四对舞的每个成员在爱情、忠诚、尊重别人的掩盖下,进行一种对别人野蛮的、静悄悄的毁灭行动,那是在叙述者完全恶意、忍受着性欲冷淡的目光下表现的。在另一部小说,1896年分别发表于伦敦和纽约(不过版本明显不同)的《另一幢房子》中,爱情和它的欺诈穿越不了的丛林之间,缺乏分界线,是以非常紧凑和极细的准确加以强调的,以致小说从别致的轻喜剧摇摆到残酷的悲剧,在这过程中虽然不显示出来,却不顾维持得最好的禁忌、母爱、乱伦、同性恋。

爱情小说最终从解释和论证的束缚中解脱出来。**心理学**只是人

---

① 爱情国地图:17世纪法国女作家斯居戴利小姐的小说《克莱莉》描绘的贵族沙龙中的游戏。

们给予小说家的想象的名字,联结一个行为推定的原因和它显示结果的朦胧过程。

从莫斯科到纽约,小说家们知道了,**获知**别人的所想和所感,远不如获知的兴趣和无法获知,在小说兴味方面是差得远了。

第十二章

性爱不确定的领域

　　"'梅多么可爱啊！我在纽约没有见过这样漂亮和聪慧的少女。 281
我想,你是深爱上她了……'
　　纽兰脸红了,笑了起来:
　　'自然啰。'
　　她望着他,若有所思:
　　'你以为,'她说,'爱情有界限吗?'
　　'爱情界限？如果有的话,我也没有找到。'
　　她因同情而光彩奕奕:
　　'那么,这确实真的是一部小说?'
　　'最浪漫的小说。'
　　'多么美妙啊！你们俩都感到是这样吗？不是别人给你们安排的吧?'
　　阿切尔呆呆地望着她:
　　'你忘了,'他说,'在美国,我们不是自己安排我们的婚姻吗？'"
　　为了得出这场关于爱情的对话的全部兴味,必须确定,对话者、两个年轻人,纽兰·阿切尔和奥伦斯卡伯爵夫人正在进行一场开始调情的口头辩白,就离纽兰的未婚妻**可爱的梅**几步路的地方,他**真诚而平静地爱上了她**。调情很快发展并将纽兰和伯爵夫人投入到夺取爱情

245

的苦境中。

节选出这段对话的那部小说名为《天真时代》;1920年它在纽约发表。它的作者伊迪丝·华顿①因这部作品获得了普利策奖,这个奖是第一次颁给了一位女性。伊迪丝·华顿在巴黎生活了十多年,《天真时代》马上被译成了法文,由女小说家监督翻译。

"真正而真诚的"爱情被吸收到小说中,吸收到"最传奇的小说中",直至进入典雅谈话的日常语言中。有些感情关系是传奇的,另外一些感情关系则不是。爱情由于别的考虑,而不是两个人进行自由的结合,这并没有变质,"就像一部小说那样"。爱情由于介入了利益和庸俗的别样情感,如金钱、荣誉、害怕孤独、自私自利,还有肉欲、陷于情感、否认现实,不再成为一部小说,而是进入了平凡生活的庸俗流程中。纽兰和他的未婚妻梅交换一个吻,第一次是一个轻轻的吻,纽兰感到"溢出了幸福之杯",但是,为了减少这种大胆的印象,他把梅带到一个不那么偏僻的角落,坐在她身旁。"他们静静地待着,未来伸展在他们脚边,仿佛阳光灿烂的山谷。"

伊迪丝·华顿显然在嘲笑。这两个年轻情侣是这样般配,这样真诚于爱情小说的体面规则,他们是同样的人,女小说家在某个地方写道,"就像身体夹在冰川中,奇迹般地保持着生活的本色"。他们生活在看过的书页中。美国社会固有的意识形态,甚至使他们相信,他们是自由选择的,于是他们不断听从给他们指定遵守纽约上层家庭礼仪的那个人。

幸福的未婚夫纽兰敏感于梅经过体育锻炼的、冷冰冰的美给别人产生的印象,即将意识到田园式的爱情婚姻能够给予他的生活,这个法国小说的读者却即将爱上一个表妹,她是一种放荡的体现:艾伦·奥兰斯卡刚从欧洲回来,她从那里避开一个富有、高贵、令人厌恶的丈

---

① 伊迪丝·华顿(1862—1937):美国女小说家,著有《快乐之家》(1905)、《天真时代》(1920)。

夫,她不知道统治着种族和声誉的上层标志的秘密,她有性格和想象力,很快就去造访艺术家和知识分子。她不漂亮,可是具有不可抗拒的吸引力。梅则相反,她是传统的尊严和品德的崇高的化身,"空虚的透明"的纯粹表现。

有两部爱情小说互相冲突。一部虽然总是不相信,却在散布美国清教的道德理想,这种理想强烈地依附于表面,对激动很吝啬,屈服于"不知道令人不快的事的礼仪责任"。这部小说在保护女人的细腻的借口下,赞同女人的屈从和她们品德的神圣。比如纽兰想,"作为高雅的男人,向未婚妻隐瞒自己的过去,而且她并没有这样的过去,那是他的责任"。

另一部爱情小说来自欧洲;更准确地说来自这种文学:它在宫廷文明中,把情感关系置于个体生活的中心,使之变为最生动的现实。浪漫主义给予在感情联系的等级中爱情的至高无上一种新的发展,一种更具精神性的新色彩。它创造了**心灵姐妹**,一切肉体和性的内涵足够减弱的概念,让正陷于不可抗拒的吸引力的情侣避免一切羞耻和失去信誉。爱情小说竭力使人忘记,这往往(从《特里斯当和伊瑟》起)也是写通奸的小说。

伊迪丝·华顿在《天真时代》中描写了这两个故事的冲突。纽兰·阿切尔是在纽约和波士顿的上层清教社会的模子中完美地塑造的,他是其中的一个特权者,要尝试离开这样一部小说:他了解其中不变的曲折,品味爱情无行和情感不定的苦涩乐趣。他渴望听到心跳。至于奥兰斯卡伯爵夫人那方面,她经过婚姻的不幸体验后,回到美国,渴望消融在这个迎接她的社会的平静秩序中,不再忍受窒息人的墨守成规。阿切尔和伯爵夫人只能互相错失良机:阿切尔不能摆脱他金色的锁链,体验他梦想的爱情。艾兰·奥兰斯卡过久地呼吸过古老大陆的解放气息,不能认同在美国上层社会的沙龙里流行的、社会法规的虚伪。两者甚至在能够会合之前便被无情地分开,返回他们原来的世界。"就这样在古老的纽约,不流血就死去。"

华顿使用未完成过去时,她把小说放在 19 世纪 70 年代的纽约。她谈的是当时正在崩溃的世界,在她描绘之后半个世纪,这个世界便变为齑粉了。这个时间距离扰乱了读者的观察前景。不再能够完全确定女小说家想让读者感受的感情。在华盛顿广场的僵化社会和两个被牺牲的情侣之间进行的静悄悄的战争中,他自发地打定做次要角色的主意,要生活,要禁忌的爱情。尤其是纽兰和艾兰是圣洁的,他们的肉体同谋关系局限在交换目光和两下快速的接吻,这就变得更加容易。如果伊迪丝·华顿越过她的批评,对已崩溃的旧秩序表现出一种怀念的方式,如果她觉得此后她生活的世界在许多方面比过去的更加残暴、更加无耻、更加粗野,纽兰和艾伦或许不是故事的真正主角。无所畏惧的梅是贤妻良母,家庭的细心守护者,温柔而有效的保护者,抵挡经常纠缠丈夫的那些魔鬼般的人物。她是小说中最纯洁的形象,真正的爱情形象,是"对他人光明磊落,对自己坦率的完美平衡者"。但是什么也不允许对此起决定作用。

反过来,明晰的是伊迪丝·华顿要将爱情争论保持在道德、智力和精神分析的严格领域的意愿。她的人物没有身体,除了他们的脸颊或者脖子的颜色暴露出他们心灵的激动、羞耻、快乐或者愤怒。在汇合纽兰和艾伦的唯一的大场面中,叙述者强调,追求者在激情达到高峰时,"感到奇怪地对年轻女人的身体无动于衷"。激动是心理的事。

心理学是对生理学保持距离的一种方式。在 19 世纪的最后 30 年,自然主义作家在与他们的对手之间的重大争执中,双方的美学标准有时在思想和道德的对抗中运用假面具。他们关于艺术和美互相争执,为了隐藏互相扭打,还为了稳住文学共和国的阵地,并对民族和社会的、历史与文化的命运进行争执。有人攻击左拉的小说"粗野"和"庸俗",很少有人赞同他对"社会问题"的观点;当人们指责象征派、颓废派和为艺术而艺术的公开拥护者时,显然是怀疑他们对人类发展持有悲观的、反动的信念。

爱情小说没有逃脱掉争论。针对左拉的科学意图和他的某些弟

第十二章　性爱不确定的领域

子的挑衅,回应的是形式主义者逐渐淡漠的爱情描写。对更加广泛的读者来说,围绕着**心理**曲折变化的渲染,趋向于把爱情描写成精神活动。20 世纪 90 年代,事情变得可以理解了,自然主义变得陈旧。左拉去世了,他最优秀的门徒,挪威的易卜生、德国的霍普特曼①或者瑞典的比昂逊②,都转身面向戏剧。其他人例如于依斯芒斯③,转成敌对者,投身到色情的、模糊的幻觉中,其中身体和花朵混成一片,天使和魔鬼在性的无动于衷之间争斗。在全欧洲,瓦格纳的浪潮和叔本华④的哲学将爱情故事神话化,或者在表现的主观性中将它分解。在法国,保尔·布尔热⑤——一个伊迪丝·华顿的好友——的小说的成功,标志着**心理**爱情小说的至高无上,小说家力图保卫精神的神圣权利,对抗威胁着这种权利的腐败和堕落的力量,这种力量威胁着离异、宗教冷漠、精神的缺乏自信,也威胁着共和国、民主和伴随着灾难的风俗松懈。

象征主义、颓废主义和唯美主义,都是用以反对唯物主义和实证主义企图的。各种"主义"是对艺术生产的商业进行控制的标志。文化产品的标签,文学、音乐或绘画领域的不同取舍之间的竞争组织,创作家根据他们被认为所属的**流派**、**宗派**和**小团体**的分类,指出了出版商、画商或剧院经理对他们**提议的**政策,给予清晰的、可见的形式做出的愿望。

在爱情小说领域,反自然主义的回应有着意想不到的结果。身体的消失,面对纯粹的形式美要求或者象征意义的要求,物质的消解,设立了将爱情依附于性别不同的关系。假两性畸形⑥的迷雾包裹

---

① 霍普特曼(1862—1946):德国作家、戏剧家,著有《日出之前》(1889)、《织工》(1892)。
② 比昂逊(1832—1910):挪威作家、戏剧家,著有《破产》(1874)、《挑战的手套》(1883)。
③ 于依斯芒斯(1848—1907):法国作家,著有《逆流》(1884)。
④ 叔本华(1788—1860):德国哲学家,他的哲学思想在 19 世纪的法国十分流行。
⑤ 保尔·布尔热(1852—1935):法国小说家、评论家,著有《现代心理学论集》(1883)、《残忍的谜》(1885)、《弟子》(1889)。
⑥ 指男子女性化。

着心灵之间、毅力之间和怠惰之间的交换和吸收。当男女不能融合在一起时,他们便消失在形式和螺旋状的五彩商场中,同珍奇的小玩意儿和五颜六色的一束束鲜花混合在一起。在英国、意大利和法国的拉斐尔前派的小说中,或者在詹姆斯·巴里①的《彼得·潘》(发表于 1900 年)中,爱情就像一种不同地迷醉男女的液体,只限于在童年和返回到唯一真正的爱,即母爱神圣的、无性欲的世界里,才保存世界的惊奇而迷人的能力。同性恋至今被排除出小说,除了以暗示的、暗含的或者偶然的可耻形式,在天使般的性感的美化范围内接触到公民权。

在虔诚派②和讽刺之间的窄门

安德烈·纪德在象征派中有许多朋友,他如同象征派那样,是一个自然主义美学的坚定敌对者。他步魏尔伦和马拉美的后尘,开始他的文学生涯。但是,自从 1902 年发表了《背德者》以来,他力图把他的想象放在人物触摸得到的现实和历史与地域的环境中,向更广泛的读者开放。象征派不喜欢小说,怀疑要同真实散文化、同"永远的新闻体裁"保持亲缘关系。《背德者》仅仅将他的主人公的同性恋冲动掩饰起来(不过相当明晰),转移了纪德的夫妇悲剧。小说的主人公米歇尔不是纪德,按照他的创造者的愿望,是一个"蓓蕾",一个自己的可能替身:这种可能性促使他摆脱一切道德,完全享受生活的热力和快感,哪怕牺牲爱他的女人。

七年后发表的《窄门》是《背德者》的对称:"**我的另一个极端**," 纪德写道。针对吞噬着米歇尔的生活与享乐的神秘(在作者有时讽刺的

---

① 詹姆斯·巴里(1860—1937):爱尔兰小说家、戏剧家。
② 虔诚派:17 世纪德国路德宗教会的一个教派,此处指纪德改宗新教。

第十二章　性爱不确定的领域

目光下），是《窄门》的女主人公阿丽莎过度地观察到的、纯粹爱情和牺牲的神秘。爱情的崇高和深邃，要求决不因肉体的不纯粹而受损。故事结束时，阿丽莎最终拒绝了她所爱的人热罗姆，为了不破坏她爱情的完美，她向他断言，今后，他们分开，会最终认识"**最好的东西**"。在年轻女人死后，在别人交给热罗姆的、阿丽莎的日记中，她宣称"舍弃的纯洁心灵"应得的"超越人类欢乐的完美而灿烂的快乐"，又宣称她的不妥协把她封闭在孤独中的烦恼。"就像在我的生活突然**明朗**和幻想破灭一样……我想现在就死，赶早，在重新明白我是孤独一个人之前。"

《窄门》是纪德开始文学创作近 20 年后获得成功的第一部小说。正是这部虔诚派的爱情小说将纪德推至文学先锋派的一流位置。《背德者》只有一小撮读者，以致纪德沉没在长期的无声无息中。纪德散文的古典美，不能解释这突如其来的承认，作者本人也说："福楼拜和莫里哀的时代，就像今日和所有时代一样，唯有主题对第一时刻的读者是重要的；并非只有描绘的质量才使作品长期存在。"

读者是因女主人公的严守宗教教规，回应世俗的共和国最近的进攻，而得到满足的吗？有可能，虽然阿丽莎不是一个虔诚的天主教徒，甚至也不是虔诚的新教圣女。保尔·克洛岱尔在这方面是专家，毫不忽略地指出："天主教徒应该恭顺地热爱和实施信德，因为……"又说："单单神秘的，没有普通回报思想的虔诚"会感觉出骄傲的罪恶。但是，读者不是神学家，准确地说，是被这毫不退让的性格的浪漫所吸引，纪德的句子庄重而有节制（他后来谈到"非常纤细地描画"），提供一个人道的性格。在这部完全描绘精神的爱情小说中，肉体被判定令人害怕，或者消融在肉体美之中，迷惑了这类读者：对他们来说，肉体现实令人想起恶的各个方面：罪孽、堕落、疾病、恶习、出卖。

阿丽莎是一个天使，她未能让她的情人力图勾画出她的身体特征。"我不能描绘这副面孔；我抓不住脸容，直到眼睛的颜色；我只重新看到她的微笑已经近乎忧郁的神情，以及她的眉毛的线条。"她就像

"一尊但丁时代佛罗伦萨的塑像"。这是一个艺术作品。

她的母亲吕西尔·布科兰,反过来肉欲很可怕,危险地诱惑人。家庭将这个**克里奥尔人**①撇在一边,她激起情欲,忍受着歇斯底里的发作,其挑起情欲的根源并未令人生疑。热罗姆说是感受到"在我的姨妈身边有一种古怪的不舒服,一种混乱的、既赞叹又恐惧组成的感觉"。可是,有一天,布科兰太太把她年轻的外甥留在身边,使他不舒服。热罗姆像阿丽莎一样,没有生命力很强的品质,但这样同欲望偶然相遇,转向恐惧的场面:"她把我的脸拉向她的脸,把我赤裸的手臂围住她的脖子,把她的手下滑到我半敞开的衬衫里,笑着问我是不是很痒,手再往下推……我猛然一跳,我的呢子上装被撕开了;我的脸火热,而她大声说:'呸,大傻瓜!'——我逃走了;我跑到花园深处;那儿,在菜园的小蓄水池里,我浸湿我的手帕,再敷在额角上,洗刷和揉搓我的面颊,我的脖子,这个女人摸过我的所有地方。"

纪德的**多样性**把他很快带往精神领域的其他探索;他多次在他的作品,剧本、日记中,通过艺术,在分裂他、撕扯他的相反愿望之间,回到他寻求的平衡上。读者只是通过阿丽莎狂热的、超凡入圣的目光,才完全明白了《背德者》的过度行为。纪德不久过渡到别的事物,过渡到一项计划,他肩负了这个计划有 20 年之久,其讽刺幽默被看作**换了地方**:《梵蒂冈的地窖》。但是,在《窄门》中已经没有了讽刺和批判吗?读者故意没有看到。

纯粹爱情的崇高,牺牲令人心碎的伟大,写作的严谨,在朦胧中让人看到纪德不是暗示,而是显出不安:清教道德和它对身体的厌恶造成的压抑,将**夫妇**变成一个巨大的误会或者一个监狱。即使两人的对话宣布,他们想"兄弟般相处"。结合是不可能的。门太窄,两个人穿越不过去。阿丽莎这个胆小的处女,认为他不可能像她爱他那样绝对地爱她:"上帝!我们走向您,热罗姆和我,这一个同那一个,这一个通

---

① 克里奥尔人:安的列斯群岛等地的白种人后裔。

过那一个;沿着生命之路,像两个朝圣者往前走,有时一个对另一个说:'倚在我身上,兄弟,如果你累了。'另一个回答:'感到你在我身边,我就足够了……'可是不!上帝,您给我们指出的道路是一条窄路,窄得两个人不能并肩走。"

纪德的小说将道德和宗教问题引入艺术创作和"高级"文学的领域,这些问题从情感的角度看,至今未被有教益的小说和圣徒传记,也就是说,寻求虔诚形象和传说的神奇性所触及。但是,没有愿望就没有真正的文学。《窄门》是这样一部爱情小说:其中,圣洁仍然是愿望的一次胜利。阿丽莎从她的图书室中去掉了热罗姆赠给她的(杰出文学的)书籍,以及她同他一起读过的书籍,用"毫无意义的、庸俗虔诚的小作品来代替"。她为了死去而藏身的房间四壁空空。她唯一允许放在眼前的作品是一本圣经。然而她只能回避她隐藏的、克制的、埋没的、否认的、掩饰的、散发出耀眼欲望的一切。

"同时充满纯洁和有点'萎靡不振'":《大个儿莫纳》,青少年爱情的图标

1913 年,纪德还没有真正热情地想到在《新法兰西杂志》上发表《大个儿莫纳》。他对阿兰-傅尼埃①的连襟雅克·里维埃尔②的友谊,小说显著的文学价值,他对激励着作者的精神不安的关心,这些战胜了他的犹豫不决。《大个儿莫纳》很快变成适用于青少年的男女读者爱情文学的图标。一个世纪以来,它的成功不再被否认,仿佛它一下子跳出时髦,处于一个对比的天地,一个超越时间的王国。空间本身好像是不确定的。这是处在索洛涅③、茂密的森林、薄雾、刚被踩踏出

---

① 阿兰-傅尼埃(1886—1914):法国小说家。
② 雅克·里维埃尔(1886—1925):法国作家,《新法兰西杂志》的创始人之一。
③ 索洛涅:巴黎盆地地区,由山冈和山谷包围着。

来的小路的空间。一个迷蒙的地方。

这是回到童话故事的爱情吗？故事开头促使人们相信这一点。莫纳在田野里闲逛，迷了路。他发现一座古堡，那儿在进行一场神奇的节庆。他获悉，这是当地一个年轻领主和一个还没有人认识的、来自布尔日的小姐在举行婚礼。但是未婚妻没有到场。只剩下举行婚礼的诺言。奥古斯丁·莫纳在回到自己的村子之前，正好有时间了解这个出色少女的名字，他认识她。她名叫伊沃娜·德·加莱，是不幸的未婚夫的姐妹。莫纳此后以梦想般的爱情爱上了这个幽灵：这爱情是绝对的、无限的、不可能回复到真实的生活中，愿望必然在这种生活中具有一种形式。就像纪德笔下阿丽莎的爱情一样，莫纳的爱情只能在缺失中实现。宗教神秘庆贺这无边无际的爱情，这是被选中的妻子的身心和神圣结合；爱情的神秘从愿望毫无结果的探寻中获取享受。

如果愿望达到了，它就到了局限而消失。小说叙述者通过莫纳而接受梦和神奇，他就要重新找到伊冯娜，但这是为了最终在他们婚礼的晚上失去她。在《大个儿莫纳》中，爱情结合总是受到谴责，置于缺失、丧失、无法完成和死亡的支持下，标志着生活和青春纯粹而热烈的涌现的结束。爱情有着僻壤令人陶醉的兴味；它失去了未来。

《大个儿莫纳》发表后几个月，阿兰-傅尼埃在第一次世界大战最初的战斗中牺牲了，年仅28岁。他没有对这首关于预示幸福丧失的动人和细腻的诗篇增添点什么。

法国大革命标志着欧洲文明的一次破裂；第一次世界大战引起了另一次更加巨大的破裂。欧洲葬送了自己的青春，嘲笑它自身的价值。西方的美国，东方的苏俄，是现代性的两个新极，包括它们引起的拒绝和挑起的恐惧。它们是两个新世界，向老化的大陆挑战。诱人的是，将文学发展与历史的动荡联结起来——人们经常这样做。然而编年史确认，历史按照它所作用的对象传递不同的节奏。比如在绘画方面，是抽象的革命，它宣布画幅对它的**主题**、对始于 1910 年表现的、准确性的自主权。马雅可夫斯基和他的朋友们的俄国**未来主义**的创作——过去表明是狭隘的。科学院和普希金比象形文字更难理解。把普希金、陀思妥耶夫斯基、托尔斯泰等抛出现代性这艘邮轮的舷墙——这发生在十月革命之前的五年。

挪威女子珍妮和美国女子珍妮

在爱情小说领域,没有等待到男人的战争让女人摆脱这个私人空间:女人至今被封闭在那里,给她们创造不同于神圣家族的精神和感情价值看守者的作用。正是在 1911 年,挪威女小说家西格丽特·温塞特①发表了《珍妮》。巧的是,同年,也是 1911 年,一个十分贫穷、严格地信仰天主教的、德国移民的孩子西奥多·德莱塞,在美国发表了一部情感小说,它的女主人公取的也是温塞特笔下人物的同一名字——珍妮·杰拉尔德。除了这点相同,两部小说都阐明了在生命冲动和严酷的道德法则之间撕裂人们的冲突。女人是这种冲突确定的牺牲品,这绝不是偶然的。

珍妮是一个艺术家。她屈服于传统,离开家庭和挪威,来到罗马学习绘画和素描。她在那里重新找到一小群斯堪的纳维亚的年轻艺术家,他们被罗马的光芒、那里生活的温馨、风景的美丽和丰富的纪念性建筑所吸引。这是一个明智的、庄重的、生活自由的人,某些爱情交往使她的生活变得有节奏,仿佛结合在一伙年轻人中间。她是理智的,坚决**要过她自己的生活**,就像她理解的那样。珍妮为了打破孤独,了解被爱的乐趣和心理紊乱,同意和另一个在罗马的挪威大学生赫尔杰·格莱姆订婚。他认为爱她;她带着一点惶恐和惧怕接受他的感情吐露,就像一个人们不想从中惊醒过来的梦那样。"当我遇见赫尔杰时,我 28 岁。我从来没有对别人经历过爱情。赫尔杰爱我。他

---

① 西格丽特·温塞特(1882—1949):著有《珍妮》(1911)、《春天》(1914)、《克丽丝丁》(1920—1922);因"对中世纪北欧生活的强有力的描绘"获得 1928 年的诺贝尔文学奖。

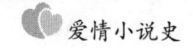

强烈的、青春的、真诚的爱情把我席卷而去。我就像大多数女人那样受骗了。赫尔杰的爱情使我火热,我设想,是我热情奔放。说到底,我很清楚,这样的幻觉不会持久,即使持续也引不起我一丁点爱情。"

这样表白,珍妮是在几个月回到挪威以后做出的。她对之吐露的人是她的未婚夫的父亲杰尔特·格莱姆,她对他献出自己贞操的老情人,与之交换的是他对她感到深深的、理智的、精神的、肉欲的激情。还交换这爱情给她的保证,得到的是憔悴、谎言和夫妇生活的卑怯。珍妮由于不能给予爱情,只能接受别人给她的爱情。当她说她在爱时,那是在说谎,或者是在骗自己。在他们的孩子死后,她要离开杰尔特,回到罗马;在向赫尔格的占有欲望心不在焉地让步的那一夜之后,她割开自己的血管。她唯一无疑真正爱过的男人是她一贯的朋友古纳尔,她总是让他远离自己,他独自怀着悔恨和忧愁生活。《珍妮》是写关于爱情恐惧的小说。

西格丽特·温塞特的女主人公是一个现代的主角。她陷入的不幸不是这样一场斗争的结果:她的感情和愿望与社会的规则、这个社会为了保卫它的法则而躲在后面的道德价值发生冲突。经常闲谈和议论的主人公们,不断说到爱情、妇女的身份、艺术的参与、夫妇生活、母性、宗教热诚、幸福的可能性或者男人欲望的自私;在这些话题的许多对话中,很少论及爱的自由和习俗的约束之间的古老对立。即使赫尔格的父亲把儿子的未婚妻当作情妇,丑闻不在禁忌——一种乱伦迂回的形式——的决裂中,不在他们感情失败的绝望结合中。

毁掉珍妮的是,她不知道(和没有感觉到)爱情可以在女人的自我实现中占有什么样的位置。她想主宰自己,是个特别完整的艺术家,清醒的主管,对自己的赠与、感情、自由和乐趣显得豪爽而考虑周到。因此她抛弃了与女人的形象结合在一起的老一套,也抛弃了爱俏女人和轻浮女人的老一套,并抛弃了独立女人的老一套,而男人要期待于这种女人和她的欲望,还要屈从于时间和紧张的变化。她既生活放荡,又执着于婚姻。母性的经验算不得幸福,还不如她孩子的夭折带来的彻骨的痛苦。

但是,自由和独立的愿望使她对爱情一无所知,不管是一般人感受到的爱情,还是别人挑起的爱情。她面对爱情就像面对一幅非常错综复杂、非常模糊的风景,她甚至抓不住这风景的形式,分析不了远景。这幅图画离她而去;她从记忆中将它抹去;她重新开始,始终明晰,始终意识到她的失败,但越来越狂热,越来越笨拙,越来越不能将她的爱情梦想、完美的画幅和日常爱情令人失望的现实连接起来。她说,她是一个狂热的处女,不知道守护和等待丈夫。

珍妮不知道等待,因为她不知道应该等待什么。西格丽特·温塞特在一片爱情小说还很陌生的土地上闯荡,在那里,爱的愿望遇到它的对象的谜团。珍妮感到这种欲望引起的昏眩,直至陷入虚空中。

爱情小说史是小说家称之为爱情的现象——随之是流行语言——模糊化的历史。当有人写道,特里斯当和伊瑟相爱,事情还是相当简单的,如果人们接受魔法作用的话。爱情是有魔力的,或者是神奇的,一切尽在不言中。爱情的起源和性质是紧紧封闭在不可知事物的抽屉里的神秘对象。分析小说不打开这个黑匣子。它描绘最精细层次的爱情领域,它探索表层和深处,它描绘齿轮和机械,增加意象,描写身体。它谈论情人,但在爱情周围保持宗教般的肃静。这始终是**我不知是什么**。

当斯丹达尔终于宣布,他要确定什么是爱情时,他的定义转向同义反复。他宣布:"这就是心灵中所发生的。"然后又说:"爱情,这是看到、触摸、所有感官感受和尽可能接近一个可爱的、爱你的人产生的乐趣。"由于他意识到自己的定义并非爱情的定义,将爱情与"一个可爱的、爱你的人"联系起来,对爱情没有说出什么东西,他便马上转到结晶的理论,这是将化学和生物学,他那个时代的两种科学,增加到古典主义时代的地形学和机械学的一种方式。

人们甚至不知道爱情存在于什么地方。在心灵里吗?在精神里

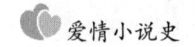

吗？在身体中吗？问题属于思想意识的事，实际上是政治的事——不如说是道德的事。以致小说家将这种所在地的不确切变成小说原动力的发动机本身。情侣不再爱，他们以为在爱，或者他们停止了爱。他们爱是因为想象在爱，因为爱情是**浪漫的**，小说是爱情能够看到它的性质和真相的唯一地方。

还没有人写过这样的爱情小说：珍妮能够抓住自己心理紊乱的回声。作为现代的年轻妇女，受到要**实现**自己艺术家和女人生活的愿望的激励，被一种主宰自我和精神自由的执着意愿所承载，她只具有一种古老的感情材质来面对爱情，她衡量这材质的陈旧，拒绝使用，同时也不是没有设想一种新的样式；在这种样式中，女人会是主体，并非专门是爱情的对象。在这两者之中，有一个空缺，她要落入其中。

另一个珍妮，西奥多·德莱塞的珍妮，不是艺术家。她是一个贫穷的大家庭的长女；她兼有几种低劣的品质，其中一种是挑起男人的欲望。首先是一个老富翁的欲望，他无法面对她保持最先激起的父爱。他让她生下一个孩子，然后他突然死去了。珍妮·杰拉尔德既是姑娘又是母亲，被逐出家庭，这就像德莱塞来自德国的清教徒一家那样。于是她为克利夫兰的一个富有家庭做事，在这个家中，她遇到了莱斯特·凯恩。凯恩不仅仅有钱：这是一个新美国的领导人形象；美国挣断了同欧洲文明以及乡土渊源和先驱者道德的缆绳。他是这个工业和城市的丛林中的主宰动物之一，在这个丛林中，孕育了人类的新面孔：大胆，充满活力，耽于声色，永远填不饱胃口。珍妮·杰拉尔德甜美、温柔，无法长久地抵挡他扑向她的欲望风暴。如果凯恩的家庭不干预的话，在肉体的满足和感情的满足之间的交换中，一切都会尽善尽美。珍妮放弃了凯恩，让他能够娶上一个和他的出身与钱财相称的年轻女子。但她此后变得贫穷和孤独，至死仍然忠于对她的情人和她短暂地在富人的迷人世界逛一圈的回忆。

穷人的爱情不同于富人的爱情。即使严肃的小说家没有看过达尔文的著作，他们此后也知道，爱情是按照时代、环境和表现发展的。德莱塞是亨利·詹姆斯的同时代人，但凯恩的世界不再是华盛顿广场和它的严格道德的世界。同样，珍妮·杰拉尔德的世界也不同于莫泊桑和左拉描绘的无产者女儿的世界；对这些姑娘来说，爱情是她们能够期望抓住的唯一的社会通行证。再没有任何道德阻挡凯恩去满足他的**本性**要求。阶级斗争不要求年轻女工憎恨渴望得到她们的富有男人，她们致力于毁掉自己的家庭。凯恩和珍妮的爱情，彼此是真诚的，然而却以不平衡和不对称作为标志。一个富人不像一个穷人那样恋爱；一个女人不像一个男人那样恋爱。在德莱塞倾向于有点天真的自然主义的小说中，一个穷困的女人比一个富有的男人爱得更加热烈和深沉，因为她只拥有温存的力量。爱情是一个外加的重负，她只得在这场为了生活的不对等而进行的战斗中拖着爱情走，今后这场战斗要在城市明亮的丛林中进行。

德莱塞不是一个大艺术家；他的写作充满陈词滥调，他的文学创作散发出新闻味，他的情感艳遇从不远离采访。他的小说追求材料。在这方面，他为更加雄心勃勃的小说家开辟了道路——约翰·多斯·帕索斯①、舍伍德·安德森②、内尔逊·阿尔格伦③或者理查德·赖特④——与有教养的欧洲传统，还有与先驱者的乡土美国的传统决裂（詹姆斯或爱默生⑤）。

从拍成电影的爱情小说到照片小说

从 1905 年起，沙尔·帕泰⑥，一个摄影滚筒商，从在万塞纳的摄影

---

① 约翰·多斯·帕索斯(1896—1970)：美国小说家，擅长新闻体的小说，著有《美国》三部曲。
② 舍伍德·安德森(1876—1941)：美国小说家，著有短篇小说集《小城畸人》(1919)。
③ 内尔逊·阿尔格伦(1909—1981)：美国小说家，著有《穿靴子的人》(1935)。
④ 理查德·赖特(1908—1960)：美国黑人小说家和政治家，著有《土生子》(1939)。
⑤ 爱默生(1803—1882)：美国散文家、诗人，著有《论文集》(1841)。
⑥ 沙尔·帕泰(1863—1957)：法国工程师，与人创立实业，制作胶卷，1905 年建立电影实验室，1909 年创办第一份电影报纸。

棚开始,致力于从手工的商业电影放映机过渡到大工业。他孕育了赛璐珞的生产领域。从柏林到新加坡,从圣彼得堡到加尔各答,他的代理人在木板屋,不久在专门剧场提供了成千上万个行商。人们蜂拥而至。帕泰延伸了影片的长度,不久雇用了电影编剧。他开始拍摄小说的简短改编:《小酒店》《欧仁妮·葛朗台》《巴黎圣母院》《茶花女》。1906年,他开辟了一个生产的新潮流,他称之为**电影小说**,抛出一部名为《爱情小说》的情感电影。巨大的成功促使帕泰拍摄相比追逐、插科打诨、童话和犯罪新闻更加激荡人心的题材,不久,美国的、英国的、意大利的、俄国的和西班牙的竞争者跟随而至。1907至1908年的经济危机,短暂而激烈,打击了民众阶层,在几个月中威胁电影观剧的存在。为了弥补市集观众的减少,必须学会向更加有钱和更加有教养的观众讲述故事。人们向作家呼吁,以胶片的公尺长度付钱;剧院的大演员受到期待。1914年之前,爱情小说的电影片对情感文学的读者来说不再是受到蔑视的对象。

这种竞争进入文化供应领域,在作家中引起了几乎一致的拒绝反应。这一个,被说成是"文盲的消遣",那一个,被说成是"白痴的娱乐",电影的成功被看作"文明的结束"或者"20世纪使人迟钝的最大因素之一"。纪德关于卓别林的《抢购黄金》(但已经是在1925年)看得更远些,他写道:"一点儿不能蔑视群众所欣赏的东西,那是多么好的东西啊。"电影在几年中获得小说一个世纪以来追逐的成功,即创造一门民主的艺术。电影没有传统,完全是现代的,是空白的一页,上面能够书写文化平等。

1914年前夕,这是诗歌先锋派的时代,阿波利奈尔[①]打头,他认真考虑意大利的未来主义即将称之为**第七种艺术**的东西。小说家到处都一样慢吞吞地去衡量革命的节奏;或许是因为革命比别的东西更使他们激动,同样,他们发现摄影改变了绘画。

---

① 阿波利奈尔(1880—1918):法国诗人,现代派先驱,著有《醇酒集》(1913)。

第十二章 性爱不确定的领域

在电影叙述的爱情故事中，有情人的身体，而且只有身体。不知道身体，或者把身体变成次要的符号、心灵的附属品，已经不再可能了。人物被人承载，感情被目光和动作承载，动作成了语言的因素一般，银幕散布它的代码。可见的对可读的自然优势，在无声电影中更加确定了；在无声电影中，形象应该传递即时信息的完整，而形象的蒙太奇应该传递故事的意义和节奏。缺乏对话、内心独白或叙述者（叙述者承担报告人们的所想所感），使电影小说省去（或者免去）心理的七弯八拐。直至有了声音，重新找回戏剧魅力和说话的一套规则，拍成电影的爱情小说才能依靠身体的话语和能见事物的客观性。

文学和电影开始互相面对面，既吸引又排斥，既有成功的借鉴（由制片人戴维·O.塞尔兹尼克改编玛格丽特·米切尔①的《飘》或者乔治·西默农②将外部叙述用于人物），又缺乏综合（玛格丽格·杜拉斯的"文学"电影或者莫朗③和罗布-格里耶的某些小说压缩成电影脚本的文学）。像普鲁斯特的小说幸亏是不能拍摄的，像奥尔逊·威尔斯④的《公民凯恩》幸亏不是阅读的电影。或者，像阿尔贝·科恩的《领主的美人》或者戴维·林⑤的《短暂的相遇》只限于小说和爱情电影。

虽然处于两极之间，紧张的转换使电影在国际描写爱情的文学新旧宝库中吸取题材，孕育故事的广泛口味。从《克莱夫王妃》到《安娜·卡列尼娜》，从《帕尔马修道院》到《你好，忧愁》，中间经过一系列小作品和情节剧，爱情小说依然是这部机器最持久的提供者：它从新

---

① 玛格丽特·米切尔(1900—1949)：美国女小说家，著有《飘》(1936)。
② 乔治·西默农(1903—1989)：侦探小说家，著有《黄狗》(1931)、《梅格雷的烟斗》(1947)、《梅格雷和无头尸》(1965)。
③ 莫朗(1888—1976)：法国小说家，著有《温柔的储备》(1921)、《20世纪纪事》(1925—1930)、《仁慈百货商场》(1944)。
④ 奥尔逊·威尔斯(1915—1985)：美国电影导演，导演了《公民凯恩》(1941)，并曾将多位作家的作品改编成电影。
⑤ 戴维·林(1908—1991)：英国电影导演，名作是《短暂的相遇》(1945)，曾改编狄更斯的小说。

颖和创新以及将旧方法变新中不加区别地谋取利益。

在第一次世界大战开始之前,除了10来部淫秽的小电影和几部犯罪的和血腥的故事以外,已经存在两部《罗密欧与朱丽叶》的改编电影和一部《少年维特的烦恼》,三部俄国人改编的《安娜·卡列尼娜》。里卡多·德·巴诺斯在西班牙拍摄了《特鲁埃尔的情人们》,罗多尔菲根据曼佐尼①的《约婚夫妇》在罗马拍摄了一部片子,而德尔·科尔在米兰拍摄了另一部片子。冲突减缓了爱情片的拍摄的进程,而转向注重民族主义的宣传和摄影棚的动用。但是,塞西尔·B.德·米勒在1915年拍摄了《卡门》,吕比奇在1918年拍摄了另一部德国片。头一批明星的出现是随着一批新上岸的欧洲移民来到美国电影市场上的,他们是瓦尔纳兄弟、路易·B.梅耶尔、威廉·福克斯、阿道尔夫·朱可尔和萨缪尔·戈德菲斯。这些搭台的卖艺者,富有想象力和商业诡计,却缺少金钱,想在竞争和堕落的氛围中创造和强加对爱情梦想的新表现,今天难以想象这种粗暴的氛围了。好莱坞在20世纪前十年的胜利,与观众和演员剧团(尤其是女演员剧团)之间的色情关系相连,这些女演员由制片商纠集起来,目的在于把她们变成招徕观众的图像。第一批明星是佛罗伦丝·劳伦斯、玛丽·皮克福德②、莉莲·吉斯和萨拉·伯恩哈德③(在美国的电影厅里展出她的名字,把她拍成伊丽莎白女王**真正**的出现),她们改变了几个世纪以来在人的肉体真实与人物的想象真实之间形成的关系。

情感小说的制作者,长期以来已经运用想象的幻想力,为的是更好地将他们的故事的**现实主义**——虚构的想象能力——扎根下来。但是,这些描绘的和镌刻的形象,有些是出色的,有些充满表现力或者梦幻的性质,却无法与电影提供的表现力相竞争;它们阐明、表现、带来的是话语客观性的即时证据。

---

① 曼佐尼(1785—1873):意大利作家,著有《约婚夫妇》(1827)。
② 玛丽·皮克福德(1892—1979):美国女演员,绰号"美国的小未婚妻"。
③ 萨拉·伯恩哈德(1844—1923):法国女悲剧演员,擅长演《费德尔》《茶花女》。

第十二章 性爱不确定的领域

电影小说，随后是照片小说适应的往往是乡村观众的麻木，他们难以进入电影院。摄影的叙述，得到简短的印刷说明的支持，主要是独白的或者是对话的，放在一个个圈里，就像连环画的圈一样，在同一时期数量增加，受到电影蒙太奇的启发。系列照片就像立体观察法一样，提供一种活动，一种动画片，只留下固定不动的时刻。照片小说一般是情感的，总是**得体的**，面向这样的读者：需要渊博知识的阅读使他们害怕，或者使他们疲倦。照片小说限于一系列固定的意象（就像提供有画面影片梗概的电影小说），将情感小说压缩成只是一个故事，一个剧情梗概，出于必要很简略，其中表现某个事实，由无声的对话和拍摄的面孔老一套的表情来承担。

爱情话语的极度贫乏，伴随着完全类似的故事无限重复。在连载的情感小说中，作者可以改变故事的背景，除了一点文献资料，不需要更多。它可以改变时代，改换服装，让社会环境和心理典型多样化。一般在摄影棚或者在中立的地方拍摄（起用初出道的或者平庸的演员），为的是压缩经费。照片小说有一个狭窄的叙述扇面。人们甚至可以询问，它们一直延续到电视**系列片**出现的巨大成功，是否正因执着于像念咒语般忠于重复的功效。以此为例：孩子们以字对字重复同样的故事为乐，人们怀疑照片小说的读者对反复的乐趣而不是对发现的刺激更敏感。学徒要经过习以为常，而习以为常是反复的结果。

这些女孩读者是照片小说生产者特殊的目标，人们对她们反复讲些什么呢？情感因循守旧的教训，爱情是危险的这种老一套反复谈论的话题，沾染了浪漫派思乡的影子色彩，这一切被羞耻的厚幕遮蔽了，尤其因为照片显示了身体和强调了动作，更显得这样必要和隐晦不明。反映情感的照片小说是专给少女看的（在母亲的仔细监督下），尤其不应教会人知道爱情的新东西。它发展了一种不获得知识、反启蒙、反学徒阶段的教育法。它的成功不在于什么也不教会人，而在于表明没有什么要了解的。反映情感的照片小说叙述这样的故事：将没有史实、永恒的男性与永恒的女性相遇的情节展开，以及叙述这种相

263

遇在返回秩序和社会平衡之前产生的永恒混乱。

爱情小说,真正的小说中的小说,从电影中得知,它不属于现代,它承担着一个传统、一部历史、一个家庭、一个地位。它的起源是不确定的,因此它具有贵族家世。电影的大众起源,活动影像强大的、激动人的能力,相比之下,有助于确立长久被否定的、小说美学的合法性。由于它和平常言语、普通散文、"永恒的新闻体裁"和市民的感伤主义保持邻近的关系,被象征派和形式主义者强烈地质疑,爱情小说汇入"尊贵"类的队伍,从此鼓励消费者参与电影小说的观众不要求的、痛苦的激动。《追忆逝水年华》第一卷《在斯万家那边》由作者自费出版于1913年,对它的**现代**回应,是路易·弗雅德①的《方托玛斯》的头四部,在同一年,它们在新旧世界的幽暗放映厅里的一万多名观众面前放映。

爱情失去的时光

但是,《追忆逝水年华》,马塞尔·普鲁斯特在1913至1922年他去世之间发表的四卷书,还有1923至1927年发表的三卷遗著,是一部爱情小说吗?显然不是,又肯定是。

不是,这是因为小说叙述的情节是写意识在追忆生活意义,它的真实性是稳定的和确定的;真实性、丰富性、自我与世界的偶合,众所周知,这些只能存在于艺术的美中。叙述者叙述和小说化的经验,是思辨性质的:"每天,我更少注重悟性。每天,我更好地意识到,作家正是在悟性之外才能抓住我们过去印象中的某种事物。悟性在过去的名义下还原给我们的东西不是它。事实上,正如在某些民间传说中死者的灵魂所发生的那样,我们生活的每一小时,一旦过去,便化身和隐藏在某个物质对象中。它被俘虏了,永远被俘虏了,除非我们遇到了

---

① 路易·弗雅德(1874—1925):法国电影导演,有自然主义倾向。

这对象。"悟性只给人了解逝去的物质,即艺术;普鲁斯特的小说,描绘和搬演这长期的被俘状态和解脱的奇迹。

让·伊夫·塔迪埃①强调,《追忆逝水年华》是一部喜剧小说、悲剧小说、奇遇小说、情色小说、诗意小说、梦幻小说、哲理小说,是难忘意象的宝库。这也是一部爱情小说。爱情是《追忆逝水年华》中最常用的词汇。但它很少有优势。它作为非基本的、非真实的、非本质的、可以被忘记的形象本身出现。爱情的绝对控制就是对不可找回时间的控制,就是对欲望、波动、"**心灵间歇**"的无限复杂的控制,就像普鲁斯特最初在命名他的作品时所说的,是对社会情色风俗异化的控制。爱情是一种社会惯例,通过它,主体试图完成,就是说,与愿望的对象同化。也即这种完成是很少的,因为它设想在特定的时刻,愿望的两个轨迹偶然重合。

如果出现奇迹,两种不稳定的愿望可能产生相遇,那就不会存在任何特殊时刻,任何真实的东西,任何比记忆中的痕迹和梦的片断更稳定的东西。与痛苦不同,快乐不留下痕迹。

爱情是一个自己不了解的"我"和愿望不断重建和重新塑造的对象之间的追逐过程。不存在爱情的**心理学**,要么是处在态度、话语和最短暂的动作最细致剖析的形式之下;从这剖析中不产生任何知识;而是产生假设和评注的积累,积累的激增接近于疯狂。在普鲁斯特的作品中(就像在贝克特的作品中),分析的结果总是悲与喜:值得怜悯的。

爱情是有时间性的,起着追求对立物的作用;就像美一样:普鲁斯特是个美学专家,不是不知道美是一种创造,**精英**建造出来是为自己所用,它按照当下的欲望来改变准则。因此,有短暂的、无法交流的、盲目的、可笑的爱情。斯万和奥黛特的爱情受到忌妒的纠缠,一直膨胀到精神错乱。叙述者对吉尔贝特的爱情,徒劳地要重新找回童年温

---

① 让·伊夫·塔迪埃:当代法国普鲁斯特研究专家。

馨的鲜活柔美。吉赛尔"时而是酒神的女祭司,时而很高尚",小说写到她的爱情,圣卢的爱情,妓女拉雪尔的爱情,叙述者对阿尔贝蒂娜的爱情,她不能放弃灵与肉愉悦的任何形式,不管来自什么性别。夏吕斯和他的裁缝朱皮安的爱情,不久朱皮安被年轻的音乐家莫雷尔所代替。莫雷尔后来变成圣卢的情人,而圣卢要娶吉尔贝特为妻。缺少爱情,欲望的脆弱像彩虹般的扇子展开了。还有变化无常的爱情,出偏差的爱情,偶然一下子更新的爱情,只剩下忌妒的、消逝的爱情,始终是想象的爱情,像叙述者在抱住阿尔贝蒂娜时,对**所有**的妙龄少女感受到的**共有爱情**:"由于我对小集团的少女们的爱情开始有过、如今恢复的集体性,我对与她有点肉体关系感到高兴,她们之间长期**共有情感**,只消一刻,仅仅与阿尔贝蒂娜本人结合。"

分享的爱情是一种想象的创造,多少是稳定的,根据情侣厌倦于互相追逐时展开的想象能力,多少是持续的。情欲想象所运用的意象,它所叙述的虚构之事,它所运转的情感不是我们的身份显现,而是社会生活的产物。爱情永远只是欲望对抗的文明化、社会化的形式。当社会压力更小时,或者当人们从压力中解放出来时,欲望的强烈便达到真正暴烈的顶峰。在普鲁斯特的作品中,有时有着萨德侯爵作品的味道。

主要的不同在于,普鲁斯特不相信有纯粹的性欲,有原始的、自由的、天然的、野性的欲望。欲望总是传播的,它总是社会化的。在这个意义上,欲望永远不是**真实的**;我们永远不会独自有欲望和自发产生欲望。普鲁斯特的直觉不是心理学的,它是社会学的:我们期望我们的社会环境给我们期望的东西。普鲁斯特怀着那么多乐趣、幽默和残忍去描写赶时髦的人对爱情关系的企求,这种企求会摆脱庸俗和民主的未分化状态;这种赶时髦的人是完全异化的,直至最细微和隐秘的地方,他们是爱情的样品,是占据着他们小集团的文化再现和性欲的常规。普鲁斯特写道,爱情是"激动人心的一出戏,演给自己看,目的富有魅力",这是一个持续的梦,在连续的伪装和重复中才竭尽:这是一部不真实的小说,是属于别人也属于我们的话语,普鲁斯特又说,是

"谈话",是没有文体的散文。"唯一真正经历过的生活是文学",就是说,在写作的孤独中重新抓住不断逃离我们而去的东西。其余的都注定是虚假、失去的时光、散佚、老化和死亡。

作为小说家,普鲁斯特显然没有着意起草一篇**爱情的理论**;也没有起草一些能让人逃脱所多玛和蛾摩拉①的地狱的方法。男女爱情的这两个**真实**,他写道,是情感的谎言所掩盖的。他不考虑给人类释放一个信息;他的叙述者的爱情经历,不是范例——否则,它就会是骗人的。如果叙述者经过多次错误和失败,终于摆脱了性欲的幻觉,这是因为他经历了唯一真正的爱,独一无二的爱,这不是从毁灭、间歇、偏向的交换中孕育的,这是将他和母亲联结起来的爱。

重新找到的时光是文学的时光,是根源的时光。在《重获的时光》的最后一页中,叙述者马塞尔全身心重新经历等待母亲的一吻②,通过这一吻,打开了下面数千页的《追忆似水年华》。"我的双亲的脚步声重新送走斯万先生,这响声重新跳荡、有金属的响声、没完没了,橐橐地响,像小铃铛一样清脆,向我宣布。斯万先生终于走了,妈妈就要上楼。"但这时间的复活也是一种残酷的经验:"这是因为它们因此保留了往昔的时间,人的身体可以这样残害那些爱它们的人,因为它们保留了那么多快乐和欲望的回忆,虽然对他们来说,这些回忆已经消逝,可是对于这样的人来说是残酷的:在时间的次序中瞻仰和延长他向往的、甚至希望其消失的、被珍视的身体。因为人在死后,时间从身体中离去,而回忆——那样无动于衷,那样苍白——从那个不再存在、不久将属于被回忆仍然折磨的人身上消逝了,但在这个人身上,当活人身体的欲望不再保留回忆时,回忆将最终消失。我看到深沉的阿尔贝蒂娜睡着了,她死了。"

---

① 所多玛和蛾摩拉:圣经中的两座城,位于死海南面,两地由于罪恶滔天,一起被毁于硫黄和大火之中。
② 在《追忆似水年华》的开头,作者描写孩子童年时迫切等待母亲前来和他道晚安,给他一吻。

第十三章

性和淫书的混合

在普鲁斯特之后,人们继续像以前那样写作。文学革命对政治革命有这个优势,就是不给人翻转书页的幻觉。新颖要选择合适的时间,在老朽占据统治地位的领域驱逐旧的东西。无边的大陆出现在普鲁斯特的句子的曲里拐弯中——间歇、不连续、异化的支配——不离开以往土地的耕作和它们习惯的边界。甚至普鲁斯特的幽默,这种笑声竭力使存在的离奇悲剧性变得可以忍受(和可读),并不以使之过时的可笑,去攻击以往的小说(夏吕斯所尊敬的巴尔扎克的小说)。

发生的情况正相反。如果爱情小说是一个被怀疑的时刻,妙龄少女在其中便微不足道。普鲁斯特的小说尽管在1919年获得龚古尔奖(在作者逝世前三年),慢慢地征服内行日渐扩大的读者。作品的广度,结构的复杂,书写的花哨,往往使读者哑口无言,而作家群体以赞赏、惊讶和带讽刺的尊敬对待普鲁斯特的几卷小说。如果《追忆逝水年华》被宣布为不可超越,这是因为它似乎已经穷尽了它提出的小说范例。普鲁斯特像他之前的福楼拜,被匆匆地列入经典书架上,成了一个过于新颖的大师,以致无法孕育出忠实的门徒。人们向他欢呼,尤其因为他已去世,就更愿意这样做,过渡到别的方面。

这别的方面很少是小说；尤其是爱情小说。战后初期的文化革命，将小说置于一堆旧事物之中，这是集体屠杀、帝国的崩溃和苏维埃共和国刚刚堆上去的旧事物。

小说是最近胜利的牺牲品。它曾经是全景式的镜子，资产阶级，从纽约到布宜诺斯艾利斯，从伊斯坦布尔到东京，都在其中得到探测，以发现人类的影像。追求最好的和最坏的事物，随着这个世纪的小说向前发展，随着要席卷旧世界的、致命疾病的征象确立，越来越追求最坏的事物。

当小说的预测实现了，被宣布的大灾难袭击而来时，人们对卡桑德尔①和不幸鸟表现出一无所知。在尽快将灾难的一页翻过去的欲望下，人们带着小说要竭力与之战斗的幻想，匆匆把它扔掉。1918年，在空虚的迷糊中，文学变得老旧了，小说像过时的形式一样出现。没有人愿意给它讲述故事。话语次序被领悟为谎言的次序。

达达和超现实主义者大量谈到爱情，但这是在诗歌中，在即时激动的表达中，他们要求带着爱情的兴奋。小说被禁止安身立命。同一时期，在瓦莱里的作品和达达相对应的、知识分子的作品中，也是一样。这一部分人和那一部分人感到可笑的是（也许感到不合适），还可以写道，侯爵夫人在五点钟出门。

达达1916年于苏黎世产生，这是所有欧洲移民的汇合地。西方文明破产的证明是彻底的："不再有画家，不再有文学家，不再有音乐家，不再有雕塑家，不再有宗教，不再有共和派，不再有保皇党，不再有帝国主义者，不再有无政府主义者，不再有社会党人，不再有布尔什维克，不再有政治家，不再有无产者，不再有民主派，不再有军队，不再有警察，不再有祖国，最后，这一切蠢事够了，什么也不再有，什么也不再有，**一无所存，一无所存，一无所存**。"②

---

① 卡桑德尔：特洛伊公主，拥有预言才能。
② 这是阿拉贡在一次聚会中宣称的话。

第十三章　性和淫书的混合

布勒东、阿拉贡、苏波①、皮卡比亚②不愿意站在虚无主义的大声呐喊一边。他们希望行动,攻击企图重新平静地发展的、资产阶级文学的城堡。超现实主义呈现为小说的现代敌手:这是一种实验的认识方法,运用比小说想象的作品的理性逻辑更有创造性的工具:下意识、神奇、梦、疯狂、幻觉状态、偶然的联系。超现实主义呈现为超小说,它的材质是完整的现实——不注重理性的逻辑让人达到的表面现实:"我们时代的逻辑方法,"安德烈·布勒东写道,"只用于解决次要问题。仍然是时髦的绝对理性主义只允许考虑密切地属于我们的经验的事实。用不着添上说,经验本身认识到局限。它也走进一只笼子里,走出笼子越来越困难。它被理性看守住了。"

超现实主义的产生与爱因斯坦的相对论、海森贝格③的不确定原则、弗洛伊德的《心理分析导论》是同时代的;布勒东和他的朋友们明确地参考过这部著作。世界的表现改变了基础,构成它的题材的表现也同时是这样。现代性肯定了世界的多样性,任何原则都汇合不了、也囊括不了这多样性,任何故事不会排列好这多样性。

狄德罗从叙述的分散中抽取出小说的巨大能量,使声音多样化,把作者的声音淹没在人物的声音之中,使小说摆脱唯一思想的、干巴巴的束缚。但超现实主义者(无疑除了阿拉贡,他什么都看)不知道狄德罗的贡献,他们对精神自由的呼吁往往伴随着武断的愤怒,这愤怒与拒绝小说万能的观点不相容。上帝不是小说家,而黑格尔的精神更加不是。

---

① 苏波(1897—1990):法国作家,超现实主义诗人,著有《诗歌全集》(1937)、《1917 至 1973 年的诗歌》。
② 皮卡比亚(1879—1953):法国画家、作家。
③ 海森贝格(1901—1976):德国物理学家,获得 1933 年的诺贝尔物理学奖。

阿拉贡:扼杀小说是为了使它复活

在纪德的推荐下,年轻的路易·阿拉贡刚摆脱自己经历过的战争恐惧,在 1920 年最后一季,出版了一本书,名为《阿尼塞或者全景,小说》,必须从这本书的题名中才能看到对《文学杂志》周围聚集的一小群作家的偏见发出挑战——书名是由保尔·瓦莱里提议的,"采用是为了具有挑战性、令人不快、自命不凡、显得瘦骨嶙峋",他刚被接纳进这个小团体中。除非关系到别的事,关系到隐藏在第一部作品并选定用来长期开战之下进行另外的挑战,他还三次把 roman 这个词用在作品的题目中:《未完成的小说》(1956)、《亨利·马蒂斯,小说》(1971)、《戏剧/小说》(1974)。仿佛重要的是,他要排除一切假面具和一切假装,确定从一开始,从《阿尼塞或者全景,小说》开始,他要革新小说,使之彻底现代化的愿望,明显地表白出来。必须扼杀小说,为了使它再生。

《阿尼塞》不是一部爱情小说,即便爱情在这部以荒诞手法写成的故事中明显占有一席之地,一切焕发出光彩、充满离题的话、回应和起伏,处在阿瑟·兰波、帕布洛·毕加索和查理·卓别林的三角保护之下。唯有放肆、奇妙的文字,仿佛将这幅全景的分散各块组合起来,就像一片废墟的意象,有必要下决心在这废墟上面建设。

反过来,《保卫无限》是一部最高级的爱情小说,可以说,爱情在其中呈现为小说重大的对象,它无限的材料;小说的爱情描写非常浪漫,甚至到了疯狂程度。须知,作品是长期暗地里起草的,占据了阿拉贡的四年生活,从 1923 至 1927 年。1500 页,据作者说,他扔到他同南茜·居纳尔下榻的索尔港一个酒店房间的炉火中。南茜是否最终从炭火中抢救出几包稿子?或者阿拉贡在几盒书稿中保留了《保卫无限》的几章、几部分、双份的片断稿子?今日我们还剩下小说被推定的

第十三章 性和淫书的混合

近 200 页稿子,阿拉贡从来不同意提供小说的大纲;他更不同意放进全集中,甚至在爱尔莎①死后,他也不承认《伊雷娜的阴户》主要的 12 章是自己的作品,而这是他早先从《保卫无限》中抽取出来,卖给了一个搜集者,以便获得津贴,适应再过几天南茜强加给他的昂贵生活方式。

在马德里的焚书之后,1928 年 1 月他在威尼斯突然有了自杀的企图,阿拉贡到那里去是为了追随富有的美国女人和她的情人们。险些才算把他救活过来;他回到巴黎,遇到了爱尔莎·特丽奥莱,她决定引诱他。《保卫无限》变成一部幻想小说,受到超现实主义美学、共产主义道德和阿拉贡屈从情感准则新规章的三重制约。小说力求拥抱的爱情无限,仿佛像应该的那样,在不能实现中闪闪发光。焚书的场面是创造一个新起点,在爱尔莎和共产党的双重指引下新生的序幕。《保卫无限》被掩盖了,被否认了,被撕碎了,被毁了,被结束了,变成小说无法"让无限进入",无法将爱情经验的震荡变成故事的形象本身。

可以说,阿拉贡尝试一切;所有已经在爱情文学中尝试过的东西,所有可以创造和不是不重要的东西。他运用各种文体、各种色调、各种修辞、各种传奇性的写法,同时他嘲笑卖弄技巧的小花招,揭露把写小说变成自身的狂热和自身目的之作品。

永远也不可能知道阿拉贡曾经想怎样处理复杂情节的纽结、这几百个人物、由流星照亮的全景、假面具狂欢节、与事实有出入的忏悔——写出来是唯一的真实。唯一的信念是,小说家从中冠以爱情,作为人类生活最动人的表现,同时他表白自己的愿望是获得爱情,却无法获得。他只会是一个纸质的情人:"我不是一个魔术师,这样确认不会不令人忧愁……我可能杜绝这种特殊的、无限的诗歌。我设想这样做。由此,我的感受可怕地无穷无尽,还要更糟:我一生如此。凡是在纷繁复杂的情欲中,对我这类可耻的人来说无可救药地可怜的东

---

① 爱尔莎:即爱尔莎·特丽奥莱(1896—1970),阿拉贡的俄籍妻子,小说家,著有《第一次打击值二百法郎》(1944)。

273

西,我知道得很清楚,对别人来说,具有我本人提供给字句的、惊人的隐喻价值。"

阿拉贡的文本所展示的、爱情的所有细微处和精妙处,无论散文还是诗歌,都凝结在他者的欲望里和成为他者的欲望里,在他们身上,这些细微处和精妙处永远只是失败的记录:男人禁止接近女性享受的、谜一样的领域;男性的欲望不可能穿越这个门槛:他会最终失去愚蠢的限度,不能消融在他者的无限中。

这种女子的神奇,阿拉贡的爱情小说不断地组织围捕,仿佛作家由于缺乏永远被禁止的具体经验,力图在语言的节奏和闪光中去吸取,在他的人格和愿望紊乱而分隔的探索中吸取一种想象的等值物。仿佛写作的无限——阿拉贡说,写作是他唯一的思想方式——提供一种爱情无限的、具体的模拟形象,阿拉贡永远不能忍受只了解这无限中的男性部分。

《保卫无限》当然没有任何影响。对读者没有任何影响,他们本来可以在里面找到一种经验的构思,但没有人看过这本小说,阿拉贡本人也承认遗忘了情节——以至于里面只有一个情节。对他写作的同时代作家没有任何影响,因为它的作者仔细地对最亲近的人隐瞒了小说的存在,他确认遵守如下的准则:超现实主义的准则,共产党的准则,爱尔莎的准则。可是,这种孤立本身,这种缺乏在社会上的后果,却描画出爱情小说的、新领域的轮廓。福楼拜、托尔斯泰或者普鲁斯特,进行了对爱情关系彻底的批评探索,揭示出其中的圈套、幻想和假自由。阿拉贡写出这样一些小说:性一下子和毫不掩饰地使人折服(反对所有的社会习俗、所有的道德),就像毅力的策源地,爱情(和情感的)活动由此开始。但这种自由,这种革命,用超现实主义者的话语来说,只是移动了爱情对抗的边界而已。

完成爱情的障碍,是社会方面的——阶级、风俗、宗教、部族禁忌、年龄、美学判断。牵涉到的是外墙,一对情侣或者他们之中的一个撞得粉身碎骨。在 20 世纪 20 年代的小说展示的爱情新秩序里,结合的障碍是情人本身;正是在不可见的内墙上,爱情幸福被撞碎。

正是奇谈怪论伴随着20世纪20年代许多小说以不同的形式宣布和散布风俗自由化。一方面,1914至1918年的灾难,包括肉体的、智力的、精神的灾难,摧毁了许多范围和等级,社会通过这些范围和等级,组织、控制和调整婚姻的、家庭的和性欲的平衡。屠杀的彻底失败是人的彻底失败。爱情小说有意传播充分承受自由达到愉悦的女性典型——从科莱特①的女主人公到D. H. 劳伦斯的女主人公,或者到维克托·玛格丽特的《假小子》(1922)——然而男人,就像亨利希·曼的"垃圾教授",失去了最后一点表面的尊严,跪倒在可疑的偶像脚下。受虐狂是小说的男主人公身上统治转移所采取的形式。

角色的这种进展不限于欧洲文学和美洲的分支。像日本和中国这样远离西方习惯的生活方式的文明,扩展到小说,在19世纪的最后几年,发现了小说的魅力和能力。当西方的经济、商业和思想渗透遇到了顽强的抵抗时,小说在殖民团队和他们所效力的商人脚步之上,完成了第一次世界化。欧洲式的小说在几年中,变成了旧大陆的社会典范和塑造这些典范智力和感觉范畴最有效的传播代理人。

亚洲小说革命

诚然,在中国和日本的文学传统中已经存在几种小说。但是,将复杂情节、民间故事、强调抒情发展和诗意的题外话,往往无尽地纠结在一起,这种纠结几个世纪以来似乎停滞不前。这样环环相扣,同样受到文学和宗教精英的鄙视,他们是囊括文学法则、复杂的法规、贵族的基础礼仪的守卫者。在使用不同于口头语言和市井百姓不理解(妇女更加不理解)的书面语言中,文学传统在中国和在日本一样,远离读

---

① 科莱特(1873—1954):法国女小说家,著有《西朵》(1930)、《姬姬》(1944)。

者能够为它带来的成功。

小说家要放弃古典散文的语言,为的是通过快速的过程,接近口头语言多少精细的反映。爱情小说最终能够作为情侣们竭力制定的宣示典范。鲁迅(1881—1936),中国新文学最著名的小说家,以白话文,一种通俗语言的记录来写作,但他竭力在文体中排除他对欧洲小说阅读可能促使他运用的句法和修辞结构,以便不让他的语言带来异质的东西而显得沉重。现代化就这样在传统的威胁下进行试验。

在解体边缘,被特别残忍的内部冲突四分五裂、革命和反革命混战的中国,鲁迅和他的朋友们的小说,以政治和爱国的思虑和社会问题为标志。爱情不是紧迫的东西。相反,日本在19世纪最后的三分之一和20世纪第一个三分之一,经历了现代化特别辉煌的时期,毫不令人吃惊地导致20世纪30年代军国主义的狂热。在明治时代的日本,小说革命的掀起伴随着精神革命以及情感革命。美国人自从1854年竭力用大炮使日本向西方、它的产品和商品开放而没有取得成功,小说(和电影)却完成了这个任务:除了服装、生产和商品交换方式,小说使爱情关系西方化,或者更准确地说,提供了新的边界。

文学的胜利通过对语言传统的胜利而获得。正是通过小说——一种能够满足各种各样读者的叙述形式——一种语言的混乱局面简单化了。在小说散布群众产品的准则之前,日本人按照他们的阶级、教育、地域出身和性别,从属于好几种语言准则、好几种口头语言、好几种书法体系的共处。法则之间的差异非常大,每一种都在社会上得到确认,被它所运用的口头语言和能够辨别的图形结构封闭起来。小说的移植和发展适应民族(甚至是民族主义的)统一和团结的目标,新帝国政权正追求这个目标。小说不是没有抗拒,就像日本复兴的标志和现代性的旗帜一样被确定下来。

一方面是接近口语的通俗书写,一方面是被同时看作典雅、艺术和僵化的书写文体,这两者之间的斗争,被小说本身解决了,更准确地说是被19世纪欧洲小说家,俄国的、法国的、德国的、北美的小说家作品的大量翻译解决了,这些翻译在语言中同时散布西方的文体准则,将日本读者抛到与他们截然不同的文明典范中。小说是具有巨大变革能力的特洛伊木马,在短短几年中,日本是封建社会和商品帝国之间短路的所在地。

爱情小说在这种夹击中胜过一面镜子。当中国小说家要在社会问题占统治地位的欧洲小说——巴尔扎克、雨果、左拉、托尔斯泰、狄更斯、高尔基——中选择他们的大多数典型时,最有革新性的日本小说家则明确地将文明的动荡和爱情行为的混乱联系起来。在一个围绕男女角色绝对分开而建构的社会里,现代性的闯入与性欲危机不可分割。

谷崎润一郎[①]:转过来反对男人的肉欲

1924年,一个年轻的东京作家谷崎润一郎以连载形式发表了一本小说,对日本批评界来说,对他的挑战数量已经很多。人们甚至创造一个流派的名字用于他:**无赖派**。这部小说名为《疯狂的爱情》(或者根据另一部翻译叫《痴人之爱》)。

1924年,正是这一年,欧洲产生了几部现代性的灯塔式作品:乔伊斯的《尤利西斯》、依塔洛·斯维沃[②]的《塞诺的意识》、弗洛伊德的《论性欲的三篇论文》的法文译本、托马斯·曼的《魔山》。还有卡夫卡和约瑟夫·康拉德的去世;在巴黎出版了两部爱情小说得罪了道德联盟,即科莱特的《小麦青苗》和雷蒙·拉迪盖[③]的《魔鬼附身》。约翰·多斯·帕索斯的《曼哈顿中转站》杀青,弗吉妮亚·伍尔夫与传统英国小说决裂,起草《达洛维夫人》的最后几章。随着《痴人之爱》,谷崎润

[①] 谷崎润一郎(1886—1965):日本小说家,著有《麒麟》(1910)、《痴人之爱》(1924)、《春琴抄》(1933)、《钥匙》(1956)。
[②] 依塔洛·斯维沃(1861—1928):意大利小说家,代表作《塞诺的意识》是部意识流小说。
[③] 雷蒙·拉迪盖(1903—1923):法国小说家,著有《魔鬼附身》(1923)。

一郎一下子将日本小说置于想象文学重新描绘爱情的批判性运动中。

丑闻必然伴随着准则和规章的震荡——自由思想、浪漫派、象征派或者自然主义者——这些准则和规章支配着爱情小说,而且制约着情感和性欲行为。最深刻的(因而是最冒犯人的)震荡影响到爱情关系的社会性质。

在《痴人之爱》的头几页中,描绘的情景像一部自然主义小说。"我打算尽可能光明磊落地,丝毫不掩盖地、真相毕露地描写我们的夫妇生活。"这样开始故事的那个人,是一个35岁的官员河合让治,严肃,受到好评,关注打扮得时髦,就是说适应西方的生活方式。他在一间咖啡厅领回一个15岁的女孩,她是服务生,他为的是抚养她,教育她,将来把她变成伴侣,保证他的上流社会生活的威望。服务生纳奥米确实具有西方的气质,叙述者认定,她有点儿像女演员玛丽·皮克福德;这是与美国和电影的双重相关,在河合让治身上发展了上流社会声誉的幻觉,她果然获得了"欧洲式女人"的名称。

这可能是一种社会讽刺,这些日本人昏头昏脑地抛弃日常生活的文明,不加审察地采用外国人的生活、吃饭、居住和穿衣的方式,还有爱的方式。

河合让治面对的是更加可怕的另一种古怪,即女性的古怪。纳奥米没有激情,没有热情,没有特殊才能,屈从于河合让治通过她建造的完美梦想。然而,不论是钢琴课、艰难地学英语,还是狐步舞的进步,都将保证纳奥米在花花公子中的成功。她的曼妙身材,她的愿望要求,她的狂野肉欲,她的诱惑的诡计和谎言,早早地就造成河合让治和年轻女人之间的角色颠倒。纳奥米在社会方面受到控制,便实施对私生活的统治。教师变成了学生,主人变成了奴隶。叙述者从失败到后退,从胜利到舍弃,放弃了一切社会生活、一切个人雄心,甚至一切肉体顽念,为了屈辱地、败北地生活在这个女人身边,她不断地使他喜爱自己的不幸。河合让治是一个魔鬼附身者,他喜爱附身的魔鬼。爱情是他给自己的兴味增加痛苦的形式。

在《痴人之爱》中,叙述者不去明显地描写夫妇的床上生活,仿佛他想遮掩他衰老的中心场所。在下到屈辱的地狱中,他甚至接受住在单独的房间里,让他年轻的妻子接待她常常想要的情人。河合让治和盘托出他不幸的爱情,但是他把要命的、诱惑的肉欲动机置于暗影中。须知,在用爱情这个词时,纳奥米把她的丈夫称作爸爸。悲剧是围绕着肉欲激情的完全不相容、围绕私心的斗争形成的,叙述者尽管像自己所要求的直率,却面对这种女性欲望的谜,他的幻觉并不知道这种欲望的存在。羞耻是慌乱的面具。

谷崎润一郎的另一部小说《钥匙》出版于 30 年后,构成这阴影部分的布局。这回,一切发生在霓虹灯的刺目光彩下。正是在这泄露内情的强光下,丈夫用波拉罗伊德或者尼康照相机摄下他妻子的裸体,他事先用库伏瓦齐埃白兰地(这都是在国际名牌的光照下)灌醉了她,他利用了她的昏睡不醒。他从多种角度拍摄。他甚至在洗印时放大了这个他喜爱的身体的细节,以便更完全地享受他的占有。至少,他在妻子和他进行的这场肉体战斗中利用这个武器。

读者一点不了解或者几乎不了解他们的生活。他们 50 来岁;他们属于有教养的资产阶级,有一个已到结婚年龄的女儿敏子,她可能的未婚夫木村受到漫不经心的奉承:他觉得母亲更可人意。我们不知道这类人其他的社会生活,他们的工作,他们的思虑,他们的爱好,他们的观点:他们缺乏日常生活的一切标志,在只有性别战争的法则统治的封闭环境中发展。

谷崎润一郎选择的叙述方式更加强了只在肉欲的陷阱中的这种封闭感。正像在《危险的关系》中那样,主人公们只写到这一点。他们互不写信;一对夫妇每人有一本日记,在里面写下最秘密的爱情经历。只是这些秘密本身是诱惑,因为这对夫妇让他们的日记被对方了解,以便利用日记,使之朝不可告人的方向起作用和反作用。秘密是一种骗人的游戏;阴影、羞耻只是增添的堕落,目的在于提高爱情战斗的刺激。

仍然是爱情问题吗？在丈夫身上，存在一种对妻子肉体性感完美的又敬又怕。但是这种狂热崇拜由于惧怕达不到高度而受到阻碍，被打乱了。随着年龄增长，丈夫感到一种对准备给予妻子的、肉欲渴望的恐惧。于是他要寻找新的资源，避免被女巨人吞噬掉。他发现了忌妒所获得的、对机体的好处，要通过中介的日记，将妻子投入他女儿未婚夫年轻而清新的怀抱里。"因此，我必须承认，今后，我们这对夫妇要是没有木村变成的、这种不可少的刺激剂，就不能继续过满意的性生活。但是，我愿意看守住我的妻子：毫无疑问，应该什么也不需要，只消一点刺激剂。"她可以走到相当麻烦的某一点。越是麻烦就越好。"我期望她使我忌妒到疯狂。她甚至可能发展到让我多少怀疑她会越过限度。我期望她发展到这一步。可是我宁愿她明白，她这样竭力刺激我，有助于她自己的幸福。"丈夫服从一种总之相当简略的、反常的逻辑，至少在她显示的意图中，她是夫妇的爱情保卫者。

妻子变成了丈夫恐惧的肉欲对象后，要在他自己选择的领域进行报复。她对他再也感受不到"丝毫爱情，不管人们怎么理解这个词，她从心里憎恨他，但看到他对我怀有深情，我感到要给他乐趣的某种关心，以致让他昏了头。换句话说，我生来是这样的：我能够将爱情和性欲完全分割开来"。她带着被她自己的能耐弄得目眩的、十足的冷静，利用她和自己的情人木村获得的经验，把她的丈夫推到昏头昏脑的地步，直至大脑出事，直至死亡。一切具有夫妇互相景仰的表面。爱情可能是十足的罪孽。

《痴人之爱》和《钥匙》之间的对比，让人能衡量，在同一个作家身上，爱情小说由相同的困扰穿越，能够怎样发展。读者的接受又是怎样奇怪地依然相同。1924年，年轻的谷崎润一郎还是一个初出道的作家，人们怀疑他挑衅批评界和读者，以便让人谈到他。他也被看作代表受到西方典范和青年读者寄予解放所迷惑的、城市青年咄咄逼人的现代主义。纳奥米预示着日本男性受随后隶属于用姿色骗钱的女人支配。

第十三章 性和淫书的混合

第一次世界大战和后来两颗原子弹之间相隔30年,西方的新颖不再让人梦想。谷崎润一郎变成了日本精英文化的一颗明星。他受到天皇接见,他的全集30卷正准备出版,他刚将11世纪初由紫式部撰写的日本古典文学杰作《源氏物语》长篇累牍地译成现代日语;《源氏物语》写的是帝国宫廷的悲剧。然而,《钥匙》迎来的是一片抗议。从自由党的议员到政府都要求把它列为禁书,批评界谈的是淫秽、早衰、色情。谷崎润一郎不得不添了几笔甜言蜜语,避免法院干预。《查特莱夫人的情人》的日本译者刚刚出过庭。在肉欲表现和性的场面长期以来属于艺术最精心描绘和最有系统的文化中,乱写性欲依然是令人不能容忍的试验。

在《痴人之爱》中,残忍的女主人公纳奥米,年轻貌美。尤其在她丈夫眼里,他把她塑造为孤独的、单身汉的幻觉面团,而且她使他回忆起美国电影女明星的典型,她尤其显得漂亮。他疯狂的爱情把他引向灾难,但他仍然在美的赞赏中找到一个借口。

在《钥匙》中不再有丝毫这样的情况。小说将两个50来岁的平庸资产者对立起来,他们长期(也许始终如此)已放弃将他们的爱情关系与某种美学联结起来。妻子甚至承认从来没有见过她丈夫完全赤裸的身体,对婚房的黑暗感到高兴;婚房使她看不到这个场面。皮肤在夜间的接触使爱情缓解了美的享受。

同时,爱情小说偶尔感受到建立与淫书相分开的限度的困难。这个界限尤其因为要按照地方和时代而变化,而且越过限度是一种所有描写爱情遭遇的艺术家感受到的诱惑,所以就更加想尝试去做。大部分人坚持所谓的性欲作品。写性欲的文本既与它的近亲淫书,也与电影剧本和演出无法区分;演出在于让人看到和指明性行为的私密因素。甚至会发生不能通过文学语言的性质来区分某些淫秽成分,这些成分善于在无懈可击的文体形式中渗入淫秽。

甚至存在一些思想家和分析家,他们解释说,淫书构成男性爱情想象的本质。

作为性别不同的卓越表现,作为永恒地不可理解以及必然的、不相容的基石:男人的想象使之上升到淫书,同样确定的是,女人的想象使之推进到情感的遐想。对某些女性来说,这是玫瑰小说,情感的连载小说,罗曼司,漫长的诱惑;对另外一些女性来说,这是裸体容许的性欲马上得到的满足,享受的短暂,欲望的突然下降。

按照弗兰塞斯科·阿尔贝罗尼的说法,报亭完美地代表想象的划分:一边是**我们俩**,另一边是**花花公子**。一边是在想象故事的漫长时间中、在小说的曲折和等待中感到满足的温情,另一边是更为粗野的激动,需要用来充分激起意象,而不太考虑叙述的环环相扣。这也就能解释,女人比男人更多地阅读小说。

正如许多理论创作那样,这些分析对写作它们的人的想象和分析显现时的思想冲突说得很透彻。在每个时期,都有关于性别的不同、幸福与不幸、误会和想象在爱情行为中引起期望的妥协论说。在每个时期,都有重新创造存在和不存在的东西的方式:永恒的女性和永恒的男性。

男女小说家并没提出表现存在的东西。小说不将真实拍摄出来,也没有重新制作真实;小说不描写存在的东西;想象将存在的可能性加以体现。人们坚持将福楼拜称作现实主义者,他反复地被人提到,但是并没有被人理解:在小说中,现实主义问题是一个假问题,或者是一个视觉幻象。

奥兰多:两性畸形的梦想

1928年,弗吉尼亚·伍尔夫发表了《奥兰多》,她背向一切现实主义的意图。中心人物奥兰多在伊丽莎白一世(据说是处女女王)统治下开始他的生平,一直持续到现代。作者断言,这是一个幻想,一种将一定数量的疑问置于想象中的方式,这些疑问是女小说家感到自己不能在生活现实中提出的。"昨天早上,我处于绝望中",弗吉尼亚·伍尔夫给维塔·萨克维尔-维斯特写道,这是她喜欢的女人。"我不能强求自己写一个字。最终我把笔插入墨水缸,几乎机械地在一页白纸上写上:**奥兰多,一部传记**。我刚刚写好,我的身体便充满快乐,我的脑子挤满了念头。但是请设想,奥兰多以维塔的面目出现,一切围绕着您和您的思想活动旋转——我们不说您的心,您没有心,但愿有人在10月说:'弗吉尼亚·伍尔夫写了一本关于维塔的书。'——您会在书里看到什么不好吗?"

《奥兰多》显然没有叙述维塔的生平,而是叙述了他和维奥莱特·特勒福齐的爱情,他在伦敦异乎寻常的鲁莽行动,他的乔装打扮。更有甚者,他袒露了折磨着弗吉尼亚对丈夫莱奥纳尔持久不灭的爱情痛苦,以及使她远离男人的对肉体的厌恶。出色地戏仿旧的爱情小说和爱情遭遇,幽默,创作的冲动和喜悦,这些正是为了起到与小说真正的主题、性的混同、两性畸形的梦想保持距离。

《奥兰多》就是这样单刀直入地开始的:"他——因为他的性别并不可疑,尽管时间有助于伪装他——把剑挥舞得呼呼作响,砍向一个摩尔人的脑袋,这脑袋吊在木梁上,摇晃着。"

确实,30年来,奥兰多的男性身份并不可疑。这是一个年轻男人,或许对一个小伙子来说有点过于俊美,或许有点过于喜爱诗歌,或许拥有过于好看的腿,不能不使最不会激动的女人激动。伊丽莎白女王本人,"她的身体具有壁橱的气味,为了保存毛皮,那里放上了樟脑",爱上了这个贵族青年的完美形象,以至于把他留在身边,让他避开战争的暴烈。奥兰多像一个年轻的男性,听命于本性。他什么都引诱,包括宫廷贵妇和客栈女佣,她们也几乎像奥兰多本人那样急于单刀直入。他爱上了一个俄国公主——"他凝望着她;他瑟缩发抖;他身上发热;他感到发冷"——她抛弃了他,却看上一个魁梧的、多毛的水手。总之,他以沃尔特·司各特的浪漫主义重新回到中世纪的英雄的方式,体验一部往昔的爱情小说。

然后,一个夜里,在他任大使的君士坦丁堡,奥兰多公爵陷入沉睡中,像死去一样。一个星期后他醒了过来,弗吉尼亚·伍尔夫写道:"事实迫使人说,他变成了一个女人。我们让生物学家和心理学家判定这种情况吧。至于我们,事实对我们来说足够了;奥兰多直至30岁都是一个男人;此刻,他变成一个女人,自此以后始终是女人。不管别人怎样对待性和性欲;我们这方面则尽可能放弃如此丑恶的题材。"

性欲对弗吉尼亚·伍尔夫来说是丑恶的;《奥兰多》的写作是为了至少在一本小说的范围内,试图避开这样一种爱情关系不可忍受的现实:这种关系应该适应性别不同的自然法则。两性畸形(男人变成女人)、性别变形,以幽默的暗暗相助,克服令人厌恶的矛盾:由于奥兰多从来只爱女人,而且人性在适应新的习俗之前总是不轻易同意,尽管这回他成了女人,而且还是一个她爱的女人……

奥兰多除了性别并没有变化,况且这种改变令他非常吃惊,不管好坏,改变了一切。他曾是追逐者,眼下她变成被追逐者。"没有更加美妙的幸福:抵抗然后让步,让步然后抵抗。这种情况将心灵投入到别的什么也不能给予的迷醉中。我甚至纳闷,我会不会越过船舷,为了得到被一个水手救上来的快乐呢。"

性别的对照将男人变成女人的木偶,将女人变成男人的玩偶。没有真正的爱情关系,而是角色的重新分配,面具和谎言的安排围绕着女人的从属和男人限于男性特征而组织起来。两性畸形以一种缓和状态出现,爱情终于摆脱了与性别对抗相连的处境和偏见,能够最迅速地进展,取得在温柔方面因谎言而失去的东西。

这关系到一种乌托邦:关系到一种无缘无故、也即没有主体的思想;关系到一种悟性和想象的脆弱结构。小说探索一种可能性即两性畸形,弗吉尼亚·伍尔夫知道超出了自己生活的范围。她永远不会是维塔,永远不能在自己身上汇聚分裂的、冲突的、矛盾的、活动的、抓不住的、变动的东西。小说的写作能让人一时克服这种身份的悲剧性分裂;但当作家完成这本小说的写作时,奇迹中止了,分裂重新恢复;随着分裂而来的是人的雾化,自我丧失在表面不确定的波涛中。奥兰多是两性在人的幻想上完成的乌托邦,性变得难以确定,或者进一步:不存在了。奥兰多终于承认:"爱情,我并没有经历过。"

淫荡和性欲冷淡是同一种恐惧,同样拒绝交换和相异性的两面。当弗吉尼亚·伍尔夫谈论热衷于弄乱和把一切变得复杂的本性时,她提起爱情的纯朴:同一性与相似性结合,而不是面对**他者**的秘密。当淫书的爱好者(或者卖淫的消费者)醉心于性欲诱惑时,他们寻求模仿爱情的(幻觉的或者幻想的)处境,这时两个搭档是一样和同等地汇合在性欲满足的同样需要中。性欲冷淡和淫荡都是手淫式的。如果前者更准确地说是女性的,后者可以说是男性的,这不是本性或者肉体素质的问题。正像弗吉尼亚·伍尔夫关于她的悟性、她的讽刺、她的痛苦的全部力量所说的,社会角色长期以来分配好了,"以至于女人的声誉是服从、贞洁、香喷喷的,穿着的是名牌,即使她们本性上与这一切无关"。

茨威格和同性恋的诱惑

20世纪20年代的爱情小说显然不描绘对他人的性欲捉摸不透而引起的迷恋和恐惧。这些小说放进一些言词、句子、情势、故事,如果缺少这些,就会处于模糊情感、难以形容的不安、不明确说出的思想、闻所未闻的谣诼、不正当的激情、可耻的痛苦的范畴里。爱情小说为它们创造生存之地。

同性恋就是这样。在斯蒂芬·茨威格1926年于维也纳发表的《感情的混乱》中,叙述者是教授、已婚者、家长,他讲述激荡过他的、青年时代的情感。小说的最后一个句子是毫无掩饰的爱情吐露:"今日仍然像从前一样,小伙子不知道我是谁,我感觉我除了这个人,不欠任何人,不欠我的父亲,不欠我的母亲,不欠我的妻子,也不欠在他之后

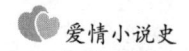

的、我的几个孩子,我除了他不爱任何人。"

他是一个文献学教授,叙述者罗兰发现了他的课程,这时他力图逃避不守纪律、充满乐趣、感情空虚的青年时代。罗兰不仅仅被知识和教师的热情所迷住;他深深地受到诱惑、迷惑,热烈地恋爱。他所用的词是爱情雷霆般打击的词语:"我无法动弹,我仿佛心脏受到打击。我是这样热烈,仅仅能够冲动地抓住东西,在我所有的感官发狂的冲动中,我第一次刚刚感到被一个大师、被一个人征服了。我刚刚感受到一股强力的升起,面对这强力,有一种俯首屈从的责任和快感。"

罗兰感受到一种强烈的精神之爱,但他感觉不出对这种爱的羞愧,大师对他的吸引力充满他的身心。他开始为他效力,住在他的屋檐下。他也要忍受大师的粗暴拒绝、他的任性、他的脾气突然变化、他的忘恩负义,受崇拜的大师看来在同他的学生的感情开玩笑,引诱他是为了更好地推拒他,听取他是为了更好地用嘲弄去折磨他,鼓励他们的亲密关系发展是为了更好地糟践他。

直至罗兰被他的导师新的凌辱弄得无言对答,达到感情混乱的顶峰,要去引诱教授不幸的妻子那一天(他确实对小伙子的身体,而且对有光彩的肉欲机能有吸引)。他后悔至极,就要向大师吐露他的通奸,大师对他承认一点儿不重视自己妻子的偏离。他本人只爱小伙子;在所有的小伙子中,只有一个使之闪射出爱欲的火炬之光:显然这就是罗兰。大师的话语承认了他的爱情,叙述了他为了不致丧失罗兰而进行的斗争,他的声音有着强烈的压抑感:"我感到这声音一直深入到我的胸膛最隐秘的结构中……我内心接受这声音,它热烘烘地、火烧般地、沁人心脾地上升,我接受它时痛苦地颤抖,就像一个女人将男人接受到自己体内。"

在这双重的吐露之后,两个男人唯有最终分手,互相给了一个诀别的吻。"他把我拉向他,他的嘴唇贪婪地压紧我的嘴唇,动作神经质,在一种发抖的痉挛中,他把我抱紧在胸前。这是一个吻,我从来没有接受过一个女人的吻,一个就像死亡的叫喊一样野性而绝望的吻。

第十三章　性和淫书的混合

他的身体痉挛的颤抖传到我身上。我颤抖起来,忍受着一种双重的感觉,既奇特又可怕:我的心灵舍弃给他,可是我由于自己的身体在这样接触到一个男人时感到的厌恶而惶恐到内心深处。"

同他深爱的男人的接触,令罗兰厌恶。要不是大师离开他,他会向自己的身体让步,不过是出于**怜悯**,出于一种对温情和赞赏的偏离。可是在他使用的语言中,叙述者(茨威格同他一起)感受到对同性恋十足的厌恶。他提到小伙子们"疯狂的欲望","违反本性的激情",可耻的吸引,缺陷,疯狂,"丢脸的恶习"。他对被这种"迷恋"触及的不幸者感受到怜悯。他为折磨着他们的社会不幸抱怨;他描绘满足他们败坏的本能拖向社会底层的耻辱;他描绘社会的孤独和"不可治愈的倾向"引导他们陷入的耻辱。但是,他所谈的确是一种可怕的疾病,同时他承认要有一种他从来没有感受到的、更深沉的爱情。激情能让人不受惩罚地穿越所有的界限,除了性的界限。

不管他说什么,不管小说的标题暗示什么,并非感情的混乱在年轻的罗兰的生活中带来了混乱,而是性欲的倾向可能出现的混乱。茨威格的年轻主人公可怕地发现,他在他智力的热情、他心灵的激情(他以为是最高范畴)、他身体的颤动和他心跳之间所进行的区分,是一种理想主义的幻象。他的感情不是混乱的:他爱他的老师,他属于老师。至于他的身体,他只在征服女性所获得的容易满足中感觉到兴奋。只有教授所抛弃的妻子还能激起他一时的欲望,他却不知道这种吸引来自小伙子的举止和夫人体格强健的肌肉组织,这就回到她的夫妇生活处境:她是两个男人之间的肉欲中介。

茨威格不是没有小心谨慎,不是没有惶恐,他带着一种阴暗的沉重心态,将同性恋看作爱情悲剧的中心动力。性别不同不再表现为爱情关系不可被克服的明显事实,自我和本身的结合,仍然被看作要穿越的障碍,一种浪漫悬念的因素,更是一种社会丑闻,一种现代性表现的混乱令人不安的显现。

这种身体吸引的混乱和这种混乱引起的感情错乱,弗吉尼亚·伍尔夫以一种幻想的希望和乌托邦的想象来接受,她生怕看到它们消失在现实的粗暴对待中。在茨威格的作品中,颓废感属于人类的一种老化,同毫不犹豫地动摇最早建立的道德和社会价值的热血青年引起的好奇心发生冲突。在这两位作家的作品中,再现伊丽莎白时代和莎士比亚巨大而神秘的形象,用做参考和绝对事物的中心。

在《奥兰多》中,男女主人公作为美、美德和极端激情的楷模而出现,它们萦绕着莎士比亚式广泛的神话。在《感情的混乱》中,教授和他的学生们在莎士比亚戏剧激起的兴奋中融洽一致,同时还有马洛①、本·琼森②或者托马斯·诺顿③一样疯狂的、诗意的、博学的和大众的戏剧。大家讨论莎士比亚火热的十四行诗的对象是男是女,据此,英国文艺复兴呈现出一种原始自由,知识和激情、理性和诗意的混杂面目,从中出现一种新人类,匆促揉成,形态还捉摸不定,面目不清。

莎士比亚也是谷崎润一郎参考得最多的欧洲作家,而且他还翻译了他的作品。从20世纪20年代纷至沓来的关于性别之谜的小说,找到了现代的音调,提供了具有魅力的新青年,以及通过两性畸形和性别不确定而引起恐惧的新青年,在那个混乱的时代,中世纪的信念和教条崩溃了。

爱情小说史于是从不忠诚过渡到编年史。

---

① 马洛(1564—1593):英国戏剧家,著有《马耳他的犹太人》(1589)。
② 本·琼森(1592—1637):英国戏剧家,著有《辛西娅的狂欢》(1600)。
③ 托马斯·诺顿(1532—1584):英国戏剧家,与人合著《高布达克》(1560)。

第十四章

疯狂时代盎格鲁-撒克逊的爱情

一个作家的生平与他的时代的历史相结合是毫不奇怪的。尤其是关系到一个现代作家,人们同意,他的故事是一种**反映**或者是一种现实的**映像**。

在 20 世纪,历史越来越不清楚虚构的事:它就像出现在地平线上,现实纷繁复杂的面貌在这地平线上呈现出来。虚构的事变成了时间特殊的表现,甚至描绘者放慢了叙述,直至仿佛取消了时间感。

爱情小说不排除时间的迅速历史化:它们回想起爱情的现实性。凡是确定爱情的持久以不同方式和习俗属于同一**人性**的地方,就出现爱情现实混乱的不确定,其双重标志一是社会的限定(不同的社会有不同的爱情),二是存在的不确定因素(人人**创造**他的生活和爱情)。

20 世纪 30 年代北美的爱情小说清晰地表达了一种新的情感体制的出现。

美国作家和报刊以及报刊对待的现实性保持的紧密联系,推动小说采取从新闻记者的现实主义借取的虚构形式:直接的文体,给描绘和分析情节以头等重要的地位,大量运用现在时而不是过去时。最著名的小说家(和付酬最高的小说家)毫不犹豫地同报刊合作,以编年史、中短篇小说和故事的形式,插入时事,保持和扩大他们的声誉。

在这种新闻体的美学影响之外,还要加上电影剧本写作的影响。

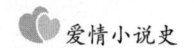

电影业渴望获得故事和小说人物。它开始为摄影棚采用小说文学最著名的作品(或者至少是这些小说的影片框架)。随后它广泛呼唤小说家,从1928年开始,电影采用了对话,不得不创造不同于戏剧中流行的话语,小说家创造故事和场面的技巧能力显得必不可少。

司各特·菲茨杰拉德:美国梦——从暴涨到暴跌

欧洲从大战的灾难中走出来,面临的是社会、思想和政治的危机,这是战争的直接后果。欧洲战争和西方的古老文明的危机,相反,却将美国投入到**疯狂年代的**一个异乎寻常的繁荣时期;这段时间延续了十年,却以暴跌、**暴涨**般的沸腾、迷醉一样的爆炸性以及令人震惊的**暴跌**以及衰退结束。

弗兰西斯·司各特·菲茨杰拉德的两部杰出的爱情小说《了不起的盖茨比》和《夜色温柔》,阐明了尤其在爱情方面幸福和成功的观念与围绕**美国梦**的各个观念相连的关系。

司各特·菲茨杰拉德知道自己在说什么:这两部小说也描述他本人的故事和他与泽尔达形成的、古怪的夫妇生活。他们把感情令人昏眩的历程,放在他们生活最强烈的色彩中去感受。先是相信幸福和世界的青春,司各特·菲茨杰拉德后来却认为这是"近于疯狂的"。正是在他的第一部小说《人间天堂》发表和取得巨大成功以后,他觉得做一切都是可能的,他所有的雄心,包括感情的、金钱的、艺术的雄心看来都注定会成功。"美国,"菲茨杰拉德写道,"进入了历史上最大的和最惊人的狂欢中。整个金色的'暴涨',在空中弥漫着它辉煌的豪爽、它令人反感的腐败、在禁酒令时期古老的美国死亡的惊跳。"他全力参加这繁荣的狂欢,希望在其中找到使他自由的方法,毫无障碍地实施最丰富的潜在力量的可能。他是了不起的盖茨比,一个美国梦的王子,他要通过想象的魅力改变物质现实往往丑恶的面目。

第十四章　疯狂时代盎格鲁-撒克逊的爱情

随后幻想消失了,梦想崩溃了。在《了不起的盖茨比》和《夜色温柔》之间,不仅有1929年的暴跌,而且有从诊所到诊所追逐着她的泽尔达的疯狂,酗酒减弱,随着小说很难找到读者,出现越来越苛求的金钱需要。《夜色温柔》是关于两个人可能幸福的小说,爱情误会和不能实现和谐的小说。恋爱的自我永远不和被爱的自我达到一致。

狄克·戴弗是一个具有一帆风顺天赋的男子。这个年轻的精神病科医生,聪明、反应快速、结实、有想象力,毅然决然要在自己周围创造一个排除混乱的世界。在他为有钱病人开设的瑞士诊所里,他遇到了一个女病人尼柯尔。她年轻貌美,极其富有,心理脆弱。她被狄克的光彩奕奕、他的宁静和他释放出来的毅力所吸引;他受到包裹着年轻女人的神秘所迷惑。要不是尼柯尔的美国家庭把他们的关系改变成一笔好买卖,他们本来可以简单地成为恋人。家里人把她的医生提供给尼柯尔做她的丈夫,让她今后日夜都有一个专门的家庭精神病医生。狄克沉醉在爱情中,同意变成他妻子的"财产"。他们的爱情显然不会长久。

在一段时间里,激情的震荡和狄克对妻子无微不至的关切,足以维持幻想。他们和两个孩子以及一小群狂妄而无所事事的美国人生活于其中的、豪华的温馨环境,对他们是一种典雅的、金色的保护。里维埃拉的别墅和瑞士的豪华大旅馆可以成为招待周到的诊所。

狄克和尼柯尔仍然体验着"最好的爱情",但是他们已经知道这是最好的。尼柯尔两三次发病,使狄克想起他属于谁。他越来越忍受不了这种奴役状态;她逐渐将他沉浸其中的爱情物质,化解为小小事故的细碎场面。

为了感受自由和他在自己生活中实施的控制,狄克致力于追求一个年轻的美国电影女演员萝丝玛丽,这个妙龄少女散发出马赛的香皂味和薄荷糖果味;这是孩童式女人中的一个,好莱坞电影业正在把她们塑造成女性的新典型。萝丝玛丽最主要的魅力在于她散发出得意洋洋的不成熟,显然被狄克爱上了——就像她以自己的美貌迷上的大多数男人爱上她那样。至于狄克,他倒不是恋上这个银幕上的年轻明星,而更多是被这场着意进行的、感情决战的曲折所迷惑。

狄克于是与他的妻子保持了一些距离。拉开距离先是被尼柯尔痛苦地感觉到了。随后她发现,她的精神状况要忍受丈夫间歇的亲近和她的精神病医生的不忠。当她完全脱离疯狂状态时,她最终可以找到一个情人(一个思想不灵敏、追求了她几年的老朋友)。狄克不寻求留住她,也不寻求再得到她;他甚至觉得想到爱情斗争似乎是疯狂的。他打好行李,离开了他的妻子、他的孩子们和富有的美国人不断举行的节庆。酒精加速他的衰败,在酒精的帮助下,他来到西部地区最偏僻的地方挥霍他无用的精神病知识——今后确定他的和谐、雅致、幸福的愿望与爱情要求不能并存:"被爱是那么容易,爱是那么困难。"

爱情的障碍就在爱情的充分发展本身之中;爱情是它自己的敌人。这个题材在20世纪30年代,人们再不敢说在**情感**小说中畅行无阻。

在弗兰西斯·司各特·菲茨杰拉德的作品中,他采用了一种特殊的色彩,幸福是孤独的完美:"我自己的幸福,我甚至不能与我最爱的人分享;必须在街道和安静小径的散步中,在我的书籍中获得平静,它只存在于书的片断,散落在几行字之中;我相信我的幸福,或者我的幻想能力,像你所愿想起的那样,是一个例外。"狄克强迫自己对自身发怒时首先要头脑清楚,并没有让他相信,将尼柯尔抛到他怀抱里的完美感,长期抗拒激情的勃发:"一个情人是一个开始与他人相像的人。"关于他和萝丝玛丽的爱情纠葛,他还指出:"发现了他不爱她和她不爱他之后,他对她的渴望扩展了,而不是消失了。"

这感情的幻想破灭,在菲茨杰拉德的作品中,与对这个新美国,对这个已将"成功"置于神圣事物最前列的文明,提出了精神和社会的疑问。爱情(或者至少一切依附于它的习俗形式,包括性的满足)本身是成功最闪闪发光的标志之一,是使画面和谐、使普世意识能在理想物质中孕育一切成形的最后一笔。

在这一切中,有着某种浪漫主义和一闪现便消失的天堂意味。菲

第十四章 疯狂时代盎格鲁-撒克逊的爱情

茨杰拉德所属的**垮掉的一代**,就像欧洲浪漫派的第一代那样,在爱情的毅力中、在雷击的闪电中、在愿望的震颤中、在决裂的悲剧中竭力重新找到震撼上一代的、英勇而革命的冲动的相应物。但是它不像斯丹达尔所做的那样,不再能保持幻想。危机像一张木头的脸,由此处通过。它只剩下搬演其他代用品,其他手法:像在海明威的作品中那样,打猎或者斗牛,像在亨利·米勒①的作品中那样,性在场的紧张,像在托马斯·沃尔夫②的作品中那样对美国永恒活力的乐观梦想,或者反过来,通过思想和感觉的特有模式,对一个异化的社会辛辣的揭露。

卡森·麦卡勒斯:孤独者的爱情

卡森·麦卡勒斯发表于1940年的第一部小说的标题为《心是孤独的猎手》,无疑是让互相期望的一切感情关系归于失败。尤其这是因为关系到一个非常年轻的女人的小说,就更加令人醒目。卡森在发表小说时23岁;她起草应该用做小说核心的短篇时,只有19岁。爱情总是在少女们(就像年轻男子一样)关注和梦想的中心;这是一切追逐趋向的猎物,但爱情追逐的热情只能达到自身的满足:恋爱的心是一些时间永远不一致的大钟。

《心是孤独的猎手》是这样一部爱情小说:爱情是在其中一切的寻求导向的对象;不过这是一部永远没有爱情的爱情小说。从要有故事,要有围绕情节组织的人物的传统意义上来说,这也几乎不是一部小说。更准确地说,这里关系到一组故事,其中,四个主要人物把他们情感的心腹话讲给第五个人听,他和蔼地接受了。但是,这友好的耳朵除了是一个认真的倾听者以外,不能期待它还是别的东西:约翰·

---

① 亨利·米勒(1891—1980):美国小说家,著有《北回归线》(1939)、《南回归线》(1962)。
② 托马斯·沃尔夫(1900—1938):美国小说家,著有《天使,望故乡》(1929)。

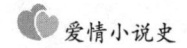

辛格是个聋哑人。每天,他去拜访他喜欢的那个人斯皮罗斯·安东尼帕洛斯,像他一样这是个聋哑人,在一个隐居地默默无闻地生活。正是利用这个机会,辛格认识了其他房客。米克·凯利,一个很多方面像作者的理想主义青年。米克像卡森一样,是个女孩子,选择了一个小伙子的名字,逃避过于准确的性的身份约束。还有比夫·布瑞农,一个温柔而细腻的低级小饭店老板,他的性无能折磨着他。黑人医生考普兰德,聪明、有教养,但是他的话和建议迷失在种族偏见的贫瘠土地上。最后是杰克·布朗特,战斗的共产党人,新人道和新博爱的乌托邦梦想家,但他除了酒杯,找不到别的讲话者,他把自己改变世界的无能为力淹没在酒杯里。

酒精在描写消沉的爱情小说中起着重要作用。1919 至 1933 年落在美国本土上的禁酒令,强调清教徒对美国民族的思想意识控制的威力。酒精的纠缠(或者反对酒精)属于和拒绝在学校里教授达尔文的理论一样严格的、宗教情感的表现。在法国的现实主义文学中,描述酒和烧酒的肆虐具有保健的和社会的性质。它与恐惧彻底的文化颓废相连,这种颓废在性欲的混乱和性病中也找到别的根源;性病是婚外犯罪的生物学惩罚。酒精是一个阻挡爱情和谐与完美的社会障碍。有时,一次情感的外露便足以给受害女性(大多是给男性)带来疾病的治疗。对酒精依赖的斗争,于是带来对爱情牢固的证明,爱情足够强大,可以面对受奴役的痛苦。

在美国,酒精对身体的毒害不如对心灵恐惧所传导的影响大。这像祈祷一样是一种孤独的实施。可以认为,按照古代希腊人的方式,酒(杜松子酒,啤酒)有助于摆脱人间生活的物质性,暂时住到天神那里;但这是打算不受罪恶和犯罪的持久威胁,它们使清教徒意识消沉。

在《夜色温柔》中,小说开头几页展开的是一个节庆,这是狄克和尼柯尔在里维埃拉的豪华别墅中,给他们的美国邻居举办的。一切奢华、宁静、喜庆,以致有一个客人在罗曼内-康迪的放纵行为的媒介下,

第十四章　疯狂时代盎格鲁-撒克逊的爱情

不断让幻想消失，显露出裂痕，这些裂痕不久就毁掉了精神病医生和他的女病人这对通过金钱结合的理想夫妇。

在《心是孤独的猎手》中，酒精无论如何不是一个"**助长因素**"，促使人物战胜他们的生理抑制，并向别人的感情开放。相反，它使主人公们失去他们具有的意识，以便更好地面对他们的噩梦和他们彻底的孤独和阴暗。它把他们投入爱的荒漠中，他们只感到这荒漠毁灭性的炙热。酒精把每个人封闭在奇特的状态里。在卡森·麦卡勒斯的作品中，酒精甚至不用来逃避到幻想之中："主角们"一点儿不理解他们感受到的感情，绝对地不理解别人提供给他们的感情。在《伤心咖啡馆之歌》中，卡森叙述一个咖啡店身体很棒的女主人阿梅利亚小姐的幸福和不幸，那里制造出乔吉所走私的、最好的威士忌。正当她过去的丈夫罪有应得地服刑时，阿梅利亚这个有男性举止、和蔼可亲的女巨人，爱上了一个她出于怜悯收留的驼背的丑陋侏儒，他乱花店里赚到的钱，并且享受他的巨人主妇无限的温柔。但是她的前夫劫走了驼背人，为的是报复。阿梅利亚小姐因失去了侏儒而绝望、屈辱，选择了彻底地生活在忧伤和孤独中。她关闭了自己的店，钉死了咖啡店的窗板，让这个地区失去了最后的人间乐园。

对性别身份的不确定，肉体和精神的不相容，尤其毫不希望交换因而更加必要和更加纯粹地确定需要爱，被超凡入圣和恶的迷惑纠缠的人道演变出来：描绘抑郁的爱情小说重新找到浪漫主义音调，再以现代性的色彩表现出来。人与人之间的爱情被看作（和被怀疑成）爱上帝的代用品，偶像崇拜者的社会宣布了上帝的死亡。

明星的时代

这种浪漫主义和**传奇性**没有多少共同之处（这两个词往往混同）；通过传奇性，情感文学在世界所有的语言中尝试着抵御电影的竞争，虽然永远做不到。目的在于写成**通俗的**爱情小说,在有声电影发明时,已经认识到它失去了对电影搬演爱情故事最初的商业战斗。在银幕上传播的实际效果比词句组合所能获得的效果更加强烈、更加迅速。电影的**诗意**是大众的。**明星**的世界声誉——这些虚构在现实屏幕的理想投射——是观众认同的、文字达不到的爱情主角的载体,至少是以直接的形式。电影人物不仅体验着生存的经验(在这种情况下是爱情的经验),他还和观众分享经验。他也是一个活动的躯体,一个目光,一个声音(哪怕是双重的),唯一的存在。演员的身体是一个强加给观众想象的限制。

为了回应电影创作虚构的挑战,小说至少拥有两种类型的回答。第一种是将现实主义的诱惑让给银幕,以便更加完善地探索想象的吸引力。

寻求神奇、理想化、童话、幻想故事、奇特情节的曲折,这是一种像小说本身一样古老的传统。自从塞万提斯创造了现代小说以来,人们看到这种方法有规律地重新出现。情感小说就像整个西方世界设计的那样,为了回应电影的大众化,又回到这个传统。基本上这是呼唤现实,为了更好地否认现实。真实的世界是一个障碍,感觉的(感情的)世界的力量能够掀翻它。在爱情的艳遇中,社会生活在主人公们的脚下(环境、教育、种族、财产、婚姻状况、年龄、阵营、身体体质、很少是性的吸引力,等等的不同),层出不穷的禁忌被引导到使他们陷入悲剧、眼泪和纠纷中。可是爱欲的强大威力往往被上天的干预维持在思想正统的说法中,保证了情侣们的胜利——情侣们不一定像小说开头那样是被指定的:爱情是盲目的,心灵间歇(尤其是男人的心灵间歇)显现在浪漫的**悬念**特有的活力中。

现实面对情感理想的溃败,可以依赖大量运用老一套手法:真实是不透明的、模糊的、失去方向的;理想是可以辨认的、有秩序的、重复的、令人放心的。读者没有迷失其中,或者更准确地说,作者的艺术在于使迷失的美妙昏眩和已见、已想、已感的东西赋予的安全感达到

第十四章 疯狂时代盎格鲁-撒克逊的爱情

平衡。

现实的不可信同样引导情感小说从爱情叙述中抹去电影自然而然展示的东西:爱情载体彼此呈现。因而心灵小说的男女主人公具有可以说存在于他们心灵的物质表面。但是这表面基本上是可塑性的、美学的、社会的和精神的;它避开了生理学和生物学的不纯。当电影让人观看时,情感小说却让人沉默。情感小说对**内心**说话,众所周知,在内心这个领域,女人被注定维持她们的生存。

面对当今时代的大众艺术——电影迅速的成功,情感小说、针对妇女的大众种类——**罗曼司**,被看作保护特别是妇女的、传统的(甚至是过时的)、对爱情关系"自然的"和**正当的**接触。书写形式,继承的是长期的旧日文化,给爱情故事一种精神的合法性,电影作为群众的娱乐,不会企求这种合法性。

因此,如果1930至1940年盎格鲁-撒克逊的**罗曼司**,在一个革命和危机频繁出现的世界上,展示了直接继承自维多利亚时代情感方案的浪漫魅力。这些针对少女的小说专门是为了将爱情行为的典范生活引入普通阶层,这种爱情行为是半个世纪以前在贵族和大资产阶级中设立的。这些小说颂扬爱情的精神力量,不是像它们的声誉所期待的那样具有玫瑰色,同样强调过于屈从爱情要求而产生的悲剧。最美的爱情故事是男女主人公向那些忠诚、美德、家庭或者荣誉构成的、和谐生活的高级原则,牺牲他们情感的充分发展。这些动人的故事使人洒下了泪水,获得一种纯洁心灵的愉悦。

尤其牺牲和精神上的英雄主义,是引导主人公们走上从不幸到幸福,从爱情缺失到情感胜利之路的一个个阶段。除去罕见的例外(可以满意地看到难以获得的幸福的瓦解),玫瑰色小说是在幸福的阶梯上青云直上的故事,这幸福减轻了非正义和开始的冷漠无情,它的历程由爱情决定。

这些小说伴随着**心脏的挤压**。这种挤压将爱情小说暗含的教训转成信息和实际的建议;这教训确认小说的教育品德。它的传播伴随着扫除文盲的进步;它的思想内容总是道德化,但可以采用相反的色彩。比如在法国,教权主义者和世俗共和派为了控制教育发生的冲突,表现为对爱情故事的竞争。德利①的巨大而持久的成功——在这个假名下隐藏着一个女贵族玛丽·帕蒂让·德·拉罗齐埃尔和她的兄弟弗雷德里克——特别是《马加利》(1910)标志着天主教道德对所有的对手的胜利,这成功一直待续到20世纪50年代中叶,直至基·德卡尔②的小说,他是贵族的另一个后裔,将淫秽的情境和道德家的言论、娼妓流氓和富有意义的陈词滥调有机地混合起来(《我生平的爱情》,1956;《我将永远爱你》,1985)。世俗的爱情小说很难找到它的位置:感情是私人范围和**内心生活**的动力;据说有点属于心灵方面。患有无辨觉能症的情感文学在描绘当下的爱情生活时,完成了通俗小说限定的任务之一:使人梦想时遭到失败。

在盎格鲁-撒克逊的国度里情况不是这样。**文学性**的小说和**通俗**小说之间的区分在法国和德国没有那样明显,在这两个国家中,文学传统的存在以文化卑劣的方式打击二流作品。在美国,相反,肯定一种特殊的美国文化,在20世纪30年代伴随而来的是强大的反知识潮流,这股潮流目的在于强调新世界与从古老欧洲继承来的、渊博的教士矫揉造作的和精英的价值相决裂。一个作家不允许被看成一个牧童,欧内斯特·海明威这个硬汉的保护人,也不被允许断定小说家的工作"**在于写出好故事**"。

一个**好故事**,就是能够取悦广大的、各种各样读者的故事;电影的观众也是一样。这两种虚构故事的生产者都扑向同样的领域。在它们之间,显然有交换。成功的小说往往在被简化以后,成为提供给好莱坞电影剧本的题材。有声誉的作家在报酬更高的电影剧本写作中

---

① 德利:包括玛丽·帕蒂让·德·拉罗齐埃尔(1875—1947)和她的兄弟弗雷德里克(1875—1949),都是法国小说家,两人合著的情感小说有《沉默的大师》(1918)、《米齐》(1921)、《敌对的心》(1928),十分流行。
② 基·德卡尔(1911—):法国通俗小说家,著有《邪恶的人》(1949)、《这古怪的温情》(1960)。

倒下几个月,或者永远倒下。在书店里,在报纸或者银幕上,因成功而走红是真正的职业本领的标志。写作学校从20世纪30年代开始,也在某些重要的美国大学发展起来。文学不仅是刻板知识的对象;它也是应该熟悉、体验和验证运行规则的技术对象,以便满足运用者的要求(真正的或可能的,意识到的或未意识到的要求)。

被抛弃的多萝西·帕克和狄尤娜·巴恩斯

当弗兰西斯·司各特·菲茨杰拉德在他的第一部小说《人间天堂》大获成功,给他带来荣誉、财产(和泽尔达的婚姻)之后,迎来的是《了不起的盖茨比》平庸的销售,然后《夜色温柔》的销售干脆更差,他完全意识到要对这次失去读者好感负责。如果他这样突然"过时",那是因为他表现出不能带给读者对新奇事物的刺激和他们等待的、对习惯的适应。即使他的女友、女诗人、女小说家、专栏编辑多萝西·帕克在20世纪20年代倾泻出她尖刻的才能宝库,作为《名利场》《绅士》和《纽约客》这三个**别致的**文化报刊支柱的读者对此非常喜欢,她的读者却在萧条年代抛弃了他,永远不再返回。她辉煌的风格,她尖刻的幽默,仿佛今后使人们还感到对往日的和有味的东西变得不可忍受:性解放,妇女要取得所有自由,包括爱的自由和不忠的自由、政治上激进主义的权利。多萝西·帕克被所有人忘却了,被那些曾经争夺她的散文的杂志拒绝了,要在失宠、孤独、贫困、以酒度日中度过30年。她死前,在曼哈顿的一个酒店房间里,她的名字只在报上出现一次:1951年,新纽约人大胆的旧日激励者,由于她以往对西班牙共和主义者的同情,受到反美活动委员会的追查。

读者总是对的,不写读者期待于他们要看的东西的作家总是错的。狄尤娜·巴恩斯像她的许多同胞包括小说家、诗人、雕塑家、电影艺术家或画家一样,在20世纪20年代离开巴黎出国;她为美国报纸写作;她讨人喜欢;她在蒙帕那斯的声誉使她在美国获得名气,这名气很快超越格林尼治村的界线。但是她忽视了利用她的名气;她在1936年发表了她的杰作《黑夜的树林》,一部描写爱情不幸的悲剧小说,小说中的五个人物企图找到爱情,得到的却只是分离和痛苦。风格是很有光彩的,"什么是爱情? 人在寻求自己的头脑吗? 人的脑袋,是这样被痛苦撕裂,以致连牙齿都压抑着他!"描写生的痛苦具有罕见的广度。但人们期待巴恩斯的是别的东西:与古代放肆的妓女的传说一致,幽默中有意带着下流;出色的叙事,受到女同性恋的折磨。读者被这部太美又太阴沉的爱情小说弄得失望,它的**故事**似乎消失在紧凑的片断意象中。直至1982年她去世,狄尤娜·巴恩斯只是一个女小说家,在女权主义运动重新把她推出来之前,她不为美国读者所知晓。

像菲茨杰拉德、海明威和玛格丽特·米切尔(1939年发表了20世纪**最畅销**的书之一)一样,后者也有一部爱情小说《飘》,像大多数这个时期的北美作家一样,狄尤娜·巴恩斯是一个经历了新闻体潮流的女小说家。当爱情小说企图表达某种新东西,而不是利用竭尽永恒的方案变种时,它们仿佛意识到当时的气氛。它们有意表现出像各种报道那样的,描述情感的现代地理学的新大陆。

它们建立在现实主义的幻想上;由于作家缺少电影形象的诱惑力,以口语的高度写实主义来弥补这种低劣,这种幻想就更加强烈。在电影变成有声之前,小说给美国读者提供了听到他们自己语言的幻觉。爱情不再运用英国殖民化继承下来的语言规则,这些规则被波士顿的清教徒贵族奇迹般地采用,亨利·詹姆斯或者伊迪丝·华顿仍能使人听到这些规则。情感的新语言于1880年左右由马克·吐温为他的一个人物哈克贝里·芬所创造。

海明威时常提起马克·吐温的决定性影响,后者被不正确地限制在作家对青年的作用之中:"整个美国文学都来自马克·吐温先生的一本名为《哈克贝里·芬历险记》这本书。这是我们拥有的最好的书。全部美国文学都来自于它。以前根本没有文学。以后也没有这样好

第十四章　疯狂时代盎格鲁-撒克逊的爱情

的作品。"哈克贝里是密西西比河的一个文盲小孩,出于义务的语言先驱。他没有什么词不能表达他所感受到的力量和情绪;他没有什么句子不能安排他的感受起伏,他所感到的事物的新颖。于是他将落在耳边的话改装成一种语言;他给这种语言传递自身的内在节奏,赋予颜色和当即感受到的细微差别;这种语言从关于边境和孤独的流浪那些美国的重大传说中借用活力和动力:职业的、地区的、群体的、流派的、社会阶级的隐语,间奏曲和民歌的语言,牧人句法,布道者的和工会领袖的语言,情感抒情诗的词汇,报纸社会新闻吸引人的标题。

马克·吐温的后继者不寻求模仿他,但每个人都明白一个作家有必要让人明白他的**声音**的新颖和最大功能,就是说同时在独一无二的领域,与大部分读者的内心激动可以分享的领域中的新颖。

一个声音和几个**故事**(往往借自采访的现实性),美国的爱情故事正是以这种方式给爱的需要和个人得救不可抗拒的孤独以新的语调。从赛珍珠成功的"中国"小说到薇拉·卡斯帕里的《劳拉》(1942)——后来孕育出普雷敏格①的杰作,从阿尼塔·罗斯在《男人更喜欢金发女人》(1925)中叙述的天真而玩世不恭的爱情到威廉·萨洛扬②令人作呕的音调(《人间喜剧》,1943),在**气氛**和情调极度复杂中呈现对爱情的质问:爱情和谐可能置于青春冲动的、略带酸味的自我中心主义和分享(快乐的或不安的)性欲的满足之间吗?甚至萧条和新政时期的"黑色的"重要小说家达希埃尔·哈梅特③和雷蒙德·钱德拉④都避不开这个问题。哈梅特笔下的桑·斯帕德和钱德拉笔下的马洛都**缺乏爱情**;每当一个女人同意接近他们时,色情的劝说是一个用来迷惑他们的陷阱。侦探是一个孤独的猎人,而女人威胁她们的任务以外的东西,即她们生活的核心:她们观察真相的能力。爱情永远不提供生

---

① 普雷敏格(1906—　):美国电影导演,奥地利裔,《劳拉》(1944)是部侦探片;他也拍摄历史剧、音乐剧、缉毒剧等。
② 威廉·萨洛扬(1908—1981):美国小说家、剧作家,著有《人间喜剧》(1943)。
③ 哈梅特(1894—1961):美国小说家,著有《马耳他的鹰》(1932)。
④ 雷蒙德·钱德拉(1888—1959):美国侦探小说家,著有《长眠不醒》《湖上夫人》等。

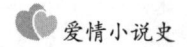

存的证明。没有爱情真相。

捕捉心灵或者无法安慰的倒退

1951年,大战过后较短的一段时间,有一部爱情小说将这种不安的表现推到完美程度。纽约作家杰罗姆·大卫·塞林格的第一部小说《捕捉心灵》,像歌德的《少年维特的烦恼》和现代城市等价物一样受到欢迎:一种不安年代反映青年生活痛苦和恋爱痛苦的小说。1951年,美国和苏联集团之间的冷战转向冲突;朝鲜战争,核战争的威胁,第二次世界大战后第三次世界大战的威胁,似乎要剥夺新一代未来的机会。

在继承马克·吐温的榜样的语言中(具有来自纽约犹太文化的极度单调),塞林格的主人公霍尔顿·考菲尔德叙述一代人滑稽和悲哀的故事,别人刚给了他们装在一只金色箱子里的生活宝库,要使用诱骗人的钥匙,不让他们打开。考菲尔德赛过一个年轻人,他不想长大,这是一个多愁善感、无法安慰的小伙子,选择了倒退到童年时的梦想,而不愿面对不可避免的生活腐败,在他周围,这种腐败标志已频繁出现。"人们没有圣诞节就要到的印象。不仅圣诞节。仿佛什么再也不会来到了。"

与他的妹妹确定的相反——"你什么也不爱"——更准确地说,霍尔顿·考菲尔德感到强烈希望给浸染他的温情一种内容和一种形式。但是,他仍然缺乏古怪和复杂的法规,否则,爱情生活只是一次意外的狩猎:"问题是接近于和一个姑娘要干这件事时,她不断地对你说停止。而我呢,讨厌的是我停止了。"考菲尔德与其说喜欢参加这些荒唐而复杂的社会习俗,描绘婚礼舞蹈的阿拉伯舞姿,不如说更喜欢寻找幸福的快乐,或者在他自己制作和反复筛选的图像中苦恼的激动。他喜欢的是手淫。当他看到妹妹"穿着纯蓝色的"大衣骑在木马上旋转

第十四章 疯狂时代盎格鲁-撒克逊的爱情

时,他心潮翻腾:"我以为我要哭鼻子了,以至于我很高兴。"读者接触的是写给纯情少女的小说——或者是戏仿这种小说。

如果考菲尔德所使用的语言,这种既天真又玩世不恭,时髦的和大众的,光闪闪的又消沉的絮叨,这种**声音**,不给人独白的鲜明印象,在于玩弄每一位读者的感受能力,他会属于相当令人难以忍受的浪漫角色;从矫揉造作的幽默圈子到情节剧发颤音的圈子。在受到电影、人物的肉体显现、爱情故事由一个**情节**贯穿的结构、人物共同分享激动所吸引的几代作家之后,塞林格又找到一种小说传统,就是借助于戏剧和话语的诗意。

塞林格取得的世界性成功是反常的。这部更是纽约人的而不是美国的小说(后来,人们强调伍迪·艾伦笔下人物的话语来自考菲尔德的诗律),为 20 年来美国征服小说的国际市场戴上桂冠。在 1930 年(辛克莱·刘易斯[①])和 1950 年(威廉·福克纳)之间,17 次诺贝尔文学奖有五次颁给了美国作家。经济危机、大萧条和大战这可怕的 20 年,却是美国小说最有力地确认的时期。1951 年,当《捕捉心灵》给缺乏天真和真诚的青年以话语时,完全不同的革命在准备中:美国哥伦比亚广播公司(CBS)抛出了彩色电视的第一批节目。

从大西洋的另一边,就像在太平洋的右岸,爱情小说利用其他武器同电影以及恋爱躯体的肉体意象所代表的现实诱惑作斗争。爱情小说家要表现出逃避电影形象和看不见的东西。并非是身体的光彩而是精神和感情的秘密,意识和下意识形成的曲折,并非是**呈现**的明显性——形象总是呈现在眼前,而是时间的作用、往昔的分量,向未来的投射。

爱情小说的重心移位了。不是要把两个人(或者更多人)的感情相遇、从属的幸福和不幸写成故事,而是询问这相遇的谜语本身、它的

[①] 辛克莱·刘易斯(1885—1951):美国小说家,著有《大街》(1920)、《巴比特》(1922),1930 年获得诺贝尔文学奖。

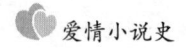

地下源泉的奇遇、流程的曲折。爱情小说叙述一件情感事实的故事，它的因素却摆脱了经历这事实的主角。

盲目的爱情

即使在1920年发表，即使设想时要早得多，从1893年开始，安德烈·纪德的小说先是取名《瞎子》，随后取名《田园交响曲》，阐明了欧洲小说朝内心这个阴暗领域扩展。在这片领域中，**观察**派不上大用场了。

这部篇幅很短的小说**梗概**更加简单。一个正直的瑞士牧师被叫到一个病危的教区信徒的床前。牧师有一个严谨的妻子（"一个美德的花园"）和一个大家庭。他发现了一个迟钝的、瞎眼的、又聋又哑的、长满寄生虫的女青年热尔特吕德。基督教的仁慈引导他把不幸的女孩子收留到自己家里。他照料她，教她用手指识字，教育她，让她饱读圣经，和她一起长时间散步，散步中，瞎子对她导师由热爱转成爱情。由于牧师的照料，热尔特吕德变成一个漂亮的姑娘，发现了她不知道的、可能存在的、这种感情的威力。

至于不幸的牧师（是他后来讲述故事），他受到自己的精神和宗教信念的作用，意在回避现实，他也不知不觉恋爱了。他的儿子向他承认爱上了热尔特吕德，牧师这才通过自己的愤怒、忌妒、激情的现实，发现他对自己的被保护人所感受到的爱情；这种爱情不限于对自己心灵的眩目瞻仰。

牧师狂喜。他以新的目光重新审视自己的生活；他重读福音书，他给予福音书偏向让-雅克·卢梭（以及安德烈·纪德）的阐释，而不是加尔文的神学或者圣保罗对罪孽纠缠的阐释："如果爱情中有一种限制，它不是属于您的，我的上帝，而是属于人的。不管我的爱情在人们眼里多么有罪，噢！请告诉我，在您的眼里，它是神圣的。"

第十四章 疯狂时代盖格鲁-撒克逊的爱情

热尔特吕德经过手术后复明了。她从今以后看到了她所爱的人：这是儿子，不是父亲："当我看见雅克时，我突然明白，我爱的不是您，是他。他正好有您的脸，我想说我想象您有的这张脸。"这个祖露也是对自己罪孽的祖露，热尔特吕德不能在祖露后生存下去。她投水后被淹死了，而不是像雅克那样**在最后一刻**改信天主教。

这个改宗的故事反映了当时人们的精神思虑，尤其是纪德的思虑，他动摇于他童年时代令人窒息的、他试图逃避的加尔文教和建立在将生活神化基础上解放的基督教之间。可是，按照字面进行神学讨论，不看《田园交响曲》的**讽刺**和批判方面，会误入歧途。在爱情和美德的这种游戏中，还有一小撮硫黄，别人有权知道真相，而自己却处在假象中。盲目是人物添加在上面的重大理由；唯一清醒的人是坚持社会法则有视觉局限的人：牧师的妻子阿美莉（牧师既没有姓也没有名字），对她来说，一个姑娘，即便是瞎子、聋哑人、思想简单、身上长虱子，却始终是男人羊圈里的一头狼。

《田园交响曲》无视描绘、别致、戏剧性：除了（简短的）人物交换的宗教议论和给人启迪的话语（总是有点乏味）。一切都在不安、激情和心灵的秘密中进行。当作者对我们叙述时，事件已然过去了；只剩下每个人物内心生活的回响。

纪德重新采用爱情小说的古典形象，主角之一爱上了（或者以为恋爱了）他从来未见过的一个人。是的，就像索雷尔的《弗朗西荣的滑稽故事》，他喜欢一次演出，一幅肖像，肖像之美使他激动，使他决定开始寻找真实的典型；是的，就像德·斯居戴里小姐的矫饰小说，恋爱的女子担心由于自己精神的完美，并不是由于自己身体的美而被人爱，因此只戴着面纱或者被黑夜的浓重所遮蔽时才见人。

但是在《弗朗西荣的滑稽故事》和《伟大的西吕斯》中，存在几个物质因素，给爱情想象以实体：一幅画中的几处特点，一个声音，一只手的接触，有时，在《十日谈》和在勒萨日的《吉尔·布拉斯》中就更进一步。在《田园交响曲》中，热尔特吕德拥抱牧师，问他，她是否漂亮，这样逼迫老人不再回避问题:"'知道了对你有什么关系?'我马上回答她。'这个,这是我所关心的,'她又说,'我想知道我是否……''你怎么说这个?……''想知道我在交响乐中是否发出太响的声音。我能向别人问这个吗,牧师?''一个牧师不必要担心面孔的美不美,我尽可能不让自己说出来。''为什么?''因为心灵美对他足够了。'"瞎子不愿自己受花言巧语的欺骗:"'您希望让我相信我是丑陋的吧,'于是她可爱地嘟起嘴说,以至于我顶不住,大声说'热尔特吕德,你知道你很漂亮'。"热尔特吕德(天真无邪?)刚迫使牧师**观察**她;尽管他施展欺诈的浑身解数,还是抵挡不住她。正像阿美莉带着辛辣的讽刺所说的:"我的朋友,你想怎样,我不可能是瞎子。"

纪德在描写陷阱、误会、迷乱和矫饰(它们伴随着心灵之爱受限制的、专横的文化)时,设想肉体之爱。在他的小说中只有受害者和被征服者。

克丽丝丁·拉弗兰斯达特:做母亲之前先做女人

1922 年,在《珍妮》之后十年,西格丽特·温塞特发表了一部小说,爱情的强烈与对罪孽的恐惧之间的冲突戏剧性地了结。《克丽丝丁·拉弗兰斯达特》三卷构成一个女人一生的爱情史诗;一种与纪德的小说短促而雕琢的光芒构成形式的对照。西格丽特·温塞特丝毫不隐瞒她的女主人公的情况,无论她愿望的热烈,还是她的精神和宗教理想的要求。她热爱她的父亲,他给了她一个灿烂的、受保护的、虔诚的童年。随后,她逃离这个乐园、她的诺言和她布满路标的道路,服从激情的迷醉,狂热地投身到极端的爱情历险中,一直到失身,一直到体衰力弱,一直到完全缺乏自由和前途。"她给了他自己拥有的一切:她的爱情和她的身体,她的荣誉和她神圣救赎的部分。她给了她能找到给予人的、不属于她的东西:她父亲的荣誉和对自己孩子的信念。

第十四章　疯狂时代盎格鲁-撒克逊的爱情

凡是有经验的老年人为了保护一个未成年的小姑娘所做的一切,她都翻了个儿;反对他们为了幸福和家族兴旺的计划,反对在他们入土之后对他们的劳动果实所寄予的希望,她建立起自己的爱情。"

读者没有搞错:克丽丝丁不是一个被遗弃的女人,她后悔爱得太深而且还爱错了。这个女人愿意将她的三副爱情面孔合而为一:姑娘的面孔、恋女的面孔和母亲的面孔。

人们已经写过许多小说,关于亲缘之爱有时是无法满足的,往往特别有威力。母爱是一种**自然**的冲动,有些小说家创造了这种冲动英勇的甚至不正常的延续。在西格丽特·温塞特之前,没有人在一种身份的标志之下汇聚这三种爱情方向,使之成为一种既是肉体的又是思辨的战斗。

克丽丝丁·拉弗兰斯达特和她所选择的男人过着无节制的、遵照宗教传统的、充满屈辱的、罗列了失败和小小胜利的情感生活;动荡且充满反抗。但她成了母亲,"被分娩的激烈变化弄得麻木"时,她相信并明白了她的反叛应该让位,她的母爱应该为自己孩子准备一条像她父亲为她规划出的,适合世界秩序、稳妥、确定的道路。克丽丝丁·拉弗兰斯达特的爱为开放的天空,为露出的面孔而跳动。西格丽特·温塞特的"内心"不是一个隐蔽之地,她的爱情小说没有过分的温情。

隐蔽,情感行为不在其中扎根的内心之谜,爱情生活中下意识力量在作品中缓慢发展,这就是在两次世界大战之间赋予传奇的方式。弗洛伊德的发现,性爱的面孔占据的中心位置,它在身体的冲动及精神的激情之间建立的基本联系,语言在阐明"下意识主体"、欲望和创伤中的决定性作用,这一切会给予小说家的想象以新工具。

按习惯,有些小说家不会使用这些工具,而另外一些小说家则使用得很好。前者远远多得多。大量爱情小说像大片蝗虫飞来,落在情感文学的田野上,甚至不放过通俗小说,要使之染上**深刻**的假象。往往是机械地运用心理分析理论(或者是作者明白的理论)的几个概念,为了辩明包容在不可理解的或反常的爱情行为中倒转的信息。爱情

307

小说是一种临床经验的故事。正当小说家在脾气好的时候，叙述的一次成功治疗的病理学过程。

这些小说借用从19世纪最后三分之一的时期以来建立的、由左拉理论化的传统的轨迹；左拉幸亏没有做到遵循这个传统。左拉在关于《实验小说》的宣言中写道："我们这些小说家，我们做的是科学的心理分析。"他把巴尔扎克和《贝姨》纳入到他的十字军中："巴尔扎克观察到的总体事实就是，一个人的爱情气质在他身上，在他的家庭中，在社会上带来灾害。从他选择好他的主题开始，他从观察到的事实出发，然后将于洛[①]放到一系列考验中，让他经过某些领域，以表明他的激情所起的机械作用，由此建立一种经验。因此，显而易见，这里不仅有观察，而且有实验，因为巴尔扎克没有严格按照相那样坚持他观察到的事实，因为他进行直接的干预，将人物放在人是主宰的条件下。问题是要知道这样一种激情，在这样的环境中和这样的情势下行动，从个人和社会的观点看会产生什么。譬如实验小说《贝姨》，索性是小说家在读者的目光下重复的经验的笔录。"

心理分析将几乎科学的纲领赋予小说家所谓的**心理学**，它的创造能够医治爱情小说，正如社会躯体及其疾病的隐喻运用，昨天曾允许去医治社会小说。爱情是一种疾病，小说家描绘和分析它的症状。由于这些症状将它们的根源隐藏在以往事件小心隐藏的秘密中，侦探调查的传奇性可以增加痛苦病体的传奇性。

这些小说的总体概貌差不多始终是一样的。一个人被另一个不同性别或者同一性别的人吸引。但是看不见的、非物质的障碍阻挡了这种冲动的充分发展，一直指向别的人，别的满足。他的色欲活力转向不同于被爱的人的目标，或者返回到主体，直到把它毁掉（自我惩罚），"主角"总是他的往昔的俘虏，尤其因为不知晓，就更是如此。显

[①] 于洛：《贝姨》中的人物，在大革命时期是共和军的英雄，立过军功，但到了七月王朝时期却腐化堕落，成了淫棍。

示这往昔,通过压抑到沉默中的现实话语获得再生,这些使情人或最好或最坏地回到他的欲望的现实中。

可以在一个扇形的范围内举出几十个书名,从英国人玛格丽特·肯尼迪①的轻喜剧(《共同孤独》,1936)到斯蒂芬·茨威格的某些小说(《一个女人一生中的二十四小时》,1934,情欲冲动带上了怜悯的面具)。

几个大艺术家有幸摆脱了新的拉丁文爱情圣经和"案情"虚构。对他们来说,不在于人类学的一种新征服,也不在于将心理分析的"栅栏"用于爱情世界的视野。弗洛伊德主义是使他们相反,让小说摆脱心理分析的主导**法则**促成的束缚和惯例。

多萝西·理查逊的"意识流"

对爱情小说来说,在这种赋予自身的艺术新自由中,有一个危险:当爱情到处都是,性爱从婴儿初啼起(甚至在这之前),直到老人最后咽气都占统治地位时,它便有可能不再存在于任何地方。如果性欲不仅流通于两个人之间,而且转移到无数潜在物之上,如果爱的话语和欲望的话语只是用来创造真实**效果**的语言游戏,爱情小说能够产生什么样的人类现实的经验呢?

多萝西·理查逊②是弗吉尼亚·伍尔夫赞赏的一名以前的小学女教师,她甚至不寻求在 1915 至 1938 年发表的、以《朝圣》为总名的 12 卷系列小说中叙述的一个故事。她创造了一个典型的词句,可以说赞同"意识流"穿越的一个人物,在这漫长的内心历程中总是同一个人,他就叫玛丽安·安德逊。多萝茜·理查逊就像乔伊斯在同时期以"尤

---

① 玛格丽特·肯尼迪(1896—1967):英国女小说家、戏剧家,著有《始终如一的少女》(1924)、《你躲不开我!》(1934)。
② 多萝西·理查逊(1873—1957):英国女小说家,著有《朝圣》12 卷。

利西斯的内心独白"所做的那样,毫不犹豫地打碎句法的框架和修辞逻辑,为了探索她的女主人公的细小角落里的潜意识,任凭自身沉入最深的深渊中。这关系到对生存,首先是对爱情,尤其对女性的一种理解吗?这是弗吉尼亚·伍尔夫在她为多萝茜发现新的小说空间所写的文章中所设想的:"这是将最精细的原子保持在悬浮状态,或者覆盖最模糊的形式更有弹性的、能够延伸到极点的词句。那是可以在描绘女人精神的严格意义上,作家用来称之为女性的词句;这个作家只有在女性心理方面对女性词句能够做出的发现感到自豪和惊恐。她的发现接触到存在方式而不是行动方式。"

约翰·考珀·波伊斯[①]的大地性欲

在约翰·考珀·波伊斯的《海沙》(1934)中,强调的是将下意识的领域和服从于宇宙隐秘法则的自然因素相结合的联系。波伊斯的自然主义在许多方面接近写作《查特莱夫人的情人》的劳伦斯的自然主义,不过更加强烈,更加有悲剧性,更加违反社会法则。波伊斯像传统那样,将女性与物质,身体与大地——丰产、死亡和腐朽的所在处——结合在一起。爱欲古怪地被看成一种自然的必然。它与愉悦、生育相连,但也与捕食、残忍和血相连。性欲像海洋一样是一种巨大的、病态的力量。《海沙》将故事放在英国海岸边的一个小城中,这个城市不断受到海浪包围和威胁。男男女女在那里活动,孤独,被对爱情更忠实的仇恨联结起来。沿海航行的海员亚当·斯卡德和一味崇拜金钱的经纪人道格贝里·卡蒂斯托克所保持的憎恶,是这样一种对抗:村子的平衡围绕这种对抗组织起来;一切就像道德的分界线一样,

---

① 约翰·考珀·波伊斯(1872—1963):英国小说家,著有《沃尔夫·索伦特》(1929)、《格拉斯顿伯里传奇》(1932)、《黄铜头像》(1956)。

第十四章　疯狂时代盎格鲁-撒克逊的爱情

将村里的聪明处女和狂热处女分隔开来。

一个外来的年轻女人佩尔迪塔·韦恩被称为取名最美的,她的闯入掀起了风暴。巨人斯卡德是一种从基础黏土喷发出来的巨大塑像,被佩尔迪塔第一眼就爱上了。在美女眼里,他出现在汹涌浪涛围绕的中间,就像一个梦,一个来自古代传说的神话人物。斯卡德和佩尔迪塔经历的爱情这样深沉、这样强烈,以至于一切幸福的念头都被排除了:"仿佛我们每个人都正在别人的心灵里挖掘,寻找在我们出生之前就深藏在那里的另一个我们。"爱情离他们而去,似乎它既不属于这一个,也不属于另一个,而属于盲目的和命定的一种必然。

也正是一种爱情冲突把他们带到肉体融合之外(往往在波伊斯的作品中,伴随着一种消灭和解体之感),直至寻找一种能够抵挡时间消耗的物质:"可以说,这是一种通过骨头对骨头,通过骨架对骨架感受到的爱情。"爱情小说在散文美妙而频繁(有时直至滑稽可笑)的运行中激奋和消失,这种散文不寻求**叙述**,而是寻求将读者带到感情的流泻中。

在约翰·考珀·波伊斯的杰作《格拉斯顿伯里传奇》(1932)中,充塞在这部杂乱的小说四卷中的 40 来个人物,体现了爱情磁力各种各样的形象。从牧师德克尔和他的女儿奈尔相连的关系,直到德鲁小姐对玛丽感受到的痛苦的同性恋,还有约翰·克考——考珀·波伊斯的重影——的同性恋,他在对玛丽感受到的欲望和汤姆·巴特使他产生的、同样强烈的欲望之间游移不定。怜悯或者忌妒,或者犯罪,或者童年怀旧、父亲威严的幽灵、母亲温柔的形象所主宰的爱。被占有纠缠,或者相反,被肉体强烈的拒绝粗暴对待的爱;投向以渴望充分惩罚人的司法天神的挑战之爱。在考珀·波伊斯的作品中,爱情小说进入生活的各个领域,直至覆盖它们。

一下子,再也没有真正的爱情小说,再也没有探索将一个人载往另一个人的冲动构成的、生存现实的小说。不如说有一种关于爱情的小说,近似生活的宇宙小说,在这类小说中,人类几乎不再存在,要么

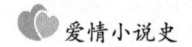

是在象征和神话形象的形式中，以短暂的方式反映制约空间和时间的吸引和排斥的巨大运动。

在丹麦诗人和小说家琼斯·奥古斯特·查德的作品中，也可以找到宇宙的和总体的性欲的近似。他第一部小说的标题《人间的天上爱情》(1931)，好像一种纲领一样震响：这关系到解放一切禁锢在下意识的角落和牢狱中的所有力量，利用的是性迷醉的爆炸性资源。

显而易见，在这个纲领里，可以发现超现实主义以及对狂热爱情的革命品质中信念的影响。但是，查德的**革命**是自我中心的：对爱情的享受驱动着这样的人，他们善于投身到永恒的中心，超越一切道德、一切欲望，在即时的纯粹而美妙的颤动中。在他发表于1949年，名为《人们相遇，甜美的音乐升起在他们心中》的宣言/小说中，琼斯·奥古斯特·查德给予这毫无障碍的庆贺爱情以广阔的、幻想小说的形式，融会了肉欲的插曲、梦的场面、想象和敏感的建构。

在这种欲望和外部事件（其中的"现实"仍然是主观的）的内心表现之间不断的往复运动中，仍然达到一种爱情传奇的限制：对另一个人的爱情只是一条通往认识自我和爱自我的道路。重要的是这条道路只有一个方向。

第十五章
爱情经验的意外形式

第一次世界大战刚结束,资产阶级文明的破产使人反叛,文学也因而遭受冲击。在这彻底的质疑中,在这革命的浪潮中,有着愤怒与狂热,但也有热情和乐观:旧世界崩溃了,新世界即将产生,即使面对这新生要采取的面孔,人们还在互相打斗。爱情小说还能预示精神和肉体在摆脱了偏见约束和异化的多重形式的社会中,一种新的关系模式。

第二次世界大战结束时,情况却绝不是这样。人们思索,文学能够被用做什么。在人道主义幻想完结时,人们发现的悲剧世界,从一切都可能消灭的核战争中显现的威胁,这一切仿佛要求人们决定如何想象世界,而不是梦想世界。小说家还不够,还必须有哲学家、工程师和学者。也要有社会学家、人类学家、历史学家、语言学家、地理学家:**人文科学**的专家,他们能够以积极的、客观的和有用的方式阐明人类脆弱的秘密。了解是为了更好地保护自己。

在作家的时代和知识分子的时代之后,在艺术家的胜利、大学老师拥有权力之后,在感情的探索、概念的发展之后。小说本身在变成哲理性时,取得了崇高的称号。

除非它转过来反对自身,变成批判自己。战后的年代是这样的:评议和转达某种真理的语言能力,最彻底地受到质疑。罗贝尔·昂泰尔姆[1]在死亡营中奇迹般地获救,回来后,在《人类》中将故事和形式的批评与集中营的经验结合起来:"两年前,在我们归来后的头几天,我想,我们所有人,我们都在忍受真正的谵妄。我们想说话,最后有人听我们说话了……我们重新回到我们的记忆,我们活生生的经验,我们感受到想说些什么的狂热愿望。但从开头几天开始,我们显得无法填满我们发现的、我们拥有的语言和这个经验之间的距离,对大部分人来说,我们还正在我们的身体中持续下去……我们一开始叙述,就要窒息。我们对自己要说的话,这时开始显得**不可想象**。我们要与这样一种事实打交道:这些事实使人说,它们超过了想象。"

传奇性,正如显现在爱情小说中的那样,要给读者带来愉快的激动,它仿佛既是今后赋予书写(有用的、严肃的)的智能精确的反面,又是语言发展的、**怀疑的时代**的反面。在《怀疑的时代》这部娜塔丽·萨罗特发表于1956年论小说的随笔中,她正是在追求传奇性中看到了小说流行成功的主要原因,以及艺术乏味和不真实的主要标志。读者由于传奇性的"现成服装",以及俗套的情境和老一套**心理分析教训**的、无限再现的**舒适**而沉睡得太久了。今后,哪怕是以粗暴的方式,小说应该让读者脱离这种舒适,脱离"在自己家里,在日常事物中间的印象"。小说不应该"酷似",而应该"使人感到新奇"。

文学艺术这个新的、要求严格的教育学(像福楼拜很早以前的教训),不是巴黎、米兰或者纽约的先锋派的特权。它支援了显得最坚实的**现实主义**城堡。在意大利,莫拉维亚除外,共产党作家和他们的同路人帕索利尼[2]、帕维斯[3]、卡尔维诺,都迅速抛弃了社会主义现实主义的政治—美学小径,进入到不那么设置路标的道路。在法国,阿拉

---

[1] 罗贝尔·昂泰尔姆(1917—1990):法国作家,在集中营待过,著有《人类》(1957)。
[2] 帕索利尼(1922—1975):意大利诗人、小说家、电影剧作家,著有《玫瑰形式的诗歌》、《我的祖国在哪里?》(1949)、《暴烈的生活》(1959)等。
[3] 帕维斯(1908—1950):意大利作家,著有《土地和死亡》(1945)、《你的乡土》(1939)等。

第十五章　爱情经验的意外形式

贡等到 1958 年,《圣周》重新恢复他创作家的自由。在拉丁美洲,新一代作家,从古巴的卡彭铁尔①(《人间王国》,1949)到墨西哥的胡安·鲁尔弗②(《平原上的火焰》,1953),中间经过危地马拉的米格尔·安赫尔·阿斯图里亚斯③(《总统先生》,1946)和阿根廷的博尔赫斯④(《阿莱夫》,1949)、阿道尔夫·比奥伊·卡萨雷斯(《莫雷尔的邀请》,1940)和胡利奥·科塔萨尔⑤(《秘密武器》,1956),他们奠定了新现实主义的基础,人们称之为魔幻现实主义或者奇幻现实主义或者迷幻现实主义,无论如何远离表面的描绘。

还可以增加在美国、日本、德国的例子;在德国,1947 年的一代(君特·格拉斯,《铁皮鼓》,1959)探索和刺激日耳曼(良好的)意识的创伤。到处都关系到反对"文学的迷幻",爱情小说似乎是其中最细嫩的花朵。

不合时宜的鲍里斯·维昂⑥

1947 年,当鲍里斯·维昂发表《流年的飞沫》时,这部情感小说既滑稽又动人,却受到人们无动于衷的对待。并非因为它的作者默默无闻,而是因为他太有名了;解放以后,这个多才多艺的年轻人是圣日耳曼·德·普雷的夜总会里的明星,报纸尽情地报道其中狂热的激动。维昂丝毫不像文学神话从 19 世纪以来所描绘的作家肖像。他是工程

---

① 卡彭铁尔(1904—1980):古巴作家,著有《人间王国》(1949)、《迷失的足迹》(1953)。
② 胡安·鲁尔弗(1918—1986):墨西哥作家,著有《平原上的火焰》(1953)、《佩德罗·巴拉莫》(1955)。
③ 米格尔·安赫尔·阿斯图里亚斯(1899—1974):危地马拉作家,著有《总统先生》(1946)、《玉米人》(1949);获得诺贝尔文学奖(1966)。
④ 博尔赫斯(1899—1986):阿根廷作家,著有《交叉小径的花园》(1941)、《阿莱夫》(1949)。
⑤ 胡利奥·科塔萨尔(1914—1984):阿根廷作家,著有《掷钱游戏》(1963)。
⑥ 鲍里斯·维昂(1920—1959):法国作家,著有《我要向你们的坟墓吐痰》(1946)、《流年的飞沫》(1947)、《北京之秋》(1947)、《夺心记》(1953)。

师,中央高等工艺制造学校学生,爵士乐喇叭手,雕刻家,小酒店歌手,唱片生产者,奇特机器制作者,盎格鲁-撒克逊的侦探小说译者(以前的超现实主义者马塞尔·杜阿梅尔刚刚抛出"黑色系列"),奥古斯特·斯特林堡的戏剧译者,另一位受德国影响的明星让-保尔·萨特的杂志《现时代》的专栏编辑。鲍里斯·维昂尤其是一部匆促写成、用来激动资产者、超出了一切期望的短长篇《我要向你们的坟墓吐痰》的作者。

《我要向你们的坟墓吐痰》的署名用的是一个盎格鲁-撒克逊的假名维尔农·苏利文,模仿黑小说,其中有几个明显的肉欲场面,当时的检查处匆匆地称之为淫秽。有个品德联盟投诉维昂(另一个投诉是指向亨利·米勒的,说是另一部淫书),这足以让这部玩笑小说获得巨大成功。后来,1959年,有个电影工作者违背维昂的意愿,抓住这部苏利文的小说,把它拍成一部电影。正是在拍摄影片之前,维昂的心脏破裂了;他的一些朋友愤怒地这样断言。

他的声誉是如此这般,在公众眼里,不能想象《我要向你们的坟墓吐痰》气呼呼的作者(让人发笑!),也是一部动人而圣洁的爱情小说的作者。在圣日耳曼·德·普雷的**存在主义的**地窖里,溜进去太多的不安幽灵,以致在那里能催生情感小说的小小蓝花。尽管有普雷维尔①的支持和格诺②的支持(格诺写道,《流年的飞沫》是"现代爱情小说最令人心碎的一部"),批评界和读者不知道这本书。时代阻塞了阅读。必须等到维昂去世后15年,出版商让-雅克·波韦尔才重新在尘埃中挑出这部小说,让它变成好几代年轻人的认识标志。我们要强调的是,它不断成为部分博学的批评的一个屈尊对象,他们总是迅速地将一本书的流行与它的微小文学价值联系起来。

---

① 普雷维尔(1900—1977):法国诗人,著有《景观集》(1946)、《故事诗》(1946)、《雨和晴天》(1953)。
② 格诺(1903—1976):法国小说家、诗人,著有《扎齐在地铁》(1959)、《文笔的练习》(1947)。

第十五章　爱情经验的意外形式

《流年的飞沫》却是一本出色的情感小说和一部艺术作品。爱情的情节是简单的,但却是新颖的。在传统的爱情小说中,主人公们应该克服各种各样的障碍,然后才可能结合,品尝完成心愿的幸福。在维昂的想象中,主要的爱情两重唱的两个主角科兰和克洛埃相遇了,他们互相认可,从小说的头几页起便相爱了。他们在一场梦幻的仪式中结婚,经历了完美的幸福。对科兰来说,"一切道路通向克洛埃"。对克洛埃来说,同科兰一起生活美好地显示出快乐和轻松;他们获得各种各样的娱乐。

随后,考验和不幸落在他们身上,按照古代命运观那种无情的进程,直至最后的灾难。克洛埃病倒了,一朵莲花在她胸中扩展,逐渐使她窒息。科兰破了产,为的是力图照料她,他不得不开始工作,发现了工资奴役的世界,为了谋生而失去了生活。他们的世界蜷缩了,美凋谢了,欢乐远离了。科兰考虑到也许他没有把爱情给予他所需要的妻子,但是显然为时已晚,他陪伴着克洛埃直到沼泽,她的身体要汇合到沼泽腐烂的世界中。

《流年的飞沫》的题材几乎是线性的。维昂伴以两个次要题材加以强调,一个题材是围绕希克和阿莉丝组成的一对,他们起先由于对让-索尔·帕特尔的作品的共同爱好汇合在一起,另一个题材是尼古拉和伊齐丝,只有这一对免去了最后的噩梦纠缠。小说的音乐结构是明显的,参照了爵士乐,从前言起就这样坦承:"在生活中……只有两件事,就是以各种各样的方式进行的与漂亮姑娘的爱情,还有新奥尔良①或者杜克·艾林顿②的音乐。其余的应该消失,因为其余的很丑陋。"《克洛埃》是对杜克·艾林顿写于20世纪20年代的一首乐曲《沼泽之歌》改编后的标题。小说的前言写于新奥尔良,关于孟菲斯③和达旺港的小说:三个爵士乐的神话之地,三个属于维昂想象中的城市。

---

① 新奥尔良:美国路易斯安那州的城市。
② 杜克·艾林顿(1899—1974):英国钢琴家、作曲家和爵士乐团团长。
③ 孟菲斯:位于密西西比河左岸的城市,重要的商业中心。

他小心不同现实相混淆:他从来没去过美国。

《流年的飞沫》对现实主义转过背去。正是这个防止小说老化,成为连续几代年轻人的同时代作品。主人公们在一个幻想和诗意的世界中发展,那里唯一明确的真实是情感的真实。像流年的飞沫一样逃离的青年无辜和肉欲的情感;成年人生活的苦恼情感,由于责任感、爱情的习俗、丧失工作时间的责任而变得沉重。

其余是创造,含笑的、扮鬼脸的或戏剧性的幻想。按照字面来理解的隐喻,是奇妙的机器或者吵吵闹闹的机械、会说话的(甚至生活变得忧愁时会自杀的)家畜、思辨的明星哲学家,他们的演讲引起骚动,那些粉丝为了搜集遗物而互相毁灭。现实并不很遥远,但就像维昂所写的那样,投射成"偏斜的、热烘烘的氛围,不规则地起伏的参照平面上,呈现出扭歪。可以看到,要是有的话,这是一种可公开承认的方法"。

语言同样为了追求表现力而服从不同的修辞和语法,有时相当接近于雅克·普雷维尔和雷蒙·格诺的方法,他们两个都是以前的超现实主义者和维昂的朋友。混合词,适合当时趣味的、过时的词、运用语言的各种笔调,从最复杂的借用词直到最切口的、借自科学和技术的新词,变形词,刘易斯·卡罗尔[1]、阿尔弗雷德·雅里[2]、甚至拉马丁和克洛岱尔[3]隐蔽的引语。一切都是为了让语言远离交流的日常功用,显示出诗意和音乐的功能:"他给克洛埃念一个故事。这是一个爱情故事,结局圆满。这时,男女主人公互相写信。——'为什么这样长?'克洛埃问,'按习惯会很快结束。'——'你呀,你习惯事情是这样吗?'科兰问。他使劲按一下就要刺痛克洛埃眼睛的阳光尖端。阳光柔软地缩回去,开始流泻在房间的家具上。"

---

[1] 刘易斯·卡罗尔(1832—1898):英国作家,著有《爱丽丝漫游奇境记》(1865)。
[2] 阿尔弗雷德·雅里(1873—1907):法国诗人、戏剧家,著有《于布王》(1896)。
[3] 克洛岱尔(1868—1955):法国诗人、散文家、戏剧家,著有《认识东方》(1900—1907)、《五大颂歌》(1910)、《缎子鞋》(1929)。

三岛由纪夫的无边情欲

三岛由纪夫在1953年发表的定稿《禁色》具有现实主义性欲小说的表象。三岛由纪夫当时28岁,不久前显示了他的同性恋取向(《假面的告白》,1949),之后以《爱的饥渴》(1950)取得重大成功。在这部小说中,他重新采用谷崎润一郎在《钥匙》中运用的方法,即写一本假造的私人日记。一个年轻的寡妇E将她对刚刚成年的农业工人S的狂热爱情诉之于笔端。不过她是以隐晦而曲折的方式去做的,因为她知道这本日记会被她的公公偷看,他也是她的情人。"我甚至相信,"她写道,"在世界上,没有什么比一颗简单的心更美的了。但是,当我看到自己面对分隔开这样的心和我的心之间的广阔深渊时,我不知道怎么办。能不能同时浇铸出一枚钱币的正反两面呢?解决办法就是在完整的钱币上凿一个洞。这是自杀。"但是悦子是上层家庭和日本婚姻传统的囚徒,不会自杀:在一次绝望和愤怒的发作中,她杀死了三郎,尽管他做出了一切努力,仍然不能达到爱她的目的。

《爱的饥渴》仍然指责一个等级森严的社会的爱情习俗,在这个社会中,男女被迫将欲望保持在秘密状态,并使爱情行动遵从礼仪。带着挑动读者和展示适宜于仔细隐藏起来的意图,三岛由纪夫仍然处在人们不能容忍的现代日本小说的传统中。众所周知,小说家在生命结束时,出于一种古怪的转变,炫耀日本民族的古老价值。当时,他转向美国,而美国还占领着他的国家。

当三岛由纪夫在1950年开始发表连载小说《禁色》时,小说题目明显影射了夜间禁止的性欲,他以现实主义的笔触表现上层和底层,几乎是采访。这是一个有同性恋的东京向导,小说写到私人酒吧、地窖、花园的角落、秘密的打扮。然后他中断叙述,去了欧洲和美国。他回来时,他的小说朝另外一个方向发展,三岛由纪夫决定复活他的一个人物,给他的叙述打开其他前景。这是因为对他来说,不再是探索同性恋的东京更加狭窄的内心边界,而是将自由恋爱的趣味引进日本,三岛由纪夫说是尝到了他住在西方时自由恋爱的味道。

从此,他的小说创作朝社会学的考虑发展。三岛由纪夫可以分身来面对矛盾。他既是一个成功的老作家俊辅,企图报复虐待他的女人,又是一个年轻貌美的同性恋者悠一,他要排除万难才能摆脱那些太太对他的爱情。俊辅派他的几个女儿投入悠一的怀抱;悠一像瓦尔蒙①一样,俊辅就是德·梅特伊夫人,万无一失地让他不感兴趣的女人忍受痛苦。为了使一切更有味,读者意识到俊辅不知不觉成了同性恋者。他爱上了悠一,宁愿选择自杀,也不面对使他害怕的性欲。他不能忍受男性和女性之间没有界限。

他更不能忍受**本性**和**乱伦**之间缺乏界限。这个活动的、不确定的、有争议的界限,一切修辞和辩证的实验对象,是一种谜,现代爱情小说建立在这种实验周围。这种界限询问爱情的性质本身,并非为了描绘它和分析它的机理,就像**心理分析的**爱情小说所做的那样;并非为了把它变成一个对象或者一个屈从自然法则或社会规律的概念,而是为了把它变成一个经验的题材,全部生活都投入其中。虚构、小说想象、语言能力都是方法,通过它们,这种经验能够获得一种可以被阅读的**形式**:具有可理解的光芒。

在兴奋和恐惧之间的亨伯特·亨伯特

当弗拉基米尔·纳博科夫在 1955 年创造了亨伯特·亨伯特这个人物时,《洛丽塔》的作者意识到他进行的文学赌博的困难:以一个人

---

① 瓦尔蒙:18 世纪法国作家拉克洛的小说《危险的关系》(1782) 的男主人公,善于勾引妇女,参见原书第 134 页。

第十五章 爱情经验的意外形式

的爱情遭遇去感动和引起读者的兴趣,而这个人的欲望专门对着未到青春期的姑娘,一个"富于挑逗性的少女"的爱好者。

纳博科夫寻求挑战他的男女读者吗?这些美国家庭的父母是经过清教部落的、保健卫生的思想价值所塑造的。他无论如何想标出自己与北美文明所制定的情感和性的圣经的距离。这部圣经从好莱坞电影、故事、广告图片、牧师的布道、先驱者的传说借取典型。他是外国人、流亡者、欧洲人、新近的移民,一切就像亨伯特·亨伯特。这一个和那一个都是美国梦的批评观众;另一种传统的继承者。当洛丽塔的情人致力于证明他对一个12岁的小姑娘感受到的爱情时,他要在欧洲文学中,在彼特拉克①对年轻的萝拉的爱情中,在但丁对贝亚特丽丝的爱情中,在"从前罗马人喜爱的、在干活和洗澡之间偷偷采摘的、像花朵一样的小女仆中。他断定,一切来自将成人世界和孩子世界联结起来的韧带,被法律和我们时代的习俗切断了"。但是,他有意忘记爱伦·坡,他在30岁时娶了他的外甥女弗吉尼亚·克莱姆,她当时14岁。亨伯特就像一个古代人,一个信奉东方异教的古老欧洲人,一个另一星球的居民。可是,如同他的名字所显示的,他是双重人。他身上的另一个亨伯特诅咒紧紧抓住他的、不祥而**发狂**的激情。我们读到的文本确实被看作是那个杀人凶手,按照要决定他命运的法官的意图,在监狱写下的招认书。在《洛丽塔》中,确认的真相永远不独立于支持它的、浮夸辞藻的意图。

当弗拉基米尔·纳博科夫先在巴黎,然后下一年在美国发表《洛丽塔》时,他接近60岁,美国读者几乎不知道他30年来积累的、所有重要的文学作品,尤其是1926年发表的第一部俄文小说《玛申卡》。美国读者甚至不知道1945年(他已入美国籍)以来,这个美国最好的几所大学争夺的、俄国文学的出色教授所写的英文小说。《洛丽塔》轰动一时的成功,让人发现了战后最令人惊异的英语散文家。

---

① 彼特拉克(1304—1374):意大利诗人,《歌集》(1347)抒写他对萝拉的爱情。

1958年,《洛丽塔》的第一批读者对纳博科夫的文笔精湛并不敏感,而是敏感于他的精神独到:纳博科夫的艺术把一个猎取小姑娘的人,变成寻求爱情幸福的可怜受害者。

首先是他的复杂情感的受害者。亨伯特生活在阿娜贝尔温存的病态回忆中,这是小姑娘之死突然打断的童年爱情,他竭力在对小姑娘的偷偷凝望中重新找到这种爱情的纯洁闪光,他恐惧地预见到,她们有一天会长大,变成女人:他与之保持"健康的、理性的、嘲讽的和简洁的关系"的那些人,却没有任何幸福。说得明确些,阿娜贝尔·李是爱伦·坡一首名诗的标题,他在诗中描述他(非常年轻的)妻子在20岁时死去:"那是很多年以前/在海边的一个王国里。"一个**海边的王国**是纳博科夫给《洛丽塔》起的、最初的书名。

其次,亨伯特是对多洛雷丝·哈兹即洛丽塔感受到的强烈激情的受害者。这个小姑娘其实是个假处女,比美国人对童年的标准所描绘的更有挑逗性和更机灵,正是她迫使亨伯特把她当作情妇,40来岁的男人同意坚持享受窥淫者兼崇拜者的角色。仍然是洛丽塔把她的继父从高速公路拖到汽车旅馆,像可悲的奥德赛历险记一样,从美国的一端到另一端,然后欺骗他,把他抛弃了,导致他杀死他的情敌——这也是一个双重人。洛丽塔有天使般的微笑和冷漠的心,像饱食的美国清教徒家庭中面孔红润的完美圣像,仿佛属于一个新种族,学会了爱情的所有姿态和能耐,却不感到一点爱情的战栗。

"我的洛丽塔丝毫没有美国小说穿衬裙的、纤弱小姑娘的特点。正是这一点把我的狂热推到顶点:这个极富挑逗性的少女(无疑和她所有爱挑逗的姐妹一样)见鬼的二重性,还有她身上温柔与倦怠的稚气同一种虚幻的庸俗相混合,这种庸俗来自杂志和广告(在那里,朝天鼻子的淘气小脸蛋获得成功),甚至来自旧世界的年轻侍女和在外省妓院里乔装成小姑娘的新手妓女乳状的和朦胧的清新(散发出压碎的雏菊味和汗味);一切重新与这种温情和这种无瑕疵的妩媚融合在一起,渗入渣滓和麝香中,污泥和死亡中——天啊,我的天啊!"纳博科夫

第十五章　爱情经验的意外形式

曲折的、迂回的长句，以几何学家的准确，模仿亨伯特处在崇拜的兴奋和他自己称为"丑恶的、荒唐的和可悲的"恋爱激动的可怕之间欲望的偏离。

"我不是，也永远不曾是，不可能是一个放荡的粗人。"亨伯特抗议曾经想奸污洛丽塔。观看她，温存她，抚摸她，用眼睛占有她，这是他的幸福："这个温和的、有灵感的地方，我秘密地徘徊，是诗人的家业，并非是罪犯猎取的地域。我一旦达到目的，我的快感就会变得温和——有一种内心激动，洛丽塔即使清醒时也不会感受到它的火焰。"这个极富挑逗性的少女，通过耍花招，通过平静的堕落，做出了别种决定，但这样过渡到行动，这种**实施**也标志着亨伯特的爱情故事的结束。从这时起，爱情的炙热让位于卑劣的肉体考虑、蔑视、主宰的花招、恫吓、欺骗："性的问题，既然人们这样说，并不进入我的题材。谁想这样说，可以随意想象这些纯粹动物性的因素。一个更高级的雄心指引着我：永远确定极富挑逗性少女危险的魔法。"

这种雄心显然不是纳博科夫的。俄籍美国小说家不追求任何道德目标，他的小说完全建立在反对现实主义传统之上，而现实主义是半个世纪以来美国小说的标志；在这种小说中，词句是描写和表现举止的。在《洛丽塔》中，词句不断地回避行动，让行动失效，使行动中止，将行动改变成抓不住的幽灵，或者是可以接受的恐惧。华丽的词语装饰，纳博科夫运用的、像变戏法的修辞手法，目的是让阅读远离小说题材可能引起的、一切放荡的诱惑。这种对语言的美学运用，比他"现实主义的"实际运用反常地更加令人惊讶。每一页他都添加由好奇、等待、后退、不耐烦、想象和沉默组成的、特殊快感的兴味。在这出巨大的影子戏剧中，活动着《洛丽塔》的人物，通通是悲怆的、着魔的、猎取性的和堕落的，唯有形式不可抗拒的魔法取得胜利。

"啊！我的洛丽塔，就让我用词句来耍弄吧，"当亨伯特所爱的小姑娘离开时，他暗暗地哀求着。但是他的痛苦和享受是由他玩弄的词句组成的。当他在牢狱中回忆起爱情时，像看见一样，像触到一样，像感觉到那样,活动和颤动着他用来重新塑造爱情的词句。《洛丽塔》是这样一部爱情小说,一个流亡作家用他出身的语言,表达"我自然而然的方言,我非常丰富、摆脱一切束缚、奇迹般地顺从的俄国词汇",他要用来交换"代用的蹩脚英语"。这是一个年老的欧洲人对一个刚成年的美国女子的诱惑之举。

根据纳博科夫的说法,存在三种题材,大部分美国出版商认为是绝对禁忌的。两种涉及爱情小说。第一种是《洛丽塔》所描写的,涉及孩子(尤其是姑娘)的无瑕疵纯洁;第二种是一个白种人和一个有色女人(或者反过来)和谐的和多育的婚姻;第三种是宗教的。这是"顽固不化的无神论者的故事,他过着充实而行之有效的生活,在 106 岁时平静地死于睡眠中"。

《洛丽塔》在美国(拖后的)发表,批评界的惊讶,读者对亨伯特·亨伯特和极富挑逗性的少女激动的好奇,既不足以动摇关于孩子的禁忌,就像道德联盟所宣布的那样,也不足以引起年轻女读者的爱好,纳博科夫的文笔超出了她们的阅读能力。四年以后,当斯坦利·库布里克要求纳博科夫将《洛丽塔》改编成电影时,电影工作者应该容忍选择一个 16 岁的演员出演多洛雷丝的角色;库布里克在英国拍摄了一部影片,以逃避司法压力。洛丽塔是现代文学中少有的一个人物(爱情文学中唯一的人物),变成了一个社会神话(在纳博科夫之前,怎么称呼极富挑逗性的少女呢?),成年人和孩子(在文化变动的年龄限制中)之间关于性关系的、绝对丑闻的说法还不绝于耳。一个男人在这一点上能爱一个孩子吗?纳博科夫并非无知地问道。

反过来,纳博科夫的才能,以及他接触广大读者的能力显现,通过先前的小说以英文再版表现出来。纳博科夫,按照让其登上封面的《时代》杂志来看,是最伟大的美国作家。这个标题用于一个 70 来岁的小说家,尽管他拥有用不是英语的另一种语言写成的作品,而且很晚才从欧洲过来,显示出转折的才能:北美的小说文学与欧洲文化最讲究的形式重新结合,找到一种新的现代性。

第十五章　爱情经验的意外形式

这正是在美国称之为小说的语言转折：将建立在省略和目光的活动能力（海明威是体现，直至用漫画手法）之上的民族修辞放在一边，也许是暂时的，以利于一种创造：相反，它依靠美语词根的多元化、基础语言的多样化和属于不同来源的一连串特征和姿态。

这种来源的分散，在《洛丽塔》中找到空间的表达。亨伯特把他漂亮的年轻继女带去周游美国，这同时是一次绝望的逃跑，在亨伯特的戕害下，这次启蒙式的旅行使小姑娘变成了一个年轻女人。杰克·凯鲁亚克①的故事《在路上》（1957）刚刚以爵士乐的诱惑和紧张来装饰的大路漫游，与注定不断逃逸的爱情的不稳定结合起来。对于不在同一个地方过上两夜，注定要与别的离乡背井的人短暂相遇的男女，几乎再也不可能有持久的爱情。

厄普代克：灵性，通奸

爱情消解在偶然的多种相交中，找到了一种彻底的表达——在约翰·厄普代克的小说中有时最有讽刺性——特别在他的系列小说中，他描写了一个人物哈利·安格斯特洛姆，人人都叫他兔子。这些小说的第一部《兔子，跑》（译成法文名为《兔子的心》）发表于 1960 年。就像他的绰号所表示的，兔子在肉体上和情感上都不安生，他对一个忍受着兔子肉体狂热折磨的年轻美国人有感情。厄普代克生在宾夕法尼亚州的、日耳曼化的角落里，由他母亲以路德教的传统抚养长大。小说描写的美国已失去精神价值，除了性以外，再也找不到对死亡不安的回应。这是既欢乐又阴郁，受到冒险和发现兴趣的激励，同时又完全消沉。纳博科夫叙述了一个欧洲流亡者的爱情，而厄普代克谈的

372

---

① 杰克·凯鲁亚克（1922—1969）：美国小说家、诗人，著有《在路上》（1957）、《地下人》（1958）。

是爱情失败的流徙。他的人物想摆脱没有深度的生活，但是他们被约束在土地上，陷入泥潭中，由于享受肉欲和通奸的徒劳激动而缺乏一切**垂直关系**。爱情小说在发狂的逃跑中结束，从一个洞到另一个洞，从失败到失败。厄普代克宣称，在一个缺乏一切卓越的世界上，没有爱情。

阿尔贝·科恩处决爱情

与此同时（1968），一个73岁的作家阿尔贝·科恩摆脱长期沉默（他的前一部小说《芒日克卢》发表于30年前），按他自己的话来说，是为了描绘"男女永恒的爱情遭遇的一幅壁画"。事实上，这是关于实现爱情千百年来的神话。《领主的美人》的两个出色而可怜的主人公索拉尔和阿里亚娜，决定体验纯粹而完美的爱情火辣辣的经验，他们对爱情观念进行粗俗的和不吉利的模仿，这种爱情观念是多少世纪以来被人书写和模仿的。《领主的美人》叙述一个美妙的爱情故事，一开始这爱情就注定误会、幻想、疲沓和死亡。

一切像第一天早晨那样开始，而实际上一切已经结束。当索拉尔遇到阿里亚娜时，他深信他的爱情力量和信念足以吸引这个日内瓦上层社会的出色后裔，其中不掺入（令人愉快的、短暂的）肉欲，也不会插进注定后来进坟墓的那种美。于是他把自己打扮得丑陋，乔装成老头。但是阿里亚娜拒绝了假老头的爱情，索拉尔只得运用让他们都喜欢的方法，肮脏的方法，即他漂亮的外表，让阿里亚娜抵挡不住，心醉神迷，眼睛看不清。"牙齿比心灵和被爱的精神品质更重要。对决定半打骨头的情感该怎么理解呢？这些骨头最长的仅有200厘米。她们所希望的是，不要明确谈论，制造假币，说的是极其高雅的话，而这是我个人所仇视的。"索拉尔以残忍的兴致表现出幽默和明智。他爱阿里亚娜，却无法隐瞒，他揭开的爱情故事结局糟糕。

第十五章 爱情经验的意外形式

阿里亚娜嫁给一个联合国的日内瓦官员，他狭隘，暗淡无神，斤斤计较。对阿里亚娜来说，索拉尔对她出色的爱情表白是一场变革。科恩抒情地描绘爱情神奇的开始："这是爱情，在她身上是洋洋得意，她是接受的，全身心赞成。索拉尔和他的阿里亚娜，在抽打着的爱情面前高雅地赤裸裸，这是太阳和海洋之子，待在船首的不朽者，他们在开头崇高的欢乐中不停地对视。"

索拉尔从来不放弃自己对可笑行为的锐利意识，也不放弃对制造假币的怨恨（他想："我爱上这 40 公斤水"），但是，他更喜欢卸下这些，完全沉浸在幸福中："神圣的、愚蠢的连祷，神奇的歌曲，免不了死的、可怜虫的快乐，没完没了的两重唱，不朽的两重唱，由于它的魅力，大地是丰饶的。她对他反复说，她爱他，她知道神奇的回答是什么，她一再问他，是不是爱她……爱情开始就是这样。对别人来说是单调的，对他们来说是如此有意味。"

可是虫子在果实里。索拉尔和阿里亚娜完全专注于制造完美的爱情，实现没有一点瑕疵的美，以各自的方式，开始创造自己的角色。他们在另一个的目光里像看到映像一样看到自己；这些映像总是受到威胁配不上对方。她说："我想，我怜悯自己，因为我度过一生就想取悦你，紧紧跟随着你，穿着裙子旋转，像德·拉莫尔小姐①那样，这相当可怜，我厌恶自己，我变成了一个女人，这很可怕。"阿里亚娜这样悲叹。不久，他们不敢承认一起感到厌倦的时刻来临了，他们觉得完美不可忍受。

他们互相制造场面，搬演决裂的喜剧和恢复关系的过火："你回来时可以对我随心所欲。你的手臂抱得我这样紧，我要因此而出现美妙的青肿。"他们模仿西方文学的杰出爱情小说，从《红与黑》到《安娜·卡列尼娜》，为了保持他们的感情想象，互相给以还行走在崇高道路上的幻想。

---

① 《红与黑》中的女主人公之一。

阿里亚娜全身心都想着让她的情人高兴，却狡黠地滑入到对自己的美貌的自恋欣赏中。至于索拉尔，他小心地避免面对现实，要么他躲进一种性欲的空想中——"除了重叠，没有别的真实，一切剩下的都只是空话和无聊话"，要么他感到自己被"确实太接近的下一站"俘虏了，企图把她变成一个偶像，任何日常生活的粗俗都不会污染它。

任何药物，任何谎言，任何感情策略都不能避免痛苦。两个情侣尝试一切，玩弄爱情小说的漫长历史编纂起来的各种故作姿态。他们试行最荒唐的忌妒，最可悲的通奸；他们竭尽**性奴役**的各种形象，徒劳地尝试以温存代替激情，折磨自己，通过别人的嘴听到抱怨和爱情的呻吟。他们甚至决定互相离开，以便生活在爱情的悔恨中，但这仍然是爱情。

这一切毫无用处，这是死胡同，是自我毁灭。"如果我离开你，你会自杀，"索拉尔说，"但是你的内心还腻烦我。"他们互相给以自杀的印记。从前，索拉尔揭露他们灾难的负责者："无耻的小说家，一伙说谎者，他们美化激情，给男女傻瓜以欲望。无耻的小说家、领导阶级的供应者和谄媚者。"

描写爱情的文学不是第一次被爱情小说的人物所指责。感情文学的道德和富有意义的部分，建立在对爱情的邪恶教育的揭露上。它的作者利用小说的诱惑力，特别在年轻人身上的诱惑力，让他们提防想象传递的幻想和混乱。好小说应该**教育人**；坏小说**迷惑人和欺骗人**。好小说以坏小说的欺骗教育人，指出过于敏感的想象力会引导到灾难中去。

《领主的美人》给这种道德的，往往是诉苦的和灰色的教育学以光亮，使之能与爱情宗教最诱人的表现相匹敌。对传奇幻想的揭露一直深入到欲望和情感的中心，即使幽默、讽刺、挖苦甚至玩笑，总是用来将爱情重新放在正确的位置上，就是说摆脱语言的过度膨胀，这会将爱情描写变成谎言和制造假冒伪劣。

科恩告诉我们，小说中的爱情假币是卑劣的小说家、"领导阶级的供应者和谄媚者"制造的政治假币。小说家搜集整个爱情小说史的材料，从中看出领导阶级的一种社会创造，即顺从男子气概。索拉尔宣称，一种不断更新、不断被采用的企图，为的是给"有性欲的、气喘吁吁的和兽性的鲤鱼翻身动作"以不同香味、纯粹的美和高雅的舒适"小小的社会镶嵌"。爱情，激情，这是领主的一种社会道德的表现，被力量，就是说杀人权力的动物崇拜所主宰。

"领导阶级"的妇女学会了爱"高贵的男人。高贵，这是双重意义的肮脏字眼，显示了卑劣地崇拜力量；这肮脏的字眼，同时意味着卑微的人的压迫者和值得赞赏的人"。至于男人，力图以多多少少的成功，多多少少的可笑，适应赋予他们的征服者角色；他们制造强者，制造爱虚荣的人，寻求被看作领主老爷。

阿里亚娜适应本阶级的感情观念，梦想做索拉尔老爷的美女。可是俊美的索拉尔**美得令人作呕**，是个没有称号、没有贵族身份的犹太人，不知来自哪里，在自己眼中无法将自己看作一个主人。他无法相信这种集体的谎言：他无法参与这种领主的道德，他始终是领主的驱逐者和受害者。阿里亚娜和他可以用各种方式互相吸引，他们出于各自的爱情，出于叙述起来互相矛盾的两个故事而分开。阿里亚娜讲的是英雄爱情的古老故事；索拉尔讲的是美、智慧和温存之梦的故事："从童年起我与死亡一起生活，我知道，爱情和它的妹妹仁慈，才是最重要的。"当阿里亚娜为了让他高兴而绝望地行动起来，给他寄去自己大胆制作的、关于她的"猥亵的"照片时，"被驱逐者、麻风病人"索拉尔先是看到脑袋，"一个女贵族的脑袋，一个不愿要他的人的女儿的脑袋；一个端庄的、正派的脑袋。'但是这个脑袋和身体的其余部分形成对照，这身体既没有社会身份，也没有社会标志'，被孤独损害了"。

两个故事放在一起，互相损毁。死亡是阿里亚娜和索拉尔确定他们的爱情、对抗明显失败和内在卑劣的唯一方式。他们脱离社会，逃避它的限制。他们也脱离爱情的大陆，即古老欧洲的大陆，那里古代的领主和他们萎靡的美女，处于被纳博科夫笔下洛丽塔的孩子们代替

377 的境遇下。在他们决定分手的火车站月台上,一对情侣遇到了一群年轻的美国游客,"男傻瓜,咀嚼口香糖,穿得五颜六色,神气活现,讲话带鼻音的世界主人,他们后面跟着穿着苏格兰短统袜、笨手笨脚的姐妹,性感,已经开始涂脂抹粉,嚼着口香糖,未来的军校女生"。明天的爱情小说预示着要比弗朗索瓦丝·萨冈①的小说更加令人泄气,科恩并未提到她,但是人们认为他是承认她的。

"为了不再正视他的生活",索拉尔在消沉时"翻阅一部成功的小说,作者是一个女人,女主人公是一个小个子荡妇,资产阶级的一朵花,心里烦闷,左右逢源地睡觉,以消磨时光,在两杯威士忌之间,毫无热情地成双配对,先同这一个,再同也许患有梅毒的另一个,开车时速130千米,为了消磨时间。他扔掉了这矮小的破烂货。"

索拉尔反对这类小说:它们把爱情故事放在毫无热情的一连串结合中;他的反对态度记录了性对爱情故事中情感的胜利。这已经是纳博科夫以自己方式强调的东西。这是否意味着,在性欲方面,身体的享受和心灵的兴奋相对抗的古老争执,通俗文学的现实主义战胜了资产阶级的礼仪?《领主的美女》愤怒地回忆起良好的情感方式隐藏着暴力、虚伪和庸俗。

总之,爱情小说今后所展示的似乎是其意欲回避的东西;至少也提出或转换这些东西。存在一种词汇、形象、象征,它们能够**合理地**指出肉欲的炙伤和满足肉欲的情境,如今这种回想的肉欲让位于解剖学的描写。美丽而高雅的阿里亚娜将"大胆的"自画像寄给索拉尔,为的是唤回他的爱情。甚至在上层阶级中,这些爱情小说的高级女消费者"有时有性的津贴,减轻或者取消社会性"。

---

① 弗郎索瓦丝·萨冈(1935—2004):法国女小说家,著有《你好,忧愁》(1954)、《某种微笑》(1955)、《狂乱》(1965)。

第十五章 爱情经验的意外形式

性欲空间的新边界

情感小说本身,这种用于大众阶层的、出版业的创造,不再回避在性方面的话语**解放**。阿尔勒甘火车站著名的小说国际工厂(每年在世界上销售1.3亿册,其中在法国销售1 000万册)不得不适应行情,小心谨慎,那是一个非常广阔的、对国际大型电视系列片今后限制定额非常敏感所要求的。

阿尔勒甘汇集了电视女观众,以最佳方式使小说改编的剧本(每年700个题目)精细化,向1954年在多伦多创立的公司的作者们(全都是盎格鲁-撒克逊人)定购。这些小说被分配到明显可鉴别的丛书中,让购买者不要心存疑窦。"蓝天"丛书的封面保留着不变的陈旧面貌,保存小作品的传统:梦想的婚姻、决裂、眼泪、怀疑、在偶然车祸最终解决的责任和吸引力之间的冲突,就像不同的社会阶级和文化烟消云散一样,而这些不同似乎是幸福不可克服的障碍。

但是,在这些罗曼司骁勇的卫兵旁边,出现了其他丛书,它们表明了爱情空间被允许的新边界。一套名为"黑色—粉红"的丛书将毫无创新性的侦探情节插入了浪漫激情的战栗。另一套名为"序曲"的丛书,着意在不太像写庄园、公园和沉闷的疗养院那样多少程式化的传奇框架内,书写爱情的愿望;"蓝天"丛书在这些地方安插了爱情困境。人物不一定属于贵族或者资产阶级,即使他们的思想、他们的感情、他们的行动参照了**精英**所夸耀的社会道德。

阿尔勒甘不能对小说在国际上的成功无动于衷,这些小说同样是盎格鲁-撒克逊类型的,大半由女人署名,这些作品的流行得益于性的逐渐渗入情感悲剧中。小说逐渐从明显的肉欲和最后接吻过渡到开始就接吻,让女主人公给她的情人一点满足的迹象。阿尔勒甘于是为女读者创造出一些女性人物,可以称之为混合型人物:作为浪漫的、不

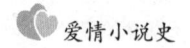

可救药的人,她们继续梦想嫁给迷人的王子,可是她们今后对他的要求,除了有魅力、富有和大胆勇敢以外,还要有能力满足她们的欲望。

最近几年,阿尔勒甘还给小爱神的弓箭增加了一条弓弦。名为"夜曲"的丛书提供这样的爱情小说:女人同比男人更加奇特的家伙进行肉欲接触,他们是吸血鬼、狼人、**满月情人**,他们始终准备咬上致命但是美妙的一口。

性和幻觉的出现与火车站文学联结在一起;它们的出现是不是**反映了20世纪60年代标志着西方社会的发展**?人们大量谈论**性的革命**,在这些年中,它搅乱了工业社会。由社会、宗教和世俗的道德强加的传统行为准则,会被产生于空前的、经济发展的新规范诱惑所动摇。在消费社会中,一切人类活动都围绕着物品生产和争夺物品的刺激而组成。一切活动,包括爱情活动。

根据个人主义和即时满足的享乐主义寻求所传递的道德新标准——日益扩大的城市化促进了这一点——出现了新的爱情行为,弗朗索瓦丝·萨冈在20世纪50年代中期发表的头几部小说,提出相当有挑战性的召唤。但是,《你好,忧愁》(1954)或者《某种微笑》(1955)仍然引起丑闻,因为作者是一个非常年轻的女人,她(有才能地)叙述的爱情故事,被怀疑反映了醒悟的感情方式和性的机械实践,就像在时髦的资产阶级精心抚养的少女身上流传的那样。萨冈给予高等住宅区镀金的青年在幻想破灭后的忧愁以新的虚构形式,她的思想消失在社会学证明的颤动后面,消失在纠缠着整个19世纪全世界资产阶级的恐惧后面:身心颓废的纠缠渗入精英的新几代人中,性的混乱成了这种颓废转移的主要载体。

女小说家萨冈并不描绘一个社会群体;她没有切开爱情的"生活横断面"。她给还很模糊的动荡不安一种形式和词汇:一种感觉和思索的旧方式消失了,有些东西混乱而古怪地出现了。小说探索这种动荡不安,它以写作它来进行实验。各种年龄的男女读者会把句子和意象加在他们的爱情不安上。

第十五章　爱情经验的意外形式

　　20 年后，当情感小说将音乐厅的情侣转移到卧室中时，就不再关系到小说创作了。针对的效果是满足女读者，就像研究市场能让人描绘它。爱情小说的生产服从社会学的制约；它应该最准确地计算女读者在注意阅读的**舒适**，就是说注意面对看重叙述顺序和文体修辞的小说时，会感受到的、不同以往的效果，小说的叙述顺序和文体修辞由于习惯和重复显现而变得通俗了。

　　这些创作规则对在火车站购买的通俗小说很有价值，而阿尔勒甘对这些小说拥有仍然无与伦比的手段。它们主导了国际上爱情小说的写作。与阿尔勒甘经久不变的作者们的作品不同，这些小说——往往是结局完满的传奇故事——由可以鉴别的作者署名：这种**标志**的存在是适应要求的保证。最著名的和这类作品读者最多的作者是英国人巴尔巴拉·卡尔兰德，她从 1923 年开始直至 2000 年去世，共发表了 724 部小说，总发行量估计有 10 亿册。就像卡尔兰德夫人一样，国际上大部分爱情小说的作者都用英语写作。像她一样，他们叙述在各种地点和环境中漂亮而贫穷的年轻女人（不总是非常年轻的），在爱情方面出乎意料的青云直上。因为要穿越的障碍越多和越高，青云直上就越加动人。

　　法朗士·卢瓦齐尔的书刊目录，在"激情和感情"栏目下，提供署名达尼埃尔·斯蒂尔、瑞蓓卡·迪恩、朱迪特·兰诺克斯、林达·霍尔曼某些小说的发表概要。"在一个讨人喜欢的、矮胖的人和可爱的孩子们中间，马克辛娜没有看出怎么会恋爱了……但是命运令她大吃一惊……有浪漫想象的人带着翅膀开始这一年。"或者还有："正是在祭坛前，阿娜巴独自重新站着，她的未婚夫更喜欢他以前的情妇的手臂……在这样烦恼之后，怎么重新振作起来呢？一部动人的女性小说。"

　　爱情"令人大吃一惊"，在这些要面对西方广大的（女）读者的小说中，以为可以允许违反社会等级的法律，那是错了。在巴尔巴拉·卡尔兰德匆匆编写的书中，一文不名的漂亮姑娘使光头的贵族先生晕头转向，她们被看作反面人物，野心勃勃，向上爬，企图占据一个不是给她们

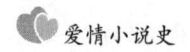

安排的位置。爱情小说应该承载一个梦想、一种消遣,而不是一种渴望。

为大众而写的爱情小说不讲大众语言。它们的书写笔调是学生腔,这种语言的时髦从文学语言借用词汇。同样,这种笔调有着轻易地从许多翻译中借来的优点,这些翻译保证国际上流行的小说取得丰厚的经济收益。巴尔巴拉·卡尔兰德使用的、**共同的**英语,既是松散的口语,又是过度的文学语言,会被当成做作的或上流社会的语言来接受。

在火车站销售的合法化流行小说

382　　什么属于文学,什么不属于文学?从纽约到东京,从巴黎到布宜诺斯艾利斯,从20世纪60年代起写作的爱情小说,比其他小说更令人感到一般写作和创造性作品之间界限的不稳定。是什么区别玛格丽特·杜拉斯的《情人》(这部小说获得1984年的龚古尔奖,写的是殖民地背景的一个爱情故事)和各种异国的情感小说呢?在《情人》中,一个欧洲的年轻女人和一个富有而俊美的越南人的爱情受到赞美,这是在湄公河三角洲草木茂盛的、潮湿的环境中,而且,并非不像惯例那样,受到社会的和种族的偏见所阻挠。要不是玛格丽特·杜拉斯以前的小说所支持的她的**文学**家声誉,那它就什么也不是。读者很吃惊能够毫无遗憾地踏上精英主义的岸边。是什么区分埃里克·塞加尔的美国小说《爱情故事》(1967)和在火车站销售的催人泪下的悲剧故事呢?肯定不是故事梗概,它叙述一个美国的年轻继承人和一个信奉天主教的、贫穷的、属于意大利移民家庭的姑娘的爱情。爱情战胜了一切,除了白血病,它压倒了圣洁的恋女,将她典雅的未婚夫投入预示着无法安慰的绝望中。

诚然,要不是好莱坞抓住了这本书,使人注意到它在全世界让人流了那么多的眼泪,塞加尔就不会被列入美国文学的当代史中。可是,这本以商业广告最纯粹的风格写成的爱情小说,表明在火车站销售的流行小说今后能够被消费,而不沾染上这种文化耻辱,它将阿尔

第十五章 爱情经验的意外形式

勒甘出版的作品维持在不合理的多产之中。

正当和平主义的、极端自由主义的和争取解放的抗议开始兴起时,《爱情故事》这部冲破阶级障碍的爱情颂歌,出版在美国校园最初的示威时期,译成欧洲语言和东方语言,也是一部令人安心的小说。一个工业帝国的王子和一个贫穷家庭的(不过品德高尚的)姑娘打破社会边界,肯定爱情的强大威力,他们这样做仍然尊重美国传统的精神和道德理想,并没有对性的颂扬,并没有绝对自由主义的要求,并没有社会反抗,并没有宗教背弃。奥利弗·巴雷特四世和珍妮·卡利尔里,《爱情故事》中的一对情侣,是现代的年轻人,就像保守的美国的梦想一样。在将这对情人从社会的多重束缚中解放出来的感情痛苦的表象下,火车站销售的流行小说和更具文学性的变形,重新将他们的主人公的爱情放在决定他们行为的多重社会束缚中。社会在每次打击中都取胜;小说在怀念、思乡、转瞬即逝、时间消耗、机会缺失、忍让、服丧的形式中相联合。除非它们通过维护**现实主义**,以更加阴森可怖的方式结束:出于理智而放弃爱情,出于对**自我**安逸的封闭而放弃发现他人,出于对异化的信念而放弃获得自由的危险。

纳博科夫或者科恩的主人公,只有在逃逸时,才摆脱这匹社会小马的必然返回,而"一有可能,我们每个人就会跨上这匹社会小马"。罪恶、疯狂、肉欲的融合,还有自杀,这是社会的能量;在这些场合,没有这些社会能量。在这些不可压制的爱情场合中,社会束缚同样被瓦解,在现代小说中,这是讽刺这种批判和解放的功能运行的地方。讽刺让人将社会崇高的装饰清扫出伟大的爱情,浪漫的神话和出于性虚伪的占有欲望却用这些装饰将爱情包裹起来。

昆德拉和爱情处境

在维昂、纳博科夫和科恩的作品中,幽默、嘲讽和搞笑具有迥异的形式,笑不表达爱情玩世不恭的接触。这是一种字句游戏,它把隐藏在语言角落里,特别是在爱情表现中的社会秩序排除出去。米兰·昆德拉的《生命中不能承受之轻》是从捷克文翻译过来的,发表于1984年,各种各样形式的笑,从玩笑到讽刺,从黑色幽默到杜绝失礼,都是不可缺少的反面,是感人的衬里。没有笑的**减轻**,是在感人的虚无主义和浪漫的 Kitsch[①] 中无药可救的阴暗存在。

但是,生命之轻也可以变成**不能承受**。这已经是昆德拉在他上一部小说《笑忘书》中所写的:"与一个极端随时可能变成它的反面一样,达到极限的轻变成了可怕的**轻之重**,塔米娜知道,她不能再多一刻忍受它。"从笑到庄重,从自由到异化,显然在昆德拉的这两部小说中有近亲关系,这两部小说的产生,彼此就像一个思想的发展和深化。爱情作为生存的一切相反企图之地,是这样一个题材:小说家围绕它组织这个观点。

爱情,这首先是非常古怪的,将托马斯和泰蕾莎结合在一起。爱情古怪,是因为托马斯这个诱惑女人的高手,他公开声明不与她们有牵连,为的是只同她们分享愉悦;他偶然和泰蕾莎相逢。不需要费多大的劲,一次偶然相逢便可变成情感的爱慕,使人一生动荡。在托马斯的案例中,这个存在的转向,是由一个隐喻引起的,它要给他的生活一个新面貌。他想到,不幸和脆弱的泰蕾莎"给他送来一只花篮,顺水漂流"。托马斯这个堂璜,是葡萄牙上流社会的金手指外科医生,即使他不让自己去做,仍然要被圣经的这个比喻和乐土的不确定梦想所改变。

他不断在短暂邂逅相遇的爱情中,在"肉欲的友谊"中,就像他所说的,在短暂一刻之轻中,寻找对历史暗淡之重的安慰,但他将自己的生活和泰蕾莎相连。泰蕾莎好妒,他带给泰蕾莎更多的是痛苦而不是幸福,但他为她自愿牺牲了自己的职业和安全,离开了瑞士,他在那里

[①] 德文,矫揉造作。

第十五章　爱情经验的意外形式

舒适地流亡过,为了重新回到今后被俄国人占领的家园。

泰蕾莎牢牢地占据他诗意的回忆,并且扫除了其他女人的所有痕迹。"这是不正确的,因为,比如说,他在暴风雨中,在地毯上与之做爱的那个年轻女人,不见得比泰蕾莎缺少诗意……她愿意同他混为一体。因此,她盯着他看,执着地断言,虽然地毯被她的性欲高潮弄湿了,她并没有感到享受:'我不是寻找快感,我寻找幸福,没有幸福的快感不是快感。'换句话说,她拍打着自己诗意记忆的栅门。但是栅门没有关闭。对她来说,在托马斯的诗意记忆中没有位置。对她来说,只有在地毯上有位置。"

稍后一点,叙述者——如同狄德罗所做的那样,毫不迟疑地干预他叙述的故事,为了提炼出悖论——让托马斯说,"将爱情和性结合起来,这是造物主最古怪的思想之一……将爱情从性的蠢事中解救出来的唯一办法,就是用另一种方法调整我们头脑中的时钟,看到一只燕子而激动"。米兰·昆德拉的小说不断探索爱情活动(从抒情的和浪漫的兴奋到放纵的机体)的各个方面,不是试图像传统的心理分析小说所做的那样分析爱情的构成,而是意识到透明不可能,一个定义必然不准确、呆板和肤浅。

我们不知道爱情是什么,这种无知是所有爱情小说写作的源泉。爱情是那些没有回答的询问之一。因此,昆德拉设想,它与小说如此紧密相连——一旦爱情提供了回答,给人类的可能性划出边界,就不再成为小说。

哪一种爱情形式,哪一种美、和谐、善良、团结的观念,或者哪一种狂热能够推动托马斯这个著名的、在大学受到尊敬的外科医生签署一份请愿书呢?他知道请愿书无力对抗俄国占领者设立的捷克新政权。当昆德拉探索爱情时,对祖国(或者对自由)的爱并没有进一步超越主人公对他奄奄一息的老狗的爱所作的询问。他既不从探索中排除将爱情小说的读者和促成作品篇章的小说主人公结合起来的联系,也不排除小说家与他创造的人物之间的联系:"我看到他(指托马斯)就像

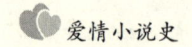

在小说开头出现的那样。他站在窗前,望着院子里对面建筑物的墙壁。他生来是这个形象。如同我已经说过的那样,人物不是像活体出生那样从母体生出来的,而是从一个情境、一个句子、一个隐喻生出来的;这个隐喻孕育了一种人的基本可能性,它的作者想象,它还没有被发现,人们还没有说过什么重要的话……我的小说人物是没有实现的、我自己的可能性。这就让我都热爱他们,他们都同样使我害怕。他们通通越过了我不断绕过的边界……小说不是作者的忏悔,而是对世界变成的陷阱中人类生活是怎样的一个询问。"

  随着昆德拉,爱情小说摆脱了将现实主义和理想主义对立起来的古老对抗,爱情就像它本来的样子,爱情就像人们梦想的样子,爱情在心灵中繁荣,爱情使身体燃烧。我们是爱情故事的主宰,就像我们是我们投入的故事的主宰一样。

  不管爱情小说的作者展示爱情小说的结构脆弱的才能如何,爱情小说是将置于理性边界、真诚信念、明晰意识、个人兴趣,总之秩序之外的东西安排好。只发生过一次的事,比如情节,本质上是难以理解的。处于其中的人在迷雾中前进,尤其是如果他以为明白了所发生的事。小说重新呈现只发生过一次的事,即情境,当然是虚构的,作家创造出来,以为他发现了。但是他只有在安排好了现实生活中以分散形式存在的东西,才能够表现出来。思想碎片,意象块,思想闪光,情感片段,敏感性偶然触发的事。古典爱情小说给存在于间歇和暂时领域的东西以持续推论的形式。

  昆德拉的艺术让人意识到这种**轻**,没有让它消失,没有让它减轻矫揉造作的情感之重:昆德拉称之为**心灵的专制**。矫揉造作是情感小说得以兴盛的运转状态;但是,摆脱矫揉造作,写作一部爱情小说(甚至一首简单的情歌)是不可能的。强调矫揉造作的谎言和幻想是正确的。

  因此,赋予爱情小说的任务很古怪。它在于继续不知道爱情是什么的同时,表现爱情的处境。它竭力使这不确定的对象进入小说的情节中,就是说在一个情节不多的故事里,人物得到发展,情境得到发展,社会关系得以策划。但爱情也(也许尤其)让情人们摆脱社会性,将他和她投入世界以外的地方,投入到另一种语言,一种特殊的、排除关系的生活,一种比自己的故事更古老的故事。用爱情故事可以写出故事;更加有可能写成小说。

罗兰·巴特[①]的假随笔

罗兰·巴特不是一个小说家。根据他自己的定义,他甚至不是一个作家,只是一个**写作者**:一个运用书面语言的人,按照某些修辞规则沟通信息。这些规则随着交流对象以及这种交流针对的读者而变化。即便他有时喜欢打乱一下这些规则,巴特也不是以同样方式给《新观察家》写下一篇读书笔记,一本集子《神话学》(1957),一本论拉辛的随笔,一篇在毛泽东的中国的旅行故事,或者对服饰体系的论著,这是根据大学制订的严格标准拟定的,目的在于打开法兰西学院的大门。但是,运用这种不同的写作方式,并不妨碍作家以写作者的方式显示自己。人们承认巴特以最朴实的书写表现**文体**;不管他持何种理论立场,他都小心不留下他的**标记**,就像一种签名或者身份的证明。巴特的文体就是巴特。

巴特的文体也是应当隐藏巴特的东西。词汇的极端复杂,新词、词源学的乐趣、某种故作高雅(借鉴普鲁斯特,尤其是纪德),追求心理分析运用的科学概念,符号学,或者结构语言学:这一套追求的效果是将推理的作者隐藏在他的书写的**才华**后面。巴特好几次宣布"**作者之死**",他唯一利用的"**文本**"被消灭,他甚至将这种谨慎的幻觉理论化。

[①] 罗兰·巴特(1915—1980):法国批评家、符号学家,著有《写作的零度》(1953)、《神话学》(1957)、《论拉辛》(1963)、《符号学原理》(1965)、《服饰体系》(1967)、《文本的乐趣》(1973)、《罗兰·巴特自评》(1975)、《爱情话语片断》(1977)等。

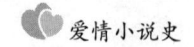

巴特当然不是这种作者隐退和文学对象非人物化的创造者。福楼拜期望过这样，20世纪60年代流行的结构主义将这变成反对历史霸权的一种武器。巴特喜欢悖论，用非人物化达到个人目的。文体可以像所显示的那样被遮掩。这是人，这是语言。

在1975年和1977年，他随后发表的两本书《罗兰·巴特自评》和《爱情话语片断》中，巴特谈到自己，他把自己选择为他书写的对象，指责他不由自主改变的形象："他容忍不了自己的整个形象，讨厌被提及。他认为人与人关系的完美在于形象的这种空缺：在自身中，从这一个到另一个，取消形容词；形容词化的关系在形象方面，在统治方面，在死亡方面。"在《罗兰·巴特自评》中，他用第三人称单数写到自己，在书写中，小心抹去死亡的痕迹，同读者重新结成活生生的人与人的关系和保持爱的联系。

在这本书的前面，他手写这段序言："这一切应该被看作一个小说人物所说的话。"《罗兰·巴特自评》不是论述国际知识界舞台上的一个明星，也不是想写自传，不是一幅自画像，不是像他多次宣称的一种"**忏悔**"。这是一本小说，中心人物罗兰·巴特受到娱乐人的兴趣和被人爱的愿望所刺激。这本书就像开头那样，以一篇手写的短文结束："然后呢？——现在写什么？你还能写些什么？——带着他的愿望写，而且我没完没了地期望着。"

不存在任何不是想象的推论：《罗兰·巴特自评》是一部小说，爱情占据着秘密的中心和（近乎）看不见的源泉。但这是一部片断的、拼贴的小说。问题不再是叙述一个从头至尾不断，进程保证一致，强调意义的故事。

在《爱情话语片断》中，拒绝将故事服从唯一的视点，不再写出一个爱情**故事**的意图更加彻底，因为不同的片断以最抽象的方式，即字母顺序的方式来分配。从**沉沦**开始（"要么受伤，要么幸运，他有时使我想沉沦"），以**想抓住**来结束（"情人持续的思想：他人欠我所需要的东西"）。另外，这本书同时与巴特两年中在社会科学高等研究院指导

第十五章 爱情经验的意外形式

的、关于爱情话语的课堂讨论一起写作。这样,小说隐藏在一部符号学著作的外表下,它的(科学)对象是爱情语言的研究。这关系到一种话语,从定义来说是一种语言,这种语言流布在各处,分散存在。巴特强调,情人"跳东跳西"。他不停地"在他的头脑里奔跑,做出新的举止,阴谋反对自己"。我们再来看昆德拉:"他的话语永远只存在于一段段语言中,它们来自微不足道的、偶然的情境变化。"也可以说他在"调情"。

巴特像所有的小说家那样,在玩弄透明与模糊的概念。他宣称,他的书的"物质"首先是由**来自于一些书中的东西**构建起来的。爱情话语总是读者的语言。他成功地**命名**自己的情感,首先是经常看书,尤其是看小说得来的。巴特提供了一个构成他的爱情话语的小说长书单:首先是歌德《少年维特的烦恼》;其次,譬如也有巴尔扎克的《假情妇》,穆齐尔的《没有个性的人》,斯丹达尔的《阿尔芒斯》和福楼拜的《布瓦尔和佩居谢》之类的书。

关于爱情话语的第二个认识源泉,是由朋友们提供的。谈话,心腹话,快乐兴奋、绝望或者终止爱慕的策略的表达,这些反映了一圈朋友的存在,在这些朋友里,爱情在流转。

巴特写道,第三个源泉是"来自我自己生活的东西"。可以说,这第三个爱情源泉对另外两个源泉的一种传染。巴特可以预料到光临的读者:——"这是一个说话的情人"——不可能区分要说作者自己的'我'的情人,也就是恋爱的巴特,他正忍受着爱的痛苦和快意。

从巴特的书一开头,他就谈到"缺失",当他母亲的形象出现时——她刚去世,怎么没被巴特的声音抓住。巴特显然没有炫耀母亲的死,他在回忆童年的忧伤中把它包裹起来:"忍受住的缺失没有别的,只有遗忘。我断断续续地不忠诚。这是我幸存的条件;因为,如果我没忘记,我会死去。(孩子,我没忘记;没完没了的日子,被抛弃的日子,我母亲在很远的地方工作;每天晚上,我要在塞弗尔-巴比伦的 U-bis 公共汽车站等她回来;公共汽车连续过去了好几部,她都不在里面。)"

被深爱着的母亲形象,可怕地缺失了,却在整个话语中流转。难以自慰和怀疑今后不再像以前那样得到爱联结在一起。《爱情话语片断》几乎变成通过使用的语言,成为对爱情抒发的、一篇杰出的随笔,要不是这闪烁着智慧和博学的话时刻受到"不安"威胁的话。巴特同称作"我"的人物谈论典型的传奇关系:既远离又极近的关系。

这也是通过这小说的招式,敢于显示爱情的隐秘真相,它与主要的话语产生矛盾。巴特的**小说**,就像所有杰出的小说一样,没有再现爱情关系的境况,就像时尚和风俗的发展所传递的那样。他提出一个"爱情的新世界"。

同爱情的"现成模式"的第一次决裂,关系到愚蠢的概念。爱会是愚蠢的,甚至是白痴,就像一切对现实的幻想一样。人会因爱情而"发疯",人会寻求做办不到的事。巴特要求这种对现实主义的不适应。他要求爱情题材"不可对待、不可救药的"部分,要求它的非社会性,它进入爱情故事的不可能性。

第二个决裂与爱情的**价值**有关,因此与道德有关。一方面,爱情不是盲目的。巴特作为符号学家,相反地断言,情人总是有点偏执狂倾向的,具有"一种难以想象的辨别能力"。他看得很清楚,即使他不知道或者不敢从看到的东西中抽出一种信念。另一方面,爱情如果不局限于"解放的性"的现代范围,如果它会朝着"普遍化的性感"(巴特也谈到"感情的超价值")的形式发展,它就是一种生活最**真实**的经验之一:"不应该任凭贬值产生深刻印象;爱情是这贬值的对象。必须确定。必须敢做。必须敢爱……"

罗兰·巴特召唤新的爱情秩序,尤其因为他的书从头到尾以一种潜话语发展一种戏剧性的情境,就更加令人惊讶:一个恋爱的人和另一个恋爱不深、就是说不恋爱的人的情境。在爱情非社会性的确定后面,从侧面显示一种非常社会性的愿望(或者一种怀旧):成为夫妇的愿望。成为夫妇,不管有没有激情,爱情便重新变成一个故事。不再有情人和**他者**,而有不相同的两个爱情的一半。《爱情话语片断》是使人伤心的孤独的展现。也许由此产生不由自主的传奇性:读者想象出一个人、一个刚刚失去母亲的大作家的故事。他60岁,总是经历邂逅的爱情,他感到不再被爱、除了写作的乐趣,不再感到别的乐趣的烦恼。一旦爱情被书写出来,小说的可能性便重新出现了。

安妮·埃尔诺:通过写作所袒露的爱情

爱情小说史在继续,即使历史、小说和爱情这三个词变得成问题和难以确定。1991年,安妮·埃尔诺发表了一篇短文稿(不到80页),题名《简单的爱情》,她没有给她的作品定**类别**:既不是小说、不是记叙,也不是故事。不是多少运用自己生平提供的材料,想象出一篇虚构作品。安妮·埃尔诺与**自动虚构**相反,这种自恋的变形,在20世纪70年代与自由的超个人主义的吸引一起流行。自我虚构只谈自身所感到的情感。甚至当它表现狂热的自我、渴望的自我、满足的自我或者被背弃的自我时,只关系到对自我的特殊关注所控制的炫耀。自我虚构被不再有身份恒久的事实所吸引:"我的生活是一部小说。"今后,常识重复这样说。

在自我虚构中,为了列入"颠覆"的荣誉表中,爱上不应该爱的男女就足够了。与规则的偏离,是爱情小说最古老的动力之一。人们在自己的社会阶级之外,在允许的性别之外,在亲属的严格法规之外,在可爱的对象之外,在合法的年龄之外恋爱。人们也可以不管是否特殊,爱上外星人、一双鞋、猪或者猎狗、吸血鬼、权力的持有者、代表,等等。这些**偏离者**中的每一个(社会总是能够消灭其中几个,创造出新的对象)确定一种不可能性,一种偏离,或者一种颠覆,爱情小说就建立在它们上面。

在这个意义上,会产生爱情小说,只要爱情是一件社会性的事。

在《简单的爱情》中,并没有小说。没有叙述者:有一个作家,故事穿越他（包括一个爱情故事），他的写作画出这个故事的痕迹。为了指出虚构的创造和文本没有任何关系，安妮·埃尔诺在十年后，即2000年，她从青年时代起便坚持的日记本中，重读这段热情经历和逝去的年代所写下的篇章。这些从1988年9月27日至1990年4月6日的篇章，发表于2001年，取名《消逝》。在《消逝》和《简单的爱情》之间，没有小说虚构，没有使阅读更加令人愉快、更加动人或更有美学价值的文学装饰。从日记本转到书籍，标志着经历过的激情到这普通的激情和这简单的爱情、紧张的生活片段的过渡，如今这段生活只剩下印刷出来的字："1999年春天，我到俄罗斯去……我没有再见过S，这对我无所谓。在列宁格勒，如今这个城市又更名为圣彼得堡，我想不起我同他一起过夜的那个宾馆的名字。在那次逗留期间，表明这次激情现实的唯一痕迹，是我认识的几个俄文……我很惊讶认得这几个字，这些字母。我教会他认识这几个字的那个人，对我来说，已不再存在，他是死是活也无所谓。"

几乎在一年中，这个人的存在今后对他来说是无所谓的，然而，却侵入了作者的生活。"我只等待着这个人，别的什么事也没做；只等他给我打电话，等他到我这里来。"这是一个在法国任职的俄国外交官，这个恋爱的女人小心地去准确了解职权分配。我们所在的时代，戈尔巴乔夫的苏联正在改革和崩溃之中。关于她的情人的政治态度，作家仅仅说，他是**斯大林主义者**。在《简单的爱情》中，情人名叫A，而在《消逝》中，他是S。

爱情嘲弄情人的见解。就像对他的缺乏文化，对他的嗜酒，对他的"大男子主义"的态度，她无动于衷。这是一些记录下来，供以后爱情故事结束时回忆的事。因为对她来说，这绝对激情的强烈——"毫不谨慎，毫不羞耻，毫不怀疑"——和分给他的短暂时间联结在一起，每次也许是最后一次。至于他，人们无从得知；她也不知道。他没有对她说，他爱她；她有时想，他仅仅庆幸"和一个女知识分子、一个著名作家开一枪"。除了另一个的愿望，没有什么不能想象的。

第十五章　爱情经验的意外形式

她爱他(她说,既然必须这样,为了确定"这件事",由于缺乏别的词,就用这个字),她等待他;有时他来,他们做爱,然后他走了,她重新等待他,生怕爱情变得淡漠,愿望变得淡漠,幸福已经减少,正走向她的结局。

安妮·埃尔诺写道,她在重新翻阅自己的笔记本时,发现"在这些篇页中,有一种不同于《简单的爱情》所包括的'真相'。有种粗俗的和黑色的东西,无可救药,有种奉献的东西。我想过,这也应该大白于天下"。

奉献是一个宗教词汇,意思是对一个天神的祭献。《消逝》里面,在这些投向野蛮状态的词中,确实有某种像异教崇拜、野蛮人仪式向爱情的天神祭献的东西;一种牺牲者无限地献身的、纠缠不休的忧虑,她只有在痛苦中才能摆脱这种忧虑。

《消逝》意识到一种经历过的激情;《简单的爱情》是这种激情不再存在时写下的故事。在两者之中,作家竭力抓住她的时代关于爱情的真相。并非社会学或者人种生物学或者历史的真相,专家们竭力依靠他们拥有的技术和概念的工具抓住这种真相,这是一种 20 世纪 90 年代爱情经历过的真相。就像布尔迪厄可能喜欢的**爱情领域**的接近。

安妮·埃尔诺写道:"我只是从我身上越过的时间。"她还写道,在她恋爱的时期,她明白"躺在长凳上的社会边缘者、妓女的顾客、一个潜入阿尔勒甘的作品里面的女游客"。激情使作家摆脱他的社会制约、他的阶级偏见影响最深的效果。但是,她给这本个人回忆录加上一种爱情的集体记忆。在缺乏典范的情况下,为了更加爱从未见过的知识。

作为结论

　　历史没有结束。爱情小说史在继续。自从爱情小说史在欧洲缓慢地被创造出来,变成世界性的,它取得了新的规模。人们写作,出版,今后在地球的所有语言中,包括在传统上不知道小说形式的语言中,阅读爱情小说。多种文化将感情描绘的表现保存在诗歌、故事和传说叙事中,小说在这些文化中创造和传播爱情典型。故事读者或者听众的喜好不像长篇小说的读者。他的恋爱时间是不一样的,爱情语言在他身上的感受也不一样。长篇小说在印刷小说的国际市场上的霸权,可促使爱情、它的习俗和实践的世界性标准化。爱情不再会是"令人感到新奇"。但是,不将你邀请到**别处**的爱情小说是怎样的呢?

　　这种划一的倾向,尤其因为在它传播的、最广泛的形式中,爱情小说在与以图像形式出现的小说的战斗中,以及与电影和电视的战斗中败北;电影和电视在提供"真实生活"的幻象上立即显得更加不受约束。小说家企图在"现实主义"的领域内争夺形象的生产者,却总是败北。即使市场,未定型的读者群众,总是要求小说**有用**,愉快地教育人,出色地实现资产阶级的奇迹:一面提高心灵,一面获得成效。

　　然而,在20世纪60年代(现代性和工业文明的最佳状态)和它们的批评的激进主义之后,是"后现代主义"的时代,我们至今仍然处在这个时代中。出现了一个广阔的回潮,这是在"文物"市场的统治下,叙事有力地返回,与之一起的是它的老伙伴——现实主义幻想。小说家沿着道路移动的、作为生活镜子的小说神话,又恢复了效用。为了给小说的"生活教训"提供适合于激动的东西,什么也不如追求传奇性提供的、逼真的诗意。爱情小说由于描写**过激的事**、暂时的或者持久的不一致,成为传奇性最易和现实主义幻想结合的地方(也许同罪行一起)。

可是小说重新生产爱情,复制它,拍摄它,却不再创造它;小说模仿它,重复它,使之变成预定的典范。这已经是狄德罗在18世纪的教训,也许在他之前已经有现代小说的创造者拉伯雷和塞万提斯的教训。当小说家创造时(不是当他们以为复制时),他们便摆脱了现实主义的枷锁,归根结蒂,这种枷锁是在说,世界是本来的样子,爱情总是爱情。事物完全是平淡的,完全是虚假的。

世界也是它可能存在的样子,小说家的想象赋予它形式。想象既不是心血来潮,也不是幻觉和抽象,而是帕斯卡尔恐惧地谈到的想象力,因为它从神的手中夺走了人的未来。爱情小说将继续探索这个没有需求的世界,那里的男女面对爱的自由和写成故事的自由。

感　谢

　　2006年春天，在埃克斯-昂-普罗旺斯，围绕着波尔·贡斯当组织的"**南方作家日**"，以爱情小说为题:阅读和写作爱情小说有何用？这次相会是从瑞典作家比昂·拉尔逊的演讲开始的，他刚在索邦学院的研究生班讨论会上论述小说中的爱情。比昂·拉尔逊注意到，目前还没有一本爱情小说史，于是他就给我提出了这本书的主题。谢谢他的友谊和大度，会议这几天内容非常丰富，值得赞扬。

文献目录：八十六部爱情小说

这个爱情小说的名单不是一个选目，尤其不是一个排行榜。每个读者在他内心都有一个情感小说的作品选，它服从的标准往往远离批评家的判断和科学院承认的合理。这里仅仅关系到按编年的索引，选入是根据爱情小说**史**来定的。这部小说史只不过以一流的小说组成。在这里谈到的有些书甚至难以阅读。

小说这个词可能引出问题。人们确实可以谈论希腊小说或者拉丁文小说吗？相反，许多想象作品被撇开了，因为它们似乎同小说的结构和历史有太大的差别。比如，中短篇小说，中国的"小故事"，印度的史诗，口头起源或者抒情性起源的整个爱情文学，就是这种情况。尤其是比小说（小说从某些故事中找到它发展的核心）和无限更广阔的创作领域更加古老的故事创作。因此，在这里将找不到《一千零一夜》，但这部书对近东文学写性的灵感非常重要，也找不到13世纪的爱情杰作《维尔吉的城堡女主人》，这个故事出现在布戈涅的宫廷里，后来传布到整个欧洲。可能有一部爱情故事史需要写作。

《变形记》，阿普列尤斯著，约170年，保尔·瓦莱特译自拉丁文，巴黎，美文学出版社，1992年；皮埃尔·格里马译自拉丁文，加里玛出版社，福利奥丛书，1975年。

《达夫尼斯和赫洛亚》，朗戈斯著，约180年，雅克·阿米奥译自希腊文，1559年；保尔-路易·库里埃重新审阅，1809年，巴黎，袖珍丛书，1995年。

《埃塞俄比亚人》，赫利奥多尔著，3世纪，J.马伊荣译自希腊文，巴黎,美文学出版社,1991年。

《圣西普里安的忏悔》,匿名(希腊文),约370年,皮埃尔·格里马尔译自拉丁文,收入《古希腊文和拉丁文小说》,巴黎,加里玛出版社,"七星诗社丛书",1958年。

《圣阿莱克西传》,维尔农的泰德巴尔著(或者蒂博著),约1041年,加斯东·帕里斯和莱奥波德·帕尼埃版,巴黎,弗朗克书店,1872年;斯拉金出版社再版,日内瓦,1974年。

《特里斯当和伊瑟》,欧洲最早版本,自1160年起,在克里斯蒂亚娜·马尔舍洛-尼齐亚领导下改编,巴黎,加里玛出版社,"七星诗社丛书",1995年;《特里斯当和伊瑟的传奇》,约瑟夫·贝蒂埃,巴黎,10/18丛书,1981年。

《克利杰斯》,克雷蒂安·德·特罗亚(1176—1177)著,收入《克雷蒂安·德特洛亚全集》,达尼埃尔·普瓦里翁版,巴黎,加里玛出版社,"七星诗社丛书",1994年;收入《圆桌骑士传奇》,巴黎,加里玛出版社,福利奥丛书,1975年。

《加洛亚人杜马尔》,匿名,约1250年,收入《爱情故事和骑士故事》,在达尼埃尔·雷尼埃-博莱尔领导下改编,巴黎,布甘/拉封出版社,2003。

《安茹伯爵传奇》,匿名,约1280年,收入《爱情故事和骑士故事》,巴黎,布甘/拉封出版社,2003年。

《玫瑰传奇》,纪尧姆·德·洛里斯和让·德·墨恩著,1230—1270年,在达尼埃尔·普瓦里翁·领导下改编,加尼埃出版社,1974年;巴黎,加里玛出版社,福利奥丛书,1984年。

《雅宗的故事》,拉乌尔·勒费弗尔著,约1460年,收入《爱情故事和骑士故事》,巴黎,拉甘/布封出版社,2003年。

《小约翰·德·圣特雷》,安东尼·德·拉萨勒著,1456年,在J.米斯拉伊和C.A.克努德逊领导下改编,巴黎,德罗兹出版社,1965年。

《菲亚美达夫人的哀歌》,乔万尼·薄伽丘著,1343—1344年,在让·布尔西埃领导下改编,加尼埃出版社,1974年。

《白人蒂朗》,约阿诺·马托罗尔著,1490年,巴黎,德·凯吕斯伯爵译,巴黎,加里玛出版社,卡尔托丛书,1997年。

《阿马蒂·德·高勒》,加西亚·罗德里盖兹·德·蒙塔沃著,1508年;《法文版阿马蒂,新书目录随笔》,于格·德·瓦加奈著,日内瓦,斯拉金出版社,1970年。

《迪亚娜》,约尔日·德·蒙特梅约尔著,1559年,马德里,洛佩兹·埃斯特拉达出版社,1957年。

《堂吉诃德》,塞万提斯著,1610—1616年,阿莉娜·舒尔曼译,巴黎,色伊出版社,2002年,"观点丛书",2005年。

《阿丝特蕾》,奥诺雷·德·于尔菲著,1607—1627年,巴黎,加里玛出版社,福利奥丛书,1984年。

《狂妄的牧童》,沙尔·索雷尔著,1627年,日内瓦,斯拉金出版社,1972年。

《波力山大》,马兰·勒罗瓦·德·贡贝维尔著,1619—1641年,日内瓦;斯拉金出版社,1979年。

《高卢人的爱情故事》,罗杰·布西-拉布丹著,1665年,安东尼·亚当编目和写序,巴黎,弗拉马里荣出版社,1988年;巴黎,加里玛出版社,福利奥丛书,1993年。

《克莱夫王妃》,德·拉法耶特夫人著,1671年,J.梅斯纳尔出版社,弗拉马里荣出版社,GF丛书,1998年。

《葡萄牙书信》,加布里埃尔·约瑟夫·德·吉尔拉格著,1669年,弗雷德里克·德洛弗尔出版社;巴黎,加里玛出版社,1990年。

《昂里埃特-西尔薇·德·莫里哀生平回忆录》,玛丽-卡特琳·德·维尔迪厄著,1672—1674年,图尔,弗朗索瓦·拉伯雷大学出版社,1977年。

《法国名媛》,罗贝尔·沙勒著,1713年,弗雷德里克·德洛弗尔和雅克·科尔米埃出版社;日内瓦,德罗兹出版社,1991年。

《波斯人信札》,沙尔·德·孟德斯鸠著,1721 年,巴黎,保尔·维尔尼埃尔出版社,加尼埃古典丛书,1964 年;让·斯塔罗班斯基介绍,巴黎,加里玛出版社,福利奥丛书,1973 年。

《德·格里厄骑士和曼侬·莱斯戈的故事》,普雷沃神甫著,1731 年,罗贝尔·莫齐出版社,国家印刷厂,1980 年;巴黎,弗拉马里荣出版社,GF 丛书,1975 年。

《玛丽亚娜的生平》,皮埃尔·卡尔莱·马里沃著,1731 年,收入《小说、叙事、故事和中短篇》,马塞尔·阿尔朗出版社,巴黎,加里玛出版社,"七星诗社丛书",1949 年;亨利·库莱出版社,巴黎,弗拉马里荣出版社,GF 丛书,1978 年。

《帕梅拉》,萨缪尔·理查逊著,1740 年,普雷沃神甫从英文译出,巴黎,尼泽出版社,1970 年。

《约瑟夫·安德烈》,亨利·菲尔丁著,1741 年,弗朗西斯·勒鲁从英文译出,巴黎,西尔塞出版社,1992 年;巴黎,加里玛出版社,"七星诗社丛书",1964 年;弗拉马里荣出版社,GF 丛书,1990 年。

《克拉丽莎·哈娄》,塞缪尔·理查逊著,1747—1748 年,普雷沃神甫从英文译出,巴黎,西尔塞出版社,1992 年;巴黎,德荣盖尔出版社,1999 年。

《弃儿汤姆·琼斯的历史》,亨利·菲尔丁著,1749 年,弗朗西斯·勒鲁从英文译出,巴黎,加里玛出版社,"七星诗社丛书",1964 年;巴黎,加里玛出版社,福利奥丛书,1990 年。

《朱丽,或新爱洛依丝》,让-雅克·卢梭著,1761 年,勒内·波莫版,加尼埃出版社,1988 年;亨利·库莱版,巴黎,加里玛出版社,福利奥丛书,1993 年。

《少年维特的烦恼》,沃尔夫冈·歌德著,1774—1787 年,贝尔纳·格罗图伊森从德文译出,收入《歌德小说集》,加里玛出版社,"七星诗社丛书",1976 年;双语"福利奥丛书",1990 年。

《傲慢与偏见》,简·奥斯汀著,1796—1813 年,V. 勒孔特从英文译出,巴黎,克里斯蒂安·布尔古瓦出版社,1996年;巴黎,10/18丛书,1982年。

《赫斯佩鲁斯》,让·保尔著,1795年,尼古拉·布里昂从德文译出,巴黎,约泽·科尔蒂出版社,1995年。

《阿达拉》,弗朗索瓦-勒内·夏多布里昂著,1801年,巴黎,约泽·科尔蒂出版社,1962年;巴黎,袖珍本丛书"古典版",1969年。

《阿道尔夫》,本雅曼·贡斯当著,1816年,巴黎,加尼埃·弗拉马里荣出版社,1983年;巴黎,贝亚特里丝·迪迪埃出版社,袖珍本丛书,1988年。

《拉梅莫尔的未婚妻》,沃尔特·司各特著,1819年,巴黎,斯托克出版社,1993年。

《布兰比亚公主》,霍夫曼著,1820年,阿齐尔·埃拉从德文译出,巴黎,弗拉马里荣出版社,G/F丛书,1990年。

《幽谷百合》,奥诺雷·德·巴尔扎克著,1835年,巴黎,色伊出版社,"文学流派丛书",1992年。

《论爱情》,1822年,《阿尔芒丝》,1827年,《帕尔马修道院》,1838年,斯丹达尔著,收入《小说全集》,伊夫·昂塞尔、菲利普·贝尔蒂埃和克萨维埃·布德奈出版社,巴黎,加里玛出版社,"七星诗社丛书",2000年。

《呼啸山庄》,艾米莉·勃朗特著,1847;《艾格尼丝·格雷》,安妮·勃朗特著,1848年;《简·爱》,夏洛特·勃朗特著,1848;《怀尔德菲尔府的女房客》,安妮·勃朗特著,1849年,皮埃尔·莱里斯,加斯东·博卡拉,安妮·梅斯里奇从英文译出,巴黎,布甘/拉封出版社,1990年。

《鲜红色的信》,纳塔尼尔·霍索恩著,玛丽·卡纳瓦吉亚从英文译出,巴黎,加里玛出版社,1996年。

《包法利夫人》,1856年;《情感教育》,1869年,居斯塔夫·福楼拜著,收入《作品集》第一、二卷,阿尔贝·蒂博岱和罗贝尔·杜梅斯尼尔版,巴黎,加里玛出版社,"七星诗社丛书",1936年。

《米德尔马契》,乔治·艾略特著,1871年,巴黎,克里斯蒂安·布尔古瓦出版社,1998年;巴黎,10/18丛书,2002年。

《德伯家的苔丝》,托马斯·哈代著,玛德莱娜·罗朗从英文译出,巴黎,影子出版社,"小图书馆丛书",1994年;巴黎,袖珍本丛书"古典版",1995年。

《安娜·卡列尼娜》,列夫·托尔斯泰著,西尔薇·吕诺从俄文译出,巴黎,弗拉马里荣出版社,1988年。

《苔瑟·密勒》,亨利·詹姆斯著,安德烈·德尔瓦尔从英文译出,巴黎,加里玛出版社,福利奥丛书,1998年。

《华盛顿广场》,亨利·詹姆斯著,1880年,克洛德·博纳封从英文译出,巴黎,莉亚娜·莱维出版社,1993年;巴黎,10/18丛书,1996年。

《窄门》,安德烈·纪德著,1909年,巴黎,法兰西信使出版社,2000年;巴黎,加里玛出版社,福利奥丛书,1972年。

《珍妮》,西格丽德·温塞特著,F.梅兹杰从挪威文译出,巴黎,斯托克出版社,1984年。

《珍妮姑娘》,西奥多·德莱塞著,巴黎,新拉丁出版社,1947年。

《大个儿莫纳》,阿兰-傅尼埃著,1913年,百年出版社;巴黎,法亚尔出版社,1986年;巴黎,袖珍本丛书"古典版",1996年。

《儿子和情人》,戴维·赫伯特·劳伦斯著,1913年,让娜·傅尼埃·帕尔古瓦尔从英文译出,巴黎,加里玛出版社,1932年;巴黎,加里玛出版社,福利奥丛书,1977年。

《追忆逝水年华》,马塞尔·普鲁斯特著,1913—1927年,让-伊夫·塔迪埃版,巴黎,加里玛出版社,"七星诗社丛书",四卷本,2000年。

《天真时代》,伊迪丝·华顿著,1920年,迪亚娜·德·马尔日里从英文译出,巴黎,弗拉马里荣出版社,1989年;巴黎,我看过丛书,

1993年。

《田园交响曲》,安德烈·纪德著,1919年,巴黎,加里玛出版社,福利奥丛书,1998年。

《保卫无限》,路易·阿拉贡著,1923—1927年,收入《阿拉贡小说全集》第一卷,达尼埃尔·布尼乌版,巴黎,加里玛出版社,"七星诗社丛书",1998年。

《痴人之爱》,谷崎润一郎著,1924年,马克·梅克雷昂从日文译出,巴黎,加里玛出版社,1988年;加里玛出版社,福利奥丛书,阿尔贝托·莫拉维亚序,1991年。

《感情的混乱》,斯蒂芬·茨威格著,1926年,奥利维埃·布尔尼亚克和阿齐尔·埃拉从德文译出,巴黎,斯托克出版社,1980年;巴黎,袖珍本丛书"古典版",1992年。

《奥兰多》,弗吉尼亚·伍尔夫著,1928年,玛丽-克里斯蒂娜·帕斯吉埃从英文译出,1992年;巴黎,袖珍本丛书,1982年。

《夜色温柔》,弗兰西斯·司各特·菲茨杰拉德著,1931年,雅克·图尼埃从英文译出,巴黎,贝尔封出版社,1993年;巴黎,袖珍本丛书,1998年。

《克丽丝丁·拉弗兰斯达特》,西格丽特·温塞特著,E.阿弗纳尔从挪威文译出,巴黎,斯托克出版社,1986年。

《海沙》,约翰·考珀·波伊斯著,玛丽·卡纳瓦吉亚从英文译出,巴黎,普隆出版社,1958年。

《人们相遇,甜美的音乐升起在他们心中》,琼斯·奥古斯特·查德著,1939年,克里斯蒂安·彼得森-马里亚克从丹麦文译出,巴黎,伊弗雷亚出版社,1991年。

《心是孤独的猎手》,卡森·麦卡勒斯著,1940年,雅克·图尼埃从英文译出,巴黎,斯托克出版社,1974年;巴黎,袖珍本丛书,1983年。

《流年的飞沫》,鲍里斯·维昂著,1947年,巴黎,让-雅克·波维尔-法亚尔出版社,1963年。

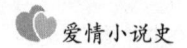

《禁色》,三岛由纪夫著,1950年,勒内·德·塞卡蒂和中村亮二从日文译出,巴黎,加里玛出版社,1989年。

《捕捉心灵》,杰罗姆·大卫·塞林格著,1951年,安妮·索蒙从英文译出,巴黎,拉封出版社,1986年;巴黎,波凯出版社,1994年。

《钥匙,或无耻的忏悔》,谷崎润一郎著,1954年,G.勒农多从日文译出,加里玛出版社,1963年;巴黎,加里玛出版社,福利奥丛书,1977年。

《洛丽塔》,弗拉基米尔·纳博科夫著,莫里斯·库图里埃从英文译出,巴黎,加里玛出版社,1959年;加里玛出版社,福利奥丛书,1973年。

《人类》,罗贝尔·昂泰尔姆著,巴黎,加里玛出版社,如此丛书,1957年。

《兔子的心》,约翰·厄普代克著,1960年,让·罗森塔尔从英文译出,巴黎,色伊出版社;"观点丛书",1983年。

《爱情故事》,埃里克·塞加尔著,1967年,T.罗森塔尔从英文译出,巴黎,弗拉马里荣出版社,1970年;巴黎,我看过丛书,1992年。

《领主的美人》,阿尔贝·科恩著,巴黎,加里玛出版社,1968年;巴黎,加里玛出版社,福利奥丛书,1998年。

《爱情话语片断》,罗兰·巴特著,巴黎,色伊出版社,"观点丛书",2002年。

《情人》,玛格丽特·杜拉斯著,巴黎,子夜出版社,1984年。

《生命中不能承受之轻》,米兰·昆德拉著,弗朗索瓦·凯雷尔从捷克文译出,巴黎,加里玛出版社,1984年,作者于1987年重阅并译出;加里玛出版社,福利奥丛书,1989年。

《简单的爱情》,安妮·埃尔诺著,巴黎,加里玛出版社,1991年;加里玛出版社,福利奥丛书,1994年。

《消逝》,安妮·埃尔诺著,巴黎,加里玛出版社,2001年;加里玛出版社,福利奥丛书,2003年。

索 引

Alberoni, Francesco 弗兰塞斯科·阿尔贝罗尼 321

Alcoforado, Maria Ana 玛丽亚·安娜·阿尔科弗拉多 92

Alencar, José Martiano de 何塞·马蒂亚诺·德·阿朗卡尔 241

Algren, Nelson 内尔逊·阿尔格伦 296

Anderson, Sherwood 舍伍德·安德森 296

Antelme, Robert 罗贝尔·昂泰尔姆 360

Apulée 阿普列尤斯 19, 24–26, 69

Aragon, Louis 路易·阿拉贡 309–312, 361

Argenson, Madame d' 德·阿尔让松夫人 121

Aristophane 阿里斯托芬 13, 23

Asturias, Miguel Angel 米格尔·安赫尔·阿斯图里亚斯 361

Aulnoy, Madame d' 德·奥尔努瓦夫人 116

Austen, Jane 简·奥斯汀 159, 160–163

Baculard d'Arnaud, François de 巴居拉尔·德·阿尔诺 131, 136

Bakounine, Mikhaïl 米哈伊尔·巴枯宁 170

Balzac, Guez de 盖兹·德·巴尔扎克 93

Balzac, Honoré de 奥诺雷·德·巴尔扎克 12, 117, 199–202, 205, 223, 239, 245, 267, 268, 307, 316, 353, 389

Banos, Ricardo de 里卡多·德·巴诺斯 299

Barnes, Djuna 狄尤娜·巴恩斯 343, 344

Barrès, Maurice 莫里斯·巴雷斯 187

Barrie, James 詹姆斯·巴里 286

Barthes, Roland 罗兰·巴特 387–391

Baudelaire, Charles 夏尔·波德莱尔 197, 246

Beaumanoir, Philippe de 菲利普·德·博马努瓦 55

Beckett, Samuel 塞缪尔·贝克特 303

Bellinzani, Anne 安娜·贝兰扎尼 107

Béroul 贝鲁尔 40, 46, 194

Bernardin de Saint-Pierre, Jacques-Henri 贝尔纳丹·德·圣皮埃尔 155

Björsen, Bjornstjerne 比约恩斯彻纳·比昂松 285

Boccace 薄伽丘 68, 69

Boccaccio, Giovanni: voir Boccace 乔万尼·薄伽丘:参见薄伽丘

Boileau, Nicolas 布瓦洛 105

Bonald, Louis de 博纳尔 177

Borgès, Jorge Luis 博尔赫斯 361

Bourget, Paul 保尔·布尔热 285

Bossuet, Jacques-Bénigne 博须埃 110, 111

Brentano, Clemens 克莱蒙·布伦塔诺 165

Brentano, Bettina 贝蒂娜·布伦塔诺 169-171

Breton, André 安德烈·布勒东 123, 309

Brontë, Anne 安妮·勃朗特 229-232, 239, 255

Brontë, Charlotte 夏洛蒂·勃朗特 229-232, 239, 255

Brontë, Emily 艾米莉·勃朗特 229-232, 235, 237-239, 255

Buck, Pearl 赛珍珠 345

Buffon, Georges-Louis Leclerc de 布封 190

Burney, Fanny 法尼·比内 158

Bussy-Rabutin, Roger de 罗歇·德·布西拉布坦 89, 90, 100

Byron, Lord 拜伦 192, 194, 229, 231

Calvino, Italo 伊塔洛·卡尔维诺 361

Campbell, Thomas 托马斯·康贝尔 194

Carpentier, Alejo 阿莱霍·卡彭铁尔 361

Carroll, Lewis 刘易斯·卡罗尔 364

Cartland, Barbara 巴尔巴·卡尔兰德 380, 381

Casarès, Adolfo Bioy 阿道尔夫·比奥伊·卡萨雷斯 361

Caspary, Vera 薇拉·卡斯帕里 345

Cervantès, Miguel de 塞万提斯·米格尔 28, 74, 76, 77, 82, 138, 145, 339, 396

Challe, Robert 罗贝尔·沙勒 115-118, 121

Chandler, Raymond 雷蒙德·钱德拉 346

Chapelain, André le 安德烈·勒夏普兰 58

Chaplin, Charlie 查理·卓别林 310

Charrière, Madame de 德·沙里埃尔夫人 155

Chateaubriand, François-René de 夏多布里昂 174-178, 181, 191, 199, 207

Chrétien de Troyes 克雷蒂安·德·特洛亚 40, 48, 50

Claudel, Paul 保尔·克洛岱尔 288

Cohen, Albert 阿尔贝·科恩 299, 372

Coleridge, Samuel Taylor 塞缪尔·泰勒·柯勒律治 192, 194

Colette 科莱特 313, 316

Conrad, Joseph 约瑟夫·康拉德 316

Constant, Benjamin 本雅曼·贡斯当 177, 179, 180

Cortázar, Julio 胡利奥·科塔萨尔 361

Cooper, Fenimore 费尼莫·库柏 241

Cowper Powys, John 约翰·考珀·波伊斯 355

Crébillon le Père 大克雷比荣 114

索引

Creuzer, Georg Friedrich 弗烈德里希·克勒泽 170
Dante 但丁 68, 69, 288, 367
Darwin, Charles 查理·达尔文 262, 296, 337
Dean, Rebecca 瑞蓓卡·迪恩 381
Deffand, Madame du 杜德芳夫人 115
Defoe, Daniel 丹尼尔·笛福 132
Delly 德利 341
Deloffre, Frédéric 弗烈德里克·德洛弗尔 93
Descartes, René 笛卡尔 91, 103
Desfontaines, Abbé 德封丹纳神甫 136
Dickens, Charles 查尔斯·狄更斯 139, 255, 316
Diderot, Denis 德尼·狄德罗 114, 115, 131, 132, 136, 145, 172, 242, 309, 385, 396
Donneau de Visé, Jean 董诺·德·维泽 105
Dos Passos, John 约翰·多斯·帕索斯 296, 316
Dostoïevski, Fiodor Mikhaïlovitch 陀思妥耶夫斯基 266-269, 274, 291
Dreiser, Theodore 西奥多·德莱塞 292, 295, 296
Du Bellay, Joaquim 杜贝莱 12
Duhamel, Marcel 马塞尔·杜阿梅尔 361
Dumas, Alexandre 大仲马 241
Duras, Marguerite 玛格丽特·杜拉斯 298, 382

D'Urfé, Honoré 奥诺雷·德·于尔菲 78-81
Eliot, George 乔治·艾略特 254, 255, 275
Ernaux, Annie 安妮·埃尔诺 392, 394
Esprit, Jacques 雅克·埃斯普里 96, 99
Evans, Mary Ann: voir George Eliot 玛丽·安·埃文: 参见乔治·艾略特
Faulkner, William 威廉·福克纳 347
Fénelon 费纳龙 109
Feuillade, Louis 路易·弗雅德 302
Féval, Paul 保尔·费瓦尔 241
Fichte, Johann 约翰·费希特 163-165, 191
Fielding, Henry 亨利·菲尔丁 137-145, 163
Fitzgerald, Francis Scott 弗兰西斯·司各特·菲茨杰拉德 332, 333, 335, 343, 344
Flandrin, Jean-Louis 让-路易·弗朗德兰 157
Flaubert, Gustave 福楼拜 212, 244-251, 271, 273, 287, 307, 312, 322, 360, 388, 389
Fournier, Alain 阿兰-傅尼埃 290, 291
Freud, Sigmund 弗洛伊德 264, 265, 309, 316, 352, 354
Furetière, Antoine 安东尼·富尔蒂埃尔 11, 109
Gaskell, Elisabeth 伊丽莎白·盖斯凯尔 275
Genlis, Madame de 德·让利斯夫人 155

361

Gérard, abbé 热拉尔神甫 155
Gerson, Jean 让·热尔松 61
Gide, André 安德烈·纪德 286, 287, 289-291, 298, 310
Goethe, Johann Wolfgang von 沃尔夫冈·歌德 149-151, 153-155, 163, 168, 169, 171, 174, 191, 192, 346, 389
Gogol, Nicolas Vassiliévitch 果戈理 269
Gomberville, Marin Le Roy de 德·贡贝维尔 85-88
Gorki, Maxime 高尔基 316
Grass, Günter 君特·格拉斯 361
Grimm, Jacob et Wilhelm, dits les Frères 格林兄弟 165, 169
Guilleragues, Comte de 德·吉尔拉格伯爵 92, 93, 95, 96, 99, 100, 104, 107
Günderode, Caroline von 卡罗琳·封·根德罗德 169, 170
Hammett, Dashiell 达希埃尔·哈梅特 345
Hardy, Thomas 托马斯·哈代 255, 256, 258, 260, 262
Hauptmann, Gerhart Johann Robert 霍普特曼 285
Hawthorne, Nathaniel 纳塔尼尔·霍索恩 240
Héliodore d'Émèse 赫利奥多尔 28, 30, 31, 86
Hoffmann, Ernest Theodor Amadeus 霍夫曼 165, 195-198
Hölderlin, Friedrich 荷尔德林 170

Holeman, Linda 林达·霍尔曼 381
Huet, Pierre-Daniel 皮埃尔·达尼埃尔·于埃 103, 104
Hugo, Victor 雨果 191, 316
Huysmans, Joris-Karl 于依斯芒斯 285
Ibsen, Henrik 易卜生 285
Irving, Washington 华盛顿·欧文 240
Jarry, Alfred 阿尔弗雷德·雅里 364
James, Henry 亨利·詹姆斯 268, 273-278, 296, 344
Jean-Paul: voir Johan Paul Friedrich Richter 让·保尔：参见约翰·保罗·弗里德里希·里希特
Jonson, Ben 本·琼森 328
Joyce, James 詹姆斯·乔伊斯 316, 355
Juvénal 尤维纳利斯 33
Keats, John 约翰·济慈 192
Kennedy, Margaret 玛格丽特·肯尼迪 354
Kerouac, Jack 杰克·凯鲁亚克 371
King, Stephen 斯蒂芬·金 188
Kleist, Heinrich von 克莱斯特 165, 196
Kubrick, Stanley 斯坦利·库布里克 370, 371
Kundera, Milan 米兰·昆德拉 182, 270, 383-386, 389
La Calprenède, Gautier de Costes de 拉卡普勒奈德 86
La Bruyère, Jean de 拉布吕耶尔 105, 215
Laclos, Pierre Choderlos de 拉克洛 133, 269

索引

La Fayette, Madame de 德·拉法耶特夫人 91, 96, 97, 99, 100, 104, 116

Lamartine, Alphonse de 拉马丁 191, 226, 248, 364

La Rochefoucauld, duc de 拉罗什富科公爵 91, 95, 96, 99

Larsson, Björn 比昂·拉尔逊 397

Lawrence, D. H D. H. 劳伦斯 262–266, 299, 313

Lean, David 戴维·林 299

Léautaud, Paul 莱奥托 224

Lefèvre, Raoul 拉乌尔·勒费弗尔 62, 63, 65

Lennox, Judith 朱迪特·兰诺克斯 381

Lermontov, Mikhaïl Iourievitch 莱蒙托夫 269

Lesage, Alain-René 勒萨日 350

Lévi-Strauss, Claude 列维-斯特劳斯 225

Lewis, Matthew Gregory 刘易斯 193

Lewis, Sinclair 辛克莱·刘易斯 347

Longus 朗戈斯 26, 32

Loos, Anita 阿尼塔·罗斯 345

Lope de Vega, Félix 洛贝·德·维加 78

Lorris, Guillaume de 吉约姆 56, 58–61

Lubitsch, Ernst 吕比奇 299

Lu Xun 鲁迅 314

Machiavel 马基雅维利 164

Maillart, Jean 让·马伊亚尔 55, 57

Racine, Jean 拉辛 93, 97, 98, 105, 108, 135, 387

Radcliffe, Ann 安娜·拉德克利夫 160

Radiguet, Raymond 雷蒙·拉迪盖 316

Retz, Cardinal de 德·雷兹红衣主教 109

Richardson Dorothy 多萝西·理查逊 354, 355

Richardson, Samuel 萨缪尔·理查逊 115, 132, 134, 136, 138, 144, 145, 149, 151, 158, 159, 269

Richter, Johan Paul Friedrich 约翰·保罗·弗里德里希·里希特 165

Rivière, Jacques 雅克·里维埃尔 290

Robbe-Grillet, Alain 罗布-格里耶 298

Rodolfi, Eleuterio 罗多尔菲 299

Rougemont, Denis de 德尼·德·卢日蒙 39

Rougeot, Jacques 雅克·卢若 93

Rousseau, Jean-Jacques 让·雅克·卢梭 92, 136, 137, 146–149, 151, 155, 165, 172, 182, 195, 218, 225, 349

Rulfo, Juan 胡安·鲁尔弗 361

Sablé, Madame de 德·沙布莱夫人 93, 96, 99, 125

Sade, Marquis de 萨德 155, 304

Sagan, Françoise 弗朗索瓦丝·萨冈 377, 379, 380

Saint Augustin 圣奥古斯丁 34

Sainte-Beuve, Charles Augustin 圣伯夫 201, 202

Saint Paul 圣保罗 33

Salinger, Jerome David 杰罗姆·大卫·塞林格 346, 347

363

Sannazar, Jacques 萨纳扎尔 77, 78

Saroyan, William 威廉·萨洛扬 345

Sarraute, Nathalie 娜塔莉·萨罗特 360

Sartre, Jean-Paul 让-保尔·萨特 361

Scarron, Paul 斯卡隆 16

Schlegel, August Wilhelm von 奥古斯特·威廉·封·施莱格尔 163, 164, 166, 192

Scott, Walter 沃尔特·司各特 192–194, 240, 323

Scudéry, Mademoiselle de 德·斯居戴利小姐 86, 88, 93, 110, 350

Segal, Erich 埃里克·塞加尔 382

Sénac de Meilhan, Gabriel 塞纳克·德·梅朗 155

Sévigné, Madame de 德·塞维涅夫人 89, 93, 96, 99, 110

Shakespeare, William 威廉·莎士比亚 28, 198, 328, 329

Schade, Jens August 琼斯·奥古斯特·查德 357

Shelley, Mary 玛丽·雪莱 193

Shelley, Percy Bysshe 珀西·比希·雪莱 192, 194

Schopenhauer, Arthur 亚瑟·叔本华 285

Simenon, Georges 乔治·西默农 298

Sorel, Charles 沙尔·索雷尔 81–83, 86

Soupault, Philippe 苏波 309

Southey, Robert 罗伯特·苏蒂 194

Staël, Madame de 德·斯塔尔夫人 155, 163, 166, 172, 176, 177, 181–184

Stanyon, Temple 坦布尔·斯坦尼昂 114

Stendhal 斯丹达尔 12, 14, 92, 121, 207–211, 213–224, 231, 294, 335, 389

Sterne, Laurence 劳伦斯·斯特恩 144, 145

Steel, Danielle 达尼埃尔·斯蒂尔 381

Strasbourg, Gottfried de 戈特弗里德·德·斯特拉斯堡 40

Sue, Eugène 欧仁·苏 241

Suétone 苏埃托纳 33

Sullivan, Vernon: voir Boris Vian 维尔农·苏利文: 参见鲍里斯·维昂

Svevo, Italo 依塔洛·斯维沃 316

Sydney, Philip 菲利普·锡德尼 78

Tacite 塔西陀 33, 223

Tadié, Jean-Yves 让·伊夫·塔迪埃 302

Tallement des Réaux, Gédéon 塔勒芒·德·雷奥 88

Tanizaki Jun-ichiro 谷崎润一郎 316, 318, 320, 329, 365

Tarse, Paul de: voir Saint Paul 大数的保罗: 参见圣保罗

Thackeray, William Makepeace 萨克雷 255

Tolstoï, Léon 托尔斯泰 15, 269–272, 274, 291, 312, 316

Tourgueniev, Ivan Sergueïevitch 屠格涅夫 170

Triolet, Elsa 爱尔莎·特丽奥莱 311

Trollope, Anthony 安东尼·特罗洛普 275

索 引

Twain, Mark 马克·吐温 344-346

Undset, Sigrid 西格丽特·温塞特 292-294, 351, 352

Updike, John 约翰·厄普代克 372

Valéry, Paul 保尔·瓦莱里 310

Vian, Boris 鲍里斯·维昂 361, 362, 383

Viau, Théophile de 泰奥菲尔·德·维奥 82, 86

Vigny, Alfred de 维尼 191

Villedieu, Madame de 德·维勒迪厄夫人 97, 106, 107, 116

Voiture, Vincent 伏瓦图尔 93

Voltaire 伏尔泰 113-115, 121, 131, 132, 155, 218

Walpole, Horace 奥拉斯·沃尔波尔 160

Welles, Orson 奥尔逊·威尔斯 299

Wharton, Édith 伊迪丝·华顿 281-295, 344

Wolfe, Thomas 托马斯·沃尔夫 336

Woolf, Virginia 弗吉尼亚·伍尔夫 316, 322-325, 328, 354, 355

Wordsworth, William 华兹华斯 192

Wright, Richard 理查德·赖特 297

Zola, Émile 左拉 285, 316, 353

Zweig, Stefan 斯蒂芬·茨威格 325-328, 354, 358

图书在版编目(CIP)数据

爱情小说史／(法)勒帕普著；郑克鲁译.—北京：商务印书馆,2014
ISBN 978-7-100-10670-2

Ⅰ.①爱… Ⅱ.①勒…②郑… Ⅲ.①言情小说—小说史—世界 Ⅳ.①I106.4

中国版本图书馆 CIP 数据核字(2014)第 192403 号

所有权利保留。
未经许可,不得以任何方式使用。

爱情小说史

〔法〕皮埃尔·勒帕普 著 郑克鲁 译

商 务 印 书 馆 出 版
(北京王府井大街36号 邮政编码100710)
商 务 印 书 馆 发 行
山东临沂新华印刷物流集团
有 限 责 任 公 司 印 刷
ISBN 978-7-100-10670-2

2015年1月第1版 开本 640×960 1/16
2015年1月第1次印刷 印张 24
定价：48.00元